FRANCOS
Salísio
BURGUNDIOS
TAUNUS
MARCOMANOS
Aquae
Mattíacae
Moenus
Rhenus
Moguntíacum
Bíngíum
ALAMANES
Nava
GERMANIA
Borbetomagus
www.pablouria.com

El águila en la nieve

Títulos de Wallace Breem

El águila en la nieve
El enviado de Roma
El leopardo y la montaña

Título original:
Eagle in the Snow
Traducción de Núria Gres

Ilustración de cubierta: Alejandro Colucci
Diseño de cubierta: Alejandro Terán

Serie Histórica dirigida por Rafael Muñoz Vega

Primera edición: octubre de 2008
Segunda edición: mayo de 2010
Primera reimpresión: diciembre de 2014
Tercera edición: marzo de 2025

Alcalá, 387
28027 - Madrid
infoed@alamutediciones.com

IBIC: FV
ISBN: 978-84-9889-156-0

Impreso por Romanyà Valls

Impreso en España
Printed in Spain

Wallace Breem

El águila en la nieve

Traducción de

Núria Gres

ALAMUT

Prólogo

En los valles profundos, entre las montañas oscuras y azotadas por la lluvia de la costa oeste, hay pocas cosas que hacer en una noche invernal cuando uno pertenece a un pueblo derrotado. Vencido, asustado y con el corazón triste, uno se arrebuja en su capa raída, sentado en torno a las grandes hogueras, y sueña con un mañana que nunca llegará. Las mujeres cuidan de sus hijos que lloran y anhelan unas cabañas cálidas y un mundo en que la leche abunde siempre; los jóvenes guerreros afilan las lanzas romas y rezan por una sola victoria contra los hombres del mar; mientras los ancianos recuerdan una época en la que el cielo nocturno estaba libre de fuegos que revelaran poblados ardiendo, y en la que había paz en las tierras de las que han sido exiliados para siempre.

Las conversaciones sobre el futuro mueren con las chispas que se alzan de las cenizas calientes, y los ancianos de la tribu cuentan historias del pasado. La desesperación y el miedo retroceden un poco en la oscuridad, y la curiosidad y la esperanza ocupan su lugar cuando las gratas historias vuelven a contarse por centésima vez. Tal vez un hombre anciano a quien nadie conoce relatará una historia nueva, y los vencidos lo escucharán en silencio. Oirán la historia de la gran conspiración al otro lado del Muro, y de un hombre sin cabello que tuvo la desgracia de convertirse en dios. Oirán la historia del soldado que llevó el mensaje de un emperador a través de media Europa en una mano cortada; y, por primera vez, también oirán la historia de cómo la última de las Águilas fue destruida por un río de hielo.

Capítulo I

Pensaréis que tengo suerte porque soy viejo, porque conocí un mundo que no estaba vuelto del revés. Tal vez tengáis razón. Igual que vosotros, también, podríais haber tenido suerte si el hielo se hubiera quebrado. No sabéis de qué os estoy hablando, ¿verdad? Pues bien, escuchadme, y yo, Paulino Gayo Máximo, os lo contaré.

Nací y crecí en la Galia, aunque mis antepasados procedían de la misma Roma. De pequeño viví junto a los campamentos militares, y desde el principio mi vida estuvo regulada por las trompetas que despertaban a los soldados por la mañana y les decían cuándo dormir por la noche. Luego, cuando tenía seis años, a mi padre le pidieron que renunciara al mando de la Segunda Flavia en Moguntiacum, y se retiró a su villa cerca de Arelate.

Por lo que recuerdo, era una casa muy grande. Tenía un primo, Juliano, que creció conmigo. Su padre, Martino, había sido gobernador de una provincia, pero más tarde se convirtió en vicario de su Britania natal. Era un hombre justo y apreciado por todos, pero se enfrentó a un emperador usurpador y se encontró proscrito. Mi tía estaba con Martino cuando oyó la noticia de que iban a arrestarlo. Cogió el puñal y se acuchilló primero a sí misma. Y entonces se lo tendió a él, todo ensangrentado entre sus manos.

—Mira —dijo—. No duele, Martino.

Mi padre se lo contó a Juliano cuando tuvo la edad suficiente para comprenderlo. Quería que Juliano estuviera orgulloso de sus padres y supiera la clase de personas que habían sido. Pero fue un error; no consiguió que Juliano se sintiera orgulloso, sino sólo que aprendiera a odiar. Pero eso fue más tarde. En las lecciones y en los juegos éramos inseparables, y como todos los niños, planeábamos hacer grandes cosas para ayudar a Roma cuando creciéramos. Éramos como hermanos.

Cuando tenía trece años, mi padre fue nombrado legado de la Vigésima Valeria, destinada en Britania. Se lo debía al joven césar, Juliano, que, como nosotros, adoraba a los antiguos dioses.

El día que salimos de la Galia hubo un eclipse de sol. Resultó siniestro cuando la luz se desvaneció y el día se convirtió en noche. Fue como el fin del mundo. Recuerdo que Juliano se estremeció y dijo que navegar en un día así nos traería mala suerte. Pero mi padre sacrificó un gallo y decidió que los augurios eran buenos. De modo que seguimos viaje.

Cuando tuvimos la edad suficiente, entramos en la legión de mi padre como tribunos ecuestres. Nos iniciaron en los misterios de nuestra fe en el mismo templo y el mismo día. Juntos prestamos el juramento sagrado: «En nombre del dios que ha separado la tierra del cielo, la luz de la oscuridad, el día de la noche, el mundo del caos y la vida de la muerte...». Y juntos salimos a la luz, llevando sobre la espalda las palabras de nuestro dios. Aquéllos fueron buenos tiempos, pues lo hacíamos todo juntos. Aprendimos a ser soldados en Deva, y también aprendí algo que estaba desapareciendo rápidamente, a sentirme orgulloso de la legión a la que pertenecía. En tiempos de mi bisabuelo, las legiones habían sido las tropas de choque de Roma, las más disciplinadas y las que mejor luchaban. Pero bajo Diocleciano, las cosas habían cambiado. Empezó a crecer un nuevo ejército de campo, que consistía en regimientos auxiliares constituidos por provincianos e incluso por bárbaros dispuestos a entrar al servicio de Roma. La caballería se puso de moda, y las legiones perdieron importancia hasta convertirse en meras tropas fronterizas. Pero en Britania las tres legiones todavía importaban, y yo me alegraba de ello. Lo lamenté cuando me llegó el momento de partir, porque significaba separarme de Juliano, que permanecería con el personal de mi padre. Pasaron tres años antes de que volviera a verlo.

Presté servicio en Isca Silurium con la Segunda Augusta, y luego nos enviaron al cuartel general en Eburacum. Allí pasaba el tiempo haciendo trabajo administrativo, preocupándome por las cuentas, las pensiones y los fondos para funerales. Era una tarea aburrida.

Un día me convocó Fullofaudes. Era el nuevo Dux Britanniarum, un alamán de las orillas del Rhenus.

—Parte de la legión de Deva ha intentado amotinarse —dijo—. La rebelión ha sido aplastada y los dirigentes arrestados. Irás inmediatamente a Deva con refuerzos y asumirás el mando hasta que yo nombre al nuevo comandante.

Lo miré estupefacto.

—El legado ha muerto —me dijo bruscamente—. Lo siento.

Cogió un rollo de documentos de la mesa.

—Hace tres días atrapamos a un esclavo que llevaba estos escritos. Contienen detalles sobre la conspiración... y también sobre otras cosas. Están llenos de nombres. Demasiados nombres.

—Muerto —dije. Apenas podía oírlo.

—La conspiración está muy extendida. Hay demasiados implicados. Demasiada gente que piensa que la provincia debería romper con Roma.

—Pueden ser arrestados y ejecutados.

—No. Entrar más a fondo en este asunto no serviría de nada. Me quedarían pocos oficiales y ningún hombre. —Me miró fijamente—. No se ejecutará a nadie. ¿Me comprendes?

Me entregó un rollo sellado.

—Aquí tienes las órdenes y la autorización. En cuanto a éstos... —Se inclinó hacia la mesa, recogió los documentos y los echó al fuego—. Yo no creo que esta provincia deba separarse de Roma. No quiero mártires cuyo recuerdo pueda inflamar a los insatisfechos. Pero necesito tiempo para construir lealtades. ¿Me entiendes ahora?

—Sí —dije. Pero en realidad no lo entendía. Sólo sabía que mi padre había muerto.

Llegué a Deva una semana más tarde. Hice formar a la legión y los hombres permanecieron dos horas bajo la lluvia antes de que fuera a hablar con ellos. Esperaban ser diezmados, y tenían los rostros grises y llenos de miedo. Sólo al final, cuando ya sudaban de nerviosismo, les dije que no habría ejecuciones. Me vitorearon, llenos de alivio, y los despedí. Estaba ronco de tanto hablar. Entré en los aposentos del legado —los aposentos de mi padre— y allí me trajeron a los ocho dirigentes, cargados de cadenas. Había cinco tribunos y tres centuriones. La furia que me había dominado durante la formación se había evaporado. No sentía nada más que un frío enorme.

—No seréis ejecutados —dije—. Pero seréis acusados de traición y perderéis la ciudadanía romana, por orden del vicario. Vuestra condición es ahora la de esclavos, y como a esclavos se os tratará. Los centuriones iréis a las minas de plomo de Isca Silurium, donde trabajaréis para Roma hasta morir. Respecto al resto... ya que os gusta luchar contra los vuestros, tendréis la ocasión de practicarlo un poco más. Iréis a la escuela de gladiadores de Calleva, y después os enfrentaréis unos a otros en la arena. Si tenéis suerte, podréis sobrevivir unos cinco años.

Antes de que se los llevaran, me dirigí al líder.

—¿Por qué lo hiciste, Juliano? —dije—. En nombre de Mitras, ¿por qué?

—Tu emperador mató a mi padre —dijo con voz inexpresiva.

—Pero... ¿tú? Un oficial romano.

—Lo era —dijo, y trató de sonreír.

—Pero, ¿por qué? ¿Por qué?

—Si no lo comprendes —dijo—, yo no puedo explicártelo.

Se lo llevaron, y me quedé solo en aquella habitación vacía, con los recuerdos de mi padre y de mi niñez con Juliano. Recordé las discusiones que habíamos tenido, y las peleas; recordé las cosas que habíamos disfrutado juntos, los días bajo el sol, aprendiendo a conducir un carro de guerra, días de caza y pesca, los largos atardeceres en la Galia, charlando y jugando a las damas, los hermosos planes que habíamos trazado y los sueños que habíamos compartido. Lo recordé todo con un dolor que era indescriptible, y una sensación de angustia que no podía aliviarse. Y lloré.

Volví a Eburacum y regresé a mis cuentas. Trabajaba muy duro, para no tener tiempo de pensar, excepto durante las noches largas y solitarias en las que no podía dormir. Pero nunca fui a los juegos, y los que los frecuentaban nunca hablaron de ellos en mi presencia.

Tres meses más tarde me dieron un permiso y fui a Corinium, ciudad que no conocía. Fui al club de los oficiales, bebí y cacé un poco, pues los lobos fueron un verdadero problema aquel otoño. Luego conocí a una chica de cabello oscuro, cuyo nombre era Aelia, y me casé con ella. Como regalo de bodas, le di unos pendientes de oro que habían pertenecido a mi madre, y ella me regaló un anillo con sello con una imagen de Mercurio grabada. Era cristiana, aunque más tolerante que la mayoría.

Allí recibí la noticia de que me habían destinado al Muro, a un lugar llamado Borcovicum, del que nunca había oído hablar. Estaba en el fin del mundo, o eso nos pareció. Una zona abrupta de arbustos y rocas, desolada y terrible en invierno, pero de una belleza austera en verano; una tierra vasta y solitaria, con un clima implacable con hombres y animales. Si uno se alejaba un poco del campamento, no se oía nada a excepción del grito solitario del zarapito, y no se percibía nada más que el azote del viento eterno.

Mi fuerte tenía cierta importancia. Se encontraba en la confluencia de varios caminos, y guardaba el sendero que llevaba al norte, al territorio tribal. Mis auxiliares eran la Primera Cohorte de Tungrios, originalmente del nordeste de la Galia, una mezcla de íberos, partos, brigantes y godos, divididos por centurias en clases tribales. Ya sólo quedaba una centuria de tungrios, pero encontré sus inscripciones por todo el campamento. Recuerdo que había una en la pared de mi alojamiento. Decía: «Ojalá haga lo correcto», y yo solía mirarla cada día y preguntarme cómo habría sido aquel primer comandante, y qué problema particular le habría llevado a grabar precisamente aquellas palabras en aquel lugar.

Mi adjunto, Vitalio, era un hombre de unos treinta años, de expresión ansiosa y solemne. Gayo, mi segundo, era mayor. Era un sármata, de más allá del Danubius, y por sus modales resentidos creo que había esperado que el mando le correspondiera. Mi primer centurión, Saturnino, procedente de la Segunda Augusta, era un hombre muy tranquilo, de pocas palabras y enorme experiencia. Pasó mucho tiempo antes de que me ganara su respeto.

Los castillos miliares y las torres de señales a lo largo de la frontera estaban a cargo de la milicia, los arcani, como los llamábamos; hombres reclutados entre los nativos locales de ambos lados del Muro. La frontera estaba muy tranquila por aquel entonces, y había poco que hacer aparte de trabajar, pero yo me sentía feliz. A Aelia no le gustaba el sitio, porque había pocas mujeres y se sentía sola, pero nunca se quejaba. Me veía poco durante el día, excepto a las horas de comer, pero por la noche éramos felices, y nos quedábamos despiertos escuchando a los borrachos que cantaban en la taberna del poblado, y sintiendo el olor de las cabras que pastaban bajo las murallas junto a la puerta oeste si el viento venía en mala dirección.

A veces cabalgaba hasta el fuerte vecino, Vindolanda, y jugaba a las damas con Quinto Veronio, su prefecto, que se enfadaba cuando lo llamaba así.

—Soy tribuno —solía decir con altanería—, aunque sólo esté al mando de una chusma de auxiliares.

Tenía mi edad, siempre montaba en un caballo negro de patas blancas, y era el mejor oficial de caballería que he conocido. Lo habían enviado allí desde la Décima Gémina en Panonia, a raíz de un escándalo relacionado con una chica, y cuando se emborrachaba solía hablar con emoción de una tropa de caballería dacia que había dirigido y que, según juraba, era la mejor caballería del mundo. Pero nunca hablaba de la chica. Su familia procedía de Hispania; suspiraba por el sol y anhelaba que lo trasladaran allí. Pero aunque escribía numerosas cartas a parientes influyentes, nunca consiguió resultados, de lo que yo me alegraba en privado.

Quinto mostró gran interés por nuestras catapultas, cosa que me sorprendió, pues los soldados de caballería solían pensar en pocas cosas más que en espadas y cargas.

—Estuve en la costa sajona bajo mi paisano Nectárido —me explicó—. Es un gran luchador.

—¿Lo pasaste bien?

Se encogió de hombros.

—Pasé mucho frío, allí de pie sobre las enormes torres planas de Lemanis. El viento me aullaba en la cara, y los ojos me dolían de mirar hacia la oscuridad. Los sajones solían llegar en silencio si podían, con las velas bajas, en la marea de medianoche. Si los veíamos, los atacábamos con las ballistae hasta romper los barcos. Entonces había que matar a los supervivientes con flechas mientras trataban de nadar entre las olas.

—Buena puntería —dije. Me sentía impresionado.

—Gracias a Nectárido. Insistía en que no teníamos que luchar contra sajones secos; había que matarlos mientras aún estaban mojados.

—¿Por qué te fuiste?

—Solicité el mando del Ala Petriana, pero me rechazaron —dijo con aire despreocupado—. Entonces... oh, me emborraché e hice algo estúpido.—Me miró con una sonrisa—. De modo que me enviaron aquí.

—Es un buen sitio si te gusta luchar —dije.

—También es un buen sitio para que te olviden. Siempre tenía frío en la costa sajona, pero volvería mañana si me lo permitieran.

—Tenemos que salir juntos de caza algún día —dije.

Entonces se animó y respondió:

—Me gustaría. Aquí estoy muy solo, y me siento algo cansado de la compañía de esclavas que hablan un latín pésimo.

—Ven a Borcovicum y conocerás a Aelia —le dije riendo—. Es una gran conversadora.

—Creo que la conocí un día que salí a montar —dijo—. Eres un hombre afortunado.

—Sí, creo que lo soy.

—Máximo, ¿por qué estás aquí? —me preguntó de repente.

Por un momento, no le respondí. Luego dije en voz baja:

—Un destino es muy parecido a cualquier otro. Espero no pasarme aquí toda la vida.

Entonces cambió de tema.

Cuando Aelia regresó del nacimiento del primogénito de Saturnino estaba muy callada, tras la alegría inicial que muestran las mujeres en tales ocasiones. Le cogí la mano y le dije suavemente:

—No debes preocuparte. Todavía hay mucho tiempo. Tendremos un hijo. Tú reza a tu dios y yo rezaré al mío. De ese modo tendremos dos posibilidades de conseguirlo, en lugar de una.

Por un momento se echó a reír, y luego su expresión cambió.

—Tal vez sea un castigo por mis pecados. —Estaba muy seria, y eso me preocupó.

—No hay muchas posibilidades de cometer pecados en Borovicum —dije alegremente.

—Se puede pecar de pensamiento, además de obra —dijo ella en voz baja.

Yo volví a concentrarme en la carta. Al cabo de un rato, ella levantó la vista del fuego.

—¿Recuerdas aquella vez que un centinela se durmió en la guardia y Saturnino te pidió que pasaras por alto su falta? —preguntó.

—Lo recuerdo.

—Entré cuando estabais discutiendo qué hacer con él. Y él dijo, ¿lo recuerdas?, dijo: «Nunca tuviste piedad, señor, y con el otro tampoco». ¿Qué quiso decir?

Me temblaban las manos.

—Pensó que era demasiado estricto —dije.

—Eres un buen soldado —dijo ella—. Hasta yo lo veo. Pero creo que Saturnino tiene razón. Puedes ser muy duro.

—Trato de ser justo.

—A veces es mejor ser amable.

Quedó en silencio y continuó contemplando el fuego. Yo dejé de escribir y la miré. La quería mucho, pero no sabía qué estaba pensando.

Llevábamos allí dos inviernos cuando, un cálido día de primavera, me dirigí al segundo castillo miliar al este del campamento, donde algunos de nuestros hombres reparaban la calzada. Al terminar la inspección, me senté en una roca, no lejos de la puerta, a charlar con el comandante del puesto. Al hacerlo, pude ver que un hombre avanzaba hacia nosotros por el sendero. Acabé mi conversación y monté en mi caballo. Había algo en su modo de andar que me inquietaba, de modo que me quedé quieto y esperé a que se acercara. Conocía bien aquella forma de caminar, y cuando él se detuvo a diez pasos de distancia y me miró con aquella expresión tensa y terrible que siempre tienen, con aquellos ojos que observan el parpadeo de cada sombra y están vacíos de todo sentimiento, de todo calor, supe quién era.

—Juliano —dije—. Eres Juliano. —Y esperé.

—El noble comandante lo sabe todo —replicó.

—¿Qué estás haciendo aquí?

—Soy un hombre libre. —Las palabras carecían de expresión. Rebuscó en el interior de su capa y extrajo un cuadrado de pergamino—.

Si el comandante no me cree, aquí está la prueba.

—De modo que te dieron la placa de madera.

—Sí. Me dieron la placa de madera. Nos matamos unos a otros, tal como predijiste, aunque algunos murieron antes que otros. Ésos fueron los afortunados.

Lo observé en silencio. Luego dije en voz baja:

—Pero tú viviste.

—Sí, viví, si puedes llamarlo vida.

—¿Y entonces?

—Al final sólo quedamos dos, yo y... pero te habrás olvidado de su nombre, sin duda.

Negué con la cabeza.

—No —dije—. No habré olvidado su nombre. Los he recordado todos, hasta el día de hoy.

—Como yo recuerdo el tuyo, noble comandante. Nos emparejaron para luchar en Eburacum. Éramos el espectáculo que todo el mundo esperaba, y el comandante de la Sexta Legión ocupó el asiento de honor. Era un día de fiesta, su hija acababa de casarse, y él quería celebrarlo mostrando su... misericordia. Me dio la libertad mientras la sangre de mi compañero se secaba en mi espada.

—Comprendo. ¿Adónde irás ahora?

—Al otro lado del Muro, donde Roma no gobierne.

—¿Estás loco? —dije, inclinándome hacia él—. ¿Qué vas a hacer allá arriba, aun suponiendo que no te maten de entrada? ¿Qué clase de vida tendrás?

—Eso es problema mío.

—Juliano —dije con voz ronca—, tengo una villa y tierras en la Galia que no he visto desde que nosotros... desde que era pequeño. Puedes ir allí: puedes quedarte a vivir; pueden ser tuyas si quieres. Te lo ofrezco en nombre de una amistad muerta. Pero, te lo ruego, no vayas al norte del Muro.

Entonces me miró, y en sus ojos seguía sin haber rastro de calor o sentimiento humano.

—Voy al norte —dijo—. Y nadie me detendrá.

La lanza, que al principio había tomado por un bastón, descansaba con ligereza en su mano, pero se había apoyado cuidadosamente en las puntas de los pies, y entonces supe que me mataría si me movía. Habría atacado a cualquier otro hombre con una posibilidad de éxito razonable. Pero él era distinto. Había sido gladiador. Estaban entrenados para moverse con una velocidad que un soldado no podía emular. Eran capaces de coger moscas de la pared con las manos desnudas. Lo sabía. Los había visto hacerlo. Hice girar a mi caballo para dejarlo pasar.

—Eres un hombre legalmente libre, como has dicho, y puedes ir donde quieras.

—Lo haré, desde luego.

—Una advertencia, Juliano.

Se volvió al oírme, y por un instante me pareció detectar algo casi humano en sus ojos.

—¿Y bien?

—Ve al norte, desde luego. Pero si lo haces, no vuelvas a ponerte a tiro de lanza desde mi Muro.

—Lo recordaré —dijo sin expresión—. Cuando venga, puedes estar seguro de que no vendré solo.

Lo observé mientras avanzaba por el camino, vi cómo mostraba los documentos al centinela y se perdía de vista en los bosques del norte. Había cambiado por completo, y tal vez yo también. Me pregunté qué pensarían los pictos de él, un hombre sin cabello.

Capítulo II

A mediados de invierno, durante una noche de tormenta, dos hombres y una mujer surgieron del páramo, montados en ponis y cabalgando para salvar sus vidas. Gritaron pidiendo refugio. Les permitimos pasar y los interrogué a la mañana siguiente. Por sus atuendos y por la forma de arreglarse el cabello, Saturnino dedujo que podían ser vacomagos, procedentes de las grandes montañas de la Caledonia central; una tribu con la que Roma no había tenido contacto desde los tiempos de Agrícola. Pero no se lo preguntamos. Los tres eran jóvenes. La mujer era morena, con el cabello negro y largo y piel del color de la leche templada. Era muy hermosa. Los dos hombres eran sus hermanos. Escuché una confusa historia sobre un tío tiránico, un joven amante asesinado por aquel hombre a causa de los celos, y los hermanos que habían matado al tío a su vez; un suceso sangriento que había dividido a la tribu.

—Hubo una reunión de los ancianos, excelencia —dijo el hermano menor con voz fatigada—. Fuimos desterrados y huimos para evitar que nos mataran.

—Muy bien —dije—. Podéis quedaros bajo la protección de Roma, a condición de que obedezcáis nuestras leyes. Pero, ¿qué vais a hacer ahora?

—Nosotros podemos arreglárnoslas solos —dijo el hermano mayor, muy nervioso—. Pero nuestra hermana es otra historia. ¿No necesitará su excelencia alguna mujer para llevarle la casa? Es buena cocinera, obediente, y no le daría problemas.

No me pareció una descripción adecuada de la chica en absoluto, pero comprendí lo que trataba de decirme.

—Gracias, pero no —dije—. Tengo esposa, y mi casa está llena. No necesito sirvientes.

La mujer se tensó al oírlo y levantó la barbilla. Por un momento, en sus ojos hubo una expresión que no pude leer, y entonces bajó la vista y miró al suelo con aire hosco.

Se quedaron durante un tiempo en el poblado civil, y luego mi segundo tomó a la mujer como amante y me pidió permiso para casarse con ella. Los hermanos estaban de acuerdo, y la mujer también, de modo que accedí sin dudarlo. Era una mujer capaz de hacer volver la cabeza a los hombres, y ya había habido peleas en el poblado a causa de ella. Casada, causaría menos problemas.

No podía haber estado más equivocado.

Quinto se convirtió en un visitante habitual de nuestro fuerte, y contribuyó en gran manera a animar a Aelia durante los fríos meses de lluvia y nieve. La primavera llegó pronto aquel año, y luego apareció el verano con un estallido de calor. Aelia estaba muy pálida por aquella época, y creo que un poco triste, pero lo atribuí a los remordimientos que sentía por haber perdido uno de los pendientes que le había regalado, aunque le dije una docena de veces que no me importaba. Para proporcionarle un cambio, le propuse pasar unos meses en Eburacum, y, tras muchas discusiones, accedió a ir. En el último momento cambió de opinión y quiso quedarse, pero Quinto, que había venido a probar nuestro nuevo vino, y que estaba descansando en los escalones, estuvo de acuerdo conmigo, de modo que ella se dejó convencer por nuestros argumentos. La eché mucho de menos, pero pronto me alegré de que se hubiera ido.

Los problemas empezaron en julio, una noche de luna llena. Yo estaba en la oficina, trabajando hasta tarde, cuando entró mi adjunto, Vitalio. Tenía gotas de sudor en la cara y su aspecto era el de un hombre que ha hablado con los demonios.

—¿Qué ocurre? —dije—. ¿Qué te pasa, hombre?

—Nos han traicionado, señor.

—Siéntate. Pareces enfermo. Cuéntamelo.

—Es esa mujer, la esposa de Gayo —dijo, lamiéndose los labios—. Sabía que estaba casado. Lleva semanas detrás de mí, molestándome, pidiéndome... no me deja en paz.

—¿Entonces?

—Amo a mi esposa. —Me miró con aire desafiante—. La amo. Pero... ella es muy hermosa, y... y al final me olvidé de todo. —Enterró el rostro entre las manos y le temblaron los hombros al pensar en su traición.

—¿Eso es todo? ¿Lo sabe Gayo?

—No. Por lo menos, no lo creo. Después ella me amenazó con decírselo si no la ayudaba. Dijo que podía tenerla cuando quisiera si la ayudaba.

—¿Qué clase de ayuda quiere?

—Hay una gran conspiración. Las tribus del lejano norte han prometido unirse con los pueblos que viven entre los dos muros. Es una espía. Vino con sus hermanos con ese propósito. Su historia era falsa.

—¿Qué más?

—Ha estado comprando y sobornando a los auxiliares. Todos los brigantes de la guarnición se amotinarán cuando llegue el momento. La provincia será liberada para siempre del dominio romano.

—Boadicea tuvo la misma idea.

—Es la verdad, lo juro. Las tribus han prestado el juramento de sangre. Y se han aliado con los escotos.

—¿Cuántos hombres de esta guarnición permanecerán de nuestra parte?

—Menos de la mitad.

Yo también empezaba a asustarme.

—¿Para cuándo está previsto el motín?

—Mañana por la noche.

—Entonces tenemos veinticuatro horas para salvar algo del desastre. —Hablé con ligereza, y él me respondió con incredulidad:

—No me crees, ¿verdad?

—Te creo... aunque no lo de los escotos. ¿Cuándo han sido amigos ellos y los pictos?

Se encogió de hombros.

—No importa. ¿De qué lado está Gayo? No me lo digas. Puedo adivinarlo.

—¿Qué vamos a hacer?

—Coge la espada —dije, mientras me abrochaba la mía—. Voy a casa de Gayo, y tú vendrás conmigo.

Salimos en silencio, cruzando la puerta y el duro suelo de hierba hasta el poblado. La mayor parte de las cabañas estaban a oscuras, pero a través de la puerta abierta de una taberna distinguí a una chica de pelo lacio, que barría con aire deprimido las conchas de ostra esparcidas por el suelo. Avanzando en silencio, rodeamos la parte trasera de una casa de madera y su porche, y subimos las escaleras hasta una habitación donde una antorcha ardía colgada de la pared. Los dos estaban allí, sentados juntos en un diván, y con aspecto de acabar de hacer el amor. Gayo se levantó cuando entré, y su rostro palideció al ver mi espada. Pero la mujer junto a él no se movió.

—Gayo —dije—. Tengo pruebas de que tu mujer es una espía y una traidora. También es mentirosa y adúltera. Ahora demuéstrame que tú no eres otro traidor.

Me miró fijamente, lamiéndose los labios resecos.

—¿Cómo? —dijo por fin, y aquella simple palabra me reveló que Vitalio no había mentido. Le tendí un cuchillo.

—Mátala —dije—. Ahora. Con esto.

Cogió el cuchillo, lo miró sin verlo durante un momento y lo dejó caer al suelo.

—No puedo —dijo—. Aunque me mates por ello, no puedo.

Me miró, con la cara llena de rabia y desesperación.

—Tu puesto debió haber sido mío —dijo—. Era mi derecho. Lo había esperado durante todos estos años. Y tú me lo quitaste, aunque te doblo en edad.

—Mátala —dije—. Y me olvidaré del resto.

Meneó la cabeza. A su manera, era un hombre valiente.

—La quiero demasiado —dijo.

Hice una señal a Vitalio y él avanzó y lo acuchilló torpemente, de manera que la punta chocó con el esternón, lo rascó con un terrible chirrido y acabó por romperse. Gayo gritó y cayó de rodillas, como un cristiano en oración, aferrando la hoja con las manos. Vitalio acabó de empujar la espada, y Gayo cayó al suelo de lado. Me volví a la mujer.

—Te mandó él —dije—. Debí imaginarlo. Él sabía que me gustaban las mujeres como tú, mujeres de cabello oscuro y piel blanca. Y si no hubiera estado casado, te habrías ocupado de mí y no de Gayo, ¿no es cierto?

Ella se incorporó y sonrió.

—Sí —dijo—. Él vino a mi pueblo, y yo lo alojé en mi casa, y lo planeamos juntos. Es un guerrero entre guerreros. Tiene poder. Es un gran don ser capaz de hacer ver a otros lo que deseas que vean, hacerles creer lo que deseas que crean. Lo sé, puedo sentir cómo su poder fluye hacia mí cuando le toco las manos. Mi pueblo sabe que desciende de los Antiguos. Por eso creen que es un dios.

La miré fijamente. No la comprendía.

—No es más que un hombre —dije.

—Te equivocas. No es como los demás hombres. ¿Quién sino él podría haber llevado a cabo lo que él ha conseguido? Ha unido a los tres pueblos, y juntos acabarán con esa Roma tuya. Él se convertirá en el rey dios, y yo, que lo he servido con mi cuerpo, seré su reina.

—¿Qué tres pueblos?

—Los pictos, los escotos y los sajones son un solo pueblo en este asunto. Aunque ahora ya lo sabes, es demasiado tarde para detenerlo. Tú y el pueblo romano estáis condenados. Las Águilas morirán. Él lo ha predicho.

Vacilé. Era muy hermosa. Tenía valor, coraje y una gran inteligencia. Volví a vacilar; ella lo vio y se echó a reír.

—Lo esperaré —dijo—. Si es necesario, lo esperaré hasta que se reúna conmigo. Somos de la misma clase, él y yo.

Recordé a Juliano. Había amado a aquella mujer y había odiado a Roma. Yo no odiaba a Roma. Era un soldado, y amaba a Roma, aquella ciudad que nunca había visto. De modo que la maté.

Aunque iba contra la ley, los enterramos en secreto detrás de la casa y no se lo dijimos a nadie. Esperaba que el misterio de su desaparición desconcertara a los amotinados y tal vez los hiciera vacilar. No sé si lo conseguí o no. Al final, no sirvió de nada.

Justo antes del amanecer impartí mis órdenes a aquéllos en quienes confiaba. Quinto, que había venido a petición mía, también estaba presente.

—No atacarán el Muro en sí —dije—. La cara norte es demasiado empinada y rocosa. Se infiltrarán por la Puerta Quemada y los dos castillos miliares que la flanquean. Los arcani los dejarán pasar.

—El poblado es el peligro —dijo Saturnino—. Los edificios sirven de protección en la pendiente sur y hasta el mismo fuerte.

—Evacuadlo al anochecer y quemadlo.

—Tenemos pocos proyectiles —dijo—. La caravana de mulas viene con retraso, como de costumbre.

—Los carreteros deben de estar durmiendo la mona en alguna zanja —dijo secamente Quinto.

—Usad las piedras que sacamos de la cantera para construir el nuevo granero. Sólo habrá que romperlas un poco. Quinto, dejo en tus manos avisar a Eburacum. Reza a Epona porque tus jinetes puedan pasar.

—Tengo una hermana casada en Aesica —dijo Saturnino—. Debemos avisar a los otros fuertes, señor.

—No hasta que oscurezca. Necesitamos a todos los hombres.

Asintió en silencio.

—¿Y los cofres de la paga, señor?

—Oh, bloquea la habitación segura, desde luego. Si algo sale mal, el dinero seguirá aquí para nuestros sucesores. No querrán emplear su fondo de funerales con nosotros.

—Hará buen tiempo —dijo Quinto, mirando al cielo—. No pasaremos frío durante mucho rato.

Aquella misma mañana modifiqué las posiciones de mis tropas y mandé a los sospechosos a patrullar fuera del campamento. Por la tarde empecé a bloquear la entrada sur de la puerta este, y durante todo el tiempo se oía un gran zumbido de fondo mientras las centurias afilaban las espadas en el borde metálico del depósito de piedra junto a la puerta norte. Después, al caer la noche, hice formar a mis pocos hombres y nos desplegamos a lo largo del Muro. Encendí los fuegos de señales, que resplandecieron en la noche, pero no llegó ningún destello en respuesta desde los castillos miliares a derecha e izquierda. Entonces una luciérnaga brilló débilmente hacia el oeste, y supe que Vindolanda había recibido nuestro mensaje, pero no llegó ninguna señal del este. Los arcani, fieles en su traición, esperaban a sus amigos en silencio.

—Descansad —dije en voz baja, y los hombres se apoyaron en el parapeto y frotaron suavemente las manos contra las astas de las lanzas. Habíamos hecho todo lo posible. No quedaba nada más por hacer salvo esperar, y la espera no duró mucho.

Vinieron al amanecer, y el disco escarlata del sol naciente fue un augurio que predijo las muertes de los que se les oponían. La salvaje violencia de aquel primer ataque silencioso arrolló las defensas en muchos puntos. Castillo miliar tras castillo miliar abrían las puertas, y ellos irrumpían para quemar cabañas, acabar con jóvenes y viejos y esclavizar a las mujeres que sobrevivían a la violencia de su lujuria. Luego avanzaban para aplastar los pocos fuertes y torres que se atrevían a oponérseles. Sus barcos llegaron desde el mar, como lobos hambrientos, escotos en la costa oriental y sajones en la occidental. Rodeaban los fuertes que se les resistían, y los hombres inundaban la costa como una marea primaveral y los arrollaban. Los heridos y moribundos, los vivos y los muertos eran arrojados con desprecio desde las murallas. Sus cadáveres llenaban todas las zanjas y todos los pozos, y había sangre, humo y fuego por todo el país.

Mantuvimos el fuerte durante dos largos días de luchas continuas, hasta que quedamos incomunicados y rodeados por los mismos hombres que habían sido mis soldados, hombres a los que había apreciado y ayudado, en quienes había confiado, hombres cuyos dolores había compartido y cuyas alegrías lo habían significado todo para mí. El fuerte estaba en ruinas, y en algún lugar, bajo el suelo de una cabaña destrozada en el poblado de fuera yacía una mujer que había sonreído mientras la mataba.

En dos ocasiones lo oí al otro lado de la muralla, gritando con voz ronca a sus huestes, aunque no llegué a ver al hombre que se había convertido en dios. Gritaba pidiendo nuestra destrucción, pero yo estaba demasiado agotado para sentir odio, demasiado furioso para sentir lástima. Vitalio había muerto y Saturnino estaba herido. Las tribus empezaban a quemar madera junto a las puertas de roble del fuerte, habían incendiado los graneros, y la puerta norte había sido abandonada al enemigo y a nuestros propios muertos. De repente, no pude soportarlo más. No tenía estómago para luchar por una causa perdida, un general que había muerto (nos mostraron su cabeza, clavada en una pica) y un muro que había sido traicionado. Con lo que quedaba de mis hombres, Saturnino y yo nos abrimos paso por entre el humo y nos pusimos en marcha hacia Eburacum.

La calzada del sur contaba su propia historia. Estaba llena de cadáveres, grupos pequeños de hombres que habían resistido, como nosotros, para retirarse testarudamente, luchando hasta ser aniquilados. En Bravoniacum encontramos el fuerte de aprovisionamiento destruido, y los restos del Ala Petriana, nuestra mejor caballería, entre los cadáveres ennegrecidos. Fue allí donde se nos unió Quinto, montado en un caballo exhausto. Estaba solo. En Maglona nos reunimos con la Segunda Ala de astures. Habían sufrido pocas bajas, de modo que hicimos el resto del camino hasta Eburacum bajo su protección.

Allí supimos que una flota sajona había desembarcado al sureste; los grandes fuertes marítimos que Quinto conocía tan bien habían sido silenciados; traicionados desde el interior, o arrasados por la violencia exterior. Y en algún lugar entre las catapultas rotas yacía en silencio Nectárido, conde de la costa sajona, en compañía de sus hombres. En respuesta a la llamada de Fullofaudes, la Segunda Augusta, en Isca, avanzaba ya a través de Britania, pero su avance era lento debido a los continuos ataques y emboscadas. Un decurión de rostro gris que había llegado solo nos dijo bruscamente que no llegarían a tiempo. Se guardó para el final las peores noticias. Los atacotos, una confederación de tribus de Hibernia, habían desembarcado en Mona, y se estaban extendiendo desde los pasos de montaña hasta el centro de la isla, completamente indefenso. La Vigésima, rota en pedazos, había caído en Viroconium, y detrás de ellos, Deva, indefensa salvo por un puñado de veteranos, ya no era más que una ruina humeante.

—Si nos destruyen —dijo Fullofaudes—, también destruirán a la Segunda. Resistiremos o caeremos solos. Vuelve con tu legado y dile que aguante Ratae y que se mantenga en contacto con la Vigésima hasta recibir noticias mías. Si son buenas, le mandaré nuevas instrucciones. Si son malas, tendrá que inventárselas solo.

Combatimos contra ellos al día siguiente, y el enemigo nos superaba tanto en número que no podíamos ni contarlo. Luchamos durante todo el día, y en dos ocasiones vi a un hombre pintado sobre un poni blanco al que conocía, pero no tuve la oportunidad de averiguar si realmente se había convertido en un dios. Por la noche nos habían derrotado. Fullofaudes estaba muerto con todo su personal, y los bárbaros estaban en las calles de Eburacum. Nuestros oficiales también estaban muertos, así que tomé el mando y dirigí la retirada de la Sexta por el camino de Londinium, mientras Quinto nos protegía con los restos de la caballería. Allí nos quedamos, encerrados como ovejas tras las murallas, y esperando que Roma se acordara de nosotros.

Durante todo el otoño saquearon la tierra. La Segunda retrocedió y se hizo fuerte en Corinium, mientras las villas eran saqueadas y las cosechas se pudrían en los campos por falta de hombres que las recolectaran. Se llevaron el grano de los silos y toda la comida que la gente había almacenado para el invierno. Se llevaron el ganado y los ponis como botín de guerra y los condujeron al norte. Saqueaban las casas para despojarlas de todo lo que contuvieran de valor, y mataban a quienes protestaban por el robo. Las calzadas estaban vacías de tráfico, no había comercio, y las ciudades, encerradas en sí mismas, empezaron a morir lentamente de hambre. Y como siempre, las mujeres fueron las que más sufrieron. En primavera tuvimos noticia de que los bárbaros se estaban dividiendo, que las bandas de soldados se volvían más pequeñas, y que muchos empezaban a volver a dirigirse al norte. Los pictos empezaron a discutir con los escotos, y ambos, a su vez, empezaron a discutir con los sajones. Cuando oí la noticia empecé a ver, como si saliera de una larga oscuridad, un pequeño punto de luz que era el amanecer de la esperanza. Lo habían convertido en dios, pero, después de todo, había fracasado en su gran propósito. La conspiración de los bárbaros se acercaba a su fin.

Y entonces, en un día frío y húmedo, cuando ya casi no nos quedaba comida, supimos la noticia. Había llegado el conde Teodosio. Había zarpado con una flota y un ejército desde Augusta Treverorum, en la Galia. Habían recorrido todo el Rhenus y habían cruzado el frío mar a remo, siguiendo las órdenes de un emperador, para desembarcar en Rutupiae. Entonces supimos que estábamos salvados.

Capítulo III

Creía que Aelia había muerto, pero deseaba asegurarme. Por fin la encontré en un pequeño pueblo a las afueras de Eburacum. Estaba muy enferma, y me dijeron que llevaba meses en aquel estado. Tenía el cabello salpicado de gris, estaba muy delgada y con aspecto consumido. Sus ojos me hicieron pensar en los de otra. No tenían esperanza. No quiso hablarme; volvió el rostro hacia la pared y se echó a llorar. Durante tres días se comportó de igual manera, y entonces me dijeron lo que le habían hecho, y yo... lo comprendí al fin. Cuando fui a visitarla al día siguiente y ella apartó el rostro, la atraje hacia mí y le dije las cosas que un hombre dice a la mujer que ama.

—Estoy avergonzada —dijo ella, llorando—. Estoy tan avergonzada... —Y luego añadió con violencia—: Es un castigo por mis pecados.

No me sentía con ganas de reír.

—Eres mi esposa, Aelia —le dije—, y la única vergüenza sería que no vivieras para acompañarme.

A partir de entonces empezó a mejorar. Más tarde, como estaba muy agradecido por haberla recuperado, hice una ofrenda a mi dios y pedí un jarrón de cristal de colores de Colonia, donde se especializaban en esas cosas. Me costó mucho dinero, pero a ella le gustaban las cosas bonitas y estuvo complacida cuando llegó.

Cuando Teodosio hubo pacificado el norte y llegado a un acuerdo con los pictos, regresé a Borcovicum. Había habido grandes cambios. La administración estaba empobrecida, y no podíamos pagar a los auxiliares. De manera que Teodosio les dio tierras. Los hombres tenían sus propias parcelas y se convirtieron en granjeros, viviendo con sus familias en el interior del campamento, de modo que se abandonaron los poblados civiles a lo largo del Vallum. Los arcani fueron disueltos, y empezó el largo trabajo de reconstruir las destrozadas defensas. Quinto Veronio fue nombrado prefecto del Ala Petriana. Se merecía el mando (antaño había sido el puesto que correspondía al oficial de más antigüedad del Muro), y su ambición era tener un regimiento de caballería. Pero los dos lo echábamos de menos, porque había muy pocas personas con las que hablar en nuestro pequeño mundo. Sin embargo, en el bosque había paz, y así pasaron los años.

Una tarde llegó por la calzada un jinete solitario de Corstopitum. Era Quinto Veronio. Me alegré de verlo, pero Aelia, cuyo rostro se había iluminado como una vela cuando grité su nombre, dejó de sonreír al verle el rostro. Se lo veía fatigado, tenso y furioso.

—He venido desde Eburacum —dijo—. Ya no estoy al mando del Ala Petriana. Me atreví a quejarme a Magno Máximo, nuestro amado jefe de estado mayor, sobre la corrupción de los intendentes y los beneficios ilegales en las altas esferas. De modo que aquí estoy, de vuelta a Vindolanda en desgracia.

—¿Y qué más? —pregunté.

—Nuestros soldados de hierro ya no están hechos de hierro —dijo tristemente.

Cuando dejó de hablar, todos permanecimos en silencio, pues no había nada que decir. Se había librado una gran batalla entre el Ejército del Este y los godos que se habían establecido en la orilla oeste del Danubius. Habían combatido en un lugar llamado Adrianópolis, del que nunca había oído hablar, y todo el ejército romano había participado... para ser derrotado. Las hordas bárbaras montadas en sus ponis habían hecho pedazos a las legiones, y el ejército más disciplinado y mejor equipado del mundo había sido destruido por una chusma de jinetes de las estepas. El emperador Valente, sus generales Trajano y Sebastián, junto a treinta y cinco tribunos, los prefectos de una docena de regimientos, el maestro de caballería, el alto senescal y todo el estado mayor habían muerto en el campo de batalla, junto a dos tercios de todo el ejército.

Habían muerto cuarenta mil hombres en una tarde.

No podía creerlo. Era tan horrible, tan inimaginable, que durante días no conseguí hacerme a la idea. Aceptaba los hechos, pero no me atrevía a interpretarlos, porque hacerlo habría significado admitir lo inadmisible: que el mundo civilizado podía ser destruido.

Permanecí sobre el Muro en mi abarrotado fuerte, un tribuno entrado en años al mando de una chusma que apenas merecía ya el nombre de regimiento. Fueron años tranquilos, perturbados sólo por la noticia de que Magno Máximo se había hecho proclamar emperador. Para nosotros eso no significaba gran cosa, pero cuando las tropas de la Galia se rebelaron contra el emperador Graciano, Magno Máximo vio que había llegado su oportunidad de conquistar dos provincias en lugar de una sola. Reclutó tropas donde pudo conseguirlas y despojó el Muro de sus mejores hombres. En una semana deshizo el trabajo de diez años, y nos dejó sin nada, para que defendiéramos la frontera con las manos desnudas. Cuando yo, a mi vez, recibí órdenes de enviarle a la mitad de mis hombres, me negué a hacerlo. Junto a Quinto, me dirigí a Eburacum, donde sabía que estaba Máximo, y pedí audiencia.

—He oído hablar de ti —me dijo—. Llevas mi nombre. Serviste bien a Fullofaudes y a Teodosio, pero no deseas servirme a mí. Dame una razón por la que no deba ejecutarte o mutilarte.

—No puedes permitírtelo —dije—. No puedes permitirte prescindir de un solo hombre. Yo sirvo a Roma, además de a esta isla, y la seguridad de ambas depende de sus fronteras.

—Soy el emperador.

—Eso es discutido por otro emperador en Roma y otro más en el este. Lo creeré cuando ambos estén muertos.

—No fracasaré.

—Claro que no. Para ti, césar, el trono; para nosotros, la guerra.

Trató de sonreír.

—A mi servicio podrías haber tenido un regimiento, o tal vez una legión. Podrías haber llegado lejos.

—¿A morir entre la niebla de la Galia?

—Todavía puedes acabar así cuando regrese.

—Cuando regreses, césar, estaré con mi cohorte en el Muro. O muerto debajo de él.

Entonces pareció preocupado.

—Hay que defender el Muro —dijo.

—Todavía no ha sido capturado por un asalto directo. —Lo miré y añadí, lentamente—. Sólo por traición.

Regresamos a nuestros fuertes. Habíamos conservado a nuestros hombres, pero teníamos suerte de seguir vivos.

Fracasó, por supuesto. Destruyó a Graciano, pero el hijo del hombre que lo había ayudado a llegar al poder fue otra historia. De ese modo, Teodosio I se convirtió en el último emperador único del mundo romano, mientras nosotros tiritábamos bajo la lluvia y rezábamos porque los pictos nos dejaran en paz.

Un día, un extraño nativo se acercó a la puerta norte y dijo que deseaba verme.

—¿Y bien? —le pregunté. Sentía curiosidad, porque el hombre llevaba las marcas de los epidones, de quienes había oído hablar mucho pero a los que no había visto nunca.

—Tengo un mensaje para el tribuno de los tungrios.

—Entonces puedes dármelo a mí —dije.

—Tengo un amigo que desea verte.

—¿Quién es ese amigo sin nombre?

—Tengo que decirte que lo conocerás en cuanto lo veas.

—Claro.

—Está a dos días de marcha hacia el norte y espera en la costa.

—¿Y eso es todo lo que tienes que decir?

—Es todo lo que me han ordenado que diga.

—Es una burda trampa —dijo Quinto—. No vayas.

Me volví hacia el hombre moreno que estaba frente a mí.

—¿Y si no voy?

Pareció desconcertado.

—Mi amigo me dijo que te dijera... ven en nombre de nuestra antigua amistad.

Sentí mucho frío.

—Iré —dije—. Pero no solo.

—Mi amigo lo esperaba. Pero tienes que llevar una rama verde, o no venir.

—De acuerdo.

Me llevé a Quinto y a veinte hombres del fuerte. Quinto sentía curiosidad, pero no hizo preguntas. Durante dos días avanzamos por la antigua calzada militar, construida por Agrícola, y luego, con el viento en la cara, nos dirigimos hacia el mar. El viento soplaba entre la dura hierba, y las aves marinas caminaban entre las llanuras húmedas, porque la marea estaba baja y el mar en calma. En la playa, entre las dunas cubiertas de vegetación, había una pequeña tienda, frente a la que humeaba un fuego de leña. A la derecha, con la proa en la arena, yacía un barco largo y estrecho con una cabeza de dragón, con las velas recogidas bajo el único mástil. Dejé atrás a Quinto y cabalgué hacia la arena con el guía trotando junto a mí. Él nos oyó llegar, porque salió de la tienda y permaneció inmóvil, esperando mientras yo avanzaba, con la rama verde en el brazo de la espada. Desmonté y me dirigí hacia él, y él hacia mí. Ambos nos detuvimos a diez pasos de distancia. Ninguno sonrió ni levantó la mano en señal de saludo. Pero todavía lo conocía, y sentí dolor en mi interior por todo lo que había pasado.

—He venido, tal como prometí.

—Sabía que lo harías.

No había cambiado demasiado. Llevaba el atuendo de su pueblo de adopción, pero en su cuerpo no pude ver ninguna marca de tatuajes. Estaba muy delgado y nervioso, creo, porque no podía tener las manos quietas, y sus dedos jugueteaban sin cesar con la empuñadura de su daga. Había arrugas en su rostro y en su frente, y tenía una cicatriz en el cuello que no había estado allí antes. Pero sus ojos ya no estaban muertos. Tenía el aspecto de un hombre al límite de sus fuerzas.

—¿Qué quieres de mí?

Se sobresaltó al oír mi tono.

—Sólo quiero hacerte una pregunta.

—Podías haber venido al Muro.

—Ya lo hice una vez —dijo, con media sonrisa—. Pero en aquella ocasión no estabas dispuesto a recibirme.

—Ni tú a tener clemencia.

—Eso es el pasado. Si hablamos del pasado, no haremos más que discutir.

—No tengo ningún deseo de discutir. Te hubiera matado una vez en Eburacum, pero ahora aquí hay paz. —Lo miré fijamente—. El pasado está muerto.

—¿Estás bien y eres feliz? —me preguntó.

—Estoy bien. Es difícil servir a Roma en estos tiempos y ser feliz.

—Eres afortunado.

—Si lo soy, trabajo duro para ganarme la fortuna.

—Pero lo arriesgaste todo cuando hablaste con Máximo de aquel modo.

—¿Cómo sabes eso? —dije.

—Si una rata chilla en tu Muro nos enteramos en aquellas montañas. —Miró brevemente hacia atrás mientras hablaba—. Por ejemplo, puedo darte una noticia de Mediolanum que te resultará muy dura. El fanático de tu emperador ha dictado ciertas leyes contra todos los que no adoren a su dios. No se permiten los sacrificios, y habrá que cerrar los templos. Ni en la intimidad de tu hogar podrás rezar al Inmortal.

Lo miré fijamente, enmudecido por la sorpresa.

—Es cierto. No bromearía con este asunto, con ningún hombre. Para los que no profesan su fe, el camino hacia los altos cargos del Imperio está cerrado para siempre. —Hizo una pausa y siguió hablando fríamente—. Si aún fuera romano, juro que no serviría a un hombre que dicta unas leyes tan injustas.

Permanecí en silencio.

Me miró a la cara, estuvo a punto de tenderme la mano y la dejó caer.

—Oh, Máximo, no pongas esa cara. Aunque cruces las siete puertas de nuestra fe, seguirás sin saber en qué dirección te llevará el viento.

No dije nada, y él contempló el suelo con ojos inexpresivos. Luego levantó la mirada y trató de sonreír.

—¿Quieres beber conmigo? Sólo una vez, por las cosas olvidadas.

—Por supuesto. Con todo mi corazón.

Entró en la tienda y volvió a salir con un ánfora y dos copas.

—Esto procede de un barco que naufragó —dijo—. Lo he guardado hasta ahora, para beberlo en una gran ocasión. No he probado vuestro vino en años.

Serví la libación y pronuncié yo solo las palabras que solíamos decir juntos en otra vida, mientras él me observaba en silencio. Aquel encuentro era como un sueño, y me pregunté cómo terminaría. Levanté la copa y le dije:

—Que seas feliz.

Esbozó media sonrisa.

—Tienes una esposa, una casa y un pueblo; todas las cosas que deseabas excepto una. ¿Es un buen sueño, ahora que se ha hecho realidad?

—Me gusta pensar que sí.

—Yo también tenía un sueño, pero se concibió con odio.

—Lo sé.

—¿Crees que fracasó por eso?

—Tal vez. Pero estuvo a punto de triunfar. ¿Cómo lo hiciste?

Vertió las heces de su copa en la arena y se cubrió los ojos.

—Trabajando duro.

Pensé en lo que había debido de costarle. Las conversaciones interminables junto a hogueras humeantes en valles rodeados de rocas que nunca habíamos visto; la implacable paciencia requerida para aplacar celos y rencillas que ya eran viejas cuando Agrícola construyó sus fuertes; el trabajo ingente, duro y agotador de unir tribus, clanes y sectas y convertirlas en un todo organizado, equipado, preparado y dispuesto a seguir un único plan, a obedecer una única orden, y a asestar el golpe deseado en el lugar y momento precisos.

—Ningún romano habría podido hacerlo. —No me di cuenta de que lo decía en voz alta.

—Pero yo llevo su sangre.

—Lo había olvidado.

—Ni siquiera eso fue suficiente. Pueblo tras pueblo se negó a recibirme. Era un extranjero, un exiliado, un hombre sin sombra. Pero una noche llegué a un lugar secreto, donde la sacerdotisa de la tribu celebraba sus misterios. Era una noche de tormenta y relámpagos, una noche de gran violencia, capaz de hacer creer incluso a un romano que los dioses que había abandonado estaban furiosos con él. Vieron la marca que conoces en mi frente, vieron mi cabeza sin pelo, y vieron que tenía la mirada de un hombre que ha contemplado una gran oscuridad. Sus sacerdotes me dieron alimento y cobijo sin una sola palabra, y por la mañana me enviaron a la hija del sumo sacerdote para que fuera mi sirvienta. Por ella me enteré de que creían que era un dios. —Hizo una pausa y levantó la vista—. Después empezó la tarea que había convertido en mi propósito.

Me estremecí.

—Soy yo quien se estremece ahora —dijo—. Supe que habíamos fracasado incluso antes de empezar. Aquella noche de espera, mientras yacía en el bosque y contemplaba las murallas de tu fuerte, sentí un gran frío en mi interior. Por primera vez desde que había conocido a la hija del sumo sacerdote, me abandonó el calor y volví a sentir frío. Sentí más frío aún cuando crucé, triunfante, tus murallas derruidas. Ella estaba muy lejos. Entonces supe que ya no me importaba vivir o morir, ganar o perder. Continué con mi propósito, pero éste ya no tenía sentido, y cuando las tribus se separaron para saquear y pelearse ya no me importaba.

Lanzó la copa al suelo y trató de sonreír.

—¿Y qué haces ahora? —le pregunté.

—Estaba esperando ese barco. Lo he esperado durante cinco días. —Sonrió, mostrando los dientes—. Un hombre que fracasa no es popular. Cuando todo acabó, crucé el mar hasta Hibernia y me quedé a vivir allí. Pero siempre llovía, y siempre sentía frío... aquí. —Se tocó brevemente el cinturón—. Finalmente, regresé a Caledonia. Pero fui incapaz de regresar a aquellas montañas para vivir solo en mi interior. De modo que embarcaré en un barco sajón hacia la tierra sajona. Todavía son mis amigos. —Hablaba con un orgullo desafiante—. Tal vez algún día encontraré otro propósito, en algún lugar, que no se me rompa en las manos.

Una gaviota giró en el cielo por encima de nosotros y lanzó un grito agudo; el guía permanecía inmóvil, sentado junto a la tienda con las piernas cruzadas, y el mar azotaba la playa. Se llevó la mano a la marca de su frente y dijo:

—Los dos llevamos cargas a las espaldas, pero la mía está llena de cosas sin hacer.

Podía haberle llamado entonces para repetirle la antigua oferta de mi villa en la Galia, pero sabía que la rechazaría. Tenía demasiado orgullo, demasiado resentimiento, demasiado odio. Había demasiadas cosas entre nosotros que pertenecían a un pasado dorado, y que no podíamos recordar sin un dolor intolerable. De modo que permanecí en silencio.

Él habló con mi guía, que le respondió y asintió, señalando brevemente a la tienda. Entonces se volvió hacia mí, con la cara repentinamente pétrea.

—Cuando suba la marea zarparé. Pero tú debes irte ahora.

—No me has hecho la pregunta.

—La dejaba para el final, con la esperanza de que no me hiciera falta.

—¿Te hará falta?

—No. Pero te lo preguntaré de todas formas.

Esperé.

—¿Qué le pasó? ¿Qué le pasó a la hija del sumo sacerdote?

—Murió.

—La mataste tú.

—Sí.

—Y por eso podría matarte, incluso ahora, aunque lleves una rama verde en la mano. Pero no lo haré. En lugar de ello te haré una advertencia. Quédate aquí y estarás a salvo. Quédate en esta isla que ahora es tu hogar.

—¿Por qué?

—No puedo responderte, Máximo. Pero el día en que te conviertas en el padre de tu hermano, y el sol esté en el signo de Capricornio, desearás haberte quedado en el Muro.

Me estremecí, sin comprender qué había bajo las palabras que tan bien conocía, yo, que había estado presente en el sufrimiento y el nuevo nacimiento de Juliano, igual que él en los míos.

—¿Volveré a verte, Juliano?

—¿Lo deseas?

Permanecí en silencio.

—Ésa es una pregunta que no debía haber hecho —dijo—. Sí, creo que volveremos a vernos.

Levantó la mano en un gesto de despedida, y yo le correspondí antes de dar la vuelta.

Mis hombres estaban sentados en torno al fuego cuando me acerqué a ellos, y Quinto, envuelto en su capa blanca, paseaba a su caballo arriba y abajo.

—Bueno —dijo—. ¿Qué quería?

—Sólo me estaba despidiendo de un viejo amigo.

Capítulo IV

Aelia tosió y dijo con voz ronca:

—¿Creéis que saldremos alguna vez de Borcovicum?

Quinto volvió a agitar los dados y sonrió amargamente.

—El Muro es un lugar apto sólo para hombres olvidados y en desgracia. Pero al menos la frontera está tranquila y podemos vivir en paz.

No dije nada. Mis sueños sin realizar ya no me dolían; pasaban las estaciones, cada una igual a la anterior, y estaba resignado a que fuera así.

Entonces llegó un correo imperial desde el sur con la noticia de que Teodosio había muerto al fin. Hice formar a mis hombres, al estilo antiguo, y con la nieve cayendo sobre nuestra maltrecha armadura y las espadas sin afilar, les dije que el niño, Honorio, era el nuevo emperador y les pedía que prestaran el juramento de lealtad. Así lo hicieron, cuatrocientos o quinientos hombres desarrapados envueltos en capas raídas, cuyas manos, encallecidas sólo por el trabajo en las granjas, no habían sostenido una espada en años; mientras los aburridos centinelas del camino de guardia daban la espalda a la blanca monotonía del bosque y se apoyaban en los escudos para contemplar una ceremonia que antaño, realizada por las legiones, podía haber creado o depuesto a un emperador.

Más tarde recibimos otra noticia. Un comerciante de caballos de camino a Petriana me dijo que un general vándalo al servicio del Imperio había sido nombrado guardián de Honorio, y que ese general, Estilicón, era considerado como el hombre que todavía podía salvar a Roma. Había hecho retroceder a los francos y alamanes hasta Germania, y había vuelto a asegurar la frontera del Rhenus.

Aquel invierno el frío fue terrible y tuvimos dificultades con el combustible. El día más corto del año, la provisión de piedras negras que guardábamos en la antigua sala de guardia, junto a la puerta oriental bloqueada, prácticamente se había agotado, y resultó muy duro extraer más cantidad del afloramiento cubierto de hielo en el que habíamos trabajado durante años. Aelia tenía una tos terrible que empeoró en lugar de mejorar. Ni siquiera envuelta en mantas junto al escaso fuego de nuestro alojamiento podía dejar de tiritar, y la visión de su rostro, con sus ojos hundidos, nos daba miedo a todos. La hubiera enviado al sur, pero las calzadas estaban impracticables y, en cualquier caso, como dijo más tarde Saturnino, ella no nos habría dejado. Quinto fue un buen amigo en aquella época. Venía de visita, la acompañaba en las ocasiones en que mis deberes me obligaban a ausentarme del fuerte, y hacía muchas cosas para animarla. Yo no dejaba de decirme que cuando llegara la primavera, ella se pondría bien. Cada noche y cada mañana rezaba a Mitras, y también al dios de ella. Al menos él debió escucharme. Ella solía decir que su dios cuidaba de los débiles y los enfermos, pero no la ayudó en aquella ocasión, y cuando por fin llegó la primavera, Aelia murió.

Aquel verano fui a Eburacum y pedí un traslado. El jefe de estado mayor era Constantino; un hombre ambicioso de mediana edad que había compartido conmigo una cabaña en mis días de legionario con la Vigésima. Tenía un hijo, Constante, al mando de un ala. No me caía bien. Era despectivo, cruel y orgulloso, y tenía demasiados seguidores entre los oficiales jóvenes.

Pasaba mi tiempo esperando en las antesalas vacías del reparado cuartel general de la Sexta, o paseando por las descuidadas calles. A veces me sentaba en el anfiteatro vacío y trataba de no pensar en mi esposa... Él había salido por aquella puerta, en la retaguardia de la procesión, mientras el legado de la Sexta sonreía a su hija y el sol azotaba a las sudorosas multitudes. Allí abajo, en aquel círculo de arena lisa, las dos figuras diminutas se habían balanceado, hasta que uno de los hombres hubo muerto y el otro quedó inmóvil, mientras los bancos abarrotados rugían, esperando el don vacío de una libertad con la que no podría hacer nada. El legado podía liberarlo, pero permanecería prisionero de sus pensamientos para siempre.

Entonces, una tarde en una taberna, a través del humo, las conversaciones y el chasquido de los dados, oí la voz aburrida del joven Constante.

—Alguien debería decirle al viejo idiota que está perdiendo el tiempo. El trabajo de mi padre es demasiado valioso para ascender a un pagano.

Me puse en pie y me dirigí al mostrador, donde una chica sacaba vasos sucios de vino de una bandeja.

—Dame eso —dije. Cogí la bandeja, la froté con la manga y la levanté a la luz. En el reflejo pude verme la cara. Contemplé en silencio el bronce pulido, me volví y salí. A la mañana siguiente recogí a mi caballo de los establos y regresé a Borcovicum. No había conseguido nada.

Más tarde supimos que el guardián de Roma había desembarcado en Dubris. Se decía que había venido de visita para reorganizar nuestras defensas. Cuando nos enteramos de que iba a venir al norte, hasta Eburacum, Quinto, a quien hacía semanas que no veía, vino a decirme que iba a ver a Estilicón.

—Estás perdiendo el tiempo. —Miré con impaciencia su rostro fatigado—. Necesita hombres jóvenes, no sus fantasmas.

—Tal vez. Pero puede necesitar soldados con experiencia, entrenados en verdaderas legiones. Máximo, ya llevamos demasiado tiempo pudriéndonos aquí. —Su voz sonaba desesperada.

—Que te diviertas —dije—. Y trae algo de vino. Mira si su personal tiene algo de Mosella. Estoy harto de beber vinagre.

Regresó una semana más tarde, pero no vino solo. Tras él venía un destacamento de caballería, al frente del cual había un grupo de jinetes en torno a una capa escarlata, una armadura dorada y una gran pluma que sobresalía por encima de todos.

Ordené que el trompeta tocara «alerta», y mis hombres se reunieron junto a la muralla sur. Estilicón, el comandante militar del Imperio de Occidente, era un hombre grande, de hombros anchos, cabellos rubios y ojos azules e inquietos. Lo inspeccionó todo. Vio la sala de registros, que se había convertido en armería, el despacho del adjunto, empleado a la sazón para fabricar puntas de flecha, y las salas de cuentas, donde el contable dormía además de trabajar. Visitó la cantera de donde sacábamos las piedras para reparar las murallas, e hizo preguntas constantemente. No dejaba de preguntar.

—¿Cuántos años tienes? ¿Y cuánto tiempo llevas en el Muro? —preguntó. Yo le respondí. Se detuvo un instante y siguió hablando bruscamente—: Me han contado que desafiaste a tu tocayo y viviste para contarlo. También he oído que dirigiste la retirada de la Sexta Legión. ¿Qué me responderías si te digo que puedo necesitar llevarme a una legión para que me ayude en Italia?

—Si el general necesita una legión, es que la legión es necesaria —repliqué con cautela.

—Ya no podemos luchar contra los bárbaros al estilo antiguo. En los días de las legiones, aún era posible. El soldado con armadura era el mejor del mundo. Pero no después de Adrianópolis. Valente murió, pero de haber vivido nunca habría comprendido el porqué de su derrota. Pero yo lo sé. —Sonrió—. Yo también soy un bárbaro. ¿Puedes decirme por qué nos derrotaron?

Permanecí en silencio.

—Vamos. No fue una cuestión de números ni de mala dirección, aunque ambos factores tuvieron su importancia.

—Los legionarios habían derrotado a la caballería con anterioridad —dije lentamente. Estaba pensando en lo que había leído sobre Maharbal, el gran general de caballería de Aníbal.

—Sí —dijo él—. Pero nunca habían luchado contra unidades de caballería que emplearan estribos.

Reflexioné un momento.

—Quieres decir que los estribos les proporcionaban mayor estabilidad para emplear mejor sus armas —dije, vacilante.

—Correcto —dijo—. Tu amigo Veronio me dijo que podías pensar como un soldado, y tenía razón.

—Pero los sármatas también usaban estribos —dije.

—Cierto, pero sólo usaban a los caballos para escaramuzas, ataques breves y emboscadas. Nunca lanzaban cargas masivas, hombro con hombro. Ningún soldado de a pie puede resistir eso.

Permanecí en silencio. Estaba interesado, pero no veía adónde íbamos a parar.

—La Sexta debe permanecer en Eburacum como fuerza móvil, por si vuestro bosque se inflama de nuevo. La Segunda debe quedarse en Rutupiae para proteger la costa sajona. Eso nos deja a la Vigésima. Tiene pocos hombres, mal dirigidos y peor pagados. Tienen poca disciplina y carecen de habilidad en el combate. Tú asumirás el mando como general. Hazte llamar legado, a la antigua usanza, si lo deseas. Mantén el nombre de la legión y también el Águila, si te sirve de ayuda. Organízalos como desees. Nombra a tus propios oficiales. Pero olvídate de los ejercicios de batalla que te enseñaron en la antigua legión. Ahora necesitarás arcos, no jabalinas. Lo que quiero es una fuerza de campo de seis mil hombres, parte caballería y parte infantería, entrenados y disciplinados para luchar contra masas de caballería a campo abierto en un momento, o para construir y defender una línea de fuertes al momento siguiente.

Tenía los ojos fijos en mí y no pude apartar la vista.

—¿Cuánto tiempo me darás? —pregunté. Apenas podía comprender lo que me estaba diciendo.

—Tenlo todo preparado en un año, y espera mi llamada a partir de entonces. —Me tendió un pergamino—. Aquí está el nombramiento, firmado por el emperador. El nombre no está escrito, pero lo haré antes de comer.

—¿Sabe el emperador que no soy cristiano? —dije.

—Oh, sí. ¿Por qué crees que un hombre de tus capacidades ha permanecido aquí todos estos años?

—¿Y no le ha importado, señor?

—Lo convencí para que fuera un poco flexible con sus propias leyes —sonrió Estilicón.

Se quedó a comer, charlando todo el tiempo, y se marchó. Sus últimas palabras fueron típicas.

—Te encargaré dos capas en Eburacum. Lo adecuado es que la dignidad acompañe al poder. Una siempre ayuda al otro.

Permanecí junto a la puerta, observando cómo se iba. Fue el último general romano en visitar a los hombres del Muro.

—Debemos beber para celebrarlo —dijo Quinto—. El mundo está a tus pies. De legado a emperador no hay más que un paso. —Me dedicó un saludo burlón, pero en sus ojos había una mirada ansiosa.

—No seas estúpido —le dije, irritado, pues estaba muy nervioso—. ¿Qué mentiras le contaste para que hiciera algo así?

—Le dije la verdad; que éramos los dos únicos hombres honestos en el Muro. Me creyó. No se miente a un hombre así.

—No —dije.

—¿Cuándo partirás? —Su cara estaba perlada de sudor.

—Dentro de dos o tres días. —Me volví y eché a andar lentamente hacia mi casa.

Él me siguió, todavía más lentamente.

—Comprendo. —Su voz era inexpresiva.

—Quiero que vengas conmigo para comandar la caballería.

Oí que aceleraba el paso.

—Bien —dijo, y su voz estaba llena de alegría y alivio—. Siempre supe que podía ser un segundo Maharbal si tenía la oportunidad.

Saturnino se quedó muy quieto cuando le di la noticia.

—¿Te llevarás tropas del Muro, señor? —preguntó.

—No —dije, meneando la cabeza—. Tú serás el prefecto aquí desde ahora. Pero me llevaré a tu hijo menor, Fabiano, si me lo permites.

Nos despedimos en mi residencia, y luego, a solas, contemplé el altar que había significado tanto para Aelia y me pregunté, por un instante, si lo que me había dicho sería cierto; que volvería a verla, y que aquel dolor largo e intolerable era, en realidad, sólo el síntoma de una separación temporal. Después salí a la luz del sol y pasé revista a mis hombres por última vez.

Frente a la puerta sur me esperaba Quinto con un grupo de jinetes. Saturnino y él se miraron largamente. Nunca habían sido amigos. Durante años había existido entre ellos una curiosa tensión, que yo nunca había intentado investigar o comprender. Los que pasamos la vida en comunidades pequeñas aprendemos enseguida que es mejor no hacer demasiadas preguntas.

—¿Mantendrás tu promesa, pues, prefecto? —dijo Saturnino con calma.

—La mantendré —asintió Quinto, y yo me pregunté a qué dios o persona habría hecho una promesa, y en qué consistiría. Pero me fijé en que ninguno de los dos deseó buena fortuna al otro.

Saturnino había excavado un agujero en tierra junto a la puerta, y en su interior dejé cuidadosamente el pendiente que quedaba de los que había regalado a Aelia, junto al sello que me había dado ella. Saturnino sacó una moneda del cinturón.

—La encontré hace años bajo el suelo del granero número dos; un sestercio de Cómodo. La guardé para que me trajera suerte. ¿Puedo añadirla como regalo, señor?

Asentí, y él la depositó en el agujero. Había pensado que Quinto se nos uniría, pero no lo hizo. Cuando la tierra hubo sido aplanada y la libación vertida, extendí la mano.

—Ha pasado mucho tiempo —dije.

—Más de treinta años —replicó.

—Aguanta el fuerte.

—Todo lo que pueda.

Monté en mi caballo y tomé la calzada de Corstopitum. No volví la vista hacia los baños desiertos, ni al Vallum en ruinas, ni a los castillos miliares abandonados. Sólo miré al frente durante todo el camino.

Lo primero que hice al llegar a Eburacum fue visitar los baños, donde el sudor me liberó de la suciedad acumulada durante semanas; me dieron un masaje, me afeitaron y me cortaron el cabello. Entonces me miré al espejo. Tenía el pelo gris, y a los soldados no les gustaban demasiado los comandantes canosos, de modo que me lo teñí, teniendo la precaución de dejarme algo de gris a los lados. Dije a Quinto que hiciera lo mismo. A continuación recogimos nuestras nuevas capas escarlata y nos dirigimos al cuartel general.

Constantino sonrió cuando entramos.

—Me he enterado de tu buena fortuna —dijo—. Y te felicito, por supuesto. ¿En qué puedo ayudarte? Me temo que no con hombres.

—Quiero el cofre del dinero que me dejó Estilicón para pagar a mis hombres. Reclutaré mis propios soldados, pero necesito equipo y provisiones.

—Lo lamento, pero en eso no puedo ayudarte —dijo, sonriendo—. Tendrás que hacer pedidos a la manera usual a las fábricas del gobierno en la Galia e Italia.

—Tardaré meses —dije.

—Ya conoces las ordenanzas —dijo Constantino, encogiéndose de hombros.

—Tienes provisiones —dijo Quinto, en tono gélido—. Tienes más equipo que hombres. Sé cómo funcionan esas cosas.

—Te han informado mal. —La sonrisa de Constantino se desvaneció—. Prestarás un flaco servicio a esta isla si sacas más tropas de aquí.

—Estás mintiendo —dijo Quinto fríamente.

Levantando la vista de repente vi que la puerta se había abierto y que estaba allí el joven Constante, apoyado en la pared. Llevaba la armadura demasiado bruñida que siempre se ponía, y olía fuertemente a perfume.

—Me he enterado del milagro —dijo, lánguidamente—. He venido a presentar mis felicitaciones.

Constantino dijo suavemente:

—¿Y si no permito que os llevéis a la Vigésima de Britania? Nos falta de todo, te lo digo de veras. ¿Qué sentido tiene ayudar a Roma si no podemos ayudarnos a nosotros mismos?

—Oh, si tanto le preocupan los bárbaros, que se vaya con ellos —dijo Constante, con un bostezo.

—Nosotros somos Roma —dije—. Todos somos Roma, lo queramos o no. Los bárbaros están presionando en la frontera del Rhenus. Si esa frontera cae, quedaremos aislados de Roma. ¿Qué ayuda nos dará entonces el gobierno central si no los ayudamos ahora?

—¿Cómo podemos ayudar? —dijo Constantino, exasperado. Extendió las manos en un gesto de prestamista—. No hay dinero. ¿Cómo podría haberlo, cuando los ingresos por los impuestos son tan despreciables? Nuestra administración ya no sabe qué hacer para responder a las exigencias del gobierno central.

—¿Acaso la provincia se ha de ver en peligro por culpa de la negligencia corrupta de unos cuantos viejos gordos y ociosos? —dijo Quinto—. Cuando los sajones regresen, los perfumes serán malos sustitutos de los escudos de cuero.

—¿No estarás insinuando que hay corrupción, supongo? —rió Constante.

Me volví hacia él.

—Sólo lo sugiero. Tú, por supuesto, lo sabrás. —Luego me dirigí al padre—. Todo lo que quiero, dado que no conseguiré ayuda, es el oro que dejaron para mí.

—Pero necesitamos ese oro para nuestra defensa —dijo Constantino, con una sonrisa neutra.

—No —dije.

—Perdona —dijo, poniéndose en pie—. ¿Te he oído bien?

—Sí. No estoy a tus órdenes.

—Tal vez aspira a ser otro Magno Máximo —dijo Constante, cruelmente.

Crucé la habitación y le abofeteé la cara con fuerza.

—No. Si fueras un hombre, lo entenderías.

—No eres tú quien da las órdenes aquí —dijo Constantino. Estaba pálido de rabia, pero hizo un esfuerzo por sonreír—. Puedes llevarte la mitad del dinero, o nada en absoluto.

—¿Y si me niego y lo tomo todo? —Acaricié suavemente mi espada.

—Mis legiones pueden andar escasas de efectivos, pero, por los dioses, te resultará más fácil desafiar a un emperador que a dos mil de mis hombres.

—Tengo que obedecer las órdenes de Estilicón —dije—. No las tuyas.

—Entonces, obedécelas —dijo Constantino.

—Puede regresar —dijo Quinto, suavemente.

—Nuestro general bárbaro ha casado a su hija con el emperador. Tiene un poder considerable —añadí en voz baja.

—Oh, puede regresar, pero es un hombre ocupado —dijo Constante—. Y si necesita llevarse tropas de esta isla, me parece que no le será fácil volverlas a enviar.

Los miré a ambos, y sentí odio. En el Muro había inspirado lealtad, pero allí no tenía ninguna autoridad. Sin hombres no podía hacer nada, y ellos lo sabían.

—Muy bien —dije—. La mitad, pues. Pero si no recibo mi mitad, juro por el Gran Toro que volveré y me lo llevaré todo a punta de espada.

Salimos a la brillante luz del sol, y ninguno habló durante un rato.

—Es una conspiración —dije—. Con la mitad del dinero puede volver a equipar a sus propios hombres al mismo tiempo que yo a los míos. Si me lo diera todo, mi mando sería el más fuerte de toda la isla. ¿De qué tiene miedo? ¿De que aspire a ser Dux Britanniarum?

—Por supuesto —sonrió Quinto—. Pero él aspira a la púrpura imperial, como mínimo.

—¿Nos dará la mitad?

—Tiene que hacerlo. Es un hombre avaricioso, pero también práctico. Para quedárselo todo, tendría que matarte antes. Pero eso significaría la ruptura con Honorio. No se lo puede permitir, de modo que se libra mejor de ti dejándote marchar. Espera que muramos en los bosques de Germania. —Siguió hablando lentamente—. Y probablemente moriremos. Oh, Máximo, amigo mío, probablemente moriremos.

Dos días después cabalgaba hacia el suroeste bajo el sol de primavera. Dejaba atrás mi juventud, mi madurez, mi esposa y mi felicidad. Había llegado a general, y sólo podía esperar la derrota o la victoria. Ya no existía el término medio, y no me importaba.

Capítulo V

Atravesé a caballo Deva, una ciudad fantasma de paredes en ruinas, casas quemadas y calles vacías cuyos escasos habitantes, con las memorias heridas por los ataques de los atacotos y sus siniestras costumbres, se ocultaron a mi paso. Finalmente, tras incontables millas de camino serpenteante a través de las montañas, sentí un viento fresco y limpio en la cara, y pude oler el mar. Segontium me recordó a Eburacum, y la Vigésima, cuando hube visto a sus centinelas y conocido a sus oficiales, me recordó a la Sexta. Había el mismo olor lento a dejadez e indolencia que me hizo añorar a mis granjeros soldados de la lejana Borcovicum. Una hora después de llegar, celebré una reunión con los oficiales superiores y los centuriones. Para terminar, dije:

—Va a haber muchos cambios, os lo advierto. No quiero a ningún oficial que no esté dispuesto a hacer todo lo que tengan que hacer sus hombres. No sólo eso; ha de ser capaz de hacerlo mejor.

Los despedí, y al día siguiente empezamos a trabajar. Necesitaba a dos hombres clave para mi mando, y tras una semana de cuidadosa observación llamé a Áquila y a Julio Optato, dos de los oficiales más jóvenes, que parecían tener algo que faltaba a los otros comandantes de centuria.

Áquila era nativo de la región, un hombre de estatura mediana, nariz ganchuda y expresión tranquila. Julio Optato era bajo, cuadrado y fornido; tenía manos de artesano y voz de toro. También poseía buena memoria y talento para la organización.

—Vosotros dos —dije— vais a ser ascendidos. Tú, Áquila, serás el centurión en jefe. Sólo llevas cinco años de servicio, y pasarás por encima de hombres con más antigüedad. Es una medida poco usual, pero esta legión también es poco usual. Tendrás que enfrentarte a los celos y a la envidia. No podrás solucionarlo a golpes, de modo que no lo intentes. Recuerda tres cosas: has de ser más eficiente que nadie, excepto yo mismo; nunca des una orden que no pueda llevarse a cabo razonablemente; y nunca dudes a la hora de decidir. Por último, si la legión no es eficiente, recuerda que te culparé a ti y no a los hombres.

Sonrió y dijo suavemente:

—Haré lo que pueda, general.

A Julio Optato le dije:

—Ahora eres el intendente. Tendrás más paga y siete veces más trabajo. Además, vas a ser un intendente muy poco usual; uno que no acepta sobornos ni vende provisiones para su beneficio personal. Si lo haces, acabaré contigo. ¿Queda claro?

Él asintió, incapaz de hablar.

Al final de la semana llegó Quinto con las carretas tiradas por bueyes, y pagamos a los hombres. Seleccioné a unos cuantos centuriones para enviarlos a hacer campaña de reclutamiento, y mientras esperábamos a que llegaran los jóvenes solteros para unirse a nosotros, los dos mil hombres empezaron a aprender, por primera vez en sus vidas, qué significaba ser soldados. Pero las provisiones también eran un problema. Necesitábamos tanto equipamiento y se tardaba tanto en conseguirlo por los canales oficiales, que llegué a pensar que sería imposible estar listos cuando llegara la llamada de Estilicón. Tenía que enviar mis peticiones a través del jefe de estado mayor al prefecto pretor de la Galia que a su vez las trasladaba a las fábricas apropiadas, muy lejos unas de otras. Las de ropa de lana, ballistae, escudos y corazas de los oficiales iban dirigidas a Treverorum; pero (y eso era típico de nuestra administración) las corazas de los hombres se fabricaban en Mantua, mientras que la armadura para la caballería había que solicitarla a Augustodunum. Podía pedir flechas a Concordia, pero los arcos para dispararlas se fabricaban en Mantua; y las espadas, por supuesto, venían de Remi. Además, había que encontrar o adiestrar artesanos capaces de reparar lo que recibíamos, o de fabricar lo que no podíamos permitirnos comprar. Se asignó una zona especial en el campamento para que trabajaran aquellos hombres, bajo la supervisión de Julio Optato. Era una zona ruidosa y llena de humo, y el sonido del hierro al golpear contra el hierro se escuchaba durante todo el día.

Al cabo de tres meses, la legión había doblado su tamaño original y los hombres empezaban a estar en forma. Tras una marcha de veinte millas bajo una lluvia torrencial, con las ropas empapadas y los pies llagados, eran capaces de erigir un campamento completo con sus defensas en cuestión de cuarenta minutos, y luego luchar durante sesenta minutos.

—No sirve de nada —les decía— aprender a caminar quince millas si estáis tan cansados al final que no podéis matar a un hombre al primer intento cuando trata de acuchillaros. Os matarán, y la larga marcha habrá sido una pérdida de tiempo.

Por las noches, en el campamento y fuera de él, impartía un entrenamiento especial a mis oficiales y centuriones.

—Hay cuatro cosas que debéis aprender si deseáis ser buenos oficiales —les decía—. Disciplina, iniciativa, paciencia e independencia.

—¿Y la lealtad? —preguntó un centurión cuyos hombres se habían quejado de la frecuencia con que empleaba el bastón.

—No se puede comprar la lealtad —dije—. Sólo se puede ganar.

Hubo problemas con los caballos. Necesitábamos cerca de dos mil, y Quinto tuvo grandes dificultades para conseguir cuatrocientos. Al cabo de cinco meses, tenía a todos mis hombres, pero aún me faltaban caballos. Decidimos que Quinto viajaría hasta la Galia, se instalaría en Gesoriacum y buscaría allí el resto de los animales.

—Será difícil transportar los animales que tengo —dijo—. Necesitaremos mucho equipamiento.

Miré a Julio Optato.

—¿Y bien? —pregunté.

—Será una tarea cara, señor —dijo sonriendo.

—Te daré el dinero. Al trabajo.

—Gran parte de las provisiones que necesitamos han sido enviadas a Gesoriacum y esperan nuestra llegada. Escribiré al Dux Belgicae para asegurarme de que te presta toda la ayuda necesaria.

—Te refieres a que no quieres que nos quite las provisiones —rió—. Me aseguraré de controlarlo todo.

La caballería partió una mañana de lluvia al principio del año nuevo, y el campamento pareció vacío sin ellos; ciertamente, me resultaba vacío sin Quinto.

Cuando llegó el verano recibí la visita sorpresa del joven Constante, que apareció un día a caballo con algunos oficiales.

—He venido a preguntar cuándo estarás listo para marcharte —dijo, descuidadamente.

No me sorprendió. En Eburacum estaban cada vez más nerviosos, tal vez preguntándose cuáles podrían ser mis intenciones, con una legión reclutada y parcialmente entrenada.

—Verás lo preparados que estamos —dije—. Puedes observar mañana a mis hombres durante las maniobras. Tal vez ahora te apetecería algún refresco e inspeccionar el campamento.

—Por supuesto —dijo con aire insolente—. Es mi deber, en nombre del Dux Britanniarum, asegurarme de que los fondos de Roma no han sido malgastados.

Sentí la tentación de abofetearlo otra vez, pero me contuve con un esfuerzo. ¿Qué me importaba Constante?

Sin embargo, pese a toda su presunción y malos modos, parecía saber bien lo que estaba haciendo, y ni yo mismo podría haber hecho una inspección mejor o más completa. A la mañana siguiente vio formar a los hombres y contempló las maniobras. Por la tarde observó un ejercicio de campo, vio cómo se disparaban las ballistae, cómo las cohortes atacaban una posición preparada, y frunció el ceño mientras se erigía una torre de señales, se cavaba una trinchera defensiva y los ingenieros de la legión construían un puente ligero para cruzar un río. Dijo poco y yo me pregunté qué estaría pensando. Lo sabría pronto. Al anochecer entró en mi despacho y se apoyó tranquilamente en la pared mientras yo dictaba una carta a mi asistente.

—La siguiente es para el tribuno de la fábrica de Treverorum. Te devuelvo las armaduras que enviaste. Las necesito para usarlas, además de por su apariencia, y esta remesa está tan bien bruñida que ha perdido peso y, como consecuencia, resulta peligrosamente delgada. Una lanza la atravesaría fácilmente, como verás por las pruebas que hemos realizado. Por favor, en el futuro cíñete a las instrucciones que mandé con el pedido original.

—No sabía que eras un soldado —dijo en voz baja—. Con una espada así en las manos, un hombre puede aspirar a la púrpura.

—Deduzco que apruebas lo que has visto —dije.

—Mi padre se equivocaba. No creía que pudieras hacerlo.

—Tú tampoco.

Se sonrojó y se frotó la mejilla.

—No te guardo rencor —dijo, enseñando los dientes—. Tengo una buena ala. Y necesitarás toda la caballería que puedas conseguir. Casi me siento tentado de unirme a vosotros. Estoy harto de Eburacum y de esas eternas patrullas de fuerte en fuerte, buscando sajones. Cuando llegan están medio ahogados, y no sirven ni para una buena pelea.

—Olvidas algo —dije—. Podría no aceptarte.

—Me aceptarías —dijo sonriendo—. Aceptarías a cualquiera que fuera un soldado. Ahora te conozco. ¿Por qué no aspiras a la púrpura? Los hombres te apoyarían. —Hablaba como si se tratara de un juego.

—¿Y qué serías tú?

—Oh, tu segundo, por supuesto.

—Ya veo. Sí, por supuesto.

—¿Por qué no? La provincia es tuya. Podrías cogerla como una ciruela madura. Con un ejército fuerte que no dejara entrar a los sajones ni al resto, esta tierra podría volver a ser rica. Tuya y mía.

—Pero no es mía. Es parte de Roma.

—Oh, bien, si quieres más, también puedes cogerlo. La Galia, Hispania y después el Imperio. Pero, ¿por qué molestarse? Es demasiado difícil mantenerlo. Magno Máximo, tu tocayo, lo descubrió. ¿Por qué no conformarnos con esta isla? Sería muy fácil. ¿Por qué preocuparte por el resto?

—No quiero la púrpura —dije, mirándolo fijamente—. Ni aquí ni en Ravenna. Respecto al resto, si esta isla es algo se lo debe a Roma. Si os separáis no seréis nada, un cuerpo en descomposición sin cabeza. No podemos sobrevivir sin Roma. Somos Roma.

—Te equivocas —dijo—. Aquí necesitamos a un hombre fuerte, capaz de establecer un gobierno fuerte y manejar las cosas como es debido. No hay nadie en Eburacum que pueda hacerlo. Ni siquiera mi padre, aunque a menudo piensa... —Se interrumpió y siguió hablando con ligereza—. En fin, había que intentarlo. No me ocurre a menudo, eso de pensar en alguien que no sea yo mismo. Una verdadera lástima. Qué desperdicio de buenas intenciones.

No me fiaba de él.

—Me llevaré a la legión cuando Estilicón me lo permita. Entre tanto, tienes a las demás legiones y a los auxiliares. Si necesitas actividad, ¿por qué no trabajas con ellos? El Muro no estará en paz siempre.

—Pero trabajar solo es muy aburrido —dijo, enfurruñado.

Antes de partir para regresar al norte, me dijo desde la silla:

—Haré un buen informe, general.

Sonreí.

Se inclinó hacia mí y dijo con vehemencia:

—No te vayas. Máximo se fue y los hombres que se llevó nunca regresaron. A ti te ocurrirá lo mismo, sean cuales sean tus intenciones. Ninguno de vosotros regresará, y todo esto habrá sido un desperdicio.

Regresé a mi despacho en silencio. No me había sonreído. Hablaba completamente en serio.

Dos semanas más tarde dejamos Segontium para dirigirnos al sur, y dos meses después estábamos en Gesariacum. Al acercarme al campamento, con el tranquilo paso de las cohortes detrás de mí, contuve el aliento. La calzada que llevaba hasta él estaba, a todo lo largo de la última media milla, abarrotada de hombres, hilera tras hilera de hombres armados a caballo, todos sosteniendo lanzas o espadas, mientras Quinto, montado en un caballo negro con dos pies blancos, la capa roja tendida a su espalda y la pluma escarlata de su yelmo meciéndose en la brisa, permanecía inmóvil junto a las puertas, con la mano levantada en señal de saludo.

Me acerqué a él, y me saludó como si fuera un emperador.

—¿Encontraste a tus caballos?

—Sí, encontré a mis caballos. Oh, me alegro de verte, Máximo. Ven a conocer al general de Bélgica.

Más tarde, mientras el campamento dormía, nos sentamos en la tienda de Quinto con una jarra de vino y me contó las noticias.

—Estilicón llega mañana —dijo—. Está reuniendo todas las tropas que puede. Al parecer, Italia está a punto de ser invadida y nuestro amado emperador, Honorio, se ha retirado discretamente a Ravenna. Corren rumores de que se pasa el tiempo preocupado por la salud de sus gallinas y preguntándose si el aire de los pantanos acabará con ellas. Así es el emperador. Y bien, ¿qué tal nuestros amigos de Eburacum?

Se lo conté, y cuando llegué a la visita de Constante pareció desconcertado.

—No lo entiendo —dijo al fin—. Debe de estar ocurriendo algo que no le gusta en absoluto, o nunca habría recurrido a ti.

—Sí —dije—. Me parece que es una suerte haber salido de esa isla. No creo que sea un lugar seguro para un general.

—No hay ningún lugar seguro para un general —dijo en tono sombrío.

Nos sentamos al sol junto a mi tienda mientras Estilicón daba órdenes. Lo observé cuidadosamente. Aquél era el hombre que había ayudado a Teodosio a derrotar a Máximo, mi tocayo, y que se había casado después con una sobrina de su emperador. Aquél era el hombre que había combatido contra los godos del Imperio de Oriente, que había frenado ya una vez a Alarico en Larissa y que había destruido el poder del príncipe moro, Gildo. Aquél era Estilicón, el último general de Occidente, aquel hombre que estaba sentado tranquilamente en su silla y que impartía órdenes con tanta seguridad y rapidez.

—Estoy dejando la frontera sin tropas —dijo—. Voy a sacar a la Decimotercera Ulpia y a la Primera Minerva de la Germania Superior, además de la Octava Augusta de la provincia inferior. Es un riesgo, pero debo aceptarlo. Necesito a todos los hombres adiestrados y capaces de llevar armas si quiero ganar contra Alarico; treinta regimientos como mínimo.

—¿Resistirá la frontera? —pregunté pensando en Máximo, a quien eso no le había preocupado.

—El tiempo suficiente, tal vez. —Sonrió—. Los teutones del otro lado del Rhenus sienten en sus espaldas la presión de los hunos del este, y avanzan hacia el oeste. Con el tiempo, molestarán a los que ya se han establecido a las orillas del río que una vez defendió tu padre. Pero las cosas aguantarán durante un tiempo. He firmado tratados de paz con los jefes más influyentes a lo largo del Rhenus. El oro es un buen fundamento para una amistad temporal.

—¿Y el este? —preguntó Quinto en voz baja.

Estilicón frunció el ceño.

—Los vándalos de este lado del Danubius, mi pueblo, están inquietos. También desean emigrar. Me he visto obligado a concederles nuevas tierras. En teoría, están bajo nuestro control. —Se encogió de hombros—. Ya veis, voy de un problema urgente a otro. No me queda otro remedio.

—¿Y Alarico? —pregunté.

Su rostro se ensombreció.

—Alarico es un príncipe visigodo, miembro de la familia de los Balti. No consiguió labrarse un reino en Grecia y ahora marcha en busca de otro.

—¿Cuáles son nuestras órdenes, señor?

—Marcharéis hasta Divodurum, donde encontraréis al Ejército de la Galia. Allí me reuniré con vosotros.

—¿Vamos a Italia?

—Sí. —Sonrió—. Tengo entendido que siempre has deseado ver Roma. Bueno, reza porque no la veamos. Porque si la ves, significará la derrota.

Una semana más tarde, en un caluroso día de julio, la Vigésima Legión, formada por una fuerza de seis mil hombres, emprendió la larga marcha hacia el sur, hacia aquel país soleado cuya capital nunca había visto.

Capítulo VI

Nuestro quinto invierno en Italia fue muy húmedo, el peor en diez años. Pero también fue el último. En primavera del año 405, Estilicón, a quien hacía dieciocho meses que no había visto, se presentó en nuestro campamento en el valle del río Padus. Era un día de mucho viento y lluvia. El viento soplaba del este; era muy frío, nos azotaba los rostros y sacudía las tiendas de tal manera que hasta los mástiles parecían vibrar como la piel de un tambor batido. Inspeccionó mis tropas, bebió vino con mis oficiales, y más tarde, aquella misma noche, se reunió con Quinto y conmigo en la gran tienda de cuero que era mi hogar.

Llevaba dos paquetes planos, envueltos en piel de cabra, que depositó con mucho cuidado sobre un taburete vacío. Sin embargo, no dijo nada sobre ellos y yo no quise preguntar. Su barba se había vuelto bastante blanca y había sombras bajo sus ojos. Se movía continuamente arriba y abajo y entonces comprendí que las fricciones y celos de la absurda corte de Ravenna le estaban pasando factura. Yo había estado allí una vez. No había visto a Honorio, pero había conocido a su canciller, y la corte apestaba a gobierno de eunucos. También había conocido a su hermana. Gala Placidia era joven y hermosa y se comportaba como los gatos que tenía en sus aposentos privados. Tan pronto ronroneaba como escupía. Sólo los dioses sabían qué ambiciones secretas ocultaba tras su coqueta sonrisa. No me cayó bien.

—Te necesito en el Rhenus —dijo Estilicón.

Me sobresalté. Miré primero a Quinto y luego a él. Se había levantado viento, y las lámparas de aceite chisporrotearon cuando los dedos helados del aire que se filtraban por los agujeros de la tienda entraron en contacto con las llamas.

—Los hombres que Magno Máximo se llevó a la Galia nunca regresaron. Eso perjudicó durante años a las defensas de nuestra isla —dije con desesperación—. Llevamos cinco años fuera.

—Y habéis hecho un buen trabajo. Sin vuestra ayuda no habríamos contenido a Alarico, ni lo hubiéramos obligado a retirarse a Illyricum.

—Nos prometiste que regresaríamos.

—Las cosas han cambiado.

—Nunca antes he cuestionado tus órdenes... —le dije.

—¿Y bien?

—Ahora debo hacerlo.

—La presión a lo largo del Rhenus va en aumento —dijo, con voz fatigada—. Sabía que ocurriría. He recibido informes. Los tratados que firmé no fueron más que un remedio temporal. No esperaba que aguantaran para siempre.

—Pero dejaste el Rhenus casi sin tropas para defender Italia.

—Era necesario.

—¿Y ahora?

—Alarico está tranquilo por ahora. He estado haciendo preparativos para trasladarme a Illyricum y ocuparme de él como es debido. Espero partir este mismo año. Pero ahora... —Apretó y relajó los puños—. Ahora he recibido la noticia de que los ostrogodos, los vándalos y los cuados han formado una alianza, al mando de Radagaisos, y se preparan para invadir Italia por su cuenta.

—Entonces seremos necesarios aquí.

—No. Alguien debe sostener el Rhenus con una fuerza entrenada y mantener la paz, mientras yo me ocupo primero de Radagaisos y luego de Alarico.

—¿La paz?

—Sí. Los alamanes están inquietos. Tengo informes, no sé hasta qué punto son ciertos, de que están planeando una migración.

—Comprendo. Pero, ¿por qué la Vigésima?

—Porque es la Vigésima, tu legión, y tú estás al mando.

—En los viejos tiempos, hicieron falta ochenta mil hombres para aguantar el Rhenus —dijo Quinto bruscamente—. ¿Esperas que lo hagamos con sólo seis mil?

Hubo un silencio, y el viento golpeó las paredes de la tienda, de modo que se curvaron hacia adentro como si las empujara una mano gigantesca. Hacía mucho frío y me puse la capa. Me sentía helado por dentro.

—Ellos resistieron en la orilla este, a lo largo de las defensas que formaban el llamado Limes, abandonado hace mucho tiempo. Más tarde, se trató sólo de ataques breves y escaramuzas, bandas aisladas y saqueos. Les resultaba fácil cruzar el río y atacar de noche a una guarnición aburrida. Pero ahora no se trata simplemente de una guerra; es una cuestión de migración. No puedes hacer cruzar a todo un pueblo por encima de ese río a no ser que haya puentes.

—Pero...

—Escuchadme, por favor. En verano, el bajo Rhenus inunda las orillas a lo largo de millas enteras, y todo el campo queda cubierto de agua. Eso ofrece una barrera natural. El alto Rhenus se encuentra en las montañas; los pasos son escasos y fáciles de defender. Sólo queda proteger el Rhenus medio, en la Germania Superior; una distancia de unas cincuenta millas, y sólo hay un puñado de lugares a lo largo de esas cincuenta millas por donde es posible cruzar. Una tribu en movimiento necesita un camino, y los caminos son escasos. No digo que baste con una legión, pero si se maneja bien, podría ser suficiente.

Entonces me miró, y vi la súplica en sus ojos.

—Tiene que bastar, Máximo, amigo mío. No puedo prescindir de más hombres.

Apoyé la mano en el mástil central de la tienda y sentí cómo se sacudía por la tensión. El viento aullaba a través del campamento, y podía oír a los hombres fuera, gritándose unos a otros que comprobaran las cuerdas y los clavos. La lluvia chocaba con el tejado como una descarga de flechas al golpear contra un escudo, y por encima de mi cabeza se filtraron unas cuantas gotas de agua a través de un trozo de cuero desgastado. Me aparté.

Miré a Quinto y él me miró. Sabía que compartíamos los mismos pensamientos. Ninguno de los dos éramos jóvenes, y habíamos luchado bastante. La alegría del nuevo nombramiento había desaparecido casi por completo. En cinco años no habíamos vivido en un solo campamento estable. Estábamos hartos de vivir en tiendas, hartos de estrecheces, hartos de polvo y moscas en verano y de nieve y lluvia en invierno. Necesitábamos un descanso. Nos lo merecíamos.

—¿Durante cuánto tiempo? —pregunté. No podía negarme.

—Dadme dieciocho meses —dijo—. Es todo lo que os pido. Aguantad el Rhenus durante dieciocho meses. Para entonces, el peligro habrá pasado y podré enviaros refuerzos. Cuando llegue el día, y os prometo que llegará, podréis volver a cruzar el mar con vuestra legión.

—¿Estás seguro, general, de que no deseas un nuevo legado? —pregunté.

—Ni un nuevo legado ni un nuevo Maharbal —contestó con una breve sonrisa.

—Nos has dicho que defendamos el Rhenus en verano —dijo Quinto—. Pero, ¿qué pasa en invierno?

—Si el invierno es muy malo, lo que no ocurre a menudo, existe la posibilidad de que el Rhenus se hiele. Pero si no se hiela, la lluvia constante y la nieve fundida elevan el nivel. La corriente se vuelve muy rápida. En invierno, es un río imposible de cruzar. Ningún jefe guerrero correría un riesgo así.

—Se heló por última vez hace treinta y nueve años —dijo Quinto, muy serio.

—Entonces las posibilidades están a vuestro favor —dijo Estilicón—. Hay riesgo, desde luego, pero es muy pequeño.

—Resistiré —dije, y luego hablé en voz más baja—: Si puedo.

—Tienes que resistir —replicó él—. No podemos permitirnos más desastres. Una derrota más y el Imperio de Occidente, como una presa agrietada, se hará pedazos lentamente.

—Si eso ocurre, mi general —dije—, puedes estar seguro de una cosa: ni Quinto ni yo estaremos vivos para verlo.

Él no respondió. Se volvió hacia el taburete y cogió los paquetes envueltos que había dejado allí. Nos entregó uno a cada uno.

—Son regalos —dijo—. De un amigo a otro. También hay un estandarte de caballería que he dejado bajo custodia del prefecto del campamento. —Sonrió a Quinto—. El que usáis ahora ha sufrido mucho a mi servicio.

Quinto abrió su paquete primero. En el interior había una espada sármata con hermosos grabados, como las que solía emplear su caballería. La empuñadura estaba maravillosamente decorada, y tenía un filo tan afilado como el de un cuchillo. Por la expresión del rostro de Quinto, vi que estaba complacido.

—Te habría regalado la espada del mismo Maharbal si hubiera podido encontrarla —dijo Estilicón con una sonrisa—. La merecerías.

Cogí mi regalo. Era una espada corta de oficial, del estilo de las que se fabricaban en los días gloriosos de las legiones.

—La encontré por casualidad en Roma —dijo Estilicón en voz baja—. Si miras la hoja, por debajo de la empuñadura, verás una inscripción con el nombre de su propietario.

Hice lo que me indicaba. Débilmente pude ver las marcas trazadas por el herrero a petición del propietario:

J.AGRIC.LEG.XX.VAL.

—Me pareció apropiado que un legado de la Vigésima llevara la espada de otro —dijo Estilicón.

Capítulo VII

Tres meses después, en un día de alternancia de lluvia y sol, entré con Quinto en Augusta Treverorum, a la cabeza de mi guardia personal. Era la ciudad más antigua del mundo romano, la antigua capital del prefecto pretor de la Galia, la sede de los césares de Occidente, y, en ciertas ocasiones, la residencia de la corte imperial. Desde la reorganización de las provincias, sin embargo, había perdido importancia hasta convertirse meramente en la capital de Bélgica, aunque seguía siendo un gran centro de industria y comercio. Pero no era Roma, la ciudad que nunca había visto.

El viaje había sido deprimente. El campo estaba desnudo y descuidado. Aquí y allí pasamos junto a una granja o algunas tierras cultivadas, o vimos en la distancia una villa rodeada de viñedos que todavía estaban bien atendidos. Pero lo más frecuente era ver granjas convertidas en un montón de cabañas rotas y en ruinas, con las tierras de los alrededores tan llenas de malas hierbas que resultaba evidente que no se habían sembrado en años. Las calzadas estaban llenas de agujeros; los bordes, antaño cuidadosamente protegidos, se desmoronaban, y las zanjas de ambos lados contenían tanta suciedad que bastaba un breve chaparrón para que se inundara toda la superficie, dificultando la marcha. Las ciudades que atravesamos estaban poco pobladas, y la gente tenía expresiones inquietas y poco amistosas. Las calles apestaban a desechos, y los acueductos que deberían haber llevado agua a los baños públicos estaban en ruinas. Los campesinos con los que nos cruzábamos estaban delgados y demacrados, con el cabello grasiento, las ropas hechas jirones y los niños cubiertos de llagas. En las casas de postas vimos caballos en mal estado y carruajes que necesitaban reparación. Resultaba obvio el motivo de que el servicio imperial de mensajería fuera a menudo malo y poco fiable; algunos animales estaban en un estado tan lamentable que apenas hubieran podido recorrer al paso la distancia de una casa de postas a la siguiente. Un cuidador malcarado me dijo que las cosechas habían sido malas y que había escasez de heno y avena.

Los hombres cantaban y bromeaban durante la marcha. Se sentían complacidos de haber abandonado las montañas y las llanuras de Italia. La Galia estaba al lado de la isla de la que muchos procedían, y estar en la Galia, en cualquier parte de ella, era como estar cerca de casa. Pero para mí era la tierra que debía defender, y en cuyos habitantes debía confiar si quería cumplir las órdenes de un hombre de rostro gris, a la sazón en Ticinium, reclutando tropas para la guerra contra Radagaisos.

En una ocasión detuve a un hombre para preguntarle a qué distancia estaba el pueblo siguiente, porque incluso se había permitido que las piedras miliares se desmoronaran en el suelo; al parecer, los funcionarios locales eran demasiado incompetentes o perezosos para atender sus obligaciones. Aquel hombre tenía los ojos azules y el cabello claro, y hablaba un latín pésimo. Descubrí que era un franco cuya familia había sido autorizada a instalarse al oeste del Rhenus y que había viajado al sur en busca de trabajo. Sintiendo curiosidad, le pregunté por qué no se había quedado en su país. Se encogió de hombros.

—Somos un pueblo inquieto, noble señor. Nos gusta movernos y ver lugares nuevos.

—Pero, ¿por qué venís a nuestras tierras? —pregunté, exasperado. Volvió a encogerse de hombros.

—Vosotros sois Roma —dijo simplemente—. Todos sabemos que los romanos son ricos. —Arrugó la nariz—. O eso pensábamos. Pero cuando vinimos descubrimos que teníamos que trabajar como antes. No entiendo cómo se puede ser rico si hay que trabajar.

—Podrías volver a tu casa —sugerí.

—Allí tendría que trabajar. Sería lo mismo. —Me miró con aire expectante—. Tal vez si voy lo bastante lejos encontraré a esos romanos que son tan ricos que no tienen que trabajar.

—Tal vez —dije, y seguí mi camino.

Más adelante encontramos una gran columna de hombres que marchaban con aire resuelto hacia nosotros. Llevaban garrotes, pero ninguna otra arma, y parecían ser siervos, no hombres libres. Cuando mi caballería los rodeó no parecieron inquietarse, sino que se mantuvieron firmes y esperaron en silencio hasta que estuve junto a ellos.

—¿Adónde vais? —pregunté—. Sois esclavos, ¿no es cierto? Mira a ese hombre, decurión. Lleva la marca en el talón.

Uno de ellos se inclinó y nos tendió un rollo de pergamino.

—Si os place, excelencia, su excelencia tiene razón. Pero esta orden lo explicará.

—¿Qué explicará, hombre?

—Venimos de Remi, excelencia. El curator de la ciudad nos dijo que el noble emperador, Honorio, tiene necesidad de hombres para el ejército. Si vamos a Italia a empuñar las armas recibiremos dinero y, cuando la guerra termine, nuestra libertad.

Leí el papel y se lo pasé a Quinto, que no dijo una palabra. Comprendía por fin la agitación de Estilicón aquella última noche en mi tienda. Las cosas debían de estar ciertamente muy mal para que Honorio hiciera una oferta que nunca había sido hecha por ningún emperador de Roma en toda su historia, con la única excepción de Marco Aurelio.

Sonreí, y mi caballería envainó las espadas como si hubiera recibido una orden.

—¿Y qué haréis cuando hayáis conseguido vuestra libertad?

—Yo compraré una pequeña granja, excelencia, y si prospera podré permitirme comprar esclavos para que la trabajen, en lugar de mi familia.

Me volví para mirarlos marchar. Mientras lo hacía me pregunté cuántos de ellos sobrevivirían para disfrutar de la libertad con la que soñaban y que, al no haberla conocido, les parecía tan maravillosa.

Dos semanas más tarde llegamos a nuestro destino y, dejando que mi legión acampara fuera de las murallas, crucé la puerta sur para entrar en una ciudad más grande y magnífica que ninguna de las que había visto. Me he preguntado a menudo cómo sería en comparación con Roma. Las puertas sur y norte, conocidas familiarmente por todos los legionarios como Rómulo y Remo, tenían un tamaño impresionante, de más de treinta yardas de altura, por lo que podía juzgar; consistían en arcos gemelos que albergaban unas puertas de altura equivalente a la de tres hombres. Eran monumentos construidos con enormes bloques de piedra arenisca, que resistirían para siempre en tributo a la paciencia, laboriosidad y habilidad técnica de los ingenieros militares que las habían creado. Cada una tenía tres pisos superiores, con un patio entre ambas puertas, y podían albergar sin dificultad a toda una cohorte. Pero eran algo más que puertas; eran fortalezas en las que las guarniciones podrían resistir aunque la propia ciudad hubiera caído.

La ciudad estaba muy concurrida, y avanzamos por una calle ancha llena de tiendas, fuentes y edificios de piedra roja, cruzando el foro, abriéndonos paso por entre la multitud, el ganado, las carretas y los puestos ambulantes, mientras la gente se apartaba para mirarnos pasar. Eran personas sonrientes, limpias y bien alimentadas, y me alegré de estar por fin en una ciudad cuyos habitantes no hubieran perdido el ánimo. Pero me fijé en varios hombres jóvenes que llevaban la mano derecha envuelta en vendajes ensangrentados, y ello me resultó curioso. Me pregunté si habría habido disturbios en la ciudad cuando la gente se enteró de nuestra llegada. El ejército nunca era popular al llegar a una ciudad o pueblo. A la gente no le gustaba que las tropas se alojaran entre ellos, pero estábamos acostumbrados. Seguimos avanzando por entre templos abandonados, algunos medio derruidos, niños y perros por todas partes, y luego a la derecha, hacia la basílica donde nos esperaban el curator y dos funcionarios del personal del gobernador. Con ellos estaban los miembros del consejo: los magistrados civiles, los cuestores responsables de las finanzas, uno o dos senadores (pero ese término ya sólo se empleaba para designar a un hombre de gran riqueza y dignidad), y los funcionarios menores a cargo de los muelles, edificios públicos, graneros, fábricas y acueductos. En un grupo aparte estaban el obispo cristiano y sus sacerdotes, de apariencia formidable.

El curator era un hombre de rostro afilado llamado Artorio, al que yo debía doblar en edad; una persona de modales nerviosos, que ocultaban la eficiencia con que manejaba sus propios asuntos. Se disculpó por la ausencia del pretor, o gobernador, que estaba visitando al Dux Belgicae en el norte. También lamentaba la ausencia del prefecto pretor de la Galia, que debía de haberse visto retenido por la presión del trabajo en Arelate, pues había prometido estar presente si podía. Sin embargo, a él nadie le había avisado de mi llegada hasta la aparición de mi grupo de vanguardia.

Yo estaba tan cansado que apenas lo oía y, cuando las formalidades hubieron concluido, me dirigí a la puerta norte, Rómulo, que iba a ser mi cuartel general.

—¿Y bien? —dijo Quinto, despojándose del yelmo en la gran habitación del segundo piso que había decidido que me convendría para mi uso—. Aquí estamos. ¿Cuándo empezamos?

—Mañana.

—No me gusta ese obispo.

—Ni a mí. Tendremos que ir con cuidado o podemos ofenderle.

—Paganos.

—Claro.

Nos echamos a reír.

—¿Hay que empezar tan pronto?

—Sí. Cuanto antes hayamos distribuido a las tropas en sus campamentos y las hayamos puesto a trabajar, mucho mejor. Si todo sigue en calma podremos enviarlas a Treverorum, para que disfruten de permisos en grupos.

—¿Es que ya no confías en ellos? —Me dirigió una mirada cautelosa. Vacilé.

—Hace meses que no les pagan, y tardaremos tiempo en sacar dinero de esta provincia, tan sobrecargada de impuestos.

—Hasta ahora no ha habido problemas. Se alegraron de salir de Italia.

—Sí. Allí eran parte de un ejército. Aquí, ellos son el ejército. Pueden hacerse una idea exagerada de su propia importancia si tienen demasiado tiempo libre.

Me asomé por la ventana y contemplé a los centinelas auxiliares apoyados en sus lanzas, mientras los funcionarios de aduanas comprobaban, con meticulosidad poco habitual, una caravana de provisiones que esperaba para entrar en la ciudad. El mercader se estaba quejando amargamente, tanto por el retraso como por las tasas que debía pagar. Volví la cabeza.

—Es extraño que estuvieran ausentes tantas personas a las que esperaba encontrar aquí.

—Pero tenían buenas razones.

—Oh, sí, excelentes. A nuestro joven curator sólo se le ha olvidado mencionar qué ha impedido venir al general de la Galia.

—Querrás decir al Magister Equitum per Gallias —dijo Quinto en tono reprobador—. Se ofenderá si empleas un título menor.

—Cambian los títulos tan a menudo que me resulta difícil mantenerme al día.

—Tendrá una buena excusa, sin duda. Tal vez lo hirieron mientras cazaba jabalíes. Es un deporte al que creo que es muy aficionado.

—Tal vez.

—No busques problemas, Máximo —dijo Quinto ansiosamente—. Aparte del gobernador, todos han sido nombrados por Estilicón. Tendremos toda la ayuda que necesitamos. Estoy seguro de ello.

—Espero que tengas razón —dije, con el ceño fruncido.

Más tarde nos detuvimos en el Cardo Maximus detrás de Rómulo, observando cómo la caballería se ocupaba de las monturas mientras los vendedores nos miraban con una mezcla de resentimiento y curiosidad.

—Tendremos que sacarlos de aquí mañana, o los buenos ciudadanos de este lugar nunca nos lo perdonarán.

Me volví para mirar a Rómulo. A través de aquellas puertas, como una espada de acero, se deslizaba la gran calzada militar que llegaba hasta Moguntiacum, antaño la ciudad que aprovisionaba el abandonado Limes en la orilla oriental del río que tenía que defender. En Moguntiacum la calzada terminaba en un puente roto. Y más allá estaban los bosques verdes, densos e impenetrables, húmedos de lluvia en invierno y llenos de aromas en verano, en cuyo refugio vivían aquellos pueblos a quienes los romanos no habíamos podido conquistar. Aquélla era la calzada por la que había avanzado Quintilio Varo, al frente de tres legiones, hacia la derrota y la muerte en el bosque de Teutoburgo. A lo largo de aquella calzada habían desfilado incontables legados a la cabeza de sus hombres, de camino hacia el este y la oscuridad bárbara de más allá. Era un camino a ninguna parte.

Al día siguiente hicimos una ronda de inspección en torno a la ciudad. Como correspondía a la capital de una provincia que antaño albergara a los emperadores de Roma, todavía se veían signos de lujo y riqueza. Pero incluso allí podían verse y notarse los signos de la decadencia que, como la carcoma en un trozo de madera, estaba devorando el corazón de la ciudad.

La ciudad se asentaba en la orilla oriental del Mosella, un río ancho y perezoso que avanzaba con indolencia, como una serpiente bajo el sol del verano, entre orillas altas y acantilados abruptos hasta unirse con el Rhenus. En la puerta oeste, que era igual a Rómulo en tamaño, estaba el puente, y más allá, la calzada serpenteaba hasta llegar a Colonia, una pequeña guarnición en la orilla oeste del Rhenus. Debajo del puente había muelles y almacenes donde, en los días de antaño, atracaba la flota del Rhenus que escoltaba a los transportes de tropas en su largo viaje hasta Britania, para hacer reparaciones o descansar durante los meses de invierno, cuando las masas sueltas de hielo que avanzaban por la corriente principal hacían demasiado peligrosa la navegación. Pero en aquel momento sólo había unos cuantos barcos mercantes amarrados, estibando sus cargamentos de vino, mientras las delgadas carcasas de los barcos de guerra se pudrían en el dique seco hasta que los pobres los dejaban casi desnudos, en busca de madera gratuita para sus fuegos.

—Nos iría bien una flota para patrullar el río —dije.

—No podrían construirla a tiempo.

—No. Pero podríamos hacer algo con los barcos que pertenecen a esos gordos mercaderes de ahí abajo. Uno de los tribunos de la tercera cohorte pasó un tiempo en la costa sajona. He olvidado su nombre... Gallo, sí, eso es. Manda a buscarlo y ponlo al mando.

Miré hacia arriba. La ciudad estaba rodeada de colinas por todas partes. Como un conejo en una guarida de osos, pensé.

—¿Es toda así?

—Sí, señor —dijo el decurión que había llegado la semana anterior con el grupo de vanguardia—. Todo el distrito es una masa de colinas y valles diminutos. La mayoría de ellos sólo están conectados entre sí por caminos insignificantes. Cada valle tiene su propio pueblo. Y eso normalmente significa un grupo de cabañas de madera y unas cuantas cabras.

Las colinas eran formidables, con sus laderas cubiertas de viñedos. Por encima de las viñas había salientes de roca y arbustos, y todavía más arriba estaban densamente pobladas de árboles, con grandes pinares coronando las redondeadas crestas como los gorros oscuros que solían llevar los comerciantes judíos.

—Por lo menos no moriremos de sed —dijo Quinto con cautela. Pensaba en el vino que se vendía en enormes barricas en el mercado del foro y que se enviaba en carretas a todas las partes de la Galia.

—Quiero que la legión forme mañana en el Circo Máximo para recibir órdenes. Eso impresionará a la ciudad. Necesitaremos más caballos. Algunos de los nuestros sólo sirven como repuestos.

—No te preocupes por eso —dijo Quinto—. Los de Treverorum son famosos criadores de caballos. He conocido a uno esta mañana y me ha preguntado si necesitábamos animales. Le he dicho que tenía mil ochocientos, ha sonreído y ha contestado: «Has traído búhos a Atenas».

—¿Cuándo recibirás a los oficiales? —preguntó el decurión.

—A la tercera hora. Daré las órdenes entonces.

Las murallas de la ciudad medían más de ocho yardas de altura y tres de grosor. Ni siquiera nuestro Muro, el Muro de Adriano, era tan grande. Nunca había oído hablar de una ciudad que tuviera unas murallas como aquéllas. Las paredes de piedra caliza, soportadas a intervalos por cuarenta y siete torres de guardia, habían sufrido grandes daños en el desastre de 278, y las cicatrices aún se veían. Los grandes boquetes que se habían abierto en la piedra original habían sido rellenados con toscas mezclas de escombros sacados de edificios en ruinas y pegados apresuradamente con cemento.

Continuamos con nuestro recorrido de inspección, y enseguida nos resultó obvio que, por enormes que fueran sus fortificaciones, la ciudad era demasiado grande para defenderla sin una fuerza mucho mayor de la que podía permitirme dejar atrás. No tenía ninguna intención de quedarme atrapado en el interior de sus murallas. En el lado este estaba el anfiteatro, construido entre las murallas, y capaz de albergar a veinte mil personas en un espectáculo popular. Los sacerdotes cristianos lo maldecían regularmente como un lugar de abominación, pero me dijeron que, al menos en ese aspecto, sus opiniones tenían poco efecto sobre las pasiones del populacho. Además de la entrada del anfiteatro, existía una quinta puerta al sureste, del mismo tamaño que las otras y de apariencia igualmente impresionante.

Al regresar a Rómulo recorrimos el distrito donde se habían alzado la mayoría de los templos; templos dedicados a Júpiter, a Victoria, a Epona, a Diana y a otros dioses, muchos de ellos deidades locales de las que nunca había oído hablar. Algunos habían sido derribados para erigir iglesias cristianas en su lugar. Otros habían quedado abandonados, y la gente se iba llevando lentamente las piedras para construir casas, mientras el obispo y los sacerdotes lo observaban con aprobación. Quinto y yo nos miramos, pero no dijimos nada. ¿Qué se podía decir? La propia gran estatua de Victoria en Roma, que durante seiscientos años había simbolizado el espíritu de mi pueblo, había sido derribada, y por edicto imperial estaba prohibido celebrar cultos religiosos a la antigua usanza, cada hombre según su deseo, cada hombre siguiendo su propio camino hacia el corazón de su existencia. Pero yo... yo era demasiado viejo para cambiar. Yo, que había rezado al dios de ella para que viviera. Yo formaba parte de la antigua Roma, y también moriría si resultaba ser un mal general. Entre tanto, la nueva Roma seguía necesitándome.

Tracé un mapa en la arena del suelo, y los oficiales de mi legión, mis tribunos y mis centuriones se situaron en semicírculo mientras yo señalaba con un palo largo y les indicaba lo que había que hacer.

—Es un triángulo —dije—. En el vértice está esta ciudad, que será nuestra base de aprovisionamiento y mi cuartel general oficial, aunque lo usaré muy poco. La guarnición consistirá en dos cohortes y un escuadrón de caballería. Tú, Flavio, estarás al mando, y los auxiliares también recibirán tus órdenes. Te encargarás de asignar guardias a todas las puertas y torres laterales, así como a los muelles y los edificios públicos. Gallo, quiero que te encargues del embarcadero. Estarás al mando de nuestra flota. Discutiré contigo los detalles más tarde. Quiero establecer una patrulla fluvial capaz de controlar la infiltración de botes o balsas, y que pueda transportar tropas a la orilla este del Rhenus si es necesario.

—¿Cuántos barcos, señor? —preguntó Gallo.

—Seis. Uno para cada fuerte.

Continué explicando lo que deseaba, y mientras me escuchaban atentamente, era muy consciente de que todos esperaban que ocurriera algo. Miré a Quinto y vi que el también lo intuía. Yo podía hacer alguna suposición, pero Quinto estaba a oscuras.

Finalmente, cuando hubieron hecho sus preguntas y se las hube contestado, se adelantó el centurión en jefe.

—¿Puedo hablar, señor?

—Sí, Áquila. Lo harás de todas formas.

—Los hombres no han cobrado...

—Ya os lo he explicado. Dentro de dos meses como mucho habrán recibido todos sus atrasos.

—Ha sido una larga marcha desde Italia, señor, y ahora tienen que empezar a construir fortificaciones sin haber disfrutado de ningún permiso.

—Tuvieron seis meses, que se pasaron bebiendo hasta atontarse en las afueras de Ravenna y Ticinium.

—Pensaban que iban a casa, señor.

—¿Tienen casas? —pregunté—. Dejaron esposas y familias en Britania, y dejaron esposas y familias en Italia. ¿A cuál de las casas desean ir ahora?

—Señor, tú eres el general. En la Galia no hay tropas. Es un país rico. Los hombres... nosotros... queremos que tomes esta provincia y... —Vaciló y dirigió una mirada a Quinto.

—¿Y bien? —preguntó rápidamente Quinto.

El centurión en jefe me miró y levantó el brazo, iniciando el saludo que sólo se dedica al emperador. Arrojé mi bastón al suelo.

—No —dije—. No lo haré. Soy demasiado viejo. Tengo un emperador en Ravenna, y hace treinta años presté un juramento de fidelidad hasta la muerte al Senado y al pueblo de Roma. Si ahora proclamáis un emperador, tendréis una guerra con Honorio. ¿Cómo defenderéis entonces la provincia, con una sola legión, mientras tenéis que enfrentaros a las legiones de Estilicón por un lado y a los bárbaros de la otra orilla del río por el otro? Seréis arrollados por los dos, y nunca veréis el oro que esperáis que os consiga.

—Podríamos matarte y elegir a otro —dijo furioso un joven tribuno, Mario. Sus ojos se posaron en Quinto, que permanecía quieto como una estatua.

Con un gran ruido, desenvainé la espada de Agrícola y la sostuve de modo que el sol, a través de las ventanas a mi espalda, centelleara sobre el acero pulido.

—Podéis intentarlo —dije.

Hubo un largo silencio. Lancé la espada al centurión en jefe, que la atrapó torpemente.

—Matadme —dije—. Soy lo bastante viejo.

Se miraron unos a otros.

—De no ser por mí, la mayoría de vosotros seguiríais pasando hambre en vuestros villorrios miserables y vuestras ciudades sin comida —dije—. Yo os convertí en soldados y en una legión. No os he traído aquí para participar en un motín estúpido. ¿Es eso lo que queréis? Morir, masacrados por las espadas de otra legión. Sería más sencillo invitar a los alamanes a cruzar el Rhenus y dejar que lo hicieran por vosotros. ¿Qué les pasó a los soldados de Máximo? ¿Queréis que os lo cuente? También murieron por haber tenido una idea como la que tenéis ahora. Pero si me dejáis ser vuestro general, podéis estar seguros de que no dejaré que ningún hombre muera sin necesidad. Os he dirigido durante cinco años en Italia, y nunca nos han derrotado. Todo lo que os pido es que confiéis en mí. Mantened esta frontera hasta que sea segura y nos manden refuerzos, y me ocuparé de que tengáis todo el oro que queráis. Será oro con honor. Os lo prometo.

Murmuraron su asentimiento. Me saludaron y salieron. Todavía era su general.

Me sequé el sudor de la frente y me volví hacia Quinto, que permanecía inmóvil, mirándome con unos ojos llenos de dolor. Lentamente el dolor desapareció y sonrió, aunque con esfuerzo.

—¿Y qué querías tú? —pregunté.

—Yo quería lo que quisieras tú —me dijo—. Eres un estúpido, Máximo. Estilicón te habría permitido que le guardaras la provincia. Te conoce. Te confiaría su propia vida.

—Ya lo ha hecho —dije—. Por eso me he negado.

Al día siguiente la legión desfiló hasta la ciudad y formó en el interior del Circo Máximo, contemplada por una gran multitud que quedó debidamente impresionada por la apariencia y eficacia de los soldados. Ésa era mi intención. La ciudad sabría a partir de aquel momento que mis hombres no eran una chusma sino un cuerpo en el que podrían confiar. Necesitaban mi ayuda, aunque no se dieran cuenta, pero yo también necesitaba la suya. Tras la formación, la legión se retiró a un nuevo campamento en el exterior de las murallas, y sólo se permitió entrar en la ciudad a una cantidad determinada de tropas, aunque siempre por asuntos militares.

Pero el verdadero trabajo del día aún estaba por empezar. Aquella noche me reuní con el consejo de la ciudad en su cámara de la basílica. No estaban habituados a trabajar después de la puesta de sol, y la luz de las lámparas de aceite se reflejaba en sus rostros sobresaltados. El curator nos dedicó lo que para él era una cálida sonrisa y dijo que esperaba que continuara con la tradición de convertir Treverorum en mi cuartel general personal. Siempre había existido una buena relación entre los oficiales de Bélgica y los de Germania, y esperaba que continuara así. Entonces hizo una pausa, volvió a sonreír y dijo suavemente:

—El Dux Belgicae nos visita frecuentemente, de modo que no te faltará compañía militar, si te cansas de la nuestra. —Se oyó un murmullo de risas tímidas, pero me di cuenta de que los rostros en torno a la mesa me observaban con ansiedad.

—Creo que podemos ofrecerte comodidades comparables a las que habrás disfrutado en el sur —dijo un magistrado calvo—. Hay muchas diversiones aquí, si lo deseas, además de buen vino.

—Cuando hayas instalado a tus tropas en sus fuertes, tienes que venir a pasar una temporada en mi villa —dijo otro, haciendo una agradable inclinación hacia Quinto—. Tengo entendido que te interesan los caballos. Yo los crío a gran escala. Me gustaría que los inspeccionaras y me dijeras qué te parecen. Tu opinión sería muy valiosa para mí.

—Vuestras ofertas de hospitalidad son muy amables —dije—, pero voy a tener poco tiempo para diversiones.

—No lo entiendo —dijo una voz a mi derecha.

—Es muy simple —dije—. Sólo estoy aquí para refortificar nuestras defensas contra los alamanes, y hay muchísimo que hacer. —Hice una pausa y me volví hacia el curator—. Escribí al prefecto pretor antes de salir de Italia, informándole de mis necesidades. De modo que lo que voy a deciros no debería resultaros nuevo. —Hubo una agitación repentina y Artorio frunció el ceño, sin dejar de mirarme—. Necesito grano para mis hombres: quinientas fanegas a la semana. —Se oyó una exclamación—. Sí, mis hombres también comen, igual que vosotros. Necesitarán dos libras de pan, una libra de carne, una pinta de vino y un décimo de pinta de aceite al día. Además, está el asunto de mi caballería. Tengo más de mil ochocientos caballos que alimentar, y, entre todos, consumen unas cuarenta y cinco mil libras de comida al día. Además, necesitaré madera para las fortificaciones, carretas y barcos para transportar provisiones, y hombres capaces de excavar zanjas a los que habrá que pagar por ello. Finalmente, está el tema de la remuneración de mis tropas. —Seguí hablando y dando detalles, que me había proporcionado Julio Optato, especificando exactamente las cantidades necesarias de cada artículo.

Hubo un largo silencio, y entonces el magistrado calvo dijo educadamente:

—Tengo entendido que ahora también eres gobernador de Germania.

—Así es.

—¿Y tu responsabilidad es para con la frontera?

—Sí.

—En ese caso, pues, ¿no podrías solucionar tus problemas administrativos en tu propia provincia? No tienen nada que ver con nosotros.

—Tienes razón —murmuró un hombre de nariz rojiza a quien no pude identificar.

—Sabéis muy bien que Germania es una zona militar, y una provincia romana sólo de nombre —dije—. Tengo entendido que se trata de un lugar muy pobre.

—Hay comercio con los alamanes a través del río —dijo, encogiéndose de hombros y sonriendo astutamente—. Los ingresos de la aduana quedarán en tus manos.

El tribuno encargado de los graneros le dirigió una mirada curiosa y respondió precipitadamente:

—Es cierto que hay comercio, pero es muy variable.

—No puedo fiarme de eso —dije—. Soy soldado, no mercader. Además, el comercio, sea el que sea, cesará en cuanto cierre la frontera. —Se oyó un chasquido repentino y un asistente se sonrojó y se inclinó para recoger su estilo. Se le había partido entre las manos. Escuché las pesadas respiraciones que me rodeaban. Hacía mucho calor, y el rostro de Artorio estaba perlado de sudor.

—¿Vas a cerrar la frontera? —dijo uno de los senadores con incredulidad.

—Sí. Me han informado de que las tribus al otro lado del río están en marcha. Eso es lo que he venido a evitar. La última invasión de la Galia no debe repetirse.

El obispo se inclinó hacia delante, y su largo rostro se veía amarillento con aquella luz.

—¿Puedes estar seguro de eso?

—Bastante seguro, mi señor obispo. Por eso necesito la máxima cooperación.

El curator me miró a mí y luego a sus colegas. Habló con nerviosismo:

—Pides lo que no te puedo dar. Además, el responsable de los graneros es el prefecto pretor de la Galia, no yo.

—Pueden abrirse —dije.

El tribuno a cargo de los graneros dijo en tono quejumbroso:

—No puedo dar grano sin una autorización con la firma del prefecto.

—Aquí hay un documento —dije, pacientemente— firmado por el emperador, en el que me nombra Dux Moguntiacensis. Con esto debería bastar.

—General, el grano ya está asignado —dijo Artorio en tono gélido—. Esto significará subir los impuestos, y sólo el prefecto puede hacerlo. Además, esta provincia ya ha pagado su parte al estado este año. La carga sería injusta. No somos tan ricos como parecemos.

—Sois, y perdonadme que os lo diga, más ricos de lo que parecéis —dije—. Vuestros mercaderes hacen grandes negocios. Si sois ricos es porque cobráis impuestos hasta por el sudor de vuestros esclavos. Si os sentís pobres es porque los campesinos han sido exprimidos hasta no poder más, y han preferido escapar a trabajar vuestras granjas y vuestras tierras.

—El pueblo es pobre, tal como dices —dijo el obispo—, pero, ¿acaso no es mejor vivir pobres y en paz que enriquecerse en una guerra?

—Puedes considerarte afortunado de que esta ciudad fuera saqueada por los bárbaros antes de que tú llegaras —dije—. La mayor parte de sus habitantes tuvieron que huir, los que no murieron, y no salvaron nada más que sus vidas. Necesito dinero y ayuda para que eso no vuelva a ocurrir.

—El exilio no es una desgracia para el que cree que todo el mundo es una sola casa —dijo suavemente el obispo.

—En ese caso, ve a la orilla este del Rhenus y descubrirás cómo son tus parientes.

—Es posible que sean bárbaros, en el sentido de que no disfrutan de los beneficios que otorga Roma. —El obispo hablaba como si se dirigiera a la congregación de una de sus iglesias—. Pero siguen siendo cristianos, muchos de ellos, aunque por desgracia sus ideas estén manchadas por el credo arriano. En cualquier caso, me consuelo pensando que sus corazones están en el lugar correcto, aunque sus cabezas se equivoquen.

Apartándome el cabello de la frente con exasperación, vi que el obispo entrecerraba de repente los ojos.

—Dudo que sea un gran consuelo para un cristiano que quien lo mata sea otro cristiano —dije.

El obispo levantó la voz, como si apelara a una multitud.

—Por lo menos ellos no son paganos —gritó—. No adoran a falsos dioses.

—¿Tan grave es la situación, de veras? —dijo Artorio ansiosamente—. No hemos tenido ningún problema en estos últimos años.

—Sí, lo es —dije—. Esta frontera siempre ha dado problemas. El gran Constantino... tu Constantino, obispo... que construyó el palacio en el que estamos reunidos, luchó en una guerra para defender esta ciudad y la Galia contra las mismas tribus. Y cuando yo era niño, estas tribus lograron pasar otra vez, y hubo trece años de sangre, saqueos y violaciones hasta que Juliano y Valentiniano restablecieron el orden. Cuando había tropas, había paz.

—Pero el pretor no me ha enviado ningún aviso de tu llegada —dijo Artorio—. ¿No te parece... poco usual?

Me sobresalté.

—No sé nada del gobernador, pero escribí al prefecto pretor antes de salir de Italia. Sé que las comunicaciones en la Galia son lentas, pero no pueden ser tan malas.

—No recibí ningún tipo de carta oficial —dijo con testarudez—. Creo que si el asunto fuera tan urgente como das a entender...

La insolencia de su tono murió con sus palabras ante mi mirada. Dije en voz muy alta:

—El prefecto pretor de la Galia puede estar contento de que su gobierno se encuentre en Arelate. Parece que los que duermen al sol se preocupan poco de los que tiritamos en climas más fríos.

Un senador con el rostro pardo y estrecho dijo con vehemencia:

—Si te he entendido bien, pretendes apoderarte de nuestros barcos. Es una vergüenza.

—Por supuesto —dijo Artorio apresuradamente—, mi departamento y yo estamos a tu servicio. Pero esto del dinero... ¡en serio!

Golpeé la mesa con el puño cerrado.

—Ya basta. Os corresponde a vosotros arreglar las cosas con el prefecto, no a mí. Aunque pasaré por encima de vosotros, si lo preferís. —El curator jadeó al oírme—. Tenemos poco tiempo, y no podemos discutir toda la noche. Si no podéis conseguir el dinero, y no os aconsejo que apliquéis más impuestos a los pobres campesinos, vended los adornos, el oro y la plata de las ocho iglesias y la hermosa catedral, para empezar.

El obispo me dirigió una mirada furiosa.

—Eso sería un sacrilegio. Sólo un pagano sugeriría algo así.

—Soy un pagano, según tú.

—Lo sé.

—Si no me dais lo que pido —dije—, tomaré el control de esta ciudad y la gobernaré bajo la ley marcial en nombre de Honorio y Estilicón, su general.

Cogí una copa de plata que había sobre la mesa.

—Creo que valen más las vidas que los objetos —dije.

—¡Ladrón!

Me volví hacia el obispo con rabia.

—No te aconsejo que te aferres a lo que no puedes defender.

—Es un robo —tartamudeó.

—Es tu dios el que predica la pobreza y aborrece la riqueza, no el mío.

Salí de la estancia entre los ecos de sus gritos de sacrilegio. No había esperado su cooperación, pero ver una testarudez y una obcecación tan intensas y ciegas ante el peligro me ponía enfermo. Su indiferencia y fatalismo contenían un toque de locura. Lo había visto en Britania y en Italia; la misma negativa ciega a enfrentar los hechos y a aceptar la necesidad del cambio en un momento de cambio. No me resultaba nuevo. Si el Imperio tenía que morir, sería porque a las personas que ocupaban puestos de responsabilidad había dejado de importarles. No podían gobernarse a sí mismos y habían perdido la autoridad moral para gobernar a otros.

Me encontré en la gran habitación que era el salón del trono. Llamé, y un criado vino para encender las lámparas de aceite. Era inmenso, con las paredes enyesadas y pintadas con dibujos difusos que me resultaba difícil distinguir entre los parpadeos amarillentos de las lámparas. Unas galerías de madera recorrían las paredes, bajo ventanas cuyas siluetas apenas podía distinguir en la penumbra. El suelo que arañaban mis sandalias claveteadas era de mármol, con intrincados dibujos en blanco y negro, y con mosaicos de cristal que reflejaban un hermoso tono dorado alrededor del trono, situado a un extremo.

Me dirigí hacia él, y vi la plataforma elevada y la gran silla de la que ni siquiera el obispo se había atrevido a apoderarse para adorno de su fe. En aquel trono se habían sentado, por turnos, aquellos emperadores de Roma que habían comido, dormido y trabajado en aquella ciudad, y que habían llevado la carga que yacía sobre mis hombros. Sus fantasmas acudieron a mí desde la oscuridad: el gran Constantino, creador de la nueva Roma; Juliano, el ambicioso césar de Occidente; Valentiniano, el emperador soldado, que nunca en su vida había cedido un palmo de suelo romano al dominio bárbaro; Constancio Cloro, que derrotó a Alecto, el usurpador de mi isla... Habían luchado contra los bárbaros durante toda su vida, fortaleciendo las fronteras de Roma, protegiendo siempre a los que eran capaces de construir de la furia insensata de los que sólo sabían robar y destruir.

Subí a la plataforma y toqué los brazos de aquel trono dorado, esperando, tal vez, que me transmitiera algo del poder y la personalidad de aquellos fantasmas amistosos cuyos rostros casi podía ver en mi imaginación. La enormidad del salón me pareció sobrecogedora, y era muy consciente de una extraña sensación de silencio, paz y quietud como no había conocido nunca. Durante todos aquellos años, el recuerdo de Juliano había atormentado los bordes de mis pensamientos, y su presencia se había hecho sentir, pálida y llena de reproches, detrás de todas las personas con las que hablaba. El dolor estaba siempre allí...

Las llamas de las lámparas de aceite estaban erguidas y quietas; la oscuridad se levantó un poco y pude ver a un joven con un yelmo en la cabeza y una espada en la mano. Y detrás tenía la sombra negra de un toro. No pude ver el rostro del hombre, porque estaba entre sombras, pero nos miramos durante largo rato, y entonces supe que me encontraba en presencia del misterio de mi fe.

—En nombre del Gran Toro, dame fuerzas —grité, y mi voz vibró en forma de eco entre los muros y la alta bóveda del techo antes de apagarse.

A pesar del hipocausto, hacía mucho frío, y las lámparas chisporroteaban cuando las corrientes de aire jugueteaban entre las paredes. El salón ya no me pareció tan iluminado, y en el extremo opuesto pude distinguir a dos figuras, inmóviles entre las sombras. Avanzaron, y entonces vi que eran el obispo y Quinto.

—¿Acaso también aspiras al trono, como Victorino? —dijo el obispo.

Recorrí el salón y pasé junto a él en silencio. No quería hablar con él. Quinto se volvió y me siguió, desconcertado y sin hablar.

Ya en el exterior, y tras haber regresado a Rómulo, con las antorchas centelleando en la noche de verano y el paso tranquilizador de mi guardia a mi alrededor, nos miramos.

—Has entrado en aquel salón fantasmal para hacer una pregunta —dijo Quinto—. Veo en tu cara que ha ocurrido algo. No te preguntaré qué. Pero sí te haré esta pregunta: ¿has obtenido respuesta?

—Sí —dije—. No es la respuesta que quería, pero eso no tiene importancia.

—¿Qué vas a hacer? —preguntó.

—Haré lo que me pidió Estilicón. Después, si los espíritus son benignos, asumiré el mando de la provincia en nombre de Honorio, no para mí sino para Roma.

—¿Qué provincia? —preguntó.

—Te lo diré cuando llegue el momento.

El centurión de guardia hizo entrar en mi despacho al curator, que se sentó cuidadosamente en un taburete frente a mi mesa.

—¿Quieres beber conmigo? —dije. Asintió y le serví una copa. Me observó con curiosidad mientras hacía la libación.

—Nunca he visto a nadie hacer algo así. —Me miró fijamente—. ¿Ya sabes que va contra la ley?

—Sí. Por supuesto, éste es un gran centro de vuestra religión. ¿Te he ofendido? Espero que no.

—Está mal.

—¿Lo está? Eso es algo que podríamos discutir durante toda la noche. Vamos, si yo puedo tolerar tu fe, estoy seguro de que tú puedes aprender a tolerar la mía.

No sonrió. Dijo:

—¿De veras pretendes cerrar la frontera?

—Sí.

—Hay una mina de plata en Aquae Mattiacae frente a Moguntiacum. Solía explotarla el gobierno. Pero eso fue antes de que yo naciera. Ahora la usan los alamanes. Dan mucho valor a la plata y la intercambian por los productos que estamos dispuestos a venderles. Muchos de nuestros mercaderes hacen negocios considerables a través del río gracias a la cerámica, el cristal, las telas y... otras cosas. —Hizo una pausa y continuó en tono suplicante—. Mucha gente saldrá perjudicada si detienes el comercio.

—No puedo evitarlo.

—¿No cambiarás de opinión?

—No.

—Debes de ser un hombre muy rico —dijo con aire envidioso.

—No lo soy. Pero, ¿qué tiene eso que ver ahora?

—Perdona, pero... si no lo eres... entonces no comprendo... —Se perdió en un silencio avergonzado.

—Lo siento, no te sigo.

—Hay pocos nombramientos imperiales bien pagados —dijo, vacilante—. Siempre ha sido una costumbre aceptada que... bueno, hay modos de completar el salario de uno. Hay ciertas ventajas, por supuesto. Este asunto de cerrar la frontera es un tema para discutirlo en una comisión debidamente designada. Tú, como gobernador, tienes poderes judiciales. Los que tienen intereses en el comercio se presentarían ante ti para defender su caso. Un asunto así te daría... te daría oportunidades... adecuadas para... para llegar a algún tipo de acuerdo.

Permanecí en silencio.

—Creí... creí que tal vez eso era lo que tenías en mente. —Me miró con esperanza.

—Comprendo muy bien lo que estás diciendo —dije—. Prefiero no pensar que estás haciendo insinuaciones en nombre de otros. Sería poco generoso—. Hice una pausa—. Eres muy amable al interesarte tanto por mi bienestar, pero no hace falta.

—Entonces, ¿lo que dijiste iba de veras?

Asentí.

—Tengo entendido que en los círculos administrativos hay un dicho según el cual los buenos gobernadores mueren pobres. Te prometo que haré todo lo posible para estar a la altura.

—Si realmente tienes intención de cerrar la frontera, tendré que informar al prefecto de este asunto —dijo con frialdad—. Es mi deber.

—No te lo impediré. Dime, Artorio, ¿es éste el motivo de que el consejo se alterara tanto en la reunión? Tal vez todos tienen intereses.

—Es natural que un consejo cívico esté preocupado por el comercio —dijo, muy tieso—. Es parte de su responsabilidad.

—Naturalmente.

Probó su vino e hizo una mueca. Sonreí y dije:

—Lamento que el vino no esté a la altura del que sueles beber. Por lo que a mí respecta, he bebido vino de taberna durante toda mi vida.

—¿Para qué deseabas verme, pues, si no era por la frontera? —dijo.

—Por varios asuntos. Voy a necesitar muchos artículos de vuestras fábricas gubernamentales. Mi intendente os dará los detalles. Los necesitaré enseguida. Habrá que apresurar el trabajo. Hace cinco años, cuando necesité yelmos para mis hombres, me dijeron que cada trabajador sólo podía hacer cuatro en un mes. Quiero seis.

—Es demasiado.

—En Antioquía fabrican seis cada uno en treinta días, y además los decoran. Tenéis que hacer lo mismo.

Hizo una anotación en una tablilla de cera.

—Veré qué puedo hacer.

—Luego está el tema de los reclutas. Muchos de mis hombres se jubilarán en breve. Necesitaré más tropas. Debo conseguirlas. Quiero una orden de reclutamiento para todos los hijos de soldados y veteranos capaces de luchar. Se presentarán ante el comandante de esta guarnición, que los adiestrará.

Artorio pareció sobresaltado.

—Escribiré al prefecto pretor pidiendo la autorización. ¿Es todo?

—No, queda el tema del pago de mis tropas.

—Lo habitual es que el ejército de campo cobre en especie. Reciben pagas extras de vez en cuando, pero, normalmente, viven de sus raciones.

—Gracias por decírmelo. Pero mis hombres ya no son parte del ejército de campo. Son tropas de frontera, y a ellos se les paga sólo con dinero. Ya se les debe medio año de salario. Supongo que el tesoro provincial podrá arreglar las cosas.

—Necesitaré el permiso del prefecto —dijo, con el ceño fruncido.

—Por supuesto. —Hice una pausa y levanté la voz—. Necesito el dinero con urgencia.

—Pero tus hombres tendrán poco en que gastar el dinero en un fuerte fronterizo.

—No se trata de eso. Es un asunto de moral y confianza.

—Informaré al prefecto.

—Aquí hay un tesoro.

—Sí, pero no me corresponde a mí tocarlo. Pertenece al gobernador provincial, y hasta el mismo gobernador necesitaría...

—Ya lo sé: el permiso del prefecto. —Lo miré y suspiré. Era el tipo de hombre que cumpliría siempre con su deber al pie de la letra. No tenía iniciativa, ni imaginación, ni capacidad de comprensión. Era difícil culparlo por ello. Después de todo, no era más que un funcionario.

Capítulo VIII

El sol naciente tocaba apenas las torres gemelas de Rómulo cuando la legión abandonó la ciudad y marchó hacia Moguntiacum al paso que marcaban las ordenanzas, y que nos permitiría avanzar veinte millas en cinco horas con buen tiempo. Al segundo día, tras haber recorrido treinta millas, en mitad de una llanura de hierba gruesa y con los hombres sudando bajo el cálido sol, llegamos al punto donde la calzada se bifurcaba. El tramo izquierdo llevaba a Confluentes, el fuerte más alejado río abajo de los que tenía intención de defender. A éste le asigné una cohorte y un ala. Aquella calzada también conducía a Salisio y Boudobrigo, más arriba, y allí envié una guarnición mixta de dos centurias de infantería y un escuadrón de caballería. Entonces, con la longitud de la columna de la legión reducida, seguimos hasta Bingium, donde llegamos al tercer día. Allí nos detuvimos veinticuatro horas mientras yo inspeccionaba el campamento y hacía un breve reconocimiento por el camino que llevaba a Boudobrigo. En Bingium el río Nava se unía al Rhenus, y el fuerte estaba protegido en dos lados por el agua, con colinas en la parte trasera. Al mirar río abajo desde el campamento, se veían grandes acantilados de roca en la orilla izquierda, creando una barrera impenetrable contra quienes desearan cruzar desde el este. Los acantilados continuaban a lo largo de la orilla sur de la corriente, y a sus pies avanzaba la calzada hasta unirse al puente que conducía al campamento. Si Bingium era capturada, los de Moguntiacum se encontrarían con la retirada cortada, pues resultaría muy fácil para el enemigo destruir el puente, controlando al mismo tiempo la calzada de Augusta Treverorum. Desde allí tendrían abierto el paso a la Galia. Dejé a otra cohorte mixta, al mando de un tribuno experimentado, mientras la reducida legión continuaba su marcha hacia el cuartel general de Moguntiacum, donde llegamos al quinto día.

Moguntiacum había sido antaño la capital de la Germania Superior, pero aquello pertenecía a los grandes días de nuestro poder, cuando la provincia había poseído una administración civil, además de la militar, y las legiones se habían hecho fuertes en la orilla izquierda. El antiguo campamento se levantaba en el suelo inclinado junto a la ciudad. Se había construido para albergar a dos legiones, pero eso había sido en tiempos de Domiciano. Más tarde se abandonó cuando se fortificó la ciudad, y a la sazón la guarnición vivía en cabañas, junto a la muralla que daba al río. La ciudad había crecido a lo largo del caudal, y había llegado a tener cierto esplendor. Había unas cuantas calles anchas, todavía bordeadas de tiendas abiertas, y había un foro, una iglesia cristiana, un teatro en ruinas, innumerables templos abandonados y una columna esculpida dedicada a Júpiter, cubierta de suciedad. Fuera de las murallas, a lo largo de la orilla, se levantaba una hilera de cabañas de madera, algunas de las cuales estaban encima del agua, sostenidas por postes, y habitadas por los más pobres. Ocasionalmente se celebraba un mercado, pero el comercio era letárgico, pues la ciudad había sido saqueada por atacantes del este con tanta frecuencia que ya no era un lugar donde desearan vivir las personas más enérgicas y ambiciosas si podían trasladarse a otra parte. La población restante estaba formada por francos, burgundios y alamanes, de sangre inextricablemente mezclada por la confusión de matrimonios con descendientes de veteranos de las legiones, llegados de Hispania, Panonia, Illyricum y todas las partes del Imperio. El puerto estaba algo más abajo, protegido por las murallas de la ciudad, y en torno a él había un pequeño poblado, ocupado sobre todo por veteranos y sus familias.

La Vigésima había estado destinada en Novaesium en tiempos de Claudio. Desde allí la habían enviado a Britania, de modo que su regreso al Rhenus fue, en cierto modo, una vuelta a casa, aunque el único miembro de la legión que había llegado a ver aquel río era el Águila de bronce que nos había dado el primer emperador de Roma.

Ordené a Áquila que instalara el campamento para aquella noche en las ruinas del antiguo fuerte, y me dirigí a inspeccionar la ciudad con un puñado de oficiales. Barbatio, el prefecto de auxiliares, me estaba esperando. Era un joven robusto de unos treinta años, que ya empezaba a ganar peso y cuya falta de forma era evidente, tanto en el sentido físico como en el mental. Parecía asustado mientras me hablaba, y tenía motivos. Su cohorte era una chusma de individuos desarrapados y sin afeitar, que parecían no haber hecho ningún ejercicio militar en toda su vida. Sus alojamientos estaban abarrotados de esposas, hijos y ganado, y el resto del contenido de sus cabañas parecía sugerir que la mayoría de ellos dedicaba la mayor parte de su tiempo a actividades mercantiles.

En respuesta a mis preguntas, dijo, en tono vacilante, que había poco tráfico de botes a través del río porque la corriente era peligrosa (al menos, aquello era cierto) y los alamanes hostiles, pero que de vez en cuando pasaban comerciantes de camino a Borbetomagus, el último y más alto de los fuertes a los que enviaría una cohorte.

Todo ello me recordó poderosamente a Corstopitum la última vez que la había visto. Me resultó muy deprimente.

—El campamento antiguo está demasiado apartado —dije a Quinto—. Quiero que construyan otro, aquí en la orilla a la izquierda del puente. Mis hombres tienen que matar a bárbaros mojados, no secos.

—Eso significará apoderarnos de una parte de la ciudad —dijo con cautela—. Seremos muy populares.

—Se acostumbrarán. Quiero que limpien el terreno al norte de la calzada entre el campamento actual y el río. Aproximadamente harán falta seis acres. La caballería, al menos su mayor parte, tendrá que alojarse en el campamento antiguo.

En aquel punto, el río medía unos setecientas cincuenta yardas de anchura, y fluía con más rapidez que ningún otro río que hubiera visto. En la mitad había dos islas largas y estrechas, planas como hojas de espada, y la parte inferior de la más septentrional quedaba sumergida en verano. Estaban llenas de árboles y deshabitadas, proporcionando sólo un refugio para los fugitivos ocasionales de las comunidades de ambas orillas. Una tercera isla, también larga y estrecha, pasaba cerca de la orilla occidental y protegía el puerto de la fuerza de la corriente principal. Desde las murallas de la ciudad se podía ver el puente roto que avanzaba tristemente por encima del agua hasta la tercera pilastra.

—¿Qué hacemos con eso? —dijo Quinto—. ¿Quieres repararlo?

—No —dije, sacudiendo la cabeza.

Al otro lado del río estaban las ruinas del campamento de la cabeza de puente, que antaño había protegido el poblado y las villas que habían surgido en torno a los baños de Aquae Mattiacae. Recordé que mi padre siempre había jurado que aquellos baños termales eran los que le habían curado la herida que le había hecho en la pierna una lanza alamana cuando era joven. E incluso durante sus últimos años, siempre insistía en que aquellas aguas hubieran sido mejores para su reumatismo que las de los baños de Aquae Sulis. El campamento había sido finalmente abandonado, cuando los alamanes saquearon Moguntiacum en el año en que mi Teodosio había acudido en nuestra ayuda. Era improbable que quedara nada de los baños o del poblado.

—Podríamos repararlo —dijo Quinto con obstinación—. Sugiero que sería útil poder poner un pie en el lado este.

Me protegí los ojos con la mano del resplandor del agua.

—Lo pensaré —dije—. Lo importante ahora es establecernos aquí.

Aquella primera tarde salí por la puerta del río y recorrí la orilla hasta las ruinas del puente. Avancé hasta las planchas rotas y contemplé las pilastras restantes, que se extendían hasta la otra orilla, como piedras puestas para que cruzara un gigante de algún cuento infantil. Por encima de los remolinos del agua se elevaban jirones de niebla. Lancé un palo a la corriente y me sorprendió la velocidad con que desapareció. Barbatio me explicó que un poco más arriba del puente, el río Moenus se unía con el Rhenus.

—Allí está la división, señor, entre los alamanes y los burgundios. La frontera occidental de los burgundios se extiende desde aquí a Confluentes, donde empieza el territorio de los francos.

—¿Son fronteras firmes?

—No, en realidad no, señor. Depende de quién tenga más fuerza en cada momento.

—Bien, ¿y cuál es la situación ahora?

—Mire aquellas elevaciones, señor, río abajo en la orilla oriental. Bien, toda la zona de detrás, desde esta ciudad a Bingium, está en litigio. En este momento pertenece a un clan franco, que protege la orilla derecha para nosotros a cambio de subsidios.

—Querrás decir plata romana; y seguro que sólo son leales mientras el soborno les parezca suficiente.

—Sí, señor —dijo, con aspecto sobresaltado.

Empezaba a hacer más frío y me estremecí mientras contemplaba fijamente la orilla este. Aquella orilla... por allí había paseado mi padre vestido de civil y sin llevar armas. Pero si yo me atrevía a poner el pie en ella, me arriesgaba a morir a manos de un enemigo. En tiempos de mi padre, nos había pertenecido con la misma certeza y la misma ausencia de dudas que la ciudad en ruinas de la que ahora yo era gobernador.

Quinto hizo girar el brazalete en su muñeca y dijo:

—Este lugar es como el fin del mundo. —Parecía que me hubiera leído el pensamiento.

—Sí —dije—. Lo es. Es el fin de nuestro mundo.

—Sigo pensando que sería buena idea reparar este puente y volver a ocupar el campamento de la otra orilla. Nos daría una buena ventaja si necesitamos pasar a la ofensiva —dijo, malhumorado.

—Los alamanes, señor, lo considerarían un acto de guerra —dijo Barbatio, respetuosamente—. El general Estilicón, en sus propios términos, les dio dominio absoluto de la orilla este.

—En ese caso, no tiene sentido provocarlos sin motivo.

Quinto se volvió al prefecto.

—¿Has visto el antiguo campamento? ¿Puede repararse con facilidad?

—Sí, señor —repuso Barbatio rápidamente—, aunque la mitad de las murallas han sido derribadas y las cabañas destruidas. Hicieron lo mismo con las villas.

—¿Quién quemó el puente?

—Eso ocurrió hace muchos años, señor, después de que Rando saqueara la ciudad. Fue él quien destruyó la catedral.

—¿Quién es Rando?

—Entonces era un príncipe alamán. Ahora es su rey. —En su voz había una nota de entusiasmo que no había estado allí antes. Me volví hacia él y dije:

—¿Has tratado con él?

Se lamió los labios y el sudor le corrió junto a las correas de cuero que le sujetaban el yelmo en la barbilla.

—Vamos, hombre, puedes decírmelo.

—Sí, señor —murmuró.

—Esclavos, supongo.

Asintió.

—En ninguna parte del Imperio existe un solo tribuno de tropas de frontera que no trafique con esclavos —dije a Quinto—. Les interesa más eso que sus deberes militares.

Barbatio se sonrojó y dijo, en tono defensivo:

—Nos pagan muy poco. Cobramos sobre todo en comida y provisiones, pero la mitad del tiempo las raciones son escasas. Nos engaña todo el mundo.

—Tendrían que pagaros con dinero —dije con vehemencia.

—Eso es lo que quería decir, señor.

—Sé de qué va esto. Yo también he estado en una frontera. Dime, ¿has oído hablar de la nueva ley, que te permite cambiar por plata siete días de raciones al año de tus hombres?

—Sí, señor.

—Y te has aprovechado de ella, sin duda.

Volvió a asentir, mientras sus ojos pasaban de un rostro a otro.

—Cumple la ley, pues. —Lo miré con dureza—. Tendrás poco tiempo para traficar con esclavos a partir de ahora. Estarás demasiado ocupado siendo soldado. Tu unidad está en un estado deplorable. Arréglala rápidamente o nombraré a un nuevo comandante.

Saludó y empezó a retroceder.

—No te vayas aún. Hay otro asunto que quiero que me expliques. Creí que tu cohorte constaba de quinientos hombres, pero sólo tienes doscientos. ¿Por qué?

—Tuvimos una plaga, señor. Algunos murieron, otros se han jubilado recientemente y... y hay unos cuantos de permiso —dijo, con cierta seguridad.

—Vi las raciones que teníais asignadas en el granero imperial. Habéis estado recibiendo regularmente comida para quinientos durante los últimos cuatro años.

—Bien, señor, yo... mi intendente siempre pide las raciones de... de los hombres de permiso. Es la costumbre. —Parecía dolido, como si yo no entendiera algo que para él y su intendente era mero sentido común.

—Deja de mentir. No tienes a trescientos hombres de permiso, ni ahora ni en ningún momento. Has recibido comida para hombres que están muertos o que se jubilaron hace años. ¿No es así?

No dijo nada. Abrió y cerró la boca como un pez.

—Respóndeme —dije—. ¿Cuántos hombres había en la cohorte cuando tomaste el mando? Quiero la verdad.

Levantó la vista como si rezara. Luego se lamió los labios.

—Ciento ochenta —susurró.

Le coloqué la punta de mi bastón en el pecho.

—Podría acabar contigo por esto. Has reclutado a veinte hombres en cuatro años. Debe de haber sido un trabajo muy duro.

—Todo el mundo lo hace —murmuró.

—Yo no soy todo el mundo —dije—. Recuérdalo a partir de ahora.

Cuando se hubo marchado, Quinto dijo:

—Has estado algo duro con él, Máximo. El pobre diablo lleva años pudriéndose en lugares como éste.

—¿Cuánto tiempo estuvimos nosotros en el Muro? —dije—. Y no nos pudrimos.

—¿De veras? —dijo—. Yo no estoy tan seguro.

Lo miré. Se había puesto pálido, y parecía enfermo e infeliz.

—Quinto —dije, cogiéndolo del brazo—. No pongas esa cara. ¿Te encuentras bien?

Asintió en silencio, y me pregunté si estaría pensando en su hogar en Hispania, que no había visto en treinta años.

—No te preocupes por Barbatio —dije—. A partir de ahora, resultará un buen soldado. Te daré veinte denarios si no ha mejorado dentro de un mes.

—Hecho —dijo Quinto sonriendo.

Gané la apuesta, y era Barbatio el que me hacía de guía cada vez que yo deseaba explorar el campo. En las llanuras en torno a Moguntiacum, los francos y burgundios que se habían asentado hacían ciertos esfuerzos para cultivar la tierra que les había correspondido según el acuerdo. En algunos lugares habían talado los bosques para crear claros donde surgían tímidos poblados de cabañas humeantes, rodeados de pesadas fortificaciones de madera de pino. Cultivaban parcelas de tierra fuera de las murallas, y cada pueblo tenía su ganado, sus cabras, sus perros y unos cuantos caballos. La gente era grande, animosa y atractiva, con el pelo pajizo y los ojos azules. Bebían grandes cantidades de cerveza, y las peleas entre ellos eran frecuentes, aunque pocas veces por mujeres.

Me gustaba aquella gente, aunque tenía dificultades para entender su idioma, y su latín gutural era atroz; pero no confiaba en ellos, y los centinelas a las puertas de la ciudad tenían órdenes de no dejar pasar a nadie que llevara armas.

Estábamos casi en mitad del verano, y yo pensaba que la época peligrosa empezaría a principios de otoño, cuando se hubieran recolectado las cosechas. Sería entonces cuando las tribus se mostrarían inquietas y ansiosas por buscar botín si sus provisiones para el invierno les parecían insuficientes. Barbatio descartó la idea de Estilicón, según la cual los alamanes estarían pensando en una migración, y yo me inclinaba a estar de acuerdo con él. Los alamanes que conocí eran amistosos, y mis espías me proporcionaron poca información valiosa. Pero seguí siendo cuidadoso, y quedaban muchas cosas que hacer antes de que llegara el otoño.

En todas las guarniciones, las tropas estaban ocupadas, reparando o fortificando los campamentos. Di instrucciones de que todos debían quedar protegidos por empalizadas de tierra y madera, con torres cuadradas en las esquinas, cada una de ellas capaz de albergar una ballista. En torno a cada campamento se excavaron trincheras, mientras se preparaban trampas en el suelo frente a cada puerta. Erigimos torres de señales, lo bastante grandes para contener a diez hombres, en las calzadas que conectaban cada campamento con el siguiente, cada una protegida también por una empalizada y una zanja. Construimos otra línea de torres a lo largo de la calzada entre Bingium y Treverorum. Con el tiempo esperaba que los auxiliares pudieran ocuparlas, permitiéndome dedicar a los legionarios a tareas más importantes.

Pero el trabajo más ingente se llevó a cabo en la zona de Moguntiacum. Entre la muralla norte y la que daba al río limpiamos una superficie enorme, lo bastante grande para contener a dos cohortes y un ala de caballería, y la separamos con otra muralla del resto de la ciudad, que era demasiado grande para defenderla con los pocos hombres bajo mi mando. Derribamos las cabañas de la orilla y cavamos una triple hilera de zanjas a lo largo de la muralla este. Cada zanja tenía forma de uve, con un ángulo de cuarenta y cinco grados en la cara exterior, que estaba reforzada con madera para evitar que se llenara de tierra, mientras que en el fondo de las zanjas, de cinco yardas de profundidad, plantamos estacas afiladas. Entre las dos zanjas exteriores había un espacio plano, de trece yardas de anchura, y entre la zanja media y la interior un espacio de tres yardas. La distancia desde la plataforma de la muralla del fuerte hasta el borde exterior de la zanja más lejana era de treinta yardas; la longitud hasta la que nuestros soldados eran capaces de arrojar una lanza con precisión letal. Pero la zona de batalla serían las trece yardas que separaban las dos zanjas exteriores. Aquellas zanjas interrumpirían cualquier ataque mientras quedaran hombres capaces de ponerse en pie en las murallas y arrojar proyectiles.

A la izquierda de la ciudad y justo al este de la calzada de Bingium, en un punto situado frente al extremo norte de la isla más meridional, erigí tres campamentos pequeños, cada uno de los cuales albergaría una centuria. Las paredes eran de turba y madera, y todo el conjunto estaba protegido por las zanjas de costumbre. El antiguo campamento, detrás de la ciudad, también fue reparado y convertido en barracones y establos para la caballería.

Mientras se realizaban estos trabajos, las patrullas de caballería recorrían los alrededores, y el primer barco de nuestra flota, un bajel mercante convertido, hizo una aparición vacilante en el río, armado con ballistae y tripulado por arqueros.

Subí a bordo en Bingium y encontré a un ansioso Gallo en la popa, discutiendo acaloradamente con el capitán. Me saludó y dijo con aire fúnebre:

—Los remeros no son gran cosa. Ninguno de ellos había estado antes en el río.

El capitán murmuró algo entre dientes.

—Hemos venido muy despacio. El barco responde muy mal.

El capitán apretó los labios y no dijo nada.

Llevamos el barco río arriba, junto a la orilla derecha, y las cosas eran como había dicho Gallo. Nos resultó muy difícil cambiar de rumbo en mitad de la corriente. El barco sólo giraba en un arco que lo llevaba casi de una orilla a la otra, y tenía problemas en cuanto estaba a merced de la corriente más fuerte. De lado y recibiendo toda la fuerza del agua, se desviaba peligrosamente de su rumbo y se ponía a la deriva, de modo que los remeros tenían grandes dificultades para volver a controlarlo.

—Es demasiado grande para el trabajo que le exigís —dijo el capitán con aire cansado—. Os lo podía haber dicho al principio, pero el tribuno no quiso escucharme.

—Me temo que tiene razón —dijo Gallo.

—¿Cuánto mide?

—Unas noventa yardas.

—¿Cuánto debería medir para este tipo de trabajo?

El capitán vaciló.

—Cuarenta yardas de eslora, pero mucho menos de anchura. Las ballistae que habéis montado le han alterado el equilibrio, y los bancos de los remeros no están bien distribuidos. Además, lleva demasiada tripulación. A este ritmo, no encontraremos remeros suficientes para los barcos restantes.

—Si construimos un barco más pequeño —dijo Gallo con amargura—, sólo podremos montar una catapulta en la proa.

—Eso es mejor que nada. Necesito que mis barcos puedan girar en el espacio de un denario.

Volvimos a bajar por el río hasta Bingium, y descubrimos que la única manera eficaz de dar la vuelta rápidamente era echar el ancla y, cuando ésta se había agarrado, dejar que la corriente hiciera girar el barco. La fuerza del río era tremenda, y me alegré cuando el bote de remos me depositó en la orilla y pude volver a pisar tierra firme.

—Haz lo que puedas —dije—. Necesitaré los barcos cuando la cosecha esté recolectada.

Las noticias del mundo exterior nos llegaban con poca frecuencia. Recibí una carta de Gallo, notificándome que no le gustaban los planos para los nuevos barcos de guerra que había presentado el capitán; que había escasez de carpinteros debido a una plaga de fiebre en la ciudad; que el curator se había quejado de los impuestos a sus superiores de Arelate, y que el obispo había escrito al emperador quejándose de mí. Sin embargo, añadía en una posdata que el dinero estaba disponible y que no teníamos que preocuparnos por la escasez de mano de obra, puesto que los campesinos estaban dispuestos a trabajar a cambio de una comida diaria para ellos y sus familias.

Llegó otra carta, en aquella ocasión de Arelate, pero estaba llena de evasivas educadas, amenazas veladas, afirmaciones sin significado y palabras huecas, todo ello tan envuelto en el lenguaje incomprensible de la administración civil que el contenido resultaba totalmente absurdo. No le hice ningún caso.

Llegaron mensajes de los diversos fuertes. Confluentes decía que los colonos francos estaban dispuestos a servir como auxiliares y que sus defensas habían sido completadas, con la cuota correspondiente de torres de señales. Boudobrigo informaba de hostilidad entre las tribus de la zona y decía que les habían saboteado una torre medio construida, y que habían muerto tres hombres de patrulla en los bosques sin que se supiera quién lo había hecho. En Bingium todo estaba tranquilo, pero había una actividad considerable en la orilla este, y todos sus movimientos eran espiados. Su comandante añadía, ingenuamente, que no confiaba en nadie más que en sus propias tropas, aunque los nuevos auxiliares les estaban sirviendo bien. El tribuno de la cohorte de Borbetomagus escribió informando de que las tribus estaban cruzando el río en pequeños botes, y que los convoyes de aprovisionamiento que les mandábamos habían sido atacados en dos ocasiones. Sin embargo, las patrullas enviadas a la orilla derecha habían encontrado el campo aparentemente desierto, y habían regresado sanas y salvas sin haber desenvainado las espadas.

Paseando una mañana por las calles de la ciudad, me fijé en un hombre semidesnudo, sentado con aire desolado en el mercado de esclavos. Tenía la piel oscura, y en torno al cuello llevaba una tira de cuero de la que colgaba un disco. Tenía las muñecas encadenadas delante de él, cosa que era poco usual excepto en esclavos recientes, y estaba haciendo dibujos en el suelo con los dedos. Era de mi edad.

—Un momento —dije a Barbatio—. Quiero hablar con este hombre. Encontrad al mercader y haced que me lo traigan.

El hombre estaba muy sucio; su única prenda apestaba y pude ver cosas moviéndose entre su cabello. Le puse el bastón en la barbilla para obligarlo a mirarme.

—¿Cómo te llamas?

—Fredbal —murmuró con hostilidad.

—¿De dónde has sacado el disco que llevas al cuello?

—Es mío.

—¿Lo es? Dámelo.

Barbatio cortó la tira de cuero y yo la cogí. Era un disco de identidad de plomo, como el que siempre llevaban nuestros soldados.

—¿Eres franco?

—Sí.

—¿De dónde sacaste esto? Supongo que de alguna batalla con mi gente.

—No, es mío —dijo, con un violento movimiento de cabeza.

—Estás mintiendo.

Me miró fijamente, y su súbita rabia desapareció para ser sustituida por una expresión de increíble tristeza. El cambio fue asombroso.

—Espera un momento. Barbatio, mira su tobillo.

El tribuno lo hizo.

—¿Está marcado?

—Sí, señor.

—Entonces, estuviste en nuestro ejército —dije—. Un desertor, supongo.

Me miró con aire sombrío, y dijo en mal latín:

—No... señor. Era... optio con los auxiliares, aquí en Moguntiacum. Me hicieron prisionero cuando los alamanes atacaron la ciudad. —Bajó la vista—. Entonces no era más que un niño. —Siguió hablando en voz más baja—. Desde entonces he sido esclavo. De eso hace mucho tiempo.

—Treinta años —dije, volviéndome hacia Barbatio—. En nombre de los dioses. Treinta años.

Barbatio dijo, con el rostro sofocado:

—Todos los esclavos de este grupo han sido vendidos, señor. A un mercader de Treverorum.

—¿Dijiste al tratante que eras ciudadano romano?

Fredbal se encogió de hombros.

—Nunca sirve de nada. Te venden igualmente.

—¿Cómo lo sabes?

—Solía escuchar lo que decía mi... mi amo. Era alamán. La gente no se preocupa de lo que dice delante de los esclavos. Es una práctica habitual. Todos lo hacen. Hay mucho comercio de esclavos a través del río.

—Sí, eso es cierto, señor —dijo Barbatio.

—Y tú debes de saberlo muy bien, seguro —dije, furioso—. Haz que lo lleven al campamento. Busca en los registros y comprueba su historia. Si es cierta, le buscaremos un trabajo como hombre libre.

—Habrá quejas —dijo Barbatio con voz escandalizada—. Es una práctica común.

—Querrás decir que lo era. Si el mercader se queja, arréstalo. Es un delito vender a un ciudadano libre en su propio país. Y haz que los magistrados cierren este mercado con urgencia.

—Pero, señor, pertenece a un grupo de esclavos ya comprado y vendido. —El tribuno hablaba con desesperación—. Los han adquirido para trabajar en una de las nuevas iglesias de Treverorum. Me lo dijo el mercader.

—Ya has oído mis órdenes.

—Pero, señor, el obispo... el prefecto...

—Yo soy el gobernador aquí.

—Sí, señor. —Saludó y se alejó apresuradamente.

Me volví y regresé al campamento, mientras el hombre me seguía como un perro.

«Treinta años», pensé. «Ha guardado ese disco con esperanza durante treinta años. Y su propia gente lo compró y lo vendió para trabajar en una iglesia. Oh, Mitras, tú no le pedirías eso a ningún hombre».

Finalmente llegó la noticia que esperaba; primero sólo el rumor de una gran victoria en Italia, traído por un mercader de vino que regresaba de Mediolanum; y más tarde una carta, con todos los hechos y detalles, una carta del mismo Estilicón.

Radagaisos había sido derrotado. Había tratado de sitiar Florentia, donde fue sitiado a su vez por Estilicón, trató de abrirse paso luchando y fue capturado y ejecutado. Más de una tercera parte de sus hombres, suevos, vándalos, alanos y burgundios, había muerto bajo las murallas de la ciudad. El resto se había retirado hacia el norte, al territorio de los alamanes.

Para terminar, Estilicón había escrito:

«Hicimos tantos prisioneros que saturamos el mercado, y, al final, acabamos vendiéndolos a un sólido por cabeza, lo que era absurdo. Muchos decidieron alistarse en nuestras fuerzas, y gracias a esto tenía la esperanza de poder hacer regresar a una parte de mi ejército para que te ayudara a recoger uvas en la Galia; pero, por desgracia, las noticias de Illyricum me lo impiden por el momento. A juzgar por las quejas que he recibido sobre ti de personas cercanas al emperador, deduzco que estás cumpliendo con creces mis expectativas. Igual que antes, Alarico es el problema que debo resolver. Para calmar sus ambiciones, nos hemos visto obligados a darle un alto cargo en el servicio imperial, pero sigue siendo cierto que sus seguidores representan un bocado demasiado grande para que el Imperio pueda digerirlo cómodamente. Tengo intención de trasladarme a Illyricum la próxima primavera con todas las fuerzas que pueda reunir, pero no debo alarmar a Alarico sobre mis intenciones respecto a él. Esta vez no se podrá evitar la confrontación final. Y tengo asuntos que solucionar en Dacia y Macedonia que no puedo postergar más. Como suele decirse, debo moverme sin prisa pero sin pausa. Esto significa, querido amigo, que debo pedirte que aguantes la Germania Superior durante doce meses más. Dame ese tiempo, te lo ruego, y todo irá bien. He gobernado este imperio, sin ser emperador, durante diez años, y seguiré haciéndolo hasta que muera. Puedes confiar en mi juicio, como yo confío en el tuyo. Serena os envía saludos a los dos, igual que yo».

Le mostré la carta a Quinto, que dijo:

—¿Recibiremos ayuda alguna vez? Creo que sólo nos mandarán más tropas cuando tengamos problemas serios. Y entonces será demasiado tarde.

—Eso es lo que me temo —dije.

Capítulo IX

Dos días más tarde recibí la visita de Guntiaros, el rey de los burgundios, que cruzó el río para reunirse conmigo en Bingium según un acuerdo previo. Era bajo y moreno, y me hizo pensar en un cernícalo a punto de emprender el vuelo. Pero era un cernícalo anciano, y me pareció más fiero de apariencia que de hechos. Como todo su pueblo, se ponía grasa en el cabello, que le llegaba a la base del cuello y, al ser un día caluroso, pude olerlo antes de que llegara. Muchos de nuestros auxiliares eran burgundios, y existía una antigua disputa entre ellos y los alamanes a causa de ciertos manantiales que ambas tribus reclamaban como propios. Recé a Mitras, por indigna que fuera mi oración, para que la disputa continuara.

Le mostré el campamento y, aunque habló poco, pareció impresionado.

—Esto es sólo la avanzadilla —dije—. Pronto tendré un gran ejército. Roma no olvida a las provincias que necesitan ayuda.

—¿Es que necesitáis ayuda? —preguntó astutamente.

—No —mentí—. Pero no puedo permitir cruzar el río a más gente. Eso es lo que deseaba decirte.

Pareció preocupado. Dijo:

—Las cosas han cambiado desde que Estilicón y yo nos dimos las manos sobre la sal. Mi gente se ha multiplicado, y las cosechas han sido malas. La tierra es demasiado pobre para mantener a tantos.

—Entonces tendréis que dedicar más tiempo a cultivar la tierra, y menos a criar caballos.

—No es lo mismo.

—Roma os puede ayudar con plata, si no sois demasiado orgullosos para aceptar el regalo. —Hice una pausa y él me miró—. No deseamos que vuestros niños mueran de hambre.

Vaciló.

—Sigo siendo el rey de mi tierra —murmuró.

—Eso queda claro. Y como rey de tu tierra, la defenderás contra aquéllos que intenten arrebatártela. —Volví a hacer una pausa para mirar a un pelotón de hombres desfilando—. Mis soldados defienden a los aliados de Roma, además de a los ciudadanos de la Galia.

Se llevó una mano a la boca.

—Los alamanes...

—No son tan fuertes como les gustaría que creyéramos —dije.

Continuó vacilando.

—Plata —dije—. Pero nada de tierras.

—Mi pueblo está contento con las tierras que tiene —dijo, de mala gana.

No sonreí.

Aquella noche dimos una fiesta en su honor y se emborrachó.

—Tengo unas hijas muy guapas —dijo—. Son jóvenes, fuertes y complacientes. Te enviaré a una para que sea tu esposa, en señal de que somos amigos.

—Me haces un gran honor —dije.

Se marchó a la mañana siguiente, todavía empapado del agua que sus sirvientes le habían arrojado para quitarle el dolor de cabeza. Esperaba que olvidara su promesa. No deseaba otra esposa.

Más tarde, crucé el río en Bingium con una gran escolta, y me adentré en las oscuras colinas verdes que se extendían entre los burgundios y la llanura desolada que pertenecía a los alamanes. En un bosque denso, lleno de sombras oscuras y rayos de sol huidizos, nos encontramos de repente rodeados de hombres armados. Levanté las manos para advertir a mis hombres que mantuvieran las suyas quietas y sobre las sillas. Luego me dirigí al líder, que montaba en una yegua ruana tan silenciosa como él mismo.

—Príncipe Marcomir —dije.

—Sí. —Me saludó al estilo franco.

—¿Me conoces?

—Sí. —Era más alto que Guntiaros y lo bastante joven para haber sido mi propio hijo. De repente sonrió—. Mi pueblo no habla de otra cosa desde que tus soldados llegaron al río. Y ya era hora —añadió sombríamente.

—¿Es que también deseáis cruzar el Rhenus? —dije.

—Tengo un territorio muy pequeño que me cuesta defender. —Sonrió—. Mis problemas no disminuirían si lo aumentara.

—¿Puedo contar con tu apoyo?

—¿Por qué no? —Hablaba con voz suave—. Todos necesitamos ayuda.

—Hubo un tiempo... —empecé.

—Pero no es ahora —me interrumpió rápidamente—. No te preocupes, excelencia. Hice un pacto con Estilicón. Es todo un hombre. Tengo cierta amistad con Guntiaros, y los alamanes me toleran porque estoy entre ellos y los burgundios. —Rió en silencio pero sin diversión—. Así que, como ves, mi fuerza reside en no ser fuerte.

Lo miré, sentado en su caballo, semidesnudo, con el sudor trazando dibujos sobre las cicatrices de su pecho y brazos. Era joven, fuerte y tenía sentido del humor. Me cayó bien, y tuve la impresión de que era un hombre en quien podía confiar.

—Pasé algún tiempo en la Galia —dijo—. Como rehén para garantizar el buen comportamiento de mi padre. Treverorum es una ciudad hermosa. Muy rica. Demasiado rica —añadió en tono lúgubre.

—¿Conoces bien a los alamanes?

—Conozco sus espadas —dijo, muy serio.

—Dime lo que sepas. Me será de gran utilidad.

Desmontamos de los caballos y nos dirigimos hacia el tronco de un árbol caído.

—Necesitamos más hombres —dijo Quinto—. Nos hace falta el doble de auxiliares.

—Tal vez podríamos reclutarlos en la Galia.

—¿Lo crees de veras? —Lanzó un resoplido despectivo.

—¿Dónde, si no? Estoy de acuerdo contigo respecto al número de hombres. Llevo un peso en el estómago desde que llegó la carta de Estilicón.

—Se supone que en la Galia hay un ejército de treinta mil hombres —dijo.

—Sí, en los archivos de Mediolanum. Y no hay dinero suficiente en el tesoro provincial para pagar ni a una tercera parte de ese número.

—¿Qué hacemos entonces, mi general?

—Creo que lo mejor será que vaya a Treverorum y hable con el curator. Si hemos reclutado a todos los hijos de veteranos y soldados disponibles, y no hay más voluntarios, habrá que emplear otros medios. También veré a Gallo. Ahora tendrá tiempo suficiente para construir sus barcos. En cualquier caso, hay que hacer algo para suavizar nuestras relaciones con los funcionarios de allí. Tendrán que soportarnos durante un año más, les guste o no.

—Tal vez más tiempo —dijo, con el ceño fruncido—. ¿Quieres que vaya?

—Por supuesto. Lucilio puede tomar el mando. Es digno de confianza y la experiencia le irá bien.

Hubo una llamada a la puerta y apareció el centurión en jefe.

—Es por lo de los baños, señor. Me está costando mucho que los hombres los utilicen.

—¿Por qué, Áquila? ¿Es que no les gusta lavarse?

—Sí, señor, pero prefieren hacerlo en el río —dijo, sonriendo.

—Cuando yo era joven, el baño se usaba como club. Jugábamos a los dados y nos apostábamos la paga.

—Prefieren hacer eso en la ciudad, señor —dijo pacientemente.

—Las costumbres cambian, ¿no es así? Sí, por supuesto. Lo importante es que no quiero problemas con las mujeres locales. Esta gente tiene unas ideas muy estrictas, y si nuestros hombres dejan a las mujeres embarazadas habrá peleas. El mes pasado tuve que sobornar a todo un poblado cuando un joven estúpido de la segunda cohorte se puso demasiado amable con la hija del jefe. Necesito el oro para cosas más importantes.

—Ya lo sé, señor.

—Muy bien, Áquila. A ver qué puedes hacer. Encuentra algún otro modo de que se diviertan en su tiempo libre.

—¿Vas a ir a Treverorum? —preguntó.

—Sí. ¿Por qué? ¿Quieres que te traiga un regalo?

—No, señor —dijo, sonriendo—. Pero está el asunto de aquel legionario que se mató hace una semana.

—Lo recuerdo. Estaba en la cohorte del cuartel general. Su nombre era Flavio Betto, ¿no es así?

—Era un brigante, señor —asintió Áquila—. Estaba preocupado por su familia. Quería licenciarse.

—Todos queremos licenciarnos —dije—. Rechacé su petición, ¿no es cierto?

—Sí, señor.

—¿Cuál es el problema?

—Es por su propiedad, señor. Su padre era el dueño de una gran finca cerca de Eburacum. La compró con lo que ahorró trabajando como herrero.

—Sí, recuerdo que por entonces la tierra era muy barata.

—El padre murió hace un mes y se lo dejó todo.

—¿Algún pariente cercano?

—Una hermana, pero podría estar muerta.

—¿Hizo testamento nuestro chico?

Áquila miró al frente.

—No hemos encontrado ninguno, señor.

Sabía qué estaba pensando. Si no había testamento y ningún pariente cercano, su propiedad pertenecía a la legión. Estábamos escasos de fondos. Incluso una pequeña finca de Britania podía aportarnos algún ingreso.

—Lo mejor será que intentéis encontrarlo —dije, moviendo la cabeza—. Dame sus documentos y pondré el asunto en manos del magistrado. Que lo resuelva él.

—¿No te olvidarás de las botas?

—No, no me olvidaré de las botas.

Hicimos un viaje lento hasta Treverorum, deteniéndonos para inspeccionar los postes de señales a lo largo del camino y estableciendo contacto con los nuevos auxiliares que los manejaban. En dos ocasiones encontramos destacamentos de hombres que regresaban de permiso, porque yo no les permitía viajar solos, y en una ocasión una patrulla de caballería surgió de repente de la espesura; su comandante, el joven Marco Severo, nos explicó en tono de disculpa que nos había usado como blanco para un ejercicio de emboscada.

—Bien hecho —dijo Quinto bruscamente—, pero no os desperdiguéis tanto. Y trenzad las crines de esos caballos. Ya te lo había dicho antes.

De nuevo en la ciudad, nos instalamos en Rómulo y enviamos a buscar al curator y su personal. Le comuniqué rápidamente la noticia. Se puso pálido al saber que nuestra estancia se prolongaría indefinidamente.

—¿Qué podemos hacer por ti? —preguntó cautelosamente.

—En primer lugar, está el tema de la deshonestidad en el comercio. Mi intendente firmó un contrato con unos cuantos zapateros de aquí para el suministro de botas. Tenían que fabricarse en tamaños estándar, y cada una tenía que contener cuatro capas de cuero en la suela. Cuando nos las entregaron y las repartimos, descubrimos que sólo tenían dos capas de cuero. Aquí tienes un par como prueba.

Artorio hizo girar la bota en su mano.

—Éste es un asunto para los tribunales.

—No tengo tiempo de ir a los tribunales y demandar a este hombre por fraude. Necesito las botas ahora, no dentro de cuatro meses.

—¿Cómo puedo ayudarte? —dijo nerviosamente.

—No voy a pagar otra vez por una nueva remesa. Quinto Veronio te dará los detalles. Una palabra tuya, y algo de presión, y el asunto se resolverá. Será mejor que avises a los gremios de que mi legión tiene un intendente poco corriente, uno que es honrado. Ni se queda con el dinero para él ni permite que otros saquen provecho a su costa. Todo lo que pedimos es valor por valor.

Asintió sin hablar. Poseía dos grandes fincas al sur de la ciudad, y criaba rebaños de ganado y cabras que proporcionaban gran parte del cuero para toda la zona. Y sabía que yo lo sabía.

—Otra cosa. El suministro de grano que recibimos la semana pasada, y por el que pagamos, tenía dos libras menos de peso en cada saco. Lo sé, porque los pesé yo mismo. Quinto Veronio también se ocupará de ello.

Hice una pausa y contemplé los rostros silenciosos y hostiles que me rodeaban.

—Y ahora —dije suavemente—, quiero hombres para el ejército.

El curator se tensó y vi que sus nudillos se ponían pálidos. Pero se contuvo admirablemente, y dijo en tono de disculpa:

—Verdaderamente, no creo que...

—Un momento —dije. Extraje de mi túnica una carta enrollada que ni siquiera Quinto había visto—. La recibí hace una semana. Es de un viejo amigo, un hombre llamado Saturnino, que me sucedió en el mando de Borcovicum, un fuerte en el Gran Muro donde serví mucho tiempo. ¿Os gustaría saber lo que dice?

Había captado su interés, y Quinto me miraba con algo parecido a su antigua expresión, que no había visto desde los tiempos en que servíamos con Estilicón.

—El Muro ha sido abandonado por completo, las setenta millas enteras. ¿Sabéis qué significa eso? Las guarniciones han partido y la gente de allí usa las piedras para construir casas. Las grandes puertas han quedado abiertas, y se balancean con el viento hasta que caigan al suelo cuando se rompan los goznes oxidados. Nada se mueve a lo largo de los caminos de guardia, excepto los gatos monteses, mientras los cernícalos sobrevuelan las torres vacías y ensucian los tejados donde nuestros centinelas habían montado guardia. Los fuertes se desmoronan bajo la lluvia, y las tejas caen del tejado de la casa donde viví una vez. —A mi lado, Quinto se sobresaltó violentamente, y, por el rabillo del ojo, vi que sus nudillos palidecían al apretar los puños. De modo que él también tenía sus recuerdos...—. Ya sólo quedan las inscripciones para recordar a los hombres que sirvieron allí...

Me interrumpí para volverme y contemplar la calzada que llevaba al norte, donde esperaba mi legión con las armas preparadas. ¿Qué le habría ocurrido a la lápida de mi esposa? ¿Permanecería erguida, o estaría tirada en el suelo húmedo, cubierta de malas hierbas? ¿Y qué importaba, de todos modos?

Pensé en las palabras que había grabado en la lápida. «Murió, pero no por completo». Me las había sugerido Saturnino. Era lo que ella creía, y tal vez tenía razón. Pero a veces me resultaba difícil pensar que podía ser así. Me volví y dije:

—Incluso Corstopitum se ha convertido en una cáscara vacía. Y Eburacum, donde la Sexta Legión proclamó una vez a un emperador de Roma, también está desierta. Las tropas se han trasladado al sur, y el gran cuartel general es un barracón abandonado, ocupado sólo por los ratones. ¿Es eso lo que queréis que ocurra aquí? ¿Queréis que vuestra ciudad se hunda en el suelo y que las aves salvajes aniden en los arbustos que cubrirán sus ruinas? Porque si es así, cogeré a mi legión y me iré, y que los alamanes hagan lo que quieran.

Un senador, propietario de más de la mitad de los viñedos de la zona, dijo, en tono exasperado:

—¿Qué quieres exactamente?

—¿Qué quieres tú, Estaticio? —pregunté educadamente—. ¿Te lo digo yo? Paz. Naciste aquí, como tu familia antes que tú. Tus antepasados nunca habían conocido la paz ni la seguridad hasta la llegada de Roma. La paz implica soldados; los soldados implican paga; la paga implica impuestos.

—Oh, si se trata de más dinero... —Estaticio bostezó.

—No.

El curator, con el rostro pálido, dijo ásperamente:

—¿Cómo podemos ayudar más de lo que hemos ayudado ya?

—Quiero hombres, hombres jóvenes, dispuestos a convertirse en soldados. Y necesito jóvenes educados a los que pueda entrenar para que sean sus futuros oficiales. ¿Acaso es pedir demasiado que la gente de la Galia se defienda a sí misma?

—Esto es... esto es un asunto del Magister Equitum per Gallias.

—No me preocupa el ejército de papel de un general de papel.

—¡Oh! ¿Cuántos, entonces?

—Todos los que podamos conseguir. Quiero tropas bajo mi mando. Por lo menos necesito mil doscientos hombres, sólo para la flota. Y quiero a quince mil hombres en el Rhenus.

—No podemos obligarlos a tomar las armas —dijo Artorio—. El reclutamiento se hace anualmente, cada año en un distrito diferente. Este año no es el turno de la ciudad.

—Esto es una emergencia, y, si es necesario, los reclutaré yo mismo. Pero con vuestra ayuda puede que no haga falta.

—El reclutamiento no puede imponerse sin el permiso del prefecto pretor —respondió testarudamente.

—Cuando he pasado esta mañana por el foro he visto grandes colas de pobres, que esperaban para recibir la ración gratuita de pan y tocino que la ciudad les da cada día. —Miré hacia un lado cuando se abrió la puerta y Mauricio, obispo de Treverorum, entró en la habitación—. Es una verdadera obra de caridad. Pero no todos los pobres eran niños o ancianos. Podrían ganarse esa comida, y, al mismo tiempo, ser mucho más útiles. Son hombres libres.

—Es un pecado que los cristianos tomen las armas contra otros cristianos —dijo el obispo.

—Tú —dije—. Vives en un mundo donde puedes fabricar pecados. No serías feliz sin ellos, ¿verdad?

—Lo prohibiré desde el púlpito.

—¿Qué quieres exactamente de nuestro Imperio? —le pregunté.

—Roma es el hogar de la cristiandad, y por nuestras obras nos conocerán. Igual que todos, rezo para que, gracias al milagro obrado por el bendito Constantino, veamos a la Roma eterna ascender a los cielos en una bola de fuego.

—Si no tenéis cuidado, veréis cómo Augusta Treverorum asciende del mismo modo. Pero antes de lo que creéis. —Hice una pausa—. ¿Quién tiene influencia en esta ciudad, además de nuestro obispo? ¿Quién está interesado en la vida y no en la muerte?

—Juliano Séptimo —dijo Artorio con nerviosismo.

—¿Quién es?

—Ocupaba mi puesto en tiempos de Valentiniano. Ahora es anciano, pero es rico, y vive al otro lado del río, a seis millas calzada arriba. Tiene dos hijos y una hermosa casa.

—¿Me ayudaría?

—Es pagano —dijo el obispo.

—Entonces probablemente sí.

Dejé a Quinto para que leyera mi proclamación en el foro mientras yo me ponía en marcha por la calzada que serpenteaba entre las colinas para visitar al hombre que había conocido a Valentiniano. El día era caluroso; las colinas boscosas absorbían el calor, y notaba el sudor de mi caballo a través de la manta que me protegía los muslos. Avancé por un desfiladero protegido del sol, giré a la derecha para vadear una corriente pedregosa de agua burbujeante, y entré en un camino que conducía, entre viñedos a la izquierda y tierras labradas a la derecha, hasta una gran villa, baja y rectangular, cuyo tejado amarillo parecía resplandecer con el calor. Desmonté, los criados se encargaron de mi caballo, y, como en un sueño, seguí a un esclavo descalzo a través de un patio donde borboteaba una fuente y dos niñas reían mientras jugaban con una pelota bajo el sol filtrado por las hojas. Mi anfitrión estaba en la gran sala de recepción del ala norte, y permanecí allí un instante, admirando el intrincado mosaico del suelo y las paredes enyesadas, junto a las cuales se veían los bustos de antepasados muertos sobre pedestales. No pareció sorprenderse al verme y, mientras bebíamos vino y hablábamos educadamente de todo y de nada, pensé en mi desolada habitación de Moguntiacum y en cómo había soñado con poseer una casa como aquélla.

—Creo que he empezado con mal pie con el consejo —dije educadamente—. No les gustan los soldados.

—Eso he oído —dijo, con una débil sonrisa cruzándole la cara—. Los soldados y los impuestos siempre van juntos —añadió en tono críptico.

—¿Qué pasa con ese joven que ahora es el curator? Me resulta difícil hablar con él. ¿Le conoces bien?

—¿Artorio? No mucho. Es joven, ambicioso e impaciente. Tengo entendido que su abuelo fue un liberto.

—Entonces se las ha arreglado bien.

—Supongo que sí. Desde luego, su padre consiguió llegar a pertenecer a la clase curial. Pero eso es muy propio de una ciudad como Mediolanum. —Hablaba con un toque de desprecio.

—¿Procede de allí? Creí que...

—Oh, sí. Hubiera dicho que resultaba evidente por su acento. Tengo entendido que estudió para abogado, ocupó uno o dos puestos menores y luego consiguió un empleo en el servicio imperial, algo relacionado con las finanzas. Entonces vino aquí. Su nombramiento fue poco corriente, por decirlo suavemente, incluso irregular. Porque, como sabes, normalmente el curator sale del consejo local. —Hizo una pausa para beber delicadamente su vino—. Pero ya sabes cómo van las cosas. Tenía influencias poderosas. Yo estaba en contra de su nombramiento, pero no se puede discutir con el prefecto pretor. Sin embargo, parece eficiente, por lo que cuentan mis viejos amigos —añadió con reticencia.

—No comprendo por qué quiso venir aquí —dije, desconcertado.

—Oh, eso es fácil de explicar. —Sus labios se curvaron un poco—. Deseaba escapar de su propio pasado. Ésta sigue siendo una ciudad importante, y, bajo la protección del prefecto, puede llegar lejos. Puede conseguir grandes cosas, desde su modesta perspectiva.

—Se interesa mucho por el comercio —dije, sonriendo.

—Oh, sí, y también por las tierras. Ese joven ha ganado mucho dinero. Y lo ha invertido con prudencia. Una villa modesta para su familia, según tengo entendido. Aunque no la he visto, por supuesto.

—Por supuesto.

—Todo el mundo quiere tierras. Piensan que significan seguridad. Tal vez antes era así. —Hizo una pausa y tomó otro sorbo de vino—.

Claro que ahora las cosas son muy diferentes, y más difíciles. Mis campesinos, como marca la costumbre, pagan una décima parte de sus cosechas, pero son perezosos y cada vez me cuesta más cobrarles las rentas. No trabajan tanto como antes. Huyen cuando no pueden pagar y es difícil encontrar a otros que trabajen las tierras en su lugar. La comida también escasea. —Mordisqueó una uva—. Antes recibíamos grano de Britania, pero ahora las entregas son muy inciertas. En temporada de caza, por supuesto, tenemos cisnes y patos asados. Ya es algo.

—Los tiempos eran más duros cuando ocupabas tu cargo en la ciudad.

—El gobierno central era más fuerte entonces —dijo, con los ojos brillantes—. Teníamos a un Valentiniano, y no a un Honorio. Fue horrible durante un tiempo, pero los expulsamos y la prosperidad regresó lentamente.

—Podría volver a ocurrir.

—Esos francos no son mala gente. Lo mejor que hizo ese extranjero, Estilicón, fue permitir que se establecieran a este lado del río. Con todos los esclavos que huyen, necesitaremos jóvenes para trabajar en las granjas.

—¿Lo hacen?

En lugar de responderme, dijo:

—¿Y qué es lo que quieres? ¿Hombres para tu ejército?

—Sí.

—Bueno, si no se alistan voluntariamente, sólo puedes reclutarlos.

—Sí, puede que tenga que hacerlo. Pero también me gustaría tener voluntarios. Tenía la esperanza de que pudieras persuadir... usar tu influencia... eres muy respetado y la situación es peligrosa.

—Oh, eso es lo que siempre dicen. Pero nunca pasa nada. Unos pocos ataques, tal vez, pero que hacen poco daño.

—¿Qué pasa cuando te atacan a ti?

—Oh, les doy algo de plata y se marchan. Es curioso. No les interesa el oro. Mejor así. Estaría arruinado si les interesara.

—Todos corremos un grave peligro —dije—. Acuérdate de la otra vez. Entonces un ejército entero, bandas armadas, saqueó el país. Ahora será peor. No se limitarán a robar y asesinar para luego marcharse. Robarán y matarán, sí, pero se quedarán.

—Podemos ir a Italia —dijo—. Si la situación es realmente tan mala como dices. Tengo propiedades allí, en el sur. También tengo primos en África. Una tierra muy rica. Dicen que mucha gente está emigrando allí. El clima es mucho mejor.

—Los ricos —dije.

—Naturalmente. Los artesanos y campesinos no podrían permitirse hacer el viaje.

—Necesito hombres desesperadamente. Tenía la esperanza de que tus hijos...

—Mis hijos ya son hombres maduros. —Sonrió—. Soy un anciano. Tengo nietos, por supuesto.

—Me servirían. Me irían muy bien. Necesito a alguien que dé ejemplo. Quiero alas auxiliares con jóvenes como tus nietos para dirigirlas.

—No estoy seguro...

—¿Se lo pedirías? —insistí—. El servicio militar es honorable. A los jóvenes les gusta la aventura.

—Pero no la muerte —respondió secamente.

—Es mejor que el deshonor —dije con suavidad.

Pareció encogerse en su silla.

—¿Se lo pedirás? —dije. Él vaciló—. ¿Permitirás que se lo pida yo, pues? Debo hacerlo.

—Tu determinación... —dijo—. Me recuerdas a Valentiniano, el emperador, por supuesto.

—¿Lo conociste?

—Sí. Era mi amigo. —Lo dijo en tono de orgullo.

—Me alegro —dije—. Verás, conocí a su padre.

Sus manos empezaron a temblar. Dijo:

—Creo que es mejor que te vayas. Estoy muy cansado.

—Has dicho que podría ver a tus nietos.

—No están aquí. Ahora que me acuerdo... han salido a montar. Lo había olvidado.

—Puedo esperar.

—Puede ser que no regresen hasta... —Se interrumpió cuando sonaron voces en la terraza del exterior, y dejó caer las manos sobre el regazo en un gesto de impotencia. Se oyeron risas y pasos, y entró un joven moreno, seguido por un muchacho en su tercer año de llevar la toga. Eran chicos guapos, desde luego. Me habría sentido orgulloso si hubieran sido mis hijos.

Al verme se callaron y se detuvieron tímidamente en la entrada. Miraron mi atuendo de montar y el yelmo que llevaba bajo el brazo, y en sus rostros había una curiosa expresión, una mezcla (hubiera podido jurarlo) de miedo y odio. Esperé muy tieso a que Juliano Séptimo me los presentara. No dijo nada, pero oí un jadeo, y la copa de vino cayó al suelo con un fuerte golpe. El chico moreno se adelantó, gritando:

—¡Abuelo!

Instintivamente alargó la mano derecha, con los dedos extendidos, como si hubiera atrapado la copa de haber llegado a tiempo. Fue entonces cuando me di cuenta de que le faltaba el pulgar derecho. La piel rugosa estaba sonrosada y recién cicatrizada. Era una verdadera lástima. El chico había sufrido un terrible accidente. Era un muchacho muy atractivo. Vio mi mirada y dejó caer bruscamente la mano.

—No pasa nada —dijo el abuelo débilmente—. Nadie ha sufrido ningún daño. Metello puede limpiar esto en un minuto. Tengo un invitado. Salid, y regresad cuando esté libre.

Los chicos se inclinaron hacia mí, muy tiesos, y se volvieron para salir. Cuando lo hicieron, vi claramente las manos del chico rubio. Él también había sufrido un accidente, exactamente igual que su hermano. Recordé el día que había entrado en Treverorum, y los jóvenes con las manos vendadas que había visto entre la multitud.

Entonces lo comprendí.

Me volví bruscamente y me llevé la mano a la boca. Me sentía físicamente enfermo, y el vino que había bebido tenía un sabor agrio en mi garganta. La piel del dorso de las manos me escocía de sudor, y me notaba la frente fría. Comprendí entonces la vergüenza, el horror y la degradación de todo aquello.

—¿Quién los hizo pasar por eso? —susurré—. ¿Fuiste tú? Tú, el amigo del hijo de mi Teodosio, el amigo de Valentiniano, que luchó por reconstruir la provincia tras sus años de desastre y miseria.

No me respondió. Volvió la cabeza, pero por el ángulo de su mandíbula me di cuenta de que le temblaba el rostro.

—¿Quieres yacer empalado al sol como un criminal condenado, mientras tu villa se quema detrás de ti, con los esclavos dentro? ¿Ver a tus hijos asesinados por el oro, tus nietos convertidos en esclavos, sirviendo a sus amos bárbaros con la rodilla en tierra? ¿Ver cómo tus nietas tiemblan mientras las desnudan para el placer de unos conquistadores apestosos? ¿Morirás satisfecho, sabiendo que has contribuido a que ocurran esas cosas?

No me respondió.

—Tu familia lleva un nombre honorable. Posees tierras fértiles, ricos tesoros y una hermosa casa. Tienes todo lo que la mayoría de los hombres desearían, nada de lo que rechazarían.

—Basta —gritó—. ¿Cómo te atreves?

—¿Atreverme? Sólo soy un hombre pobre. No me sobra nada, excepto coraje, e incluso eso tengo que ganármelo. Cada día tengo que ganármelo de nuevo, igual que un campesino suda para ganarse su comida. No es fácil ganarse lo que necesito para hacer lo que tengo que hacer.

Pero tú... tú lo tienes todo, excepto sólo una cosa. —Le di la espalda y me dirigí a la puerta abierta—. Sólo te falta tener a los hunos como invitados.

Regresé a la ciudad, y temblé durante todo el trayecto como si tuviera fiebre. Era como si el calor hubiera desaparecido del sol, y toda la brillantez dorada del día no fuera más que una ilusión.

Frente a Rómulo había un caballo sudoroso atado en el patio que separaba las puertas dobles, y un mensajero me esperaba en mi habitación con un pergamino sellado, escrito dos días atrás en Moguntiacum. Las cejas de Quinto estaban enarcadas, trazando una pregunta silenciosa.

—La familia de Séptimo se ha unido a los jóvenes sin pulgares —dije.

—Evitando así el servicio militar, igual que los otros —dijo con desprecio—. Deberías multarlos, como hizo Augusto.

Rompí los sellos y leí el mensaje dos veces para asegurarme de que lo entendía correctamente.

—Los alamanes han enviado un embajador al otro lado del río. Su rey, Rando, desea un encuentro para discutir ciertos asuntos.

—En la orilla este, supongo, precedido por un banquete con chicas de su tribu para entretenernos —dijo Quinto sardónicamente.

—Me pregunto qué querrá. Es curioso. Los alamanes deben de haberse trasladado al norte.

—No irás a verlo, supongo. Puede ser una trampa.

—Debo ir. Quiero saber sus intenciones.

—Creí que ya estaban bastante claras.

—Demasiado claras, tal vez. Prepararé un encuentro en una de las islas frente a Moguntiacum.

—Eso será interesante. Mi caballería te será de gran ayuda si nos atacan.

—Me alegro de que hayas dicho «nos».

Se echó a reír y empezó a desabrocharse las botas de montar.

—Nunca he visto a un rey de los germanos. Siento curiosidad por saber cómo será.

Aquella tarde bajé al muelle para ver a Gallo. Nuestro barco convertido estaba en mitad de la corriente y, a juzgar por los chapoteos, se estaba empleando para entrenar a nuevos remeros. Quinto observó, con tristeza, que sólo servían para asustar a los cisnes, y me sentí inclinado a darle la razón. En el muelle había hombres construyendo los nuevos barcos de guerra. Se habían terminado las quillas de tres barcos, y los carpinteros estaban ocupados instalando los mástiles en uno, las costillas en otro y las planchas en el tercero. El cuarto barco estaba a punto de terminarse. El aire apestaba; los artesanos calafateaban las planchas con cuerdas alquitranadas, al mismo tiempo que un grupo de hombres semidesnudos, que sólo un mes antes habían estado sin empleo, se esforzaban para instalar los dos timones. Otro grupo estaba aserrando palos para construir remos, mientras otro alisaba la superficie de las palas, después de lo cual un muchacho y un anciano las engrasaban cuidadosamente y las apoyaban en un cobertizo para que se secaran al sol.

—Esta vez todo irá bien, señor —dijo Gallo alegremente—. Estamos trabajando según los planos originales de la antigua flota del Rhenus. Envié a un hombre a Colonia, y el curator de allí los encontró en la sección de archivos navales.

—¿Qué es eso? —preguntó Quinto, señalando un enorme bloque de roble que estaba siendo pulido por dos muchachos.

—Eso es para instalar el mástil, señor. Fue una suerte poder conseguir tanta madera en buen estado. Pero nos faltan sogas decentes, aunque nos han prometido que mandarán una remesa desde Colonia. Debería llegar a final de semana.

—¿Y el armamento? —pregunté.

—Tendrá una ballista ligera en proa capaz de disparar a trescientas yardas, y una pequeña carroballista en popa. Pero el verdadero problema son los remeros.

—¿Cuánta tripulación necesitas? Le he dicho al curator que mil doscientos hombres. ¿Es correcto?

—Casi, señor. Doscientos veinte, incluyendo a los arqueros, para cada barco. De ellos, ciento cincuenta serán remeros, sentados en veinticinco bancos de a tres. Eso hace un total de mil trescientos sin contar las reservas. Hay que prever enfermedades, heridas y otras cosas.

—¿Y no has recibido más reclutas?

Gallo se frotó la nariz con irritación.

—Ésos son mis reclutas, la tripulación de ahí fuera, que chapotea con tan poca gracia. La mayor parte desearía no haberse alistado.

—Lástima que no podamos usar esclavos, ¿verdad?

—¿Esclavos, señor? —Parecía escandalizado—. No podemos hacer eso.

—Ya lo sé. Supongo que no.

—Pero, ¿por qué? —dijo Quinto—. Se ha hecho antes.

—¿En la flota, señor? Sólo se permiten hombres libres en la armada imperial.

Quinto cogió un farol y empezó a juguetear con él.

—Sí, precisamente; hombres libres o liberados. —Dejó el farol sobre un montón de planchas—. Si la memoria no me falla, me parece haber leído en uno de esos tediosos libros de Apiano que el césar Augusto, aunque entonces era Octavio, alistó a veinte mil esclavos para sus campañas contra el hijo de Pompeyo.

—¿Estás seguro? —dije, con el ceño fruncido.

—Oh, sí. Primero los liberó y después pidió voluntarios.

—Bueno, ésa es la respuesta, entonces.

—Suerte que hay alguien que lee —dijo con una sonrisa.

—¿Pero podríamos conseguir suficientes esclavos sin tener problemas con sus dueños? —dijo Gallo—. Los que se venden en el mercado de Treverorum suelen ser de muy poca calidad.

—Necesitaremos un edicto, firmado por el prefecto, por supuesto —dijo secamente Quinto.

—Lo dudo —dije a Gallo—. Pero podríamos reclutar convictos. Sí, Quinto, el prefecto pretor tendrá que autorizarlo. Le escribiré. Pero habrá que pagarles, alimentarlos y vestirlos.

—Arriba los impuestos, señor —sonrió Gallo.

—¿Cuánto falta para que los barcos estén listos?

—Treinta días, señor.

Lancé un juramento.

—Los querías para impresionar a los alamanes —dijo Quinto.

—Hubiera ayudado.

—Nos las arreglaremos sin ellos. —Quinto sonrió a Gallo—. Pueden ser una sorpresa para más adelante. Dime, ¿has probado ya el fuego líquido?

Envié un mensaje a casa del obispo, pero no estaba allí, y averigüé que se encontraba en una iglesia en construcción en el distrito de los templos. Salí a su encuentro y me fijé en que las mujeres que sacaban agua de las fuentes públicas se detenían en su labor y se apartaban al verme. El lugar estaba bastante alejado de las tiendas, y la hierba crecía en las grietas del pavimento que formaba la calzada. Todo estaba descuidado, abandonado y desierto. Cuando llegué, Mauricio estaba observando el trabajo de un grupo de albañiles, que encajaban fragmentos de cristal coloreado en la esquina de un gran dibujo que se había trazado en el suelo, para instalar un mosaico en el centro de la nave. Como de costumbre, estaba hablando, dando instrucciones sobre el modo en que los dibujos debían encajarse unos con otros. Nunca lo había oído hablar con tanta elocuencia o sensatez. Pero tampoco asistía a sus sermones.

Me saludó con una inclinación de cabeza mientras entraba en la zona en obras.

—¿Has venido a convertirte? —En su voz no había intención ofensiva, y me pregunté si habría considerado prudente declarar una tregua. Él tenía detrás a su iglesia y al emperador, pero yo tenía a Estilicón.

—¿Puedo hablar contigo, aquí o fuera? —pregunté.

—¿Por qué no aquí? Él nos oirá igual de bien que al aire libre.

—He visto a Séptimo.

—¿Y?

—Creo que tenéis un dicho, mi señor obispo, que sirve de gran consuelo a los que quieren evitar problemas.

—¿A qué te refieres? —preguntó, con los ojos semicerrados.

—«Si en una ciudad os persiguen, huid a otra» —dije.

—Es muy fácil retorcer las palabras y cambiar los significados —dijo.

—Lo es. Pero aún más importante: ¿es eso lo que crees?

—Dependería de las circunstancias —dijo con cautela.

—Conoces muy bien las circunstancias. El peligro que corre esta ciudad no es pequeño. Necesito hombres para el ejército para evitar ese peligro. Si no recibo voluntarios, tendré que usar la ley para reclutarlos. Así y todo, necesitaré algunos voluntarios.

—¿Y esperas que te ayude en esa tarea?

—¿Por qué no? ¿O prefieres que los seguidores de una herejía se apoderen de tu tierra y celebren su herejía en tu iglesia?

—No he dicho eso. Estás tratando de atraparme —dijo, furioso.

—Si te niegas a ayudarme sí que puedo atraparte. Tal vez el sínodo de obispos no interprete tu negativa a ayudarnos como auténtico celo en la defensa de tu fe.

—Quieres usar tu influencia contra la mía —dijo, sonrojándose—. ¿Cómo te atreves a insinuar que no sé cuál es mi deber?

—No soy yo quien insinuará nada, mi señor obispo. Honorio es un verdadero hijo de tu fe: ¿crees que desearía que una herejía se expandiera más? Y también es emperador: ¿crees que desearía perder toda una provincia?

—Tus problemas no son los míos. —Hablaba fríamente, pero en su voz había una nota de ansiedad.

—Estás muy equivocado. En este asunto, mi señor obispo, tanto si nos gusta como si no, aguantaremos o caeremos juntos.

Parpadeó.

—Necesito tu ayuda, y si no la consigo escribiré a Ravenna y diré, en frases breves, exactamente lo que pienso.

—No te atreverías.

—Honorio es gobernante primero y cristiano después. Creo que descubrirás que prefiere a un pagano que cumple con su deber antes que a un cristiano que no lo cumple.

—Ya conoces las leyes relativas al reclutamiento —dijo en tono gélido—. Aplica esas leyes si tienes que hacerlo. No esperes que te ayude. No es mi competencia.

—No quiero que todos sean reclutas, como te he dicho antes.

—Claro que no. Quieres un sacrificio voluntario, ¿no es eso?

—Sí —asentí—. ¿No es eso lo que tú también quieres?

Nos medimos por un instante con la mirada.

—¿Acaso me temen tanto?

—Sí —respondió—. Te temen a ti y a lo que representas.

—En el nombre de... del dios que escojas —dije exasperado—, usa tu influencia. Diles que no... es demasiado horrible.

—Horrible. Claro que es horrible. El miedo siempre es horrible.

—También es despreciable.

—Para un soldado, tal vez.

Molesto por el tono de su voz, repliqué:

—Ya tengo bastantes problemas sin añadir eso.

—¿Por qué te preocupa? —Me miró intensamente y, aunque por supuesto era absurdo, por un momento me pareció que trataba de meterse en mi mente, intentando apoderarse de la única cosa que no había comentado con nadie durante todos los años que había vivido con ella: la cabeza de zorro bajo mi túnica.

—Algunos de ellos ya lo habían hecho antes de mi llegada —dije ásperamente—. No todas las heridas eran recientes.

—No, no todas.

Mientras hablábamos, habíamos avanzado lentamente, casi sin darnos cuenta, hasta el espacio abierto donde estarían las puertas de la iglesia. A través del montón de material de construcción, contemplé un templo sin techo algo alejado. Nadie se atrevería a entrar en él, excepto a solas y de noche.

—Fueron las personas que daban culto en templos como ése las que crearon la Roma de la que tanto te enorgulleces —dije.

—Era un estado sin dios, profano, bárbaro y cruel. No fue hasta la llegada del bendito Constantino...

—No sigas —dije—. No estoy de humor para sermones.

—Tú te lo pierdes, entonces.

Me volví hacia él, furioso.

—Estás muy seguro de tener razón. Eso no me molesta. Pero sí me molesta que te empeñes en imponer tus convicciones a otros, que se las impongas quieran o no.

—La verdad debe prevalecer —dijo tranquilamente—. Dices que no te importa ser perseguido, pero fuimos nosotros los que una vez sufrimos las amenazas del fuego, la tortura y la muerte.

—Pero no se os perseguía por vuestra fe, sino por tratar de situaros por encima del estado.

—Hay un poder superior.

—¿Acaso yo lo niego?

—Lo que tú llamas culto es una blasfemia a ojos de mi iglesia. Nos imitáis, y al imitarnos os burláis de nuestros rituales sagrados.

—Mi señor obispo, la certeza de un cristiano sólo es comparable a la del pueblo judío. Enseñáis humildad, según creo. Os iría bien recordar que para los judíos, al menos para los que he conocido, vuestra fe es igual de... inusual.

—Es un punto de vista. —Sonrió de repente—. Dime, ¿en cuántos dioses crees?

—En menos que tú. Mi dios no está dividido en tres.

—Tu esposa era cristiana, creo —dijo.

—Sí.

—Eso pensé. —Vaciló como si fuera a decir algo más y permaneció en silencio.

—Si tu iglesia aún fuera perseguida —dije—, ¿tendría tu gente el valor de enfrentarse al martirio por su fe?

—No lo sé. Me gustaría pensar que sí. Pero... debo ser honesto contigo... lo dudo.

—¿Por qué?

—El valor, como deberías saber, es algo que todos los hombres creen poseer, aunque pocos lo tienen de veras —dijo secamente—. Tienen otras cualidades, que confunden adrede con los atributos del valor. ¿Realmente esperas encontrar coraje en un esclavo al que han marcado por golpear a un amo injusto? ¿O en un campesino al que expulsarán para que muera de hambre si no puede pagar los impuestos? ¿Por qué ibas a esperar encontrar más en los hijos de hombres ricos, que han sido mimados durante toda su vida, que viven entre placeres y que ignoran el deber?

—Pero tu iglesia... —dije.

—Estás pensando en nuestros mártires, tal vez. Claro que tuvimos algunos. Aunque me temo que no tantos como decimos a veces. Los hombres olvidan el significado de los números en su entusiasmo. Debes recordar que, entre los primeros doce, once lo abandonaron en el momento de crisis, mientras que el decimosegundo lo traicionaba.

—No ofreces demasiado consuelo.

—Tú tampoco. —Sonrió débilmente—. Te has llevado nuestra riqueza para pagar a tus hombres, y ahora quieres llevarte también a nuestros ciudadanos más jóvenes.

—Sí. Puedes decir a tu congregación, por si acaso, que impondré impuestos especiales a las familias donde haya hombres sin pulgares.

—Eres un hombre duro —dijo.

—No, sólo desesperado.

—No huiré —dijo—. Pero tendré en cuenta tus palabras. Sólo los estúpidos se oponen a lo que no pueden cambiar.

—Eres un hombre prudente.

—No, sólo un obispo.

Nos miramos.

—¿Quieres también que te incluya en mis plegarias? —dijo irónicamente—. Al menos, ésas son gratuitas.

—No reces por mí —dije—. Reza sólo porque el invierno sea suave, la nieve no llegue y el río no se convierta en hielo.

Capítulo X

Un hermoso día de octubre me dirigí a mi reunión con los jefes del otro lado del río. No me parecía probable que fuera una trampa, porque habrían ganado muy poco con ello, pero me pareció prudente no correr riesgos. La guardia del campamento tomó las armas, y las puertas de Moguntiacum se cerraron al tráfico. Dos cohortes se situaron a lo largo de la orilla, y el ala de caballería esperó con sus monturas junto al puente roto. Era el momento de demostrar mi fuerza. El barco mercante convertido había salido del puerto poco después del amanecer, y patrullaba el río torpemente mientras dos centurias desembarcaban en la isla para limpiar el terreno, montar tiendas y tomar las posiciones apropiadas a las necesidades del honor y la defensa.

Poco antes de mediodía crucé el río en compañía de Quinto y Lucilio, mientras que Barbatio, con el aquilifer y los estandartes de las cohortes, me seguía en otro bote. En un tercer bote iban diez centuriones, con corazas y yelmos cuidadosamente bruñidos, según mis instrucciones. Al mismo tiempo, un bote partió de la otra orilla, que estaba ocupada por una horda de hombres con la cabeza descubierta, toscamente vestidos y que portaban una gran variedad de armas: espadas, jabalinas y hachas de guerra. Muchos tenían escudos, pero ninguno llevaba ningún tipo de armadura, pues tenían la costumbre de luchar sin protección. Los botes llegaron a la isla, y los dos grupos se aproximaron, cada uno con su escolta de hombres armados. A cien pasos de distancia la guardia se detuvo cuando yo levanté el brazo, y Quinto y yo, junto con dos tribunos, avanzamos desarmados para reunirnos con los dos reyes que deseaban hablar conmigo.

Rando, rey de los alamanes, era un hombre alto y ancho de hombros, con la barba roja y un solo ojo, pero el otro compensaba la falta con su expresión de fiereza. Era el hombre de aspecto más duro que había visto. Tenía una cicatriz a lo largo del brazo derecho, y otra bajo el ojo izquierdo. Pero poseía una gran dignidad, y pensé que aquél era un hombre con el que podría hablar, un hombre con el que podría luchar y seguir respetándolo. Era un rey entre las águilas.

Gunderico, rey de los vándalos, era joven y rubio. Sonreía mucho y tenía unos dientes muy hermosos, pero su sonrisa estaba desprovista de emoción, al igual que sus ojos. Le faltaba un dedo en la mano de la espada, y andaba con la gracia de un atleta griego. Era un hombre que cualquier chica hubiera perseguido, pero yo hubiera confiado antes en el leopardo africano que había visto una vez de niño en los juegos de Arelate.

—Soy Máximo —dije formalmente—, general de Occidente, y éste es Quinto Veronio, mi lugarteniente y jefe de la caballería.

Oí un rápido jadeo y vi que Rando parpadeaba de repente con su único ojo, mientras que el rey vándalo fruncía el ceño, y la sonrisa se le escapaba del rostro como un salmón de la red.

—¿Nos sentamos? —dije—. En esta mesa podemos hablar, y escucharé lo que deseéis decirme.

Rando se desabrochó la espada y se la colocó sobre las rodillas.

—He venido sin espada, como podéis ver —dije suavemente—. ¿Siempre lleváis armas a la mesa del consejo?

—Es nuestra costumbre —dijo Gunderico. Miró hacia mis soldados en la distancia y sonrió con ironía.

—No había oído nunca tu nombre —dijo el alamán. Habló en tono despreocupado, como si quisiera insinuar que yo había sido... que yo era un hombre sin importancia.

—Ahora ya habéis oído hablar de mí —dije—. Estuve en Britania mientras vuestra gente hacia la guerra contra la Galia. Nosotros también tuvimos una gran guerra contra los pictos, los escotos y los sajones que invadieron mi isla. Yo sobreviví y ellos murieron.

Rando levantó la mano e hizo una señal a uno de sus sirvientes, que se adelantó llevando algo envuelto en tela.

—Te he traído un regalo —dijo—. Espero que me hagas el honor de aceptarlo.

El sirviente desenvolvió el regalo y me lo tendió. Era un cinturón de plata maciza, decorado al estilo celta. Era muy hermoso.

—Gracias —dije—. Realmente, es un cinturón digno de un rey.

—Se fabricó para uno, aunque nunca lo usó —sonrió Rando.

—Yo también tengo regalos para mis invitados y hermanos: dos potros blancos del antiguo rebaño real de Treverorum, cuyos ancestros llevaron a reyes. —Hice una señal a Quinto, que dio el aviso para que se nos acercara un paje, llevando a los animales por las riendas.

Rando los miró y suspiró suavemente. Gunderico gruñó y, por un breve instante, esbozó una sonrisa de auténtico placer.

—Si son de vuestro agrado —dije—, debéis agradecérselo al general Veronio. Fue él quien los escogió.

—Hay que ser un buen guerrero para elegir a esas bestias —dijo Rando con aire pensativo.

—Y bien, ¿qué puedo hacer por vosotros?

El alamán tocó el cinturón que yacía bajo mi mano.

—Esto se fabricó con la plata de una mina que no está lejos de aquí.

—Aquae Mattiacae —dije.

—Sí, así es como la llamáis vosotros. Sí, vino de allí. —Rando hizo una pausa y me miró directamente—. Antes de tu llegada, había mucho comercio a través del río, comercio de plata, esclavos y toda clase de artículos. Tus mercaderes querían nuestros esclavos y nuestra plata, y nosotros deseábamos comprar sus artículos a cambio. Tú has detenido el comercio. ¿Por qué?

—Había oído el rumor de que vuestra gente está inquieta y desea trasladarse a nuevas tierras. Tal vez el rumor sea falso. Si lo es, vosotros me lo diréis —contesté. Él ignoró mis palabras.

—Hicimos un trato con tu general, al que llaman Estilicón, y hemos cumplido con nuestra parte.

—Así es —dije—, pero el trato dependía, en parte, de que nuestro gobierno os mandara subsidios, entre ellos cargamentos de trigo. El año pasado hubo una hambruna en la Galia y no sobró nada de trigo. Cuando no lo enviamos, cruzasteis el río en Borbetomagus y atacasteis las tierras con hombres armados.

—Nuestro pueblo tenía hambre. Necesitaba la comida que habíais prometido y no enviasteis.

—No podíamos enviar lo que no teníamos.

—Ése es un problema vuestro, y no de mi hermano —dijo Gunderico con indiferencia.

—Desde luego, no es problema tuyo —dije con vehemencia—. Rey Rando, te avisamos de que la entrega llegaría tarde, porque los barcos de Britania, cargados de trigo, se habían retrasado a causa de las tormentas. Debías saber que cumpliríamos nuestra palabra.

Gunderico se echó a reír.

—En el tratado se acordó que el trigo debía ser entregado en unas fechas concretas. No fuimos nosotros quienes rompimos el tratado, sino vosotros.

—Un rey que no lo fuera sólo de nombre hubiera controlado mejor a su propia gente —dijo Quinto.

—Entonces no comprendes a mi pueblo —dijo Rando tranquilamente—. No los gobierno en todos los asuntos, sino sólo en algunos.

—Descubriréis que Roma no es una mujer débil a la que podáis amenazar y de la que podáis burlaros de este modo —dije.

Gunderico bostezó, y Rando dijo, suavemente:

—Espero que el tributo no se retrase este año.

Quinto se inclinó hacia delante.

—Roma no paga tributo a ninguna raza. Son los alamanes, como sabemos muy bien, quienes resultan esclavos excelentes.

Gunderico estrelló su puño contra la mesa.

—¿Hemos de tolerar que nos insulten?

—No es posible —dijo Quinto—. Tú eres vándalo.

Rando no se movió. Nos observaba con curiosidad tranquila. Dijo:

—Pensaba que iba a imponeros mis términos. No a escuchar los vuestros.

—Te diré cuáles son mis términos —dije—. Quedaos en vuestra orilla del río, y nosotros nos quedaremos en la nuestra. Es así de simple. No habrá más comercio, ni siquiera de esclavos romanos, hasta que hayáis pagado una indemnización en ganado por el daño que causasteis en Borbetomagus.

—¿Eso es todo? —preguntó Gunderico.

—Es todo.

—Mi hermano necesita tierras para su pueblo —dijo el alamán—. Desean cruzar el río e instalarse en la Galia.

—Mi hermano Estilicón ya ha pactado contigo los términos sobre ese asunto. —Sonreí a Rando—. Muchos de los burgundios de Guntiaros, además de los miembros de tu propio pueblo que deseaban cruzar el río, lo han hecho ya, respetando las cantidades de hombres que se acordaron. —Desvié la vista hacia Gunderico y volví a sonreír—. ¿Es que tu pueblo no es feliz bajo sus propios reyes?

El vándalo se sonrojó pero no dijo nada. El rey alamán habló con aspereza:

—Ésa no es la cuestión.

—¿Cuál es?

—Tenéis un gran imperio y tierras enormes donde vive mucha gente —dijo Gunderico—. Y sois ricos y prósperos. Nosotros también somos un pueblo numeroso, pero nuestra tierra no es próspera y...

—No tenéis tierras —dije—. Os marchasteis del este y abandonasteis vuestras propias tierras. ¿Por qué esperáis que otros os regalen las suyas?

—No abandonamos nuestras tierras. Nos vimos obligados a marcharnos...

Tal vez el orgullo le impidió decir la verdad: habían sido expulsados por los hunos. Pero tal vez decía la verdad según lo que él sabía. La historia se habría retorcido al pasar de boca en boca, cuando los padres, decididos a conservar el respeto de sus hijos, se esforzaron por convertir historias de derrota en ejemplos de victoria. También en Roma hacíamos lo mismo.

—Italia no era vuestra tierra, pero tratasteis de arrebatárnosla —dije—. Ahora cruzáis las montañas blancas. ¿Por qué íbamos a ayudaros? Que lo hagan los alamanes, que ahora son vuestros anfitriones y hermanos.

—Nuestro deseo es que todos los que deseen cruzar el río puedan hacerlo pacíficamente —dijo rápidamente Rando. Dirigió a mis centinelas una mirada significativa—. Sin guerra.

Los miré en silencio. Llevaban años luchando contra nosotros, pero había alamanes sirviendo bajo Estilicón, burgundios casados con ciudadanas de Treverorum, e innumerables vándalos en el Ejército del Este. Nos envidiaban, nos temían y nos odiaban. Nunca habían conocido un tiempo en el que Roma no patrullara sus fronteras y castigara sus ataques con una fuerza a la que nunca podrían vencer. La enemistad entre nosotros era como una cicatriz mal curada que hubiera llegado al hueso.

—¿Eras igual de pacífico cuando visitaste Moguntiacum de joven? —pregunté. Rando no me respondió—. Que el que quiere algo hable por sí mismo —dije—. Rey de los alamanes, ¿deseas trasladar a tu gente a nuestras tierras y aceptar la protección de Roma?

—¿Yo? —Vaciló—. Mi pueblo y yo podemos coger lo que queramos, si así lo decidimos. Nuestro deseo en este momento es conformarnos con lo que tenemos.

—Bien —dije—. Sólo nos quedas tú, Gunderico, rey de un pueblo sin tierra. ¿Acaso eres tú solo quien desea servir a Roma?

—En el pasado se decía que Roma convertía a los reyes en esclavos —dijo, con una sonrisa—. Tal vez era cierto. No lo sé. Pero entonces Roma era fuerte. —Volvió a sonreír—. Ahora no lo es, y no tengo ningún deseo de convertirme en esclavo. Pero estoy dispuesto a servir en el ejército de tu imperio si, a cambio, cedéis a mi pueblo un tercio del suelo de la Galia para que lo cultiven y lo consideren como propio. —Sonrió por tercera vez—. Tengo entendido que necesitáis hombres que trabajen en vuestras granjas, y hombres que sirvan como soldados del emperador. Todo eso puede hacerlo mi pueblo.

—Tú estuviste con el rey Radagaisos en Italia —dijo Quinto lentamente—. En su ejército había muchos pueblos que, tras la derrota y la muerte de Radagaisos, se dirigieron al norte, tratando de huir de Roma. Una tercera parte murió a manos de Estilicón. ¿Pretendes decir a mi general que sólo los vándalos de Asding necesitan nuevas tierras? —Quinto mostró una carta—. Todo está aquí, en una carta que nos ha enviado el general del emperador.

—Es como dice mi hermano —dijo el alamán, acariciándose la barba.

—Tenía cuarenta mil hombres cuando cruzó las montañas —dije—. Yo debo encontrar casas para dos terceras partes de ese número. ¿Es correcto?

—Sí.

—¿Y si me niego?

—No puedes negarte a lo que te pedimos —dijo Gunderico, ensanchando los hombros.

—No eres tú quien lo pide —dije—. Puedo negarme a lo que quiera.

—Tienes un gran ejército, sin duda —dijo el alamán, educadamente.

—No te aconsejo que lo compruebes —dije en voz baja.

—Ya lo he hecho —dijo—. Tenemos muchos amigos en tu orilla. Sólo tienes una fuerza muy pequeña. No podrías resistir contra uno solo de nuestros pueblos. —Hizo una pausa. Gunderico lo miró y añadió rápidamente:

—Lo mejor sería hacer un pacto como hizo Estilicón. —Hablaba con aspereza—. Estilicón es vándalo. Sabe lo que se hace en este asunto.

—Y yo soy romano. —Me incorporé, y Quinto me imitó—. Tú, que eres un hombre sabio y con mucha experiencia, sabrás que los espías a menudo sólo cuentan a sus amos lo que éstos desean oír, sobre todo cuando reciben plata de los dos bandos. —Vi cómo apretaba los labios mientras yo hablaba—. Además, se te olvida que vengo de Britania. Traje conmigo a mi legión, pero tengo a más hombres en camino. —Sonreí—. Nanieno, que derrotó a tu padre en la batalla de Argentaria, era mi paisano. —Rando emitió un suspiro siseante—. Un soldado a caballo vale por tres de a pie —añadí suavemente.

Gunderico dijo con insolencia:

—Eso es lo que me dijo mi padre, que combatió en Adrianópolis. Se me ha olvidado cuántos soldados romanos murieron allí. La llanura quedó blanca con sus huesos.

—Precisamente. Mi caballería está ansiosa por ver si puede hacer lo mismo.

—No tienes suficientes hombres.

—Ponme a prueba —dije—. Son vuestras esposas e hijos quienes lo lamentarán. ¿No os he dicho que el rey burgundio cabalgará a mi izquierda en esta batalla? Y ése es el lado que cuenta: el lado de la lealtad.

El rey de los alamanes se puso en pie.

—Recuerda que te pedimos cruzar en paz —dijo.

—Compartid vuestras tierras en paz unos con otros y conformaos con lo que tenéis.

—Si me ofrecieras plata, como hizo Estilicón, no te la aceptaría —me dijo Gunderico, con una mirada furiosa.

—No te preocupes —repliqué—. Esa oferta no se me ha pasado por la cabeza.

Gunderico apretó los puños.

—Cuando llegue la primavera... —dijo, amenazadoramente.

—Sí, cuando llegue la primavera puede que decida quedarme con la orilla derecha de este río, además de la izquierda, como hicimos en los viejos tiempos. Sólo estoy esperando a mis otras legiones. Pero para entonces puede que ya estéis hambrientos. Espero que este invierno sea benigno. —Me volví hacia el rey alamán—. Espero que vuestra cosecha haya sido buena, para que podáis alimentar a vuestros invitados con auténtica hospitalidad. Sería cruel que se convirtieran en una carga para vosotros.

—Mis amigos son mis amigos —dijo Rando, muy tieso.

Quinto se echó a reír, y los sobresaltó con sus carcajadas repentinas.

—Claro. ¿Por qué no? Por mi parte, nunca dejo que mis amigos se queden demasiado tiempo, para que no lleguen a creer que mi casa es la suya. Los invitados suelen ser gente desconsiderada.

Mientras se volvían para irse, dije:

—Recuerda, rey de los alamanes: sólo habrá paz mientras haya un río entre nosotros. Pero si uno solo de los tuyos pone el pie en mi orilla sin permiso, morirá antes de tener tiempo de secarse.

Se marcharon furiosos y volvimos a Moguntiacum. Lucilio, mi primer tribuno, se desabrochó el yelmo.

—Me alegro de que se haya acabado —dijo—. Me daban miedo.

—La cuestión es si creerán o no nuestro farol —dijo Quinto.

—Tendrán que creerlo —dije.

—Al principio se han asustado, cuando has mencionado a la caballería —dijo Lucilio.

—Ésa era mi intención.

—Sin ánimo de criticar —dijo Quinto enarcando una ceja—, pero, ¿ha sido prudente poner los dados sobre la mesa?

—¿Por qué no? Si tuviéramos la fuerza suficiente, me alegraría de animarlos a presentar batalla y derrotarlos. Pero no la tenemos, de modo que debo disuadirlos de intentar cruzar por todos los medios.

—Pero si saben cuántos hombres tenemos...

—No lo saben. Sospechan que es una fuerza pequeña. Sus espías se lo han dicho. Recuerda, durante este verano siempre he mantenido la caballería al margen, en destacamentos pequeños. Creían que éramos una legión a la antigua usanza. Como dice Lucilio, les ha alarmado que tuviera un general jefe de la caballería.

—Mil quinientos hombres —dijo Quinto suavemente—. Oh, Mitras.

—Si sólo quieren cruzar los vándalos... —dijo Lucilio—, bueno, no son demasiados, señor. ¿No sería mejor llegar a un acuerdo? Podríamos absorberlos fácilmente.

—¿Es eso lo que crees? —dije—. ¿Por qué ha dicho el rey de los alamanes, y no quería dejarlo escapar, que no podríamos aguantar ni siquiera contra uno de los pueblos? Porque los vándalos no son la única tribu que desea cruzar el río.

—¿Estás seguro? —preguntó Quinto, mirándome intensamente.

—Estoy seguro. Los hombres de Radagaisos incluían ostrogodos y cuados. Eran la avanzadilla. Si su ataque en Italia hubiera tenido éxito, el resto los habría seguido. Pero fracasaron, se encontraron con la retirada cortada, y se vieron obligados a refugiarse en territorio alamán. Los alamanes son demasiado fuertes para que puedan expulsarlos, pero no lo bastante ricos como para alimentar para siempre a sus invitados forzosos.

—Si los alamanes son tan fuertes, ¿por qué no los echan ellos?

—Probablemente porque los cuados, por ejemplo, les proporcionan un buen cojín entre ellos y... —Vacilé y seguí hablando lentamente—. Ya habéis oído lo que ha dicho Gunderico. Tienen el mar al norte como barrera, y nosotros somos la barrera al este y al sur. La barrera del este no es el desierto; son los hunos.

Lucilio se estremeció y se persignó.

—¿Lucharán unos contra otros? —preguntó Quinto—. Eso es lo que tú quieres que hagan.

—Sí.

—¿Y si intentan cruzar ahora?

—No lo harán. Tienen miedo de mi caballería, y creen que espero refuerzos.

—¿Y durante cuánto tiempo seguirán creyéndolo, si la orilla oeste está llena de espías?

—Hay otras formas de ganar batallas, además de combatir —dije esperanzado.

Aquella tarde convoqué un consejo de los comandantes de mis cohortes. Todos habían venido de sus fuertes para presenciar el encuentro en la isla, pero, obedeciendo mis órdenes y con gran decepción por su parte, se habían quedado en el campamento. Les informé brevemente de lo que había pasado. Y todavía más brevemente les dije lo que debíamos hacer. Grité una orden, y uno de los centuriones vestidos con armadura dorada entró y saludó.

—Han tomado a este hombre por un general. Y había otros nueve vestidos del mismo modo. —Hubo una carcajada general—. Pues bien. Deben seguir creyendo que tenemos hombres para servir a todos estos generales. No será fácil, pero puede hacerse.

Una semana más tarde hicieron su aparición los seis barcos de la flota del Rhenus, y pasé un día a bordo del barco insignia de Gallo, el *Atenea*, poniendo a prueba su eficacia. Los remeros eran competentes, pero no de primera clase. Eso no me preocupaba. Inevitablemente, mejorarían con la práctica. La puntería de los arqueros era precisa pero demasiado lenta, y la tripulación de las ballistae estaba por debajo de lo exigible. Los tubos de fuego se manejaban con bastante eficiencia, pero resultaban inútiles como armas, excepto contra otros barcos y en distancias extremadamente cortas. Gallo dijo que intentaría hacer algo para mejorarlo. Acordamos que estacionaríamos barcos en Confluentes, Borbetomagus y Moguntiacum, y que el resto operaría desde Bingium, donde Gallo establecería su cuartel general.

Antes de que partiera corriente abajo, le dije:

—Te nombro encargado de hundir cualquier bote que trate de cruzar desde la orilla este.

—No te preocupes, señor —dijo alegremente.

—Eres tú quien tendrá que preocuparse —dije secamente.

Tenían fama de luchar bien por la noche, y llegaron con los rostros y los brazos ennegrecidos en una noche en que no había luna a causa de las nubes. No sé exactamente cuántos eran, pero calculé que unos mil cuando hube estudiado los restos al día siguiente. Vinieron de río arriba en dos grupos; uno trató de desembarcar un poco por encima de Moguntiacum, y el otro un poco por debajo, y había veinte hombres en cada bote. Por fortuna, fueron vistos por las patrullas nocturnas que había dejado en las islas, y por un barco de los nuestros que estaba anclado en una posición oculta río arriba. El barco los dejó pasar y luego los siguió río abajo.

Bajo el fuego del barco, de la isla y del campamento, sufrieron terribles pérdidas. Muchos no se habían enfrentado nunca al fuego líquido, el fuego que no puede apagarse, y sus gritos torturaron el cielo. Los que trataron de desembarcar murieron en las aguas poco profundas, derribados mientras aún estaban mojados por la caballería de Quinto. Después, las tropas de las islas informaron de que sólo seis botes llenos de heridos y moribundos pudieron hacer el viaje de regreso a la orilla este.

Diez días más tarde, todavía pasaban cadáveres flotando junto a Confluentes.

Justo después de amanecer, mientras las tropas del campamento hacían limpieza, arrojaban los muertos al agua, remataban a los heridos con un golpe limpio y apilaban las armas para que las inspeccionara, me dirigí a la orilla este con una cohorte. El campamento abandonado junto al puente estaba en mejor estado de lo que había imaginado. Era cierto que las cabañas habían sido derribadas, y que el arco de la puerta estaba vacío; los pozos estaban llenos de suciedad y el tejado se había desprendido en las torres de las esquinas. Pero las murallas seguían intactas y, con un poco de esfuerzo, el lugar podía volver a hacerse habitable. Detrás estaban las ruinas de las antiguas villas, con las paredes desmoronándose suavemente bajo la luz otoñal. Nada se movía en la llanura excepto la larga hierba, que se agitaba con el viento. El campo estaba desierto, y aunque nos adentramos cuatro millas en tierra, no vimos a nadie ni fuimos atacados. Antes de regresar, me dirigí a las colinas donde Marcomir montaba guardia por mí. Estaba ausente cuando llegué a la empalizada, y un jefe me explicó en tono de disculpa que había ido a visitar a Guntiaros, rey de los burgundios, y que no se lo esperaba antes de la siguiente luna. Me pregunté si se trataría de una ausencia diplomática, pero no tenía sentido insistir en aquel momento.

A mi regreso se me acercó el centurión de guardia, con un montón de espadas y lanzas en las manos.

—¿Quieres echarles un vistazo, señor? —dijo.

—¿Qué pasa? —pregunté.

—Las hemos recogido en la orilla. Creí que querrías verlas.

Las espadas eran largas y con empuñaduras similares a las que usaba nuestra caballería. Tomé una, la sostuve y la blandí una o dos veces. Froté la hoja cubierta de barro, y el acero de debajo centelleó como la plata. Comprobé el filo y lo examiné cuidadosamente. Estaba afilado como el hielo, y liso como una hoja nueva que aún no se ha empleado. Volví a blandirla mientras el centurión me observaba atentamente.

—Sí —dije—. Veo a qué te refieres.

—Pueden haberlas capturado en algún ataque —dijo, con voz inexpresiva.

—Sí, es cierto. ¿Son todas así?

Asintió.

Sostuve la espada por la empuñadura y miré las marcas de la hoja. La palabra Remi estaba allí estampada con toda claridad.

—Una espada romana, y además nueva. ¿Las lanzas también?

—No se lo he dicho a nadie más que a ti, señor —dijo el centurión rápidamente.

—¿Por qué no?

—He pensado que no querrías que lo contara.

—Tienes razón. Dáselas a Marco Severo, y dile que no hable de ellas con nadie.

—¿Cómo las han conseguido, señor? No lo entiendo.

—Yo sí —dije—. No me extraña que los alamanes abrieran la antigua mina de plata de Aquae Mattiacae. —Me dirigí a mi alojamiento y encontré allí esperándome a Quinto y Áquila—. Ha sido una prueba. Nos han atacado para probar nuestras espadas y ver lo fuertes que éramos. Pero también ha sido un ataque con la intensidad suficiente, por si resultábamos más débiles de lo que pensaban y conseguían establecer una cabeza de puente. Había señales —añadí muy serio— de que por lo menos diez mil hombres estaban esperando al otro lado, en la oscuridad. Había arbustos rotos, hierba pisoteada y montones de pisadas, cubriendo la superficie de dos campamentos.

—Pero no los hemos oído, señor —dijo Áquila en tono de duda.

—Deben de moverse como gatos —dijo Quinto bruscamente. Estaba alterado por la noticia, y se le notaba.

—No importa —dije—. ¿Quiénes eran los muertos?

—Sobre todo alamanes y vándalos —dijo Áquila.

—¿Quién más?

—Unos cuantos marcomanos y algunos alanos.

—¿Estás seguro?

—Un franco que conoce bien a esos pueblos lo ha afirmado con certeza.

—Bueno, ha sido una buena práctica para nuestros hombres. Pero la próxima vez puede no resultar tan sencillo. Supongo que el rey de los alamanes estará muy ocupado matando a todos los espías. Puede que ahora me crea. No volverán a molestarnos antes de la primavera.

Y no nos molestaron. Fue un otoño cálido y cuando cayeron las hojas, mis hombres empezaron a pescar en el río de nuevo y nadie los vigiló desde la otra orilla. En noviembre llovió intensamente e hizo mucho frío, aunque el único hielo que vimos fue en pequeños bloques que descendían del alto Rhenus, muy por encima de Borbetomagus, e incluso éstos se rompían al pasar junto a nosotros. En diciembre los cristianos empezaron a pensar en su gran festival, y se pasaban mucho tiempo haciendo los preparativos. Se alegraron mucho al saber (aquéllos que lo ignoraban) que fue en Moguntiacum donde el emperador

Constantino, que se dirigía a derrotar a Majencio en el puente del Milvius, tuvo la famosa visión que lo convirtió a su nueva fe. Reían mucho, había muchas borracheras, y los comandantes de las cohortes tenían mucho trabajo tranquilizando a los indignados padres de algunas muchachas, mientras que las listas de ofensas estaban llenas de hombres que habían alargado en demasía sus permisos.

Una mañana, un legionario que había pasado la noche fuera regresó al campamento tambaleándose, con una herida de cuchillo en el pecho. Durante la investigación subsiguiente, descubrí que había ido borracho a uno de los poblados en busca de una mujer, y que había sido atacado por un vigilante nocturno, que lo atrapó escalando la empalizada. Lo castigué con una retención de la paga y trabajo extra durante tres meses. Luego me dirigí al poblado en cuestión. Estaban recogiendo leña en un claro del bosque cuando llegué, mientras colina abajo unos cuantos chicos y ancianos hacían la siembra de invierno. Un grupo de caza acababa de regresar, cantando y riendo, con un ciervo recién muerto balanceándose en un palo. Mientras observaba, descuartizaron al animal, cortaron la carne en tiras que pondrían a asar sobre los fuegos, asignando los pedazos a cada hombre según ordenaba el jefe. A un lado del claro había un gran montón cubierto con hojas húmedas, del que brotaban volutas de humo. El jefe se secó el sudor de la cara y sonrió ampliamente.

—Carbón —dijo en latín de campamento—. Se lo vendemos a tus soldados. Nos has traído mucho comercio. Eso es bueno.

—Y problemas —dije.

—Oh, eso. Estaba borracho. ¿Ha muerto el hombre? —Por primera vez me miró con expresión de alarma.

—No, y es una lástima. Habría sido un buen ejemplo para el resto. —Me incliné hacia delante por encima del cuello de mi caballo—. Lo lamento. No me gusta que mis hombres molesten a vuestras mujeres. Ha sido castigado. No volverá a ocurrir, te lo prometo.

Sonrió y se acarició la barba.

—Tú no puedes impedir que lo intenten, pero yo puedo impedir que lo consigan. ¿Quieres venir a beber a mi cabaña?

Ya había probado la cerveza nativa. No me gustaba.

—No, gracias. En otra ocasión. —Observé la actividad—. ¿Estáis bien aquí?

—Por supuesto. Por eso vinimos.

—¿Sois alamanes?

—Sí. En la orilla este había demasiada gente.

—Pero me imagino que sólo hay demasiada gente porque todo el mundo quiere vivir en la misma zona. —Señalé al este—. Más allá de ese río hay tierras enormes, más que suficientes para toda tu gente.

—Pero gran parte es bosque —dijo, encogiéndose de hombros.

—Bueno, si taláis el bosque habrá más espacio para cultivar.

—Pero los bosques pertenecen a los dioses —me dijo muy serio—. No se puede destruir su casa, o ellos destruirán la nuestra.

—Es duro ser granjero, estoy de acuerdo.

—Y ésa es otra razón —asintió con vehemencia—. Somos un pueblo inquieto. Siempre ha sido así. Además, nos gusta pelear, y es más fácil conseguir lo que quieres derramando sangre en lugar de sudor.

—¿Y qué pasará si más gente cruza el río?

—Entonces tendríamos que luchar para conservar lo que tenemos —dijo, con el ceño fruncido—. Pero para eso estás aquí. Ahora no cruzarán.

—Espero que tengas razón. ¿Has oído que los vándalos están buscando nuevas tierras?

—No. —Meneó la cabeza y pareció alarmado—. No he oído nada. No tengo amigos en la otra orilla. Los vándalos, dices. —Se tocó la barbilla—. Eso sería malo.

—¿Por qué?

Vaciló.

—¿Por qué? Porque los alamanes tememos a la muerte, pero los vándalos no temen a nada. Creen que si mueren en la batalla irán a un gran salón donde los guerreros como ellos siempre son bien recibidos, y que vivirán allí para siempre, en un festín eterno.

—¿Y tú no lo crees? —pregunté.

Sus ojos pálidos sonrieron un poco.

—Lo sabré cuando esté muerto.

—¿Ha sido una buena cosecha? —pregunté, mirando la tierra arada.

—Las hemos tenido peores y las hemos tenido mejores —dijo, encogiéndose otra vez de hombros—. El sacerdote rezó por nosotros en la iglesia de la ciudad, pero yo creo... —bajó la voz— que eran mejores los días en que el Rey Trigo celebraba su corte.

—Yo también lo creo. —Regresé al campamento reconfortado. Me alegraba que alguien creyera en nosotros, y tal vez confiara un poco en nuestra tarea.

Quinto y yo, junto con una docena de hombres, construimos un pequeño templo fuera del campamento y yo, que había pasado por todas las fases de mi misterio, consagré el altar, donde celebramos nuestra fe en el día señalado. Era un templo pobre y perdía en la comparación con el de Corstopitum, pero era nuestro. Lo construimos, lo cuidamos y nos renovamos ante el dios en quien creíamos. Permanecí en pie bajo el techo abovedado pintado de azul, mientras la luz entraba como una lanza a través de las ventanas abiertas hasta mis ojos levantados, el cuchillo se movió y el toro murió. En aquel momento perfecto en que todo estaba claro, pude ver el camino, el significado de todo y un mundo sin sombras, y supe lo que era ser un niño en el vientre materno, igual que supe cómo sería el momento de mi muerte. Sentí cómo la piel que me cubría envejecía y se arrugaba, vi cómo me crecían las uñas de los dedos. Entonces supe, sin dudas ni vacilaciones, que las cosas que importaban saldrían bien para aquéllos de nosotros que poseyéramos el coraje de arder bajo el sol.

Los cristianos también celebraron el nacimiento de su misterio con comida y vino, y aquel día hubo amistad entre nosotros.

Fue una época feliz. Después recordaría los abetos verdes, los abedules plateados y los pinos. Recordaría el olor a humo de las hogueras del campamento, y el sonido intenso de las trompetas al dictar sus órdenes; recordaría la amabilidad tosca de los lugareños con sus niños rollizos y sus mujeres rellenas y sonrientes, sus perros y sus pulgas. En aquellos días incluso el zorro bajo mi túnica me parecía una carga fácil de llevar.

En enero y febrero hubo más lluvia, y los caminos del campamento se convirtieron en barro mientras las calzadas que unían los fuertes se inundaban en muchas partes. Sin embargo, el flujo del río se redujo al mínimo durante aquel periodo, y el nivel cayó considerablemente. Fue el momento en que habría resultado más sencillo intentar cruzar, y mis patrullas temblaban bajo la lluvia mientras vigilaban la otra orilla. Poco a poco empezó a hacer más calor, y las horas de luz se alargaron. Los grupos de trabajo estaban muy ocupados limpiando las cabañas y retirando el barro, las ramas y la suciedad que obstruían zanjas y desagües. Algunos escuadrones y cohortes empezaron a abandonar el campamento en secreto y por la noche, sólo para reaparecer al día siguiente o al cabo de dos días, llegando en correcto orden de marcha y haciendo sonar las trompetas, mientras los del campamento los vitoreaban animadamente, como si saludaran a los refuerzos. Mientras el suelo se secaba y el sol empezaba a brillar con más frecuencia, algunas patrullas de caballería salían a montar arrastrando ramas por el suelo. Vistas a distancia, las nubes de polvo que levantaban parecían producidas por un regimiento en marcha, y no por una docena de hombres. Construimos varias posiciones defensivas a lo largo de la orilla del río, a intervalos de una milla, y las equipamos de manera muy convincente con ballistae falsas y plataformas para que dispararan unas tropas inexistentes. Al mismo tiempo, empezamos el auténtico trabajo de erigir una empalizada de tres yardas de altura, protegida por una zanja exterior, a lo largo de la calzada entre Moguntiacum y Bingium. El trabajo era lento, pues había pocos hombres disponibles, y sabía que tendríamos suerte si conseguíamos terminarlo a mediados del verano. La flota del Rhenus continuó con sus patrullas constantes por el río entre Confluentes y Borbetomagus, y di instrucciones estrictas de que no se permitiera cruzar el río a nadie que no hubiera pasado por un puesto de control, llevando un certificado firmado por mí mismo. Cualquiera que tratara de evitar la intercepción debía morir inmediatamente. Y, durante todo aquel tiempo, la calzada de Treverorum permaneció llena de convoyes de carretas, que avanzaban hacia el este y nos traían las provisiones y el equipamiento que necesitábamos tan desesperadamente.

—Quiero todos los arcos, flechas y lanzas que podamos conseguir —dije a Quinto una tarde, mientras observábamos cómo construían uno de los campamentos falsos a tres millas al norte de Bingium.

Quinto hizo un gesto en dirección al nuevo campamento.

—¿Crees que esto los engañará durante mucho tiempo?

—Espero que sí. Cuando esté terminado, haré que lo habiten dos grupos de hombres de la guarnición de Bingium. Estarán muy ocupados haciendo sonar las trompetas en los momentos adecuados, encendiendo fuegos para cocinar y patrullando las murallas. Visto a distancia, resultará muy convincente.

—Los alamanes tienen buena vista —dijo suavemente.

Nos volvimos y cabalgamos por la calzada para comprobar el progreso de las obras en la empalizada. Más tarde, visité las tres islas frente a Moguntiacum donde dos centurias sudaban en cada una de ellas para limpiar el suelo, excavar trincheras defensivas, construir torres fortificadas y erigir plataformas desde donde pudieran dispararse las ballistae.

—Quiero que este trabajo esté terminado a final de mes —dije.

—¿Cuándo vendrán, señor? —me preguntaban. Aquélla era la pregunta que me hacía todo el mundo. Era la pregunta que a menudo me hacía a mí mismo.

—No lo sé —dije—. Pero si yo tuviera que hacer el intento, lo haría entre finales de abril y principios de junio, o bien en septiembre. El Rhenus alcanza su nivel de inundación en junio y julio. Nadie en su sano juicio intentaría cruzar entonces, con el enemigo en la otra orilla. Por lo menos durante esos meses, deberíamos estar a salvo.

Podíamos estar a salvo, pero no habría descanso. Teníamos que seguir dando la impresión de actividad y determinación constantes. Había que terminar la empalizada a lo largo de la calzada. Necesitaba otro campamento falso en la orilla corriente abajo, justo frente a la isla que servía como puerto. Además, había otros planes, menos bélicos pero más efectivos a largo plazo, que esperaba poner en marcha en breve.

Un día crucé el Rhenus en Bingium con media cohorte y trescientos soldados de caballería para visitar a Guntiaros. Su poblado estaba en un gran claro del bosque, defendido por una empalizada y una profunda zanja, y sólo había una entrada, a través de unas enormes puertas de troncos. El lugar no estaba limpio. Se percibía el hedor a humanos y animales desde una distancia de media milla. Las casas estaban construidas de madera, con tejados de turba, paredes reforzadas con barro, y porches en las entradas con las puertas bien cerradas. Su distribución no obedecía a ninguna clase de orden, pero cada una estaba rodeada por sus propios graneros y establos para caballos y bueyes; el ganado convivía con los hombres y no se mantenía aparte como en nuestras granjas. El salón del rey medía casi sesenta yardas de largo; un lugar bastante impresionante, aunque muy oscuro y sucio. Fue allí, rodeado por los guerreros de su consejo, donde me recibió. Se mostró cortés, pero pude ver que estaba preocupado. Sudaba como un caballo nervioso, y resultaba obvio que le preocupaba lo que pudiera pedirle que hiciera cuando se produjera el intento de cruzar el río.

—Soy amigo de Roma —dijo. Era una expresión que repitió varias veces, como si quisiera convencerse a sí mismo tanto como a mí.

—Lo sé —dije—. Por eso acepto a tus jóvenes en mi servicio, y te pago subsidios —era el término educado para referirse a un soborno— para que puedas ayudar a los pobres de tu pueblo.

—¿Qué puedo hacer por ti?

—Esta vez no quiero nada más que información.

—Haré lo que pueda. —Pareció aliviado.

—¿Continua el rey Gunderico en la tierra de los alamanes?

—Sí —dijo, tras vacilar un momento—. Su pueblo pasó allí el invierno.

—¿Todo su pueblo? —pregunté bruscamente—. ¿O sólo los que lucharon bajo Radagaisos?

—No sé cuántos había.

—¿Y qué hay de los cuados y los vándalos de Asding, a los que mi general y amigo, Estilicón, expulsó de Italia? ¿Se han unido a su propia gente?

—Es como tú dices. Se han unido a su propia gente.

Sonrió y se acarició la barba. Hubo cierta agitación entre los hombres que lo rodeaban, pero aunque los observé detenidamente, no vi nada en sus rostros que revelara lo que pensaban. Un brazo esbelto que estaba a punto de dejar una jarra de cerveza sobre la mesa tembló ligeramente, de modo que algunas gotas salpicaron las tablas, toscamente cepilladas. Levanté la vista hacia los ojos azules de una chica alta y rubia que estaba en pie junto a mí. El cabello le caía sobre el pecho en gruesas trenzas, y llevaba un torque de plata al cuello, con adornos muy elaborados. Deduje que era la hija mayor del rey. Ciertamente, era una chica atractiva. Me sonrió, limpió las salpicaduras con la manga de su vestido, dijo algo a su padre (sonó como una disculpa), y se retiró.

—Si tienes tiempo, debes venir a cazar conmigo —dijo el rey—. Lo pasarías bien.

—Me gustaría —dije—. Ha sido un largo invierno.

—Bebo a tu salud —dijo Quinto—. Tienes unos hijos guapos y unas hijas muy hermosas.

—Desde luego. Cuatro hijas, pero seis hijos, todos lo bastante mayores para llevar sus hachas, excepto ese cachorrito de aquí. —Dejó caer la mano sobre el hombro de un niño pequeño que estaba a su lado. En sus ojos había una expresión de verdadero orgullo—. Seguro que vosotros también tenéis hijos, que sin duda ya serán hombres con hijos propios.

—No —dijo Quinto, mirándome—. No tenemos hijos.

El rey pareció inquieto.

—Es una buena cosa tener hijos que continúen el nombre de uno. Pero a veces la voluntad de Dios no lo quiere así. —Hubo un silencio. Ninguno de nosotros contestó. Luego Guntiaros siguió, en tono melancólico—: Desde luego, lamento oíros decir eso.

—Nuestro campamento fue atacado el pasado otoño —dije—. Seguro que te enteraste. Entre los muertos, había alanos, cuados y vándalos de Siling. Ninguno de éstos pertenece a los suevos. —Con aquel término, me refería a todas las tribus cuyas tierras se situaban en paralelo a las fronteras de Roma, a lo largo del Rhenus y el Danubius.

—Todos tenemos a gente de otras tribus entre los nuestros —dijo Guntiaros, encogiéndose de hombros—. Eso tiene poca importancia.

—Rey Guntiaros —dije—, los dos sabemos que tratarán de cruzar el río. Si los que lo intentan tratan de cruzar tus tierras antes, espero que luches y las defiendas. Si lo haces, te ayudaremos. Pero si cruzan fuera de tu territorio, quiero que la mano de tu espada siga vacía, a menos que yo te pida ayuda. No deseas una guerra con los alamanes, y yo no quiero que tengan ninguna excusa para atacarte. Ayúdame en este asunto, y te prometo que los subsidios del año próximo serán el doble de lo normal.

—¿Y si vuelven a tratar de llevarse nuestra sal? —dijo el hijo mayor del rey, en voz alta y clara—. ¿Hemos de dársela como si fuéramos esclavos?

—No os comportéis como esclavos ni como mujeres estúpidas que arrojan sus cacerolas cuando pierden los estribos. Comportaos como hombres. Una cabeza fría es la mejor consejera.

—Lo comprendo —dijo el rey apresuradamente—. Soy amigo de Roma. Pero, ¿por qué no permites que mi gente del otro lado cruce el río? Eso está provocando muchas quejas y dificultades.

—Porque no quiero ofender a nadie. Si trato a tu pueblo de modo distinto a los francos y alamanes, los dos tendremos dificultades. —Era mentira, y él lo sabía, pero también había algo de cierto en lo que dije, y tuvo que aceptarlo. Treinta años atrás, los alamanes habían puesto a setenta mil hombres en el campo de batalla contra el emperador Graciano. Eran demasiado poderosos para discutir con ellos sin razón.

—Soy un hombre de paz —dijo—. Pronto celebraré la boda de mi hija mayor con Marcomir, jefe de los francos. Es una buena boda y ayudará a crear vínculos entre nosotros. Habrá una gran fiesta. Tú y tus generales debéis venir y honrar mi casa con vuestra presencia. Después de todo, soy amigo de Roma.

—Nos alegrará acudir si nuestros deberes lo permiten.

Entonces se golpeó el muslo.

—Te prometí a una de mis hijas —dijo con una risita—. Casi lo había olvidado. Recuerdo que estaba muy borracho.

Resonó una gran carcajada entre los jefes sentados a la mesa. Yo empecé a protestar.

—No, no —dijo—. Una promesa es una promesa. La boda puede celebrarse junto con la otra. Será una doble boda, y tendremos una gran fiesta. Servirá para reforzar nuestra alianza.

—Cuando murió mi esposa juré no volver a casarme —dije rápidamente—. No puedo romper un juramento a mis dioses.

Pareció incomodarse. Dijo:

—Deberías ser cristiano, como yo.

—Pero no lo soy y no puedo cambiar ahora. Estaría mal que tu hija se casara con un pagano, y encima lo bastante viejo para ser su padre.

—Pero eso es lo que necesitamos a nuestra edad —rió. Se volvió hacia Quinto y sonrió.

—Mi amigo también es pagano —dije apresuradamente. Miré con desesperación al comandante de mi caballería en busca de inspiración.

—Nuestro tribuno jefe, Lucilio, es un joven muy agradable, y de buena familia —dijo Quinto—. Sería una buena boda, y a la chica le gustaría. Es muy... activo. Además, es cristiano.

—¿Qué chica? —murmuré entre dientes.

—Excelente. Está decidido. —Guntiaros gritó de alegría y sellamos el pacto con vino.

Aquella noche, mientras nos desvestíamos en la cabaña de invitados, dije:

—¿Y quién se lo va a decir al pobre Lucilio?

—Tú —dijo Quinto, bostezando—. Eres el general.

Al salir de su poblado pasamos junto a una hilera de estacas, sobre las cuales las cabezas de enemigos y criminales se resecaban al sol.

—Paz —dijo Quinto, mirándolas con curiosidad—. Sólo los muertos la tienen.

Avanzamos por la orilla este, siguiendo un camino serpenteante que subía y bajaba entre las colinas boscosas y los oscuros valles. En el poblado de Marcomir salió a recibirnos el joven jefe, montado sin silla y con un arco de caza en la mano. Lo felicité por su próxima boda con la hija del rey.

—Es una buena chica —dijo—. A mi padre le hubiera gustado.

—¿Cuándo se celebrará?

—Después de la cosecha. —Sonrió de repente—. Es una buena época para las fiestas.

—Esperemos que sea así. —Me incliné sobre el cuello de mi caballo—. Marcomir, voy a enviar patrullas para defender tu lado del río entre el Moenus y las colinas. Si son atacadas, tienen órdenes de encender hogueras como advertencia antes de retirarse.

—¿Y qué quieres que haga yo? —preguntó gravemente.

—Nada, hasta que te avise. No arrojes una sola lanza, ni dispares una sola flecha sin recibir noticias mías. Te avisaré cuando llegue el momento de atacar.

—Entendido —sonrió. Hizo una pausa y luego siguió hablando en voz baja—. ¿Podrás contenerlos si te atacan con todas las bandas de guerra?

—Sí —dije—. Puedo contenerlos. Nunca se han enfrentado a la caballería.

—Pero nosotros montamos —protestó. Estaba medio furioso, medio risueño—. Usamos los caballos en la guerra. Por lo menos un poco.

—Ven al otro lado cuando tengas tiempo —dijo Quinto—. Verás a mi caballería.

En la distancia, como una pequeña mancha de carbón contra el cielo vespertino, pude ver el Taunus, la gran cordillera que antaño había marcado la extensión de nuestra frontera oriental.

—Allí es donde quiero ir —dije de repente—. ¿Nos llevarás?

Permanecimos un día en su casa, y después, con sus hombres guiándonos y Marcomir cabalgando a mi izquierda, nos pusimos en marcha por la calzada que llevaba al abandonado Limes. Sentía una gran curiosidad por verlo, y también Quinto. Era posible que no volviéramos a tener la oportunidad. Al cabo de un rato la calzada, cuya superficie empeoraba a cada milla, desapareció de repente, y delante de nosotros no quedó nada más que hierba verde y arbustos enmarañados.

—La destruyeron —dijo el franco. Se volvió hacia mí con el rostro muy serio—. No sabes cómo odian a Roma.

—¿Por qué? —pregunté.

—Hay muchas razones: la pérdida de libertad, los fuertes impuestos, la injusticia de vuestras leyes, la crueldad de vuestro reclutamiento militar. Incluso vuestras ciudades, con sus casas y sus calzadas rectas, les parecen prisiones a hombres que cazan en los bosques y cuyas mujeres cocinan en fuegos al aire libre. —Miré a Quinto y sacudí levemente la cabeza. Aquél no era el momento de discutir.

El cielo se nubló, el día se oscureció y la lluvia empezó a caer en grandes gotas que me empaparon el pantalón y provocaron manchas de humedad en mis rodillas y hombros. Los caballos siguieron adelante, chapoteando en el barro, y tuvimos que bajar la cabeza para evitar que nos arañaran las ramas que nos cerraban el paso. Vimos a poca gente; una cabaña o dos en algún claro, ocupadas por un granjero malencarado y su esposa, que nos miraban pasar con desconfianza, pero eso fue todo. Los bosques estaban llenos de caza. En dos ocasiones vi osos, jugando bajo la luz del sol con sus cachorros; y un gran jabalí cruzó nuestro camino, y se detuvo para gruñir y mirarnos con sus ojos rojos antes de trotar de nuevo hacia la espesura. Y por la noche pudimos oír los lobos, aullando en la oscuridad en torno al campamento. Fue entonces cuando recordé a Varo y sus tres legiones, y lamenté haber hecho el viaje. Durante todo el tiempo, ascendíamos hacia el borde de un bosque que se veía en el horizonte cada vez que llegábamos a un claro entre los árboles.

Al cuarto día salimos del bosque a un gran claro que parecía extenderse durante millas a derecha e izquierda. Era como si la hoja de una espada gigantesca, al rojo vivo y recién salida de la forja, hubiera sido depositada en el bosque, quemando toda la vegetación a lo largo de su longitud. El claro medía casi mil yardas en algunos lugares. Frente a nosotros se extendía una calzada, medio cubierta de hierbas y escombros. Más allá, a un cuarto de milla, se erguía una torre de guardia cuadrada, con el tejado hundido y el balcón roto. Avanzamos hasta allí y desmontamos, mientras nuestro escuadrón se desplegaba y apostaba centinelas en semicírculo. Lentamente llegamos a la torre, a través de un montón de tejas caídas. Delante de ella, mirando al norte y medio tapada por acción del viento y la lluvia, estaban los restos de la gran zanja. Pero el gran montículo de tierra que se había elevado tras ella continuaba en pie. Ni siquiera el tiempo podía destruirlo. En el lado opuesto vimos los restos fragmentados de la empalizada. Gran parte de la madera había sido arrancada para otros propósitos, pero aquí y allí todavía se conservaba una sección entera, en muda evidencia del poder en decadencia de aquel imperio (mi Imperio) que ya sólo luchaba a la defensiva.

La entrada a la torre estaba a tres yardas por encima del suelo, y en sus tiempos la guarnición había empleado una escalera que después recogían en el interior. Uno de los legionarios construyó una plancha para trepar con un trozo de madera suelto y me dijo sonriendo:

—¿Servirá, señor?

Asentí. Me quité el yelmo y trepé, cruzando la abertura donde había estado la puerta. En el interior había polvo y oscuridad. Encontré la escalera original que llevaba de un nivel al siguiente y ascendí cautelosamente hasta llegar al balcón del piso superior. Llovía débilmente, y soplaba un viento frío procedente del norte. Vi nombres grabados en las paredes, nombres de hombres ya muertos y olvidados, hombres cuyos nombres me decían claramente que habían venido desde Moesia, desde Apulia, desde Panonia, y desde provincias tan distantes como Mauritania y Egipto, en el extremo sur del Imperio. Grabados con más cuidado, leí los nombres de las legiones a las que pertenecían los soldados que habían custodiado aquella parte de la frontera.

—«Legio IV Macedonica» —dije, observando las débiles marcas en la piedra.

—En nombre de los dioses, me preguntó qué les pasó —dijo Quinto suavemente—. No había oído ese número en mi vida.

—Quizá alguien dirá lo mismo de nosotros —dije amargamente—. Fueron reclutados por César y lucharon con Marco Antonio en Macedonia, pero se pasaron al bando de Octavio antes de Filipos. —Volví a leer—. Aquí hay algunas más. «Leg. XXII Prim.». Estuvieron aquí cuando murió Nerón. Pero tanto ellos como la Cuarta fueron aniquilados en una de las guerras contra los alamanes del siglo pasado. Aquí parece decir «Leg. XIV Gemina». Augusto los destinó a Moguntiacum. Aserenas los hizo regresar a Vetera tras el desastre de Varo. Regresaron otra vez, tras ser destinados a Britania con Aulio Plauto. Ahora están en Panonia.

Quinto pasó las manos por las inscripciones.

—¿Puedes leer ésta? Creo que es la Decimotercera. Pero falta el último número.

—Sí, mira el emblema. Fueron reclutados por Domiciano y continuaban aquí en tiempos de Adriano. Un destacamento luchó con nosotros en Italia. ¿Lo recuerdas? Por los dioses, parece que haya transcurrido mucho tiempo.

—Es un lugar de fantasmas —dijo Marcomir.

—No se defendió hasta el final —dije—. Simplemente, lo abandonaron.

—Eso fue en tiempos de Galieno —dijo Quinto—. Mi padre me lo contó. Las cohortes estaban en dos fuertes, a siete millas de distancia, y entre medio se levantaba una torre como ésta a cada media milla. Y ahora... nada.

Descendimos por la escalera y regresamos donde nuestros caballos mordisqueaban la hierba. Contemplé el claro y el montículo de tierra, que se extendía en la distancia.

—Hubo un tiempo en que se podía pasear por aquí bajo la protección de las lanzas romanas —dije—. Y si uno seguía caminando, hubiera acabado cruzando ocho provincias hasta llegar a Escitia y un mar inmenso.

—Me hubiera gustado hacerlo —dijo Quinto—. Hubiera sido una gran cosa recorrer el tejado de un imperio.

Nos miramos, y supimos que compartíamos los mismos pensamientos.

—Entonces erais los dueños del mundo —dijo Marcomir—. Pero ahora... —No terminó la frase. No era necesario.

Al borde del claro me volví para mirarla, pero la torre cuadrada estaba casi oculta por la lluvia torrencial. Era como si los mismos dioses se compadecieran y lloraran por nuestra grandeza caída.

A una milla de Moguntiacum llegamos al primero de los destacamentos que había estacionado en la orilla este. Cuando terminé de pasar revista a los hombres y sus armas, hablé en privado con el optio que estaba al mando.

—¿Qué ocurre? —dije—. Parece que hayas visto a un fantasma.

Con el rostro tenso bajo el bronceado, me contestó:

—Te lo mostraré, general. Ya he enviado un mensaje al otro lado del río.

Nos dirigimos adonde nos indicó. A doscientas yardas del destacamento, vi un objeto que se elevaba por encima del suelo. Al acercarme pude ver lo que era: la cabeza cortada de un caballo clavada en un poste. Contemplé la sangre seca sobre el hocico, la mano humana sostenida entre los dientes amarillentos, y los ojos velados llenos de moscas.

—¿Qué significa esto?

—Es la manera corriente de insultar a un enemigo en esta zona —dijo Marcomir—. Podéis esperar problemas a partir de ahora. Avisaré a mi gente.

Dos noches después, me despertó una conmoción, y el comandante de la guardia se presentó en mi puerta, informando de que se había avistado un bote pequeño cerca de la orilla, al norte de la ciudad. Los dos hombres que viajaban dentro habían caído víctimas de las jabalinas, pero los esfuerzos de los guardias por atrapar el bote habían fracasado. El bote se había alejado corriente abajo en la oscuridad.

—No sé qué intentaban hacer, señor, a menos que quisieran ponerse en contacto con algún espía de la ciudad —dijo. Asentí y regresé a la cama. Había aprendido mucho tiempo atrás a no preocuparme por los problemas insignificantes que no podía resolver. Y fue mejor así, porque a la mañana siguiente, el acertijo se resolvió por sí mismo. Miré al hombre muerto que yacía en la orilla, cerca del punto donde la guardia había interceptado el bote, y lo reconocí.

—Lo trajeron para demostrarme que lo habían capturado —dije—. Era un franco que envié a espiar en el campamento de Rando hace algunas semanas. No fueron muy amables con él, ¿verdad, Quinto? Lástima. Ahora nunca sabremos qué averiguó.

Las obras de preparación y sus problemas continuaban. Quejas de intendentes por la escasez de botas y raciones, preguntas de las armerías relativas a las puntas de flecha y a contenedores apropiados para preparar el fuego líquido, dificultades para estabular a los caballos de reserva, peticiones de los comandantes de cohortes a los que visitaba para aconsejar sobre las tácticas de que resolviera tal o cual eventualidad, discusiones para simplificar nuestro sistema de señales, auxiliares a los que había que felicitar por su eficiencia, y la necesidad de animar a todo el mundo, de convencer a todo el mundo de que, con su ayuda, yo podría conseguir lo imposible. Los días nunca tenían bastantes horas, y aunque hacía trabajar muy duro a mis oficiales y delegaba en lo posible mi autoridad, tanto Quinto como yo empezamos a notar la tensión. Nos despertábamos fatigados por las mañanas, y nos acostábamos como si ya hubiéramos muerto.

A menudo tenía sueños en los que volvía a estar en aquella playa con Juliano, reconociendo cada rasgo de aquel rostro fatigado y amargado, cruzado por las arrugas de la madurez, y escuchando de nuevo las palabras fatigadas y amargas que había pronunciado. «Soy yo quien tiembla ahora... ¿Qué le ocurrió a la hija de mi sumo sacerdote?... Creyeron que era un dios...»

¿Sabía o adivinaba que el exilio era el castigo que le habría impuesto Fullofaudes? Me lo preguntaba a menudo.

Capítulo XI

—Lamento molestarte otra vez, señor —dijo pacientemente Julio Optato—, pero las provisiones de este mes se retrasan. Nos hace falta forraje para los caballos, las monturas de reserva que nos prometieron no han llegado y el general Veronio no deja de insistirme para que haga algo.

Miré los documentos que llevaba en la mano.

—¿Qué más?

—Esto ya es mucho, señor.

—Continúa.

—Las corazas de los auxiliares de Confluentes aún no han llegado; las astas de lanza llegaron con la última caravana, pero sin las puntas, y algunas armas no reúnen las condiciones. Los arcos de Mantua son demasiado ligeros, y las espadas de la última remesa no están bien equilibradas; pesan demasiado en la empuñadura. ¿Las devuelvo?

—¿Pueden hacer algo nuestros armeros?

—Pueden intentarlo, señor, pero el flechador jefe ha tenido un ataque de ira cuando le he mostrado los arcos. —Optato sonrió—. Ya conoces el genio que tiene, señor. Ha partido el que estaba probando y me lo ha tirado.

—Escribiré al curator —dije—. Veré lo que puedo hacer.

Siempre estaba escribiendo cartas en aquellos días: cartas al gobernador de Bélgica, pidiendo su apoyo para algún asunto; cartas al curator, llenas de peticiones detalladas y quejas, a todas las cuales me respondía meticulosamente, pero sin que pareciera hacer gran cosa al respecto; y cartas a Chariobaudes, general del ejército de campo de la Galia, pidiendo el envío de centuriones bien entrenados y oficiales a los que siempre encontraba una excusa para no mandar. Además, teníamos el problema de los suministros. Éstos llegaban en carretas, y confiaba en aquel medio de transporte para toda la comida, uniformes, armas, madera y piedras. El problema era administrativo. Era un servicio imperial que se controlaba con autorizaciones. Sólo se me habían concedido cuatro autorizaciones al año, lo que era absurdo, considerando el número de cargamentos que necesitaba. Para conseguir más autorizaciones tenía que escribir al prefecto pretor, y los mensajeros tardaban bastante tiempo en llegar a Arelate y volver. Incluso los mensajeros necesitaban autorizaciones. Sin ellas, no podían cambiar de caballo en las casas de postas. La primera vez que le escribí, el prefecto me contestó que ya había recibido mi cuota asignada para aquel año. Me hizo falta otro mensajero y otra autorización para persuadirle de que necesitaba una consideración especial. Después de aquello, siempre me enviaba remesas de cinco autorizaciones cada vez, pero nunca una cantidad mayor. Me quejé al respecto en numerosas ocasiones, pero fue en vano. Era el representante del emperador y conocía bien su poder. Me lo habían presentado una vez; era un hombre menudo, insignificante y corto de vista, que empezaba a engordar. Tenía una manera de hablar seca y pedante, sonreía pocas veces y carecía de sentido del humor. Su único interés fuera del trabajo, además de su esposa, fea y aburrida, era su curiosa pasión por la escultura griega, sobre la que escribía monografías largas, aburridas e inútiles que nadie leía nunca. Era, y así lo creía, honesto, incorruptible y meticuloso en su trabajo; pero no tenía imaginación, y eso arruinaba la inteligencia que poseía. Aquél era el hombre con quien tenía que trabajar para conseguir mi propósito y a veces, al pensar en él, me hubiera echado a llorar de frustración. Era el típico representante de los cargos superiores de la administración que por entonces controlaban los destinos de las provincias imperiales. No era extraño que Roma creciera para abajo, como el rabo de una vaca.

Mi preocupación principal, sin embargo, era la escasez de reclutas para los cuerpos auxiliares. Aunque tenía hombres suficientes, si era necesario, para ocupar las torres de señales, dejar una guarnición mínima en los fuertes, y realizar los trabajos que dejarían a mis hombres libres para la tarea fundamental de combatir, todavía tenía la esperanza de reclutar una pequeña fuerza de reserva entre la abundante población que vivía en Treverorum y sus alrededores. Había enviado a grupos de oficiales y centuriones en misiones de reclutamiento, pero con poco éxito. Entre todos no habían conseguido hombres suficientes para tripular una galera de guerra.

—Debe de haber algún modo de hacer que se alisten —dije con desesperación.

—Nos hemos quedado con todos los convictos para la flota —dijo Quinto—. Ahora, cada vez que los magistrados sentencian a un hombre, le ofrecen la elección entre trabajar en las minas bajo los látigos o trabajar en la legión del general Máximo, con paga.

—¿Y los esclavos?

—Han huido o han aceptado hace tiempo la oferta de Honorio para trasladarse a Italia.

—Si tuviera tiempo, iría a Arelate y los convencería de que me ayudaran.

—¿Qué ayuda puede dar quien no desea ayudar? —dijo con voz sombría—. El prefecto pretor te ofrecería esa sonrisita suya, y te diría que tenía que llevar el asunto a otra reunión de su maldito consejo.

—Sí —dije—. Nunca he conocido a un hombre con tanto miedo a asumir responsabilidades. Las únicas decisiones que toma son las que afectan a sus propios deseos. Es egoísta e inútil.

En aquel momento entró Áquila.

—Un mensaje de Flavio, en Treverorum, señor.

Leí la carta.

—Más problemas —dijo Quinto, enarcando una ceja.

—Sí. Uno de sus hombres ha desertado.

—Bueno, estaremos mejor sin él, entonces.

—Se ha refugiado en una de las iglesias —dije, muy serio—. Flavio trató de hacerlo salir y ha habido problemas con los sacerdotes. Lo han aprovechado para criticarnos. Los matamos a impuestos, les robamos sus bienes, les quitamos la comida, y luego resulta que hasta los hombres que deberían defenderlos acaban desertando.

—Podría ser una situación muy embarazosa, señor —dijo Áquila.

—Lo es.

—¿Qué vas a hacer?

—Tendré que ir a arreglar las cosas.

—El escándalo pasará —dijo Quinto con calma.

—¿Pasará? ¿Quién querrá tomar las armas ahora, si hasta los soldados romanos están desertando para pedir santuario en el centro de la ciudad? Flavio es un idiota. Hubiera debido permitir que el hombre saliera de la ciudad, para arrestarlo luego.

—Bueno, no podía saber que se refugiaría en una iglesia.

—Tenía que saberlo —respondí, irritado.

Me dirigí a Treverorum, sin más compañía que la de mi escolta. Llegué a Rómulo al ponerse el sol, justo cuando iban a cerrar las puertas. Mientras los hombres ataban a sus caballos en el patio, envié un mensaje a Flavio. Se presentó muy tarde, pues venía de comer en casa de un amigo. Me miró como un oso desconcertado. Estaba muy borracho.

—Lo lamento, señor. No te esperaba... señor.

—No —dije—. Ya lo veo. ¿En qué iglesia está el desertor? ¿Cómo se llama? ¿Cuál es su historial? Iré a verlo por la mañana. Quiero saberlo todo sobre él ahora mismo.

Me miró con impotencia, balanceándose sobre los pies.

—Cansado —dijo.

Me levanté del taburete, tomé un jarro y le arrojé el agua por encima. El sobresalto lo desequilibró y cayó al suelo, empapado, magullado y sin aliento.

—Habla —dije—. Te doblo en edad y acabo de recorrer setenta millas en dos días. Has metido la pata y ahora yo tengo que solucionarlo. Cuanto antes empieces, antes podremos irnos a la cama. Despierta.

Tenía la esperanza de que presentarme al anochecer sirviera para mantener mi llegada en secreto, pero cuando salí a la calle a la mañana siguiente, ya me esperaba una multitud. No cogí el caballo; fui caminando.

—Puede haber problemas —dijo Flavio—. Mejor que vayas a caballo y con escolta.

—Entonces sí que habrá problemas —dije.

—Tu espada, señor. Se te ha olvidado cogerla.

—Nunca me olvido de mi espada. Quiero que tú y otro hombre vengáis conmigo. Dejad las armas en la armería. Y manteneos a cinco pasos por detrás de mí durante todo el trayecto.

—Yo... —Se interrumpió y miró al frente.

—Eres cristiano, ¿no es así? Creí que teníais pasión por el martirio.

Tragó saliva.

—Veo que estaré en buena compañía si algo va mal —dije, malhumorado—. Además, no conozco el camino.

Echamos a andar. La multitud nos rodeó, retrocedió para abrirnos paso y nos siguió con curiosidad. Hombres y mujeres, niños y niñas, hasta críos pequeños, todos tenían la mirada que había visto en los rostros de las multitudes en la arena del circo, la excitación pálida de los que desean ver sangre derramada sin sufrir daño alguno. Al principio sonrieron, luego me miraron fijamente y, más tarde, al acercarnos a la iglesia, empezaron los comentarios desagradables. Una mujer se echó a reír, y una voz gritó con desprecio:

—¿Qué otra cosa se puede esperar de un hombre que adora a un dios ladrón de ganado? —Hubo gritos burlones e insultos. Alguien arrojó una piedra. Me golpeó en la boca y sentí cómo la sangre me corría por la barbilla. Una segunda piedra me acertó encima del ojo derecho, y la sangre estuvo a punto de cegarme. Me sentía enfermo de dolor, pero no hice caso. Eran escoria, como todas las multitudes en todas las ciudades. El que me importaba era mi soldado, no ellos.

La multitud era más densa en la plaza, en cuyo lado norte se levantaba la iglesia. En los escalones había unos cuantos sacerdotes, y entre ellos estaba el obispo. Artorio también estaba allí, a la sombra de una columna, rodeado por sus libertos. No le hice caso. No era a él a quien deseaba ver. Mientras me acercaba al obispo se oyó un gruñido procedente de la multitud. El sol de primavera brillaba sobre las vestiduras blancas y las columnas rojas, sobre las túnicas pardas y amarillas, sobre mi capa escarlata y nuestros yelmos de bronce y oro. Ascendí los peldaños y me encontré cara a cara con Mauricio, obispo de Treverorum.

—Buenos días —dije—. Hace muy buen tiempo. Mis soldados cristianos te envían sus saludos y te ruegan que les hagas el honor de visitar Moguntiacum para bendecirlos con tus propias manos.

—¿Qué quieres? —dijo.

—Deseo entrar en la iglesia.

—No permito la entrada a los no creyentes.

—¿Puedes estar seguro de que no soy creyente? Y si no lo soy, ¿te parece apropiado que otro pagano esté dentro y convierta la iglesia en su hogar?

—Es cristiano.

—Si lo es, deberías saber que es un seguidor de Pelagio, con el que creo que no estás de acuerdo. —Fruncí el ceño y cerré un ojo para evitar la sangre—. Me parece que «abominar» es la palabra correcta.

Pareció sobresaltado.

—No es cierto —dijo.

—Oh, sí lo es. Conozco a mis hombres, aunque tú no conozcas a los tuyos.

Hubo un breve silencio entre nosotros, pero no fue amistoso. La multitud se había callado.

—Aunque estuvieras diciendo la verdad —dijo—, mi iglesia es un santuario para todos los perseguidos. Y mientras esté dentro nadie puede tocarlo.

—¿Es la ley? —pregunté.

Dirigió una mirada al curator.

—Es la costumbre aceptada —dijo—. Tiene la fuerza de una ley.

—Nadie lo está persiguiendo —dije—. Es un soldado. Se presentó voluntario, como todos mis hombres de Britania. Está bajo juramento. Ha desertado, y tengo derecho a arrestarlo.

—No en mi iglesia.

—No llevo armas —dije, pacientemente—. No uso la fuerza. Sólo deseo hablar con un tal Vibio, un legionario que ha abandonado sus deberes. ¿No querrías tú hacer lo mismo con alguien que se hubiera apartado de su fe?

Vaciló.

—Dejaré fuera a mi escolta de hombres fuertes y brutales: los dos

—dije—. No te alarmes. No destruiré tus santuarios como vosotros habéis destruido los míos.

—No confío en ti —dijo.

—Sí que confías. Confías tanto en mí que dejas que yo y seis mil hombres más hagamos de barrera entre tú y tus enemigos. Confías tanto en mí que no me ayudas por voluntad propia. Desde que llegué aquí, ni una sola vez me has ofrecido ningún tipo de asistencia. Me ignoras, y al hacerlo confías en mí.

—No está bien que el mundo cristiano sea defendido por un pagano como tú —dijo—. Es una burla de nuestra fe, un escándalo a ojos de Nuestro Señor.

—Eres rápido juzgando.

—Mi deber es hablar tal como me dicta mi conciencia.

—Y quien quiera puede tirar la primera piedra. —Me toqué la mejilla con la punta del dedo.

—Blasfemas.

—¿Te quedarás todo el día impidiéndome el paso?

—Me quedaré aquí como la roca sobre la que se construyó nuestra iglesia —dijo—. Eres tú quien está en mi camino, no yo.

—Mi señor obispo.

—No.

—Nadie me ha puesto tan furioso como tú —dije en un susurro—. Si no me dejas entrar para hablar con ese embustero, ese desertor de sus camaradas, ese perjuro de su propia alma, haré algo que lamentaremos.

—No tienes autoridad en esta ciudad —dijo con una sonrisa.

Sacudí la cabeza para librarme de la sangre que seguía goteando. Dije:

—Si quiero a ese hombre, puedo capturarlo por la fuerza y ni siquiera tú podrás impedírmelo. El propio prefecto pretor de la Galia me apoyará en este asunto.

Miró de reojo al curator.

—¿Harías eso? —preguntó.

—Si rechazas esta petición, sí.

—Creí que habías venido para defender el estado y proteger sus leyes —dijo.

—Así es.

—Pues no puedes hacerlo de este modo —dijo suavemente—. No puedes abolir las leyes de un estado, porque sin leyes no hay estado.

—Juegas con las palabras, mi señor obispo —dije con impaciencia.

—Y tú me amenazas.

—No amenazo a nadie. Sólo deseo hablar con un hombre que ha perdido su fe.

—¿Y quién se la devolverá? —preguntó con desprecio—. ¿Tú, con tus azotes y ejecuciones?

—Por supuesto que no. Sólo él puede recuperar por sí mismo lo que ha perdido. ¿Quieres que te hable de él? Su nombre es Vibio. Su padre fue un tendero pobre en una pequeña ciudad llamada Canovium, en las montañas del oeste de Britania. Tenía dos hermanos y tres hermanas. Siempre estaban hambrientos; la ciudad estaba muriendo, como les ocurre a muchas ciudades, y él no conseguía trabajo. Empezó a robar porque era la única forma que tenía de sobrevivir. Hubiera acabado como convicto en las minas, probablemente. Pero cuando formé mi legión, se alistó. La legión le ofrecía comida, refugio, ropa, dinero, y la promesa de una pensión al final. Tenía seguridad. Mandaba la mitad de su paga a su familia para ayudar a mantenerlos vivos. Yo lo convertí en un buen soldado, y él consiguió una autoestima que nunca había poseído. No sabe leer ni escribir, pero es hábil con las manos y fabrica arneses de cuero para los caballos cuando no está combatiendo. Es capaz de construir un puente o una calzada, de arreglar un tejado que gotea o de reparar una pared rota. Os resultaría útil en esta ciudad medio en ruinas, mi señor obispo. Todas esas cosas las aprendió siendo soldado.

Hice una pausa y continué.

—Sirvió conmigo en Italia. Luego vinimos aquí. Conoció a una chica en la ciudad; es la hija de un hombre que fabrica ornamentos de cristal para vendérselos a la gente de tu fe, y deseaba casarse con ella. Pero el padre de la chica se negó, porque era legionario. Estaría aquí hoy y mañana ya no. No era digno de confianza. Eso lo hizo sentir desgraciado. Y también añoraba su hogar. Acababa de enterarse de la muerte de su madre. De modo que desertó. Tenía la vaga idea de salir de la ciudad, enviar a por la chica y llevársela a su casa. No es demasiado inteligente. No pensó en lo que le ocurriría después. Pero, ¿qué pasará si vuelve a su casa? La zona en la que vive está llena de gente cuyos hijos se han alistado en mi legión. Muchos de ellos han muerto desde entonces. ¿Se sentirá feliz con esa vergüenza? ¿Le permitirán ser feliz? ¿Estará su dios orgulloso de él cuando tenga que volver a robar? ¿Lo despreciará su chica por haber huido? ¿Cuánto tiempo tendrán que pasar sudando de miedo, esperando a que las autoridades los atrapen? Tú eres el experto en almas y en las conciencias de los hombres. No yo.

—¿Es cierto todo lo que has dicho? —preguntó.

—Puede que sea pagano, pero también soy soldado. Conozco a mis hombres.

Frunció el ceño y jugueteó con la cruz que llevaba al cuello.

—Los dos tenemos leyes que obedecer —dije—. Déjame que dé al césar lo que es del césar, y yo te dejaré que des a Dios las cosas que le corresponden.

Se hizo a un lado y yo entré solo en la iglesia.

Cuando volví a salir a la brillante luz del sol, la multitud se había dispersado y la plaza estaba vacía. Sólo Flavio y mi soldado estaban en pie en los escalones, a poca distancia del obispo.

—¿Y bien? —me preguntó.

Parpadeé. La luz, entre otras cosas, me cegaba. Dije ásperamente:

—He hablado con un mendigo ahí dentro. Me ha dicho que Vibio se ha acercado a la gran puerta y ha escuchado nuestra conversación por la abertura. Cuando me ha oído decir que... que me lo llevaría por la fuerza, si era necesario, él... se ha apartado de la puerta y se ha dirigido al otro extremo, donde suelen sentarse para jugar a los dados cuando no hay nadie más.

El obispo levantó la cabeza bruscamente.

—Ahora está en tus manos —dije.

Arrojé a los escalones la daga que llevaban todos los legionarios y extendí las manos. Estaban cubiertas de sangre. Bajé la escalera y dije:

—Reza por él si puedes. Debe de haberse sentido terriblemente desgraciado, asustado y solo para hacer lo que ha hecho. Yo también he conocido esa desesperación.

Oí que una voz a mis espaldas decía:

—Máximo

En la plaza me volví y levanté la vista hacia la figura silenciosa de los escalones. Dije:

—No ha tenido fe en ninguno de los dos.

Me volví y me alejé de la iglesia. Todo lo que deseaba en aquel momento era estar solo.

La décima noche del mes de mayo me despertó una trompeta tocando la alarma. Era una noche de lluvia, y sobre la muralla me estremecí de frío y me envolví en la capa mientras escuchaba el rugido del agua y observaba las hogueras de señales resplandecer al otro lado del río. Junto a mí, los soldados esperaban. A través de la oscuridad nos llegaban los gritos y las órdenes.

—Están atacando los puestos de avanzada —dije—. Rezad porque consigan llegar a tiempo a los botes.

Al amanecer, mientras bebía una copa de vino caliente, porque el frío era intenso, y la lluvia seguía cayendo sobre nuestros rostros, vimos movimiento en la otra orilla, pequeños grupos de hombres embarcando en los botes que habían escondido. No fueron atacados, y deduje que el enemigo se conformaba con dejarlos marchar.

—Di al centurión al mando que se presente en cuanto llegue —dije a Barbatio—. Que la mitad de los hombres bajen y esperen a ver un bote con una tela azul en un palo. Será de Marcomir. Puede que también tenga noticias para nosotros.

El centurión se frotó un grano de la nariz. Estaba acalorado, excitado y cansado, y de su capa mojada brotaba vapor. Tenía poco que decir. Todos los puestos habían detectado movimientos en el campo al este y al sur, antes de que saliera la luna, y todos habían sido atacados poco después de medianoche. De acuerdo con las instrucciones, habían encendido las hogueras y se habían retirado media hora después.

—¿Han sido ataques fuertes?

—Si no nos hubiéramos retirado cuando lo hemos hecho, señor —dijo el centurión muy serio—, ahora estaríamos todos muertos.

—¿Cuántas bajas?

—Tres muertos y cuatro heridos, señor.

Regresé al río. El sol había salido, y un grupo de nativos dejaba los bosques que rodeaban la antigua zona de las villas para acercarse al borde del agua. Debía de haber entre cinco y ocho mil personas. Un alterado decurión de una patrulla de caballería al sur del campamento llegó para informar de que la boca del Moenus estaba abarrotada, hasta donde alcanzaba la vista, con una flota de botes pequeños llenos de hombres armados.

—Avisad a los barcos más cercanos de la flota del Rhenus —dije.

—Ya lo he hecho, señor —fue la respuesta. El hombre estaba dividido entre el temor a haber tomado una decisión equivocada, y el orgullo por su propia iniciativa.

—Bien —dije—. Da la señal de ataque, pero que se mantengan lejos de las zonas poco profundas. Quedarán atrapados si se acercan demasiado a la orilla.

Mi empeño en construir una flota quedó justificado aquella mañana. Los tres barcos avanzaron rápidamente hacia la boca del río y, tras ejecutar una serie de movimientos giratorios, abrieron fuego con las ballistae, utilizando bolas de fuego y proyectiles de hierro. Los botes enemigos que trataron de acercarse y abordarlos vieron cómo sus tripulaciones eran acribilladas por los arqueros, mientras las naves se incendiaban. La acción duró poco más de una hora, y al final de ese tiempo la mitad de los botes enemigos se había retirado a un lugar seguro corriente arriba. Los demás habían sido hundidos.

—Dad la señal para que vuelvan río arriba y echen el ancla —dije por fin—. Puede que vuelvan a concentrarse más tarde.

Durante toda aquella tarde, las bandas de guerra de los vándalos permanecieron cerca de la orilla. Levantaron tiendas, encendieron hogueras y vimos carretas de provisiones en la distancia, mientras erigían empalizadas defensivas a lo largo de la orilla. Cuando empezó a anochecer, el humo de un centenar de fuegos se elevó de manera ominosa, una nube color azul oscuro por encima de la llanura en sombras; y, durante todo el tiempo, el golpeteo constante de las hachas y los gemidos de los árboles al ser cortados nos advertíam de que estaban talando los bosques con la intención de abrir un espacio de acampada para la masa de personas que avanzaban lentamente hacia el río por la antigua calzada del Limes. Habían llegado por fin, y estaban decididos a quedarse.

Llegaron mensajes de Bingium, Boudobrigo, Salisio y Confluentes, diciendo que todo iba bien y que ningún enemigo amenazaba la orilla opuesta. Sin embargo, un jinete de Borbetomagus informó de que había una hueste de alamanes acampada frente al fuerte, pero no se había entablado combate.

Durante una semana no ocurrió nada, y una mañana llegó un bote desde la otra orilla, con un hombre portando una rama verde de pie en la proa. Lo recibí en la orilla. Era un hombre joven de barba corta, que no llevaba más armas que su orgullo.

—Soy Sunno, hijo del rey Rando de los alamanes. Vengo como rehén. Mi padre quiere hablar contigo en su campamento del otro lado del río.

Me aparté unos pasos y dije a Marcomir, que estaba envuelto en una capa, con el rostro cubierto por el capuchón:

—¿Dice la verdad?

—Sí. Es su hijo mayor. Deja que te acompañe. Yo los entiendo. Se parecen a mi gente.

—Gracias, pero no. Esto es algo que tengo que hacer yo mismo. Hay poco peligro.

—Soy un guerrero —dijo—. Me siento estúpido escondiéndome detrás de esto.

—Te necesitaré vivo cuando llegue el momento, no muerto antes de tiempo. Todavía no saben a qué atenerse respecto a ti.

—Es cierto —dijo sonriendo—. No han cruzado mi tierra.

—Bien. Perderán tiempo enviando embajadores para averiguarlo. Tiempo... Eso es lo que necesito.

Barbatio, menos rollizo que cuando lo había conocido, dijo:

—Ten cuidado, señor. Tal vez Rando mantendrá su palabra, pero los vándalos no confían ni en su propia sombra.

—Deja que vaya yo, pues —dijo Quinto con expresión preocupada.

—No te preocupes, amigo mío —dije, meneando la cabeza—. Tendré mucho cuidado.

Me agarró del brazo.

—Éste es un país muy frío para vivir en él sin el calor de tu amistad —dijo en voz baja.

—Y también para mí sin la tuya —asentí.

Entré en el bote y cruzamos el río. El nivel del agua crecía cada vez más, y cada día la corriente se hacía más fuerte. Había pasado la época de las aguas tranquilas.

Desembarcamos entre una multitud de hombres armados que me miraron con curiosidad pero sin hacer gestos amenazadores. El rey alamán controlaba bien a sus hombres. Pasamos junto a las empalizadas exteriores, construidas lejos del río, junto a las tiendas, los fuegos y los montones de lanzas; montamos en los caballos y emprendimos el camino por la antigua calzada que llevaba al Limes. Cabalgamos durante una milla, y ambos lados estaban llenos de tiendas, cabañas, caballos y hombres hasta donde alcanzaba la vista. Finalmente llegamos a un campamento interior, protegido por una empalizada y una zanja poco profunda, construida para impedir que los caballos se alejaran. Dentro estaba el rey alamán. No había cambiado. Se mostró tan cortés como antes, y tan inflexible como una hoja de hierro. Con él estaba Gunderico, todavía sonriente, pero su sonrisa se había vuelto más tensa y me pregunté cuántos hombres habría perdido en el combate del río. A los demás, agrupados en torno a la mesa del consejo, no los conocía. Rando habló:

—Tengo más amigos que presentar al general de Occidente: Godigisel, rey de los vándalos de Siling, Hermerico, rey de los marcomanos, Respendial, rey de los alanos, y su primo Goar, un notable guerrero. —Una figura esbelta entró en silencio por entre las cortinas de cuero de la cabaña y se sentó sin decir una palabra. Rando sonrió cálidamente—. Éste es el último de mis hermanos, Talien, rey de los cuados, un pueblo del que habrás oído hablar.

—Me hacéis un gran honor —dije lentamente. Era cierto. Reunidos en aquel campamento, a excepción de Guntiaros, estaban los líderes guerreros de todas las tribus teutónicas entre el Rhenus, el Danubius y las estepas del este. Aquéllos eran los pueblos que, desde los días de Augusto a los de Valentiniano, habían hecho la guerra, casi sin cesar, contra el Imperio. Apenas había existido ningún emperador de Roma que no se hubiera visto obligado a luchar contra ellos, ni un legado a lo largo del Limes que no hubiera manchado las espadas de sus legiones con la sangre de aquellos pueblos. No sabía a cuánta gente gobernaban. No sabía cuántos guerreros podrían poner en el campo de batalla. Pero en nuestros días de grandeza, seguridad y prosperidad, Roma había considerado que eran necesarios ochenta mil hombres para proteger la frontera del Rhenus contra ellos. Y yo, Máximo, que me hacía llamar general de Occidente, tenía que hacer lo posible con una sola legión. Seguí hablando—: Sólo espero que el honor que yo os hago sea digno de un Valentiniano o de un Juliano. —Vacilé, me volví a Talien y sonreí—. En tu honor, debería añadir el nombre de Marco Aurelio. —Él me miró impasible, sin hacer ningún movimiento, pero me pareció que sus fosas nasales se dilataban levemente ante el golpe.

—No dudo de que será así —dijo Rando, acariciándose la barba.

Los observé a mi vez. Godigisel, rey de los vándalos de Siling, era bajo, compacto y con un rostro como de hierro batido. Era un guerrero, no un hombre acostumbrado a pensar demasiado. Hermerico, rey de los marcomanos, era alto y delgado, con el rostro de un halcón, y, según la costumbre de su pueblo, llevaba el cabello peinado hacia un lado de la cara y anudado. También tendría la gentileza de un halcón con quien cayera en sus manos. Respendial, rey de los alanos, era moreno, con el rostro cuadrado y las cejas muy pobladas. Tenía una voz profunda y áspera, y me hizo pensar en un oso capaz de ponerse en pie y aplaudir en un momento dado y aplastar a un enemigo al siguiente. Su primo, Goar, era más joven. Todavía tenía buenos dientes, hablaba poco y me recordó a un hombre al que había conocido en otra vida. Talien, rey de los cuados, era delgado y de constitución ligera. Hubiera sido un buen conductor de carros. Por su rostro, parecía poseer sentido del humor, o lo hubiera parecido de haberse relajado un poco. Durante todo el tiempo, me observó cuidadosamente, con la atención de un gato. Deduje que era el más inteligente de todos ellos, a excepción de Rando y, potencialmente, el más peligroso.

—Bien —dije—. ¿Qué puedo hacer por vosotros que no haya hecho ya?

Gunderico dijo, insolente como siempre:

—Volvemos a pedirte permiso para cruzar el Rhenus en paz.

—Necesitamos nuevas tierras y estamos dispuestos a servir en las tuyas —dijo Godigisel sin expresión.

—¿Cómo súbditos de mi emperador o como conquistadores de sus generales?

—En un caso tú vivirías, y en el otro morirías.

—¿Es que no tenéis tierras? —pregunté—. ¿Sois gente sin hogar? ¿Rufianes y vagabundos que tienen que robar a otros lo que no pudieron defender por sí mismos?

—Algunos de nosotros hemos visto a los hunos —dijo Hermerico—;

hemos olido su aliento apestoso y hemos sentido el peso de sus espadas. Son bárbaros en todo lo que hacen. No son cristianos como nosotros. Nuestros pueblos son mejores; pero ellos son más fuertes, y siempre están presionando sobre nuestras fronteras, matan a nuestros hombres, esclavizan a nuestras mujeres y nos quitan las tierras. Lo hemos soportado durante años y ya no podemos más.

—Somos granjeros —dijo Goar de repente—. Un granjero necesita paz, paciencia y tiempo para que su tierra prospere. Con los hunos no tendremos nada de eso.

Yo no lo miré, ni él a mí, y ambos sabíamos el porqué.

—Estáis dispuestos a uniros contra mi emperador, por lo que parece —dije—. Sería mejor unirse contra esos hunos.

—Nadie pierde el tiempo construyendo un puente si puede vadear la corriente —dijo Respendial.

Sonreí sin ganas.

—Yo no os daré nada más que promesas. Os prometo que pagaréis con creces todo lo que intentéis llevaros sin pagar.

—Por última vez, te pido que permitas a mis hermanos cruzar en paz —dijo Rando—. Necesitáis gente para poblar vuestras tierras. La Galia e Hispania son países grandes. Hay espacio suficiente para que todos compartamos sus riquezas. Además, necesitáis granjeros; estoy seguro. También sé que necesitáis soldados. Ya tenéis a muchos hombres de nuestros pueblos sirviendo en vuestros ejércitos, pero necesitáis cada vez más. Todos somos buenos guerreros. Sería un pacto justo, y además prudente.

—No.

—Si te niegas, la provincia de la Galia aprenderá a sufrir, y su sufrimiento será tu pecado —dijo.

—No soy cristiano —dije—. Sólo soy soldado. ¿Quién de vosotros planeó el ataque nocturno a mi campamento? Los pictos o los escotos lo hubieran hecho mejor. ¿Acaso confiáis el mando de vuestros guerreros a vuestros hijos pequeños? ¿Y quién fue tan estúpido para imaginar que podríais reunir una flota de botes en la boca del río a plena luz del día, y que yo estaría tan ciego que no los vería? Tal vez no sois más que niños jugando a guerreros, o tal vez alguno de vosotros es un traidor que tiene sus propias razones para no querer que los demás crucen. No habléis de soldados en mi presencia.

—¡Basta! —gritó Godigisel. Puso la mano sobre la espada.

—Estoy desarmado —dije—. Incluso tú podrías matarme ahora. ¿Quién de vosotros ha perdido más hombres? ¿Quién desea debilitar a los demás?

—Si lo que dices es cierto, es asunto nuestro y no tuyo —dijo Rando con vehemencia—. Sabemos luchar, te lo prometo.

—Entonces luchad —dije—. Porque no os permitiré cruzar ese río.

—Pero tú tendrías tu lugar, un lugar de honor si aceptaras nuestros términos.

—Lo recuerdo. Un tercio de la Galia. Yo sólo os daré el espacio suficiente para que podáis ser enterrados con decencia.

—Valientes palabras —rió Gunderico—. Dime, romano, ¿a qué distancia está Augusta Treverorum? Tengo entendido que hay mujeres muy guapas.

—A nueve días con buen tiempo si avanzáis rápido.

—¿Tan cerca?

—Por supuesto. Pero todos serán días de batalla —dije suavemente.

Respendial se encogió de hombros y se echó a reír.

—Estamos perdiendo el tiempo —dijo—. ¿Por qué hablar cuando podemos aplastarlo en un solo ataque?

—Estoy de acuerdo —dijo Gunderico, con su voz perezosa—. Que hable todo lo que quiera, más tarde, mientras se retuerce clavado en nuestras lanzas.

Hermerico se frotó los largos dedos.

—Sí, ¿a qué esperamos? La Galia ya no es un león al que haya que temer, sino una vaca que espera a que la ordeñen. Será nuestra con sólo alargar la mano.

—¿Por qué no confías en nosotros? —dijo Talien de repente. Tenía una voz profunda y vibrante para un hombre tan menudo. Se hizo un silencio súbito y todo el mundo se volvió para mirarlo, y después a mí, a la espera de mi respuesta. Dije:

—Prometéis servir a mi emperador y defender sus tierras, vosotros que al parecer no habéis podido defender las vuestras contra los hunos. Si no podéis hacer una cosa, ¿por qué iba a creer que podéis hacer la otra? ¿Por qué debería pensar que estáis dispuestos a intentarlo? No vivís según nuestras costumbres, ni deseáis hacerlo. Nosotros no vivimos según las vuestras, y tampoco deseamos cambiar. ¿Es una buena respuesta?

—Sí, muy buena, desde tu punto de vista.

—Estáis muy seguros de vuestra fuerza —dije—. No subestiméis la mía.

Rando frunció el ceño.

—En nuestro campamento hay un marcomano que ha servido con la guardia de tu emperador. Ha regresado y nos ha contado que cuando Estilicón, el vándalo, se enfrentó a Alarico, lo hizo con soldados de la guarnición de Germania bajo su mando. No tienes ningún ejército. Es una mentira para engañarnos.

—Si lo es, podéis demostrarlo fácilmente. Pregunta a tu hijo cuando regrese. Tal vez pueda tranquilizarte al respecto.

Me miraron, y yo les devolví la mirada con toda la seguridad e insolencia que pude reunir. Dije:

—Tengo curiosidad por ver durante cuánto tiempo puede permanecer una hueste tan enorme acampada junto a este río sin morir de hambre. Pronto vuestro campamento estará cubierto de barro y vosotros, después de haber agotado los recursos de la zona en vuestra búsqueda de comida, conoceréis el hambre. Vuestros hombres se aburrirán, se volverán pendencieros y difíciles de manejar. Tendréis que luchar contra las enfermedades, y los burgundios no os ayudarán. ¿Durante cuánto tiempo aceptarán los alamanes a un rey que ha traído esta plaga de langostas a su tierra? El tiempo sólo os debilitará; y cuando llegue el momento, es posible que cruce el río y os ataque. Ya está, os he contado mis planes. Puedo permitirme esperar; vosotros no.

Se oyó un murmullo de gruñidos guturales.

—Vamos, te acompañaré de vuelta al río y recogeré a mi hijo —dijo Rando, poniéndose en pie—. No hay nada más que decir.

Los otros permanecieron sentados a la mesa, enfurruñados y furiosos. Sonreí, los saludé con una reverencia y me volví.

Recorrimos en silencio el camino por el que habíamos venido. Durante el trayecto pasamos junto a un grupo de hombres jóvenes, desnudos, que hacían ejercicios acrobáticos entre espadas y lanzas, plantadas en el suelo con las puntas hacia arriba. Un grupo de hombres mayores los observaba. Supuse que el truco estaba en evitar cometer errores y cortarse peligrosamente. Rando vio que los miraba.

—Es un buen entrenamiento para los jóvenes. Les enseña agilidad y a perder el miedo. Yo también sabía hacer eso.

—Que sean felices mientras puedan —dije.

Cuando estuvimos cerca del río detuvo a su caballo y me contempló.

—Si cambias de opinión, envíame un mensaje y me ocuparé de que tú y tus hombres salgáis ilesos. Entre tanto, hay un hombre que desea hablar contigo. Antes era de los vuestros. Está bajo mi protección y no debe sufrir ningún daño. Puedes decirle lo que quieras.

Desmonté y avancé por entre las tiendas, los toscos refugios y las cabañas, hasta que llegué al árbol que Rando me había indicado. Junto a él había un hombre de mi edad, vestido con el atuendo de los alamanes. Estaba envuelto en su capa, y un capuchón le cubría el rostro. A su lado había una mujer joven con dos niños pequeños agarrados a las rodillas, y a su derecha había un muchacho. Los niños observaron mi armadura con curiosidad y susurraron algo a su madre, que me miraba sin expresión. El joven tenía la mano sobre la daga, y pude ver que me odiaba cuando avancé hacia él, mientras los nativos que me rodeaban reían y bromeaban entre ellos. El humo de los fuegos se agitaba en el aire, y unos cuantos caballos, atados en hilera, mordisqueaban la hierba y sacudían las colas para espantar a las moscas. El hombre de la capa se llevó las manos a la cabeza y apartó el capuchón. Nos miramos con curiosidad e interés. Hacía quince años que no nos habíamos visto, y todo aquel tiempo debería haber bastado para aquietar cualquier emoción. Pero sentí que la sangre se me agolpaba en las mejillas y que el corazón me martilleaba; y sabía que me temblaban las manos.

—Te dije que volveríamos a vernos —dijo. Una sonrisa flotaba por detrás de sus ojos.

—Sólo te habría reconocido por la falta de cabello —dije, mirándolo y tratando de ver en aquel rostro arrugado al hombre que había conocido. La voz, los movimientos y las manos eran los mismos, pero la cara... la cara había cambiado mucho.

—Tú también has cambiado. Pareces... —vaciló. Luego siguió hablando en voz baja—. Pareces cansado, pero más distinguido. Y has tenido mucho éxito. Te saludo, general de Occidente. —Su voz era gentil y burlona, pero no exenta de amabilidad. Me pregunté cuántas cosas sabría, pero no me atreví a decir nada.

—¿Y tú? —pregunté.

Extendió las manos con su antiguo gesto.

—La última vez que nos vimos, yo estaba... no estaba contento. Te dije que me iba con los sajones, y era cierto. Me fui. Pero no eran mis amigos. Son bárbaros; crueles, salvajes, traidores y viciosos. No me gustaban, pero tenía demasiado orgullo para decirlo. Finalmente, nos cansamos de la mutua compañía. De modo que viajé al sur y fundé un hogar entre los alamanes. Sí, un hogar. Yo, que nunca he tenido hogar.

—¿De modo que ahora eres feliz?

—Oh, sí, a mi extraña manera. Me hice amigo del anterior rey y me casé con su hija. Rando es mi hermano. Éstos son mis hijos y mis nietos. Mi esposa murió.

—Lo siento.

—Te creo.

—¿Qué quieres ahora de mí? —dije—. He dicho a Rando que no permitiré que crucéis el río.

—Sigues siendo el Máximo de siempre —sonrió—. Firme, duro, poco generoso e incorruptible. Cuando oí el nombre del general que guardaba el río supe que eras tú, y dije a mi hermano que hablar sería inútil. No me creyó. Ahora sí.

—¿Y espera que tú me hagas cambiar de idea?

—Espera que lo intente, porque cuando oí tu nombre me enfurecí por cosas que es mejor olvidar, y en mi rabia de borracho le dije algo que, estando sobrio, no hubiera contado a ningún hombre. Él cree que debo decírtelo. —Hizo una pausa, y continuó en tono inexpresivo—. Rando es un buen líder. Sabe que si puedes derrotar al jefe enemigo, podrás derrotar a sus hombres. Tanto él como Talien, que también oyó lo que dije, me pidieron que hablara contigo. De modo que, por el bien del pueblo que me adoptó, yo... se lo prometí.

—¿Qué puedes decirme para que cambie de idea?

Se adelantó con la mano extendida y la palma hacia arriba.

—Esto —dijo en tono fúnebre. En la palma de su mano había un solo pendiente de oro.

Lo observé durante largo rato, y cuando por fin traté de cogerlo, él cerró el puño y retrocedió. Levanté la cabeza y lo miré. Me lamí los labios y dije:

—Eso es de... Eso es mío.

—Lo es. Cógelo.

Lo cogí y lo hice girar varias veces entre los dedos.

—Míralo con cuidado. Verás unas iniciales grabadas en oro. Se entregó como recuerdo.

—¿Cómo lo conseguiste? —dije, mirando fijamente el pendiente.

—En el Muro cogimos un gran botín. Recuerda que entonces yo era un jefe guerrero.

—¿Por qué lo has guardado todos estos años?

Me miró y luego bajó la vista.

—Había pertenecido a tu madre. Era un lazo entre nosotros. Y en las ocasiones en que no te odiaba, lo miraba y... recordaba. —Levantó los ojos—. Recordaba los momentos felices.

—Y ahora es un arma.

—Eso lo decidirás tú.

—No te creo.

—Si no me crees, te será fácil averiguarlo. —Hizo una pausa delicada—. Eres romano. Tienes que pensar en tu honor. Después de todo, el honor ha sido tu razón para vivir durante todos estos años.

—Ya no tengo honor —dije.

—Los generales sin honor pueden permitirse pactar con sus enemigos.

Me llevé las manos al rostro y entonces conocí algo de la desesperación que él había vivido.

—Tengo otra noticia —dijo cruelmente—. Escribiste a Estilicón para pedir tropas, a pesar de que tienes tantas. La carta está en nuestras manos. Tendrás que escribir otra vez antes de que pueda contestarte. Hay mucha distancia desde el Rhenus a Illyricum, donde Alarico y el vándalo se sientan a comer y juegan a los dados con el Imperio como trofeo. Y también tengo noticias de nuestra isla. Dos hombres, Marco y Graciano, se proclamaron emperadores por turno pero fueron asesinados por los soldados. Ocurrió esta primavera. Un tercero, Constantino, lo consiguió. Está sentado en Londinium, jugando a ser rey. Tal vez sueña con construir un nuevo imperio en Occidente. ¿Es eso lo que quieres, tú, que podrías haber sido emperador? Tú, con tantos hombres bajo tu mando.

—¿Cómo sabes todo eso sobre... sobre Constantino?

—Los sajones son buenos conversadores, y ahora les resulta más fácil llegar secos a la costa sajona. No podían hacerlo en... en nuestros tiempos.

—No, por favor —dije.

—¿Y bien?

—Nos hemos hecho mucho daño el uno al otro. Reconozco mi parte. ¿Acaso hemos de seguir torturándonos hasta el día en que muramos?

—Yo, que no maté a tu padre, llevo muerto treinta años —dijo.

—Te alzaste contra Roma.

—Dos veces —dijo—. Ésta es la tercera. Esta gente necesita tierra. La necesitan igual que un pez necesita agua. ¿Quién eres tú, con tu falso orgullo romano y tu desprecio, para interponerte en su camino?

—Tengo mi deber.

—¿A quién debes algo? ¿A un emperador que sólo se preocupa de sus gallinas? ¿A un vándalo que acepta sobornos y sólo piensa en sí mismo? ¿Al pueblo de la Galia, que no levantará un dedo para ayudarte? ¿A Constantino, que se quedó con la mitad de tu oro para engrandecerse a sí mismo? ¿A tus hombres, que sólo te seguirán mientras reciban su paga cada mes? ¿O al recuerdo de tu esposa?

—Cállate.

—No. Fullofaudes tuvo más misericordia que tú. Pero yo no soy como él. —Me estremecí y me llevé la mano a la boca—. Convertiste mis sueños en una máscara funeraria —dijo ásperamente—. ¿Por qué iba a querer que tú conservaras los tuyos? —Hizo una pausa y terminó—. No tienes honor.

Lo miré sin apenas verlo. Me volví y me dirigí adonde esperaba mi caballo. Conseguí montar de algún modo y me encogí en la silla. Luego cabalgué hacia el río con el rey alamán a mi lado. No hablamos, y no me miró una sola vez. Me sentía como si la cabeza fuera a estallarme. Conocí entonces la completa oscuridad de la desesperación absoluta. No había nada en mi pasado hacia donde pudiera mirar con orgullo, con felicidad o con satisfacción. No había nada que esperar salvo la vejez, la soledad insoportable de mis pensamientos, el vacío de la muerte. No tenía honor.

Crucé el río, todavía en silencio, y avancé a solas por el campamento hacia mi alojamiento. Y todo el mundo se hacía a un lado al verme la cara. En el cuartel general me esperaba Quinto. Le dije lo que había ocurrido en la reunión con los cinco reyes y Rando.

—Hay un río de setecientas cincuenta yardas de anchura, que es todo lo que nos separa de un desastre total. Los vándalos deben de ser más de ochenta mil, contando ancianos, niños y esclavos. Eso deja a unos veinticinco mil hombres capaces de luchar.

Emitió un silbido y empezó a juguetear con el brazalete que llevaba en la muñeca.

—¿Y el resto?

—Los marcomanos son igual de numerosos, o más. En una ocasión, hace mucho tiempo, llevaron al combate a setenta mil hombres sin dificultad.

—¿En tiempos de Varo?

—Sí. Y además están los alanos y los cuados. Si tuviera que hacer una estimación, diría que pueden poner en el campo a unos cien mil hombres entre los dos pueblos. Y siguen quedando los alamanes, que aún tienen que decidirse, y los burgundios, en quienes no confío.

Quinto se dirigió a la mesa y sirvió vino en dos copas de plata.

—Más vale que bebamos a nuestra salud. Porque nadie más lo hará. —Me dirigió un saludo burlón y dejó la copa—. Ahora todos somos gladiadores. Pero, ¿se moverán los alamanes?

—Rando es un hombre astuto. No creo que quiera que su gente cruce. Puede que piense que su fuerza reside en conservar lo que tiene. Las tribus en marcha se debilitan. Discuten, se pelean y cada hombre disputa a su vecino la propiedad de la tierra recién robada. Su lealtad a sus reyes no es absoluta. Si un jefe pierde el prestigio a causa de las derrotas en la batalla, sus hombres lo abandonan. Ahí reside nuestra única esperanza. A través de nuestros agentes, me he puesto en contacto con Goar, de los alanos. Si puedo convencerlo, es posible que se pase a nuestro bando con la mitad de su tribu. Gunderico perdió a muchos hombres cuando atacamos sus botes. Él y Godigisel no se aprecian. Son rivales. Si puedo meter una cuña entre ellos por medio de unas cartas...

—¿Cómo?

—Es un viejo truco: mandar cartas donde se habla de traición a un hombre del campamento enemigo, y hacer que caigan en manos de otro.

—No es un modo muy honorable de luchar, pero... —dijo suavemente. Se interrumpió—. ¿Qué te pasa? ¿Estás enfermo?

—No —dije—. No estoy enfermo, sólo cansado.

—Descansa un poco —dijo—. Trabajas demasiado. —Se volvió para salir de la habitación.

—Quinto —dije.

—Sí.

Extendí la mano.

—¿Esto es tuyo?

Se adelantó y tomó lo que le tendía. Lo contempló durante largo rato, haciéndolo girar entre sus dedos una y otra vez, como había hecho yo. Era como si no pudiera creer lo que tocaba con su piel. Finalmente levantó la cabeza y me miró. Luego cerró los ojos y volvió a abrirlos. Nunca había visto aquella expresión en su cara.

—Es mío —dijo con firmeza—. Me lo regalaron.

Retrocedí como si me hubieran golpeado en la boca. Hice un movimiento, y la espada de Agrícola estaba en su garganta, con la punta tocándole apenas la piel.

—Dame una razón por la que no deba matarte.

No me respondió. Tenía el rostro perlado de sudor y los ojos fuertemente cerrados.

—Me quitaste el honor —dije—. Tú, a quien hubiera confiado mi vida.

—Mátame —dijo—. Es tu derecho.

—Me eres más útil vivo que muerto. —Envainé la espada con mano temblorosa. Hablé con amargura—: Necesito demasiado a mi general de caballería para poderme permitir el lujo de exiliarlo. Vuelve a tu habitación y ríete, como te has reído a mis espaldas durante todos estos años.

—Máximo.

—Vete —dije—. Déjame solo, por lo menos. Tengo trabajo que hacer. Sirve para pasar el rato entre una comida y la siguiente.

Salió de la habitación. Lo observé por la ventana. Andaba con la cabeza baja, con el escaso cabello agitado por el viento. Se movía pesadamente, y me di cuenta de cuán viejo era. Nunca había considerado viejo a Quinto.

Capítulo XII

Fui a Treverorum con una escolta de veinte hombres, llevando conmigo a Flavio y a Julio Optato, pero dejé a Quinto al mando en Moguntiacum. Creo que se alegró de quedarse solo, y yo... yo no podía soportar hablarle. Fue un viaje precipitado bajo el sol. Cambiamos de caballos en cada casa de postas, y nunca hicimos una parada más larga de lo necesario para beber un trago de vino y engullir un cuenco de comida. A mediodía distinguimos la puertas blancas de Rómulo, y, una vez allí, me dirigí directamente a mis alojamientos. Escuchando el murmullo de las multitudes en la calle y contemplando las gruesas murallas de la fortaleza en la que me encontraba, resultaba difícil de creer que el campamento de la orilla este fuera una realidad, y que el peligro que habíamos temido durante todo el invierno se encontrara tan cerca.

Envié a buscar al curator y, mientras esperaba su llegada, me lavé la cara y las manos, traté de quitarme el polvo del cabello y bebí un vaso de vino blanco. Antes de salir de Moguntiacum había dictado cartas a Honorio, al Dux Belgicae, a Chariobaudes y al prefecto pretor en su palacio de Arelate, tan lejano, tan cálido y seguro. Las envié por correo imperial con sellos de urgencia. Mi ayudante acababa de regresar para informarme de que las misivas habían partido sin problemas cuando llegó Artorio.

Me saludó educadamente, pero sin sonreír. Era un hombre a quien no podía entender. Al principio lo había intentado, pero ya no me importaba.

—Siéntate —dije—. Quiero hablar contigo.

—Estoy a tu servicio —dijo con una inclinación de cabeza. Hizo una pausa y continuó—: Yo también tengo algo que decirte, general.

—¿Recibiste mi carta sobre los problemas con los suministros?

—Sí.

—¿Y bien?

—Has hecho graves acusaciones de incompetencia, negligencia, e incluso —vaciló— de corrupción.

—Es cierto.

—Espero por tu bien, general, que puedas probarlas.

Levanté la cabeza y dije:

—Me es totalmente indiferente si puedo probarlas o no. No soy abogado, ni me preocupan la justicia o mis honorarios; soy un hombre práctico. Quiero que esas cosas se corrijan. Sólo quiero mis provisiones.

—Pero tendré que informar del asunto al gobernador y al prefecto pretor —dijo.

—Adelante, a condición de que te ocupes de que las cosas mejoren a partir de ahora.

—Todo esto no es asunto mío —dijo muy tieso—. Es un tema para el gobernador.

—Para mí es responsabilidad tuya.

—Soy responsable ante el consejo de la ciudad y ante el prefecto, general, pero no ante ti.

—Sé muy bien ante quién eres responsable: el emperador —dije, parpadeando—. Pero todavía no entiendo de qué.

Empezó a temblar de ira y dijo:

—Me preocupa la vida económica de la ciudad, entre otras cosas. Debo advertirte que he escrito al prefecto para protestar por tu cierre de la frontera, y para quejarme del modo con el que has cargado a esta ciudad con la responsabilidad de alimentar y pagar a tus tropas.

—¿Lo dices en serio?

—Claro que lo digo en serio, general. Ha habido grandes irregularidades, en particular en lo referente a las peticiones enviadas por tu intendencia de provisiones para tropas que sólo existen sobre el papel.

Me levanté y dije:

—No juzgues a mi legión con el rasero del ejército de campo de la Galia.

—Insultas al Magister Equitum. En todo caso, es cierto.

—Es falso. Habla con mi intendente y descubrirás enseguida que te han informado mal. Mejor aún, ven al Rhenus y cuenta tú mismo a mis hombres.

—Éste no es un asunto de risa, general. También está el tema del tributo de trigo. He tenido noticias de cargamentos de trigo procedentes de tus almacenes que se han revendido a los civiles con pingües beneficios. —Tosió—. Puede que tu intendente en jefe, un hombre excelente, no esté involucrado, pero otros lo están.

—¿Puedes probarlo?

—Sí, general, puedo probarlo —dijo, muy serio.

—Entonces, lo lamento. Parece que ambos somos culpables. Haré que mi policía militar se ocupe del asunto. —Lo miré con dureza pero se mantuvo impasible. De pronto me eché a reír ante lo absurdo de todo aquello. ¿Qué importaban ya nuestras mezquinas diferencias? Dicen que Nerón recitó «La caída de Troya» mientras Roma ardía. No sé si es cierto. Puede que Suetonio se lo inventara, ya que era aficionado a los chismes escandalosos. Pero tal vez tuviera razón; era un buen juez de la locura humana. Las fronteras del Imperio se desmoronaban y nosotros discutíamos.

—No es un asunto de risa —repitió.

Me dirigí a la ventana y contemplé la calzada de Moguntiacum, por la que una carreta avanzaba traqueteando, tirada por dos grupos de bueyes. Algunos niños jugaban entre el polvo y una mujer paseaba del brazo de un soldado de permiso.

—No; no es un asunto de risa. —Me di la vuelta—. ¿Sabes que hay seis tribus acampadas al otro lado del río? He hablado con sus jefes. Quieren una tercera parte del suelo de la Galia, y si no se la damos la tomarán por la fuerza, si es necesario.

—Pero... no es cierto... estás bromeando... tiene que ser una broma —dijo.

—Crucé su campamento a caballo. Los vi: guerreros con sus esposas e hijos, ancianos y ancianas con todas sus pertenencias. Es una migración. Quieren esta tierra. Un cuarto de millón de personas están paradas en aquella orilla, esperando el momento adecuado para cruzar.

Tragó saliva.

—Sólo podré contenerlos si recibo las tropas y provisiones que te he pedido. He escrito al prefecto pretor. Necesito permiso para reclutar a todos los hombres capaces que pueda reunir.

—Si eso es cierto... —dijo.

—¡Si es cierto! —Avancé hacia él, y el curator retrocedió muy nervioso—. Ya han intentado cruzar. He visto sus armas: buenas espadas romanas, Artorio, que han comprado gracias a la avaricia de los buenos mercaderes romanos y la corrupción de los buenos tribunos romanos. ¿Crees que debo contárselo al emperador?

Se lamió los labios. Creo que pensó que lo estaba acusando. Dije:

—No me preocupa el estado de la administración civil a la que tanto te enorgulleces de pertenecer. Sólo quiero las cosas que necesito, para poder hacer lo que tengo que hacer mientras aún quede tiempo. Cada día cuenta, ¿comprendes?

—El prefecto no está en Arelate —dijo—. Tal vez le has escrito allí.

—¿Dónde está?

—De camino a Ravenna, para ver al emperador.

—¿Cuándo regresará?

—No lo sé —dijo, meneando la cabeza—. Tal vez dentro de dos meses.

—Es demasiado tiempo para esperar. —Lo cogí por los hombros y traté de sonreír—. Tú eres un funcionario imperial.

—No tengo autoridad sobre la Galia.

—Pero la tienes aquí. Es un principio. El gobernador de Bélgica también podría reclutar hombres. El prefecto podría confirmar más tarde sus instrucciones. Ésa es la respuesta. ¿No lo ves?

Empezaron a temblarle las manos mientras me observaba con los ojos muy abiertos. Dijo:

—Pero si me excedo en mi autoridad, el prefecto puede destituirme.

—Tonterías.

—No, no son tonterías. —Se detuvo y siguió hablando con amargura—. El consejo de la ciudad ya está en desacuerdo conmigo por otros asuntos. Incluso hay uno o dos miembros que quieren librarse de mí.

—Ignóralos.

—No puedo.

—Ten algo de valor, hombre —dije con brutalidad—. Has llegado muy lejos. ¿Acaso no eres el curator de una gran ciudad? Eres más importante de lo que crees. El emperador no se enojará con un hombre que utiliza su iniciativa para proteger la ciudad principal de la Galia.

Vaciló y fue entonces cuando cometí mi error. Dije:

—Vamos, no es tan terrible. No estoy creando mi ejército privado.

Parpadeó. Dijo, con voz aguda:

—No tengo autoridad.

—La autoridad se creó para excederla.

—No puedo.

Sonreí. Eso también fue un error.

—¿Seguro?

—No —dijo con terquedad—. Oh, para ti es muy fácil. Perteneces al orden ecuestre. Eres soldado, y amigo de Estilicón. Pero yo... yo no soy nada de eso.

—Tienes ambiciones.

—Sí, ¿y eso te sorprende? —Se sonrojó. Hizo una pausa, me miró con aire vacilante y siguió hablando en voz baja—: El gobernador de Bélgica se jubilará pronto. Tengo esperanzas. No puedo evitar tener esperanzas.

—Entonces ayúdame —dije—. Me he pasado media vida como prefecto de una cohorte. Sí, yo también. Ayúdame y usaré toda la influencia que tengo para ayudarte. Pero si la frontera cae, ninguno de los dos tendrá futuro. Es así de simple.

Se mordió los labios.

—No lo entiendes —murmuró—. Informaré al gobernador. Escribiré al prefecto pretor. Cuando reciba noticias suyas, te lo haré saber. Es todo lo que puedo hacer. —Asintió brevemente y salió a toda prisa de la habitación; su rostro, que brillaba de sudor, tenía su habitual expresión nerviosa y obstinada. Oí el golpeteo de sus sandalias en las escaleras; y después se hubo marchado, y me encontré de nuevo solo en la habitación.

No descubrí hasta mucho después (y para entonces ya era demasiado tarde) qué era lo que le asustaba de aquel modo. Y, sin embargo, a su modo, tenía razón. Yo había nacido con todas las ventajas que él había pasado toda una vida tratando de conseguir. Yo tenía todo lo que él deseaba tan intensamente; y me resultaba imposible comprender del todo su inquietud, su ambición, su falta de confianza, su envidia o su inseguridad. Deseaba (al igual que todo el mundo) aquello que no tenía. No se daba cuenta de que en la cima de la montaña el viento era más frío que en la ladera.

Me senté en un taburete junto a la ventana y me serví un poco más de vino. Me sentía muy cansado.

Los vándalos volvieron a intentarlo. Lanzaron un ataque nocturno contra las islas, con la esperanza de convertirlas en una cabeza de puente que les facilitara el asalto final a la orilla oeste. Yo había tenido cuidado de mantener en secreto la fuerza que poseía en las islas. Las centurias de servicio siempre se relevaban de noche, las posiciones defensivas estaban ocultas por la vegetación, y las guarniciones tenían instrucciones estrictas de no dejarse ver a la luz del día. Goar me envió un aviso, al igual que Marcomir, que, desde el terreno alto que comandaba, mantenía el campamento bárbaro bajo cuidadosa vigilancia. Nuestra flota se abrió paso a través de sus botes y los cortó por la mitad como se corta una manzana. El fuego líquido, proyectado en envases especiales (una feliz idea de Gallo), destruyó a los que permanecían ocultos en la orilla este, esperando para embarcar, mientras que los que alcanzaron las islas murieron empapados a punta de espada. Fue un desastre total para ellos, y perdieron a dos mil hombres en veinte minutos. Aquéllos eran marcomanos, y me alegré de pensar que cada rey, por turno, iba conociendo la amargura del fracaso. Perdimos sólo a unos cuantos hombres, pero nuestra víctima más trágica fue mi tribuno en jefe, a quien había puesto al mando de la isla del norte para ayudar a los centuriones inexpertos que estaban allí de servicio. Encontramos a Lucilio bajo un árbol, con un pequeño agujero en la axila izquierda. Nunca se casaría con la hija de Guntiaros.

Después de aquello, no ocurrió nada más; el Rhenus había alcanzado su corriente máxima, y estaríamos seguros al menos durante dos meses. Fue entonces cuando envié a mis soldados de permiso a Treverorum, trasladé unidades de un fuerte al siguiente, para que todo el mundo viviera un cambio de condiciones, mandé a las monturas de la caballería a los pastos y ordené a Julio Optato que hiciera un inventario de nuestras provisiones. Su informe no fue alentador, de modo que hice una breve visita a Treverorum y advertí al curator que en otoño habría que imponer tributos de trigo, ovejas y bueyes, y que necesitaría grandes cantidades de carne salada.

—¿Y qué hay del permiso? —dijo débilmente.

—Eso es problema tuyo —repliqué—. Los hombres que luchan necesitan alimento. Es un hecho curioso al que tendrás que acostumbrarte, Artorio.

Los auxiliares habían llegado a ser cinco mil, de modo que no sólo podía dejarles todas las torres de señales, sino que también podía usarlos como guarnición de Treverorum y en los demás fuertes donde sabía que no habría ataques. Eso nos animó enormemente. Como le dije a Quinto, con unos pocos voluntarios más habríamos podido convertir a toda la Vigésima en un ejército de campo para cuando llegara el momento, cosa con la que no habrían contado los vándalos.

—¿No es hora ya de que me digas cuál es tu plan? —me dijo, muy tieso—. ¿Qué vas a hacer cuando llegue el momento?

Permanecí en silencio, y él lo malinterpretó.

—Por supuesto, si no confías en mí... —dijo.

—Sigues siendo mi general de caballería —dije.

—Pero no tu amigo.

—Mientras tengamos la flota del Rhenus no podrán cruzar —dije.

Me observó por un momento, y luego contempló la pared desnuda de mi despacho.

—Supongamos que no hubiera flota.

—Muy bien. Esto es lo que pienso. Tienen que cruzar en Moguntiacum. Sólo allí el terreno es lo bastante llano para que pase todo el mundo. Son tantos que, cuando llegue el momento, no podrán mantener en secreto sus intenciones. Sin embargo, lanzarán ataques menores contra los demás fuertes. En cualquiera de esos lugares, si consiguieran desembarcar a una fuerza pequeña y con un poco de suerte, podrían rodear los fuertes y avanzar directamente sobre Treverorum, aunque no saben cuántos hombres tenemos aquí, o cortar nuestras líneas de comunicación y atacarnos desde la retaguardia. Pero cuando llegue el momento, en esos fuertes sólo tendré auxiliares, y concentraré la legión aquí.

—¿Toda? —me dijo, muy concentrado.

—Sí, toda.

—¿Sin reservas?

—Sin reservas. Aquí es donde lucharé. —Puse el dedo sobre el mapa extendido encima de la mesa que nos separaba—. Mi ala izquierda se hará fuerte en el nuevo campamento de la calzada de Bingium, y mi ala derecha se apoyará en la muralla norte de la ciudad. Si el fuerte de Moguntiacum aún resiste, y espero que lo haga, tendrán que atacarnos pendiente arriba, con el río a la espalda y una fortaleza enemiga disparándoles por detrás del hombro izquierdo. Es una posición muy fuerte. Tendrán grandes dificultades para desalojarnos, y tendremos la ventaja de luchar desde detrás de las zanjas y las estacas.

—Sí, ya veo —dijo lentamente—. ¿De modo que no será una acción de la caballería?

—No del modo que a ti te gustaría, Quinto. Si tuviera hombres suficientes, fortificaría toda la orilla y los destruiría en el agua. Pero no los tengo. De modo que usaré tu caballería para hostigarlos cuando hayan fracasado en sus ataques. Tengo que economizar.

—Lo comprendo —dijo con voz inexpresiva—. ¿Y si lo consiguen?

—Sólo lo conseguirán si nos cansamos antes o si se nos acaban los proyectiles. Pero si eso ocurre, haré que la legión se retire a Bingium, cruzaré el Nava y defenderé la orilla opuesta, dejando que la guarnición se ocupe del fuerte. Es un lugar sencillo de defender.

—¿Y si, así y todo, tenemos que retirarnos?

—Eres muy pesimista.

—Sí. Nunca había planeado un combate contra un enemigo tan poderoso. Además, siempre hay algo que falla.

—Bien, entonces retrocederemos, tendiendo emboscadas para retrasarlos, y defenderemos el cruce donde la calzada se divide entre los caminos de Confluentes y Bingium, en la trigésima piedra miliar. También tendré posiciones defensivas preparadas allí.

—¿Y después?

—Oh, después... si nos queda algún hombre, trataremos de defender Treverorum. —Permanecí un momento en silencio—. Pero si las cosas van tan mal, ya no habrá legión por la que preocuparse.

Se puso en pie y jugueteó con la correa de su cinturón, con una expresión de incertidumbre en la cara. Me miró como si fuera a decir algo más, vaciló y giró sobre sus talones.

—Gracias —dijo, educadamente—. Pensé que ése sería el plan. —Salió lentamente de la habitación, como un anciano, y yo volví a mis papeles.

Fue un verano caluroso, y todos sudábamos mientras cavábamos las trincheras durante la noche en las pendientes de detrás de Moguntiacum, pues yo no deseaba que el enemigo viera lo que estábamos haciendo, adivinando así la verdad respecto a nuestro número. Los soldados continuaron yendo y viniendo de permiso, y el humo de las hogueras de la orilla este parecía multiplicarse cada día. Pero mis seis barcos patrullaban el río como antes, y estábamos a salvo.

A veces, por la tarde, iba al terreno de entrenamiento para observar a Quinto mientras ejercitaba a sus hombres. Tenía mucho entusiasmo, mucha paciencia y mucha comprensión. Era infatigable en sus esfuerzos para perfeccionar la pequeña fuerza de choque que tenía a su mando. El pelaje de los caballos resplandecía bajo el sol, y el sudor corría por los rostros de sus jinetes mientras intentaban, quizá por décima vez, realizar una complicada maniobra. Las tropas y escuadrones giraban, se separaban y trazaban formas de precisión geométrica al oír una voz o el sonido agudo y estridente de la trompeta. Finalmente, como punto culminante del trabajo de la tarde, practicaban ataques a posiciones preparadas y, a continuación, mientras los hombres paseaban a los caballos en círculos para que se enfriaran lentamente, los decuriones, jefes de escuadrón y oficiales se reunían en torno a la alta figura de brillante coraza para escuchar sus comentarios. Parecía acalorado y cansado, pero mantenía siempre un rígido control.

Me acerqué más. Lo había oído impartir la misma charla medio centenar de veces antes, pero siempre disfrutaba volviéndola a oír.

Montado en un caballo, Quinto y el animal eran un solo ser. Nunca había visto a un jinete igual, ni siquiera entre los hombres de Treverorum, que se habían ganado una reputación por su habilidad en aquellos asuntos. Un oficial del Imperio de Oriente, que había combatido con Estilicón en Italia, me había dicho que era mucho mejor jinete que cualquier huno, y mejor soldado de caballería que cualquier godo. El oficial había conocido a ambos pueblos, y lo creí.

Quinto estaba diciendo:

—Debéis aprender a usar la cabeza y actuar despacio. Si sabéis lo que estáis haciendo, una carga de caballería es la cosa más lenta del mundo. Siempre sentiréis la tentación de correr cuando los veáis allí delante... pero no lo hagáis. No dejéis de ir al paso hasta que estéis al alcance de sus disparos. Fuera de él, estaréis a salvo, de modo que no malgastéis la energía de vuestros caballos antes de que sea necesaria. No dejéis que el caballo corra sin equilibrio; controladlo bien antes de encontraros al alcance del fuego enemigo. Entonces, cuando oigáis la orden, poneos al trote, pero mantenedlo controlado. No tratéis de adelantar a los hombres de vuestra derecha e izquierda; no se trata de una carrera para ver quién consigue una jarra de vino. Observadlos con el rabillo del ojo. Manteneos en línea y siempre muy juntos. Y si vais pendiente abajo, recordad que los hombres que monten caballos grandes tendrán más dificultades para frenarlos que los demás. Siempre hay que controlar eso. Ésta es la parte más difícil; cuando veáis las flechas y lanzas volando hacia vosotros, y empiecen a caer hombres y caballos. Entonces querréis correr y lanzaros sobre el enemigo. Debéis resistir la tentación. Permaneced juntos y esperad pacientemente a la última trompeta. Entonces, cuando la oigáis, a sesenta yardas de la línea enemiga, echad las manos adelante y lanzaos al galope. Los golpearéis con una fuerza tremenda, y no tendréis mucho tiempo para emplear las armas, de modo que debéis matar o mutilar con cada golpe. No habrá una segunda oportunidad. El hombre al que no hayáis matado estará detrás de vosotros antes de que podáis volverlo a golpear, y entonces puede matar a un camarada vuestro de la segunda fila. Pero si los golpeáis de forma correcta y en una línea controlada, se dispersarán; siempre lo hacen. Recordad que hay que pasar a través de ellos y salir por el otro lado. Allí es donde os separáis. Alejaos bien y regresad junto a las trompetas y el estandarte. Debéis reagruparos rápidamente, porque ése es vuestro momento más vulnerable, mirando hacia atrás y rodeados por un enemigo, que, aunque esté herido y en retirada, intentará sacar partido de la situación. De modo que reagruparos rápido, volved a formar y cargad de nuevo mientras los caballos siguen calientes; y, hagáis lo que hagáis, nunca os detengáis para recoger a un camarada herido. Si lo intentáis, sólo conseguiréis poner en peligro a vuestros amigos montados y disminuir vuestras posibilidades de regresar. Los que caigan de la montura deben ocuparse de sí mismos. —Hizo una pausa—. De hecho, es muy fácil.

—¿Cuánto tiempo se tarda, señor? —dijo un joven decurión.

—Podéis recorrer fácilmente doscientas yardas en treinta segundos. Todo habrá pasado en cinco minutos. De modo que en realidad hay muy poco que hacer. Pero el soldado de infantería tiene que aprender a luchar durante quince minutos seguidos. Eso es mucho tiempo.

Quinto me vio y saludó, como si fuera un extraño.

—Haces que parezca muy fácil —dije.

—Las cosas difíciles siempre lo parecen.

—Eres un buen soldado, Quinto.

No sonrió. Dijo:

—Entiendo a los caballos, eso es todo. La gente no se me da tan bien.

Cuando llegó agosto, recibí una carta de Honorio. Lamentaba que sus generales no pudieran enviarme tropas de Italia pero, como yo bien sabía, Estilicón se ocupaba de aquellos asuntos por él y además, tenía muchos problemas entre manos. Me otorgaba toda su confianza, y no creía que la situación fuera tan grave como yo daba a entender. Ya se habían producido alarmas parecidas anteriormente. Sin embargo, si creía que necesitaba más apoyo, estaba seguro de que podía confiar en la cooperación de Chariobaudes, un hombre excelente. Era un alivio saber que los bárbaros ya no estaban concentrados a lo largo del Danubius, pues Italia había sufrido terriblemente en la última ocasión. Tenía grandes esperanzas de que Alarico resultara un aliado poderoso en el este. Las noticias de Britania eran inquietantes. El ejército de aquella provincia, por supuesto, siempre había tenido fama de amotinarse fácilmente. Tal vez, cuando las cosas volvieran a estar tranquilas en la Galia, yo podría viajar a la isla con plenos poderes para volverla a poner bajo la obediencia de Roma. Tenía mucha confianza en mí y, como prueba de su consideración, me nombraba Comes Galliarum, con los estipendios apropiados. ¿Sabía yo que el clima de Ravenna era excelente para las costumbres reproductoras de las gallinas...?

Dije a Quinto que ya era oficialmente el maestro de caballería, y que el nombramiento (que siempre había sido una broma entre nosotros) había sido ratificado por el emperador. No sonrió. Me dio las gracias con rigidez y se dirigió a su cabaña. Antes hubiera disfrutado de la carta conmigo. Pero... ya no teníamos nada que decirnos el uno al otro.

Recibí otra carta de Saturnino. Marco y Graciano habían sido asesinados por Constantino, del cual se rumoreaba que tenía puestos los ojos en la Galia e Hispania. Pero tenía miedo de moverse mientras yo controlara la Galia con mis fuerzas. Me eché a reír al leer aquella frase. Había mucha gente que deseaba mi regreso. Constantino no era apreciado, y creían que el ejército («dos míseras legiones, Máximo, viejo amigo») debía quedarse para contener a los sajones. Los ataques habían empeorado. Constante era el que hacía que las tropas se mantuvieran leales a su padre. Era eficaz y bien considerado. «Pero creo que se verá arrastrado por las ambiciones de su padre. Lo vi en Eboracum una semana después de la muerte de Graciano. Le advertí que la vanidad de su padre no nos traería nada bueno. Se rió de mí con amargura y dijo que sabía muy bien que todo acabaría del mismo modo que para tu tocayo, pero que la vida era corta, y que prefería sacar de ella todo lo que pudiera. Me da algo de pena. Le hubiera ido mucho mejor de haberse unido a ti. Dile a Fabiano que me escriba. Su madre está muy preocupada. Me alegro de que se haya convertido en un buen soldado, y que te sea de utilidad. Me encantaría tener una charla sobre los viejos tiempos. Si los dioses son benignos, puede que volvamos a encontrarnos. Y da recuerdos...»

La leí toda y se la pasé a Quinto. Todo aquello parecía muy lejos.

El tiempo se mantenía igual. Cada día rezaba pidiendo lluvia, y cada día brillaba el sol; el trigo y la cebada maduraban en los campos, mientras las viñas en torno a Treverorum se llenaban de uvas. Los soldados pescaban en el río al amanecer y al ponerse el sol, y algunos volvieron a la vieja costumbre de jugarse la paga en los baños mientras se limpiaban el sudor y la suciedad de sus fatigados cuerpos.

Cada día iba al río a mirar hacia el este. El campamento de los bárbaros ocupaba dos millas y media a lo largo de la orilla, y llegaba más allá de lo que alcanzaba la vista. Cada día una neblina azul cubría la llanura; era el humo de las hogueras de seis tribus. Al anochecer, los vándalos solían acudir al borde del agua para bañarse, lavar la ropa y teñirse el cabello. Una tarde cayó al agua un niño pequeño; la madre chilló y dos hombres intentaron alcanzarlo con pértigas, pero fue arrastrado hacia el centro del río por la corriente. Era evidente que ninguno de los hombres de la orilla sabía nadar. Sin embargo, un vándalo de inteligencia más rápida que el resto arrojó al agua un escudo de madera. El niño consiguió agarrarlo. La corriente llevó al niño a la otra orilla, y uno de nuestros hombres de la isla del sur se metió en el agua atado a una cuerda y cogió al chiquillo. Sus compañeros los arrastraron hasta la orilla, y enviamos un bote para devolver el niño a su madre. El optio que lo acompañó me dijo más tarde:

—No nos han dejado desembarcar. Ni siquiera nos han dado las gracias. Sólo se han quedado junto a la orilla, mirando. Me he alegrado de volver a las aguas profundas, de veras.

—¿Y qué esperabas? —dije—. Son el enemigo. Si hubiera sido un niño romano, lo habrían dejado ahogarse.

Durante la segunda semana de aquel caluroso mes, tuvimos dos días de tormentas, relámpagos y lluvia torrencial y, en el fragor de la tempestad, un bote cruzó el río a escondidas hasta Bingium, llevando a un empapado mensajero del campamento de Marcomir. Una patrulla de caballería me lo trajo en mitad de la noche, y así supe que los vándalos estaban reuniendo otra flota de botes en el Moenus, y que planeaban atacar durante la noche de luna llena. La información de Marcomir siempre era precisa, de modo que envié aviso enseguida a Gallo, en Confluentes, y una semana más tarde dos barcos mercantes remontaron la corriente durante la noche, tirados por caballos y ayudados por media centuria de mis hombres más fuertes. Fue un trabajo largo y lento, pues la corriente era fuerte y los remolinos traidores, y había que actuar con mucho cuidado para evitar el ruido, pues no quería que el enemigo adivinara mis planes. Una vez pasada Moguntiacum, el trabajo se volvió más fácil, aunque los grupos de a bordo sufrieron una alarma momentánea cuando los bárbaros de la orilla este lanzaron bolas de fuego por encima del agua. Pero no ocurrió nada más, y decidimos que algún centinela nervioso debía de haberse asustado por el movimiento de los cisnes, pues había muchos en el río en aquella época. Los barcos mercantes llevaban lastres de rocas y piedras en la popa. Más arriba los cargamos con madera, lana y otros materiales inflamables, y esparcimos azufre por las cubiertas.

Dos noches antes de la luna llena aquellos barcos, tripulados por una dotación mínima, remolcados por botes pequeños y escoltados por un barco de guerra, se trasladaron hasta la boca del Moenus. A cuatrocientas yardas río arriba, los dejamos medio hundidos sobre bancos de arena a cada lado del canal central, y recogimos a las tripulaciones en los dos botes. Cuando llegara el día, parecería que habíamos hecho un intento infructuoso de bloquear el río. El éxito de nuestro plan dependía de que el enemigo creyera que, como habíamos fracasado, no tenía sentido abordar y examinar los dos barcos naufragados, cuyas cubiertas superiores se elevaban ligeramente sobre la superficie del agua. No lo hicieron, o, en caso contrario, no les sirvió de nada. La noche siguiente, sus botes cruzaron el estrecho canal, y cuando todos hubieron pasado junto a los barcos hundidos, nuestra flota avanzó hasta la boca del río y los atacó. Incendiamos primero los dos barcos hundidos, y con aquellos fuegos detrás, los botes enemigos fueron presa del pánico. Los que trataron de dar la vuelta se asustaron al ver el poco espacio de paso que había entre los barcos en llamas; la velocidad del agua hacía que navegar corriente arriba resultara muy difícil, y se vieron obligados a dirigirse a los bancos de arena, mientras los hombres armados de a bordo trataban de vadear hasta la orilla. Los que intentaron salir del río fueron destruidos enseguida por nuestros barcos de guerra. Sólo unos cuantos botes escaparon para deslizarse en silencio Rhenus abajo, tripulados por hombres muertos atravesados por flechas, mientras los supervivientes gemían débilmente, agonizando a causa de las quemaduras.

Gallo estaba eufórico por su éxito, y di una bonificación a todos los que habían tomado parte en la acción.

Tres noches antes de su boda, Marcomir dirigió una incursión nocturna contra el campamento bárbaro, con mi permiso. Mientras lanzaba un falso ataque en la zona donde dormía el rey alamán (siempre existía la posibilidad de capturar a algún rehén valioso), Marcomir y cincuenta hombres penetraron en los establos donde se concentraban los rebaños de bueyes, recogidos en los campos de los alrededores. Cinco flechas bastaron para crear la estampida que deseaba, y unos cuatrocientos animales furiosos y enloquecidos rompieron las vallas y galoparon a ciegas por el campamento. Le había contado la famosa historia de Aníbal, y sus hombres consiguieron atar antorchas encendidas a algunas de las bestias. En el pánico provocado por el sonido de la estampida, y aturdidos por el sueño, los bárbaros corrieron en todas direcciones. Muchos murieron aplastados; las tiendas eran arrolladas y los refugios derribados; y en varios lugares los incendios rugían furiosamente. En su huida, el ganado dejó limpia una gran extensión de terreno, de doscientas cincuenta yardas de anchura a lo largo de media milla de tiendas. Después se dispersó en pequeños grupos, que no se detuvieron hasta que se hubo apagado el fuego de sus antorchas. Cuando llegó el día, el campamento estaba en completo desorden y había animales por todas partes. Los daños fueron inmensos.

Cuando me reuní con él, Marcomir estaba de muy buen humor. El ataque había sido un gran éxito, había sufrido pocas bajas y había capturado a cuatro mujeres, incluyendo a una hija de Rando, además de bastantes armas y cierta cantidad de plata.

—Estas victorias no son más que pinchazos de alfiler en un ejército de ese tamaño. Son buenas para la moral —dije—; causan muchos daños, pero no afectan en nada al resultado final. Lo que necesitamos es una verdadera victoria.

Marcomir sonrió, con la boca llena de carne. Se secó los dedos grasientos en la túnica y dijo:

—Cierto, pero los reyes habían discutido antes del ataque por las cartas que habías enviado, acusando de traición a Hermerico. Él lo negó y mató a Talien, rey de los cuados, mientras compartían la mesa.

Recordé a aquel hombre tranquilo e inteligente. Ya estaría tranquilo para siempre.

—Una lástima. Talien podría haber matado a Hermerico. Había esperado un resultado mejor.

—Es un principio. No, no habrá combates sangrientos. Hermerico pagará por su crimen con ganado; los cuados comerán y los marcomanos pasarán hambre y protestarán un poco, pero eso es todo. La costumbre de esa gente es solucionar así sus asuntos. Y sin embargo, es un principio. —Marcomir hizo una pausa y continuó en voz más baja—. Respendial y Goar también discutieron; cada uno acusaba al otro.

—¿De qué?

—De todo lo que se acusan los hombres cuando se pelean.

—¿Y?

—Goar está harto de su estupidez y su avaricia. No confía en que puedan conservar lo que consigan. Hermerico, Godigisel y Respendial hablan sin cesar de lo que les han contado sobre las tierras de Hispania.

—¿Se pasará a nuestro bando?

—Sí.

—¿Estás seguro?

—Ha dado su palabra.

—¿Con cuántos hombres y a cambio de qué?

—Tierras en la orilla oeste cuando todo termine, y un puesto en el servicio imperial para él. Su padre se casó con una chica romana y admiraba mucho a tu pueblo. La ambición del joven Goar es ser general romano... o eso dice. —Marcomir soltó una risita.

—Eso no debería ser difícil. —Sonreí—. ¿Qué más?

—Además de las mujeres, los niños y los ancianos, traerá a diez mil hombres que lucharán de nuestro lado.

—Ah.

—¿Lo dejarán marchar? —dijo Quinto.

—No podrán detenerlo. Él y sus seguidores están en el lado nordeste del campamento, y si hay una batalla, saben que cruzaréis el río y los atacaréis. Están aterrorizados por vuestros barcos. Como si fueran ganado. —Volvió a reírse—. Eso es lo que me han dicho mis espías. Bueno, se irán, fingiendo que regresan a sus antiguos territorios, pero a un día de marcha del campamento, darán la vuelta y se dirigirán a mis tierras. Todo irá bien.

Pasé la mirada de Marcomir a Quinto.

—Eso nos dará dieciséis mil hombres en el lado este —dije lentamente. Quinto sabía lo que estaba pensando.

—¿Cómo podría cruzar la legión? —dijo—. Los soldados de infantería tardarían bastante tiempo en cruzar en botes; los caballos tardarían más aún. Sin la caballería, sería un riesgo demasiado grande. Necesitaríamos un puente, y no hay puente. —Me miró y habló muy lentamente—. Claro que podríamos construir uno.

—No.

Marcomir nos miró. Creo que se dio cuenta de que no todo estaba bien entre nosotros. Dijo con impaciencia:

—¿Cuál es tu plan, entonces, si no queréis o no podéis cruzar? ¿Esperar eternamente a que ellos hagan el primer movimiento?

—Ten paciencia —dije—. ¿Cuánto tiempo más podrán alimentarse en aquel campamento enorme? Son casi cien mil contra nuestros treinta mil. Incluso con la ventaja de la sorpresa, nuestros dos mil jinetes servirían de muy poco. Haría falta algo más que suerte para vencerlos en una batalla campal.

Marcomir se rascó la barba.

—Es la única oportunidad que tendréis de atacarlos. ¿Acaso deseáis que os ataquen ellos?

—Rara vez se ganan batallas a la defensiva —dijo Quinto.

—Es un riesgo muy grande —dije—. Que los hombres de Goar se nos unan primero. No quiero ejércitos de papel, como otros generales. Que sigan debilitándose todavía más; eso nos beneficiará. El tiempo está de nuestro lado.

—Pero...

—No —dije—. Si lo perdemos todo a una sola tirada de los dados, la Galia será suya. No habrá más ejércitos que se interpongan en su camino.

—Lo que necesitamos en un viento fuerte en la dirección correcta —dijo Quinto—. Entonces podríamos quemarles el campamento. Creo que el fuego es lo único que podría destruirlos sin riesgo para nosotros. El fuego no conoce el miedo.

Ignoré la pulla.

—El fuego o el hambre —dije secamente, y dejamos el tema.

La boda de Marcomir se celebró en el poblado de Guntiaros en un día muy caluroso, y toda la zona se llenó de gente. Era como si todos los burgundios del este del Rhenus hubieran decidido estar presentes en la ceremonia. Las mujeres llevaban trajes de gala, y los hombres sus mejores ropas. La hija de Rando estaba allí, en algún lugar, prisionera en una de las cabañas, y dije a Marcomir que estaría mejor en mis manos. La necesitaría para negociar... si es que volvíamos a negociar. Él accedió sin problemas.

—Ya no me interesa —dijo alegremente. Su mente estaba ocupada con la boda; no era el momento de interesarse por las esclavas. Yo estaba cansado, y recuerdo poca cosa de aquella ceremonia, que viví como un sueño del que formaba parte.

En el salón del rey encontré a Marcomir, rodeando con un brazo a un anciano con el rostro castigado y cubierto de cicatrices por años de combates.

—Éste es Fredegar —dijo—. Fue el siervo y el amigo de mi padre, y me enseñó a montar y a ser un guerrero. Ha sido mi hermano de armas toda mi vida, y lo escucho porque es sabio.

Fredegar sonrió con ironía.

—Yo hablo y tú escuchas. Así es. —Me puso la mano en el brazo, y era la mano más dura que había tocado nunca—. Yo le aconsejo, sí, y él hace lo contrario. Así son las cosas con los jóvenes. —Su voz era muy ronca, y en ocasiones me resultaba difícil entenderlo. Hablaba con miradas, más que con palabras, y tenía los ojos azules y fríos de su pueblo. Me di cuenta de que tanto los burgundios como los francos lo trataban con mucho respeto, pues había sido un gran luchador en su tiempo. Era un hombre al que había que apreciar o temer.

La boda empezó con una complicada ceremonia de entrega de regalos; todos sudábamos en el calor del salón mientras la muchacha y el hombre intercambiaban presentes, y sus parientes los examinaban y discutían acerca de ellos interminablemente. Fredegar dijo:

—Verás, es nuestra costumbre. El marido trae una dote: los bueyes del corral, y los caballos. Su cantidad fue pactada hace mucho tiempo. Ahora él regala a la novia unos arneses fabricados por nuestros mejores artesanos; mira qué hermosos son. Y un escudo y una espada. Le pertenecen a él, pero se los regala. Y ella, observa, le ofrece un yelmo y una coraza fabricados por su padre.

—¿Por qué? —pregunté desconcertado.

—Es un símbolo. —Gruñó y se tiró de la barba—. Significa que comparten el mismo trabajo, la misma felicidad y el mismo peligro. Escucha, Guntiaros pronunciará las palabras.

Se hizo un repentino silencio, y el rey habló a su pueblo por encima de las manos entrelazadas de los que iban a casarse, con una mano sobre la de ellos y la otra levantada, como si prestara un juramento.

—Que así se haga —gritó—. Quedáis unidos según nuestra costumbre y nuestra tradición sagrada. Que vuestros destinos sean uno solo, en la paz como en la guerra. Así debéis vivir, y así debéis morir. —Se elevó un rugido en el salón, y los guerreros patearon el suelo y golpearon los escudos con las lanzas, mientras las mujeres gemían una vez, en el lamento ritual por la pérdida de una de las suyas. Luego trajeron comida, grandes barriles de cerveza amarga y jarros de vino, y empezó el largo festival. Y entonces, Marcomir y la muchacha (que era muy joven, muy orgullosa y muy seria) fueron unidos en matrimonio al aire libre por un sacerdote que hablaba mi idioma, y se hizo un gran silencio mientras se pronunciaban las palabras. Más tarde tuvo lugar una segunda ceremonia en los bosques, en aquella ocasión para propiciar a los dioses que habían abandonado, pero a los que, en sus corazones, muchos todavía reverenciaban. A continuación se celebró un gran festín, en el que todo el mundo comió y bebió demasiado, se hicieron juramentos de amistad, y el gran salón, en el centro del cual ardía una gran hoguera, resonó con el ruido de las risas y las conversaciones. En el fresco del atardecer, permanecimos junto a las puertas de la empalizada y observamos cómo Marcomir cabalgaba hacia su tierra con la chica en la silla delante de él, con una guirnalda blanca en el pelo, rodeado por todos los hombres de su guardia personal. Todo el mundo estaba feliz y satisfecho, y durante aquel día, los alamanes y los vándalos fueron gente de poca importancia. La chica (era la que había derramado mi bebida aquel día) sonrió, Fredegar asintió brevemente, y se marcharon. Por un breve momento recordé mi propia boda, tantos años atrás, pero la aparté enseguida de mi mente. Dirigí una rápida mirada a Quinto, y vi que me miraba con curiosidad. No dije nada, nos volvimos y regresamos al salón; el silencio entre nosotros era como un muro que no podíamos cruzar.

Por la mañana me despedí de Guntiaros, el rey. Al montar, volví la vista por un momento. La prisionera estaba montada en un caballo, entre dos guardias. Tenía los pies descalzos atados bajo el vientre del caballo, y las manos amarradas a la espalda. Era una criatura de aspecto desaliñado, con una mordaza de tela sucia que le ocultaba la parte inferior del rostro y que no contribuía a mejorar su aspecto. Me observó con odio silencioso.

—¿Es necesario? —dije, señalando la mordaza. Podía ver que se la habían atado con tanta fuerza que se le clavaba en la carne.

—Sí, señor. En cuanto tiene la oportunidad, se pone a chillar como una loca. Y puede que la estén buscando. Ya ha tratado de escapar dos veces.

—Muy bien. Si lo vuelve a intentar, te consideraré responsable.

Partimos y regresé a mi fuerte y a mis problemas. Para nosotros no había descanso y muy pocas distracciones.

Nada había cambiado en la orilla oeste. Los soldados seguían trabajando en sus tareas durante el día, construyendo la empalizada, cavando zanjas y mejorando las defensas de los fuertes. La armería estaba llena a rebosar de flechas y lanzas cuidadosamente fabricadas, y los armeros gruñían ante mi insistencia de que teníamos que hacer más y más, y todavía más. Cada día el sol relucía en un cielo sin nubes, y hubo que racionar el agua para beber, pues las aguas del Rhenus no eran seguras durante el verano, y habíamos tenido casos de hombres que habían muerto de fiebre tras bañarse y beber allí. Los numerosos polluelos de cisne que habíamos observado en primavera mientras chapoteaban en el agua se habían vuelto grandes y de un color más oscuro. Pronto cambiarían por completo y serían tan blancos como sus progenitores, que todavía siseaban furiosos cada vez que tirábamos pan a su inquisitiva prole. A Quinto le gustaba el cisne asado, pero no cazábamos a aquéllos para comerlos. Se habían convertido en nuestras mascotas y, como los soldados, creíamos que mientras se quedaran allí nos traerían suerte. Y, durante todo el tiempo, los centinelas patrullaban la orilla en grupos, permanecían en parejas sobre las torres, apoyados en las lanzas, o recorrían las plataformas de disparo, envueltos en sus gruesas capas (las noches eran frías), y montaban guardia sobre las aguas del Rhenus, oscuras y turbulentas.

La hija de Rando tenía una cabaña para ella sola, con una mujer para cuidarla y un centinela en la puerta para asegurarse de que no había interferencias. Envié a buscarla una mañana, pues tenía curiosidad por verla y tal vez aprender algo sobre su gente.

Llegó, escoltada por el centinela, y con un signo indiqué al hombre que saliera de mi despacho para quedarme a solas con ella. Era una chica alta, con pelo claro que le caía por la espalda, y con un vestido azul sin mangas, de escote bajo. Lo llevaba atado a la cintura y muy ceñido al cuerpo, como era la costumbre de las mujeres de su raza. Era muy hermosa. Cerré la puerta y le indiqué que se sentara. Se negó meneando la cabeza.

—¿Hablas latín?

—Un poco. ¿Hablas tú alamán?

—Soy yo el que hace las preguntas, muchacha, no tú —dije.

—¿Y qué vas a hacer si me niego? ¿Pegarme?

—Si lo hiciera yo mismo, mis razones podrían ser malinterpretadas.

—¿Y? —Pareció desconcertada.

—Mis centuriones tienen mucha experiencia.

—No te atreverías. Soy la hija de un rey.

—La última vez que mi gente azotó a una mujer de sangre real, su tribu se levantó contra nosotros. Esta vez, la tribu se ha alzado sin provocación, de modo que los azotes estarían justificados. ¿Te tratan correctamente?

La pregunta la sobresaltó.

—Sí.

—¿Tienes alguna queja?

Se echó a reír con amargura.

—Sólo la de todos los prisioneros. Quiero ser libre.

—Serás libre el día que tu padre me dé su palabra de que ninguna tribu tratará de cruzar el río.

—Nunca lo hará.

—Mala suerte para ti.

—¿Por qué? ¿Acaso los romanos todavía se comen a sus prisioneros?

Me eché a reír.

—En estos tiempos, ya no lo hacemos. Además, estás demasiado flaca para nuestro gusto. —Sabía a qué se refería. Años atrás, dos caudillos de guerra francos, capturados en batalla, habían sido arrojados a las bestias salvajes de la arena, y la historia era conocida en ambas orillas del río.

—¿Qué vas a hacer conmigo? —dijo en voz baja.

—Podría conseguir un buen precio por ti en el mercado de esclavos de Treverorum. —Incliné la cabeza—. Por otra parte, sacaría más dinero si te enviara a Roma. Hoy en día pagan veinte sólidos por una mujer sin habilidades. —Se sonrojó ante el insulto. Continué—: Las chicas blancas están muy solicitadas. Y por otra parte, en Mauritania el precio sería aún más alto. —Hice una pausa—. O podría conservarte para mí. Me iría bien una mujer en mi casa, y necesitaré criados cuando me retire del ejército a vivir en mi villa.

—Si lo hicieras, te mataría mientras duermes y escaparía.

—Lo creo. —Sonreí.

—Pero tú... no te atreverías a venderme. No estamos en guerra, de modo que no puedo ser una esclava.

—Así que conoces nuestra ley, ¿verdad? Eres una chica lista. Pero te equivocas. La tuya es una raza con la que no tenemos lazos de amistad ni hospitalidad. Si vosotros capturáis a un ciudadano nuestro, lo convertís en esclavo, como yo a ti.

Se puso muy pálida y dijo, en un susurro:

—Pero existe un tratado firmado por vuestro general, Estilicón.

—De acuerdo. Pero te capturamos en un acto de guerra. Marcomir es nuestro aliado. De modo que sigues siendo una esclava por ese motivo.

Permaneció en silencio.

—¿Cuántas hermanas tienes? —pregunté.

—Tres.

—¿Eres la mayor?

—Sí.

—A una sola no la echarán mucho de menos.

Se echó a llorar. Di un paso al frente.

—No hay necesidad. No sufrirás ningún daño si tu padre es sensato. Quiero que le envíes una carta. Haré que te la escriban, y todo lo que tendrás que hacer es firmarla.

—No sabe leer —murmuró.

—Habrá alguien en su campamento que sepa. Fírmala y te prometo que no sufrirás ningún daño.

Volvió a echarse a llorar y se inclinó hacia delante, entre sollozos, de modo que me vi obligado a sostenerla. Miré al techo del despacho.

—No hay nada por lo que preocuparse —dije—. No llores, muchacha.

—Seré tu esclava, si lo deseas —dijo, levantando la cara. Apretó su cuerpo contra el mío y entreabrió los labios. Era lo bastante joven para ser mi hija, pero era muy hermosa, y yo seguía siendo un hombre. Empecé a apartarla suavemente. Entonces su brazo se movió bruscamente bajo la capa y sentí un terrible dolor en el hombro. Retrocedí, grité y me volví tambaleándome, a punto de caer sobre la mesa. La puerta se abrió bruscamente y el centinela entró corriendo mientras ella me arañaba la cara, tratando de alcanzar la daga que seguía dentro de mí.

—Llamad a un doctor —dije. Traté de coger la daga, pero dolía demasiado. La habitación se había llenado de gente; estaba sentado en un taburete, cubierto de sangre, mientras la chica, con una gran marca en la cara donde la había golpeado el centinela, permanecía de pie en un rincón, con los brazos sujetos a la espalda, y el centinela la agarraba como si deseara cortarle el cuello.

—Tienes que tumbarte —dijo alguien.

—Llevémoslo a la cama.

—¿Qué hacemos con esa zorra?

—Matadla —dijo otra voz.

—No —dije débilmente. Ante mí apareció un rostro que reconocí—. Descubrid cómo consiguió el cuchillo, y castigad a los responsables.

—¿Y la chica? —preguntó Áquila, muy serio.

Me sentía enfermo y mareado de dolor.

—Azotadla —dije.

—No es suficiente.

—Son mis órdenes —dije.

Era un día muy caluroso. Tumbado sobre mi estómago, sudaba copiosamente, pues la herida era profunda y muy dolorosa. Pasaría un mes antes de que pudiera volver a usar el brazo correctamente. En el exterior, bajo el sol, la chica, con la espalda lacerada, estaba colgada por las muñecas de una barra de madera, y gemía pidiendo agua. Tenía suerte. De haber sido un hombre, lo habría ejecutado.

Aquella noche, mientras intentaba dormir, vino Fabiano y me preguntó cómo estaba.

—Viviré —dije amargamente—. Me ha clavado el cuchillo en un mal ángulo. Muy propio de una mujer, gracias a los dioses.

—¿Podríamos descolgar a la chica, señor? —dijo torpemente—. Está muy mal.

—Yo también.

—Has dicho que no debía morir.

—No morirá.

—Podría morir, señor.

—¿Ésa? —Lo mire furioso—. Trató de seducirme en un momento y de asesinarme al siguiente. Las mujeres así no mueren fácilmente.

—Ha sufrido una fuerte paliza —dijo en voz baja—. Cuando le han salado las heridas al terminar, ha chillado mucho rato.

—Todas lo hacen —dije, tratando de incorporarme—. ¿Te ha pedido ella que hables en su favor?

Se sonrojó y negó con la cabeza.

—No, señor.

—¿Qué te ha dicho?

Vaciló y dijo:

—Ha tratado de escupirme y ha dicho que esperaba que estuvieras muriéndote.

—Vivirá —dije, volviendo a tumbarme—. La gente que odia de ese modo se agarra a la vida con tenacidad.

La herida era limpia y me recuperé bien. La chica también, aunque sus heridas tardaron más en curarse. Pasó mucho tiempo antes de que pudiera levantarse, y cada día la neblina azul de los fuegos de campamento del lado opuesto parecía volverse más densa e impenetrable.

Nos llegaron noticias de Marcomir en las que decía que era feliz, que su esposa era una gran mujer, y que Goar había cumplido su promesa, abandonando el campamento bárbaro e instalándose en las colinas del norte. No llegaron más noticias del otro lado; ningún bote cruzó la corriente portando una invitación a una reunión; no llegó ninguna embajada, ofreciendo condiciones o insultos. No ocurrió nada, y empecé a preocuparme ante aquel silencio, aquella inactividad. ¿Dónde y cuándo atacarían? Tenía que ser pronto. No podrían retrasarlo por mucho tiempo. En un exceso de irritación, envié de pronto a buscar a Quinto. Se presentó, y me enfurecí al ver su rostro impasible, su saludo rígido y su urbanidad cuidadosamente controlada cuando me preguntó cómo estaba mi brazo.

—Si querías saberlo —dije en tono gélido—, podías haber venido a mi cabaña con más frecuencia cuando estaba postrado. Querías luchar, pues vas a poder hacerlo. Lleva a seiscientos hombres a caballo al otro lado del Rhenus, al territorio de Marcomir, y luego infórmame. Necesitaremos la ayuda de Goar, de Marcomir y de Gallo. También necesitaremos a Fabiano. Estarás al mando, y en el caso improbable de que la expedición salga mal te consideraré personalmente responsable. ¿Entendido?

Se sonrojó. Le había hablado como si fuera un tribuno joven y sin experiencia.

—Sí —dijo—. Entendido. —Salió en silencio y me quedé solo, con mi malhumor y mis pensamientos por toda compañía. En el campamento, sonaron las trompetas para la comida de la tarde.

Capítulo XIII

Diez días más tarde, la flota del Rhenus entró en la boca del Moenus. Era poco después de medianoche, y yo estaba en la popa del barco insignia de Gallo, escuchando el golpear de los remos. Detrás de nosotros, siguiendo nuestra estela, venían todos los barcos mercantes y botes pequeños que había conseguido reunir. Llevaban a bordo una cohorte mixta de infantería pesada y ligera, bajo el mando de Fabiano. Al mismo tiempo, Goar y Marcomir, con cinco mil hombres reforzados por una cohorte que les había asignado y junto a la caballería comandada por Quinto, avanzaron por la meseta hasta el lado norte del campamento enemigo. Quinto había cruzado el río en Boudobrigo, y le había llevado mucho tiempo trasladar a los caballos, pues los botes eran pequeños y sólo podían transportar a seis animales cada vez. Empezaba a amanecer y podía sentir el viento en la cara y distinguir la línea débil y borrosa de las colinas en la distancia.

—Ahora —dije, y en el aire se elevó una bola de fuego. Era la señal para el ataque. Los botes pasaban junto a nosotros en la penumbra, cargados de hombres, armas y equipamiento, mientras las catapultas de la flota lanzaban una intensa lluvia de bolas de fuego y proyectiles hacia las fortificaciones enemigas. Oí el rechinar de las quillas cuando los botes chocaron con la playa, y Fabiano bajó a tierra, con sus hombres desplegándose a derecha e izquierda. Capturó la isla interior en un asalto veloz y sangriento, y luego sus hombres se extendieron por la orilla. Su ataque fue repentino y decidido, y la sorpresa total. Con su cohorte en formación de batalla prieta y controlada, golpeó directamente contra el campamento antes de que los atónitos marcomanos pudieran hacer nada para defenderse. Incendiaron tiendas, destruyeron equipamiento, rompieron carretas y mataron o hicieron huir a los caballos.

Al otro extremo del campamento, Marcomir y Goar dirigieron a sus hombres en un ataque relámpago que les permitió cruzar la empalizada y las defensas exteriores. Apoyados en ambos flancos por la caballería de Quinto, su ataque resultó difícil de repeler. Tenían órdenes estrictas de no combatir y retirarse en cuanto el enemigo se concentrara y el ímpetu del asalto empezara a flaquear. No quería héroes, ni combates a muerte, ni unidades aisladas luchando con valor hasta morir. Sólo buscaba un éxito limitado, y lo conseguí. El campamento era un caos. Había fuego y humo por todas partes, caballos relinchando, mujeres chillando, niños llorando y hombres gritando de rabia y terror. No había orden ni disciplina entre las tribus. Los jefes, tratando de reunir a sus hombres, morían atravesados mientras gritaban sus desafíos; los guerreros, buscando desesperadamente sus armas, se enfrentaban a los legionarios armados para ser empujados enseguida hacia las lanzas de la caballería. Las bolas de fuego chocaban con los tejados de las tiendas y las cabañas, y bajo el cielo nublado flotaba una densa capa de humo, como una pira funeraria. La caballería de Quinto se separó, formó una unidad y segó el corazón del campamento como una hoz curva. La suerte que nos había acompañado durante todo aquel verano no nos abandonó. Rando, rey de los alamanes, tratando desesperadamente de agrupar a sus hombres y de establecer contacto con los otros jefes, se encontró en la línea de avance del ala. Fue Quinto quien lo vio; Quinto, montado a la cabeza de sus hombres, como si fuera el joven oficial al que había conocido en los viejos tiempos del Muro. Rando gruñó y arrojó su lanza. Falló y golpeó a un hombre de detrás, que cayó del caballo con un grito. Trató de sacar la daga, vio que estaba solo y entonces, demasiado tarde, se volvió para huir. Quinto se echó a reír, blandió la espada curvada que le había regalado Estilicón y, de un solo golpe, los alamanes se encontraron descabezados.

Una trompeta tocó retirada y, con la protección de la caballería, los hombres de Marcomir volvieron por donde habían venido, mientras Fabiano, que se encontró rodeado de forma imprevista, se abrió paso y se retiró a los botes, con tanta firmeza como si estuviera en un desfile. La flota del Rhenus mantuvo al enemigo a raya, pero no di la orden de retirarse hasta que la cohorte, en sus pequeños botes, se encontró en la orilla de Moguntiacum. Nuestras bajas totales no llegaron a los trescientos hombres, y la acción duró poco menos de una hora. Tres días después, Quinto estaba de vuelta en su antigua tienda, muy orgulloso de sí mismo. Yo sentía algo de envidia, pues no había hecho otra cosa que permanecer en la cubierta de un barco y dar órdenes.

—Podríamos haber destruido todo el campamento con más hombres —dijo Quinto en tono irritado, pues tenía una herida en la rodilla que le causaba mucho dolor.

—Claro. Pero no los teníamos, de modo que, ¿por qué preocuparse? Hicimos todo lo que teníamos intención de hacer. Demostramos que los hombres podían luchar en orden de batalla; causamos una cantidad inmensa de daños y tuvimos la suerte de descorazonar a los alamanes. Estoy muy satisfecho y mañana se lo haré saber a los hombres.

—¿Por qué mañana?

—Es el día en que les pagaremos con el dinero de la iglesia. También es el día de la ración de vinagre. Creo que podríamos sustituirla por una ración de vino. Eso debería alegrarlos.

—Tendrás problemas con el intendente.

—Si los tengo, él los tendrá conmigo.

—Me fijé en una cosa —dijo—. Había muchos enfermos en el campamento, gente tumbada en mantas al aire libre, que ni siquiera trató de apartarse de nuestro camino. Les pasamos por encima, por supuesto. Y las mujeres y los niños estaban demacrados. Les falta comida.

—Los alamanes les enviaban alimentos. Me pregunto si seguirán haciéndolo.

—Estamos a finales de agosto —dijo—. Dos meses más y será demasiado tarde para que hagan otro intento. Morirán de hambre si pretenden pasar aquí el invierno.

—Eso es lo que espero que ocurra.

—¿Alguna noticia de Fabiano?

—Todavía no.

Silbó una melodía durante un momento. Luego dijo en tono indiferente:

—¿Comunicarás a la hija que su padre ha muerto?

Lo miré fijamente.

—Me había olvidado de ella.

—Eso pensé.

Fabiano estaba en la orilla este, haciendo labores de enlace con Marcomir y Goar. Yo esperaba que, además de entrenar a nuestros nuevos aliados, encontrara tiempo para enviar patrullas a espiar en busca de información sobre los movimientos del enemigo. Había pensado enviar una embajada, en apariencia para discutir los términos de un acuerdo. Los embajadores capaces de abrir bien los ojos y las orejas solían recoger gran cantidad de información, pero con la muerte de Rando, era probable que los demás jefes se negaran a recibirlos. Podían ser traidores y crueles, y era un riesgo que no estaba dispuesto a correr. Pero tuvimos noticias suyas unos días más tarde. Los reyes habían seguido discutiendo entre ellos, y había sectores de algunas tribus que, furiosos y disconformes, habían decidido regresar a sus propias tierras. Cada día se marchaban pequeños convoyes de hombres armados, y mujeres y niños en carretas tiradas por bueyes, dirigiéndose al este o al norte. No se hacía nada para impedir su marcha.

Envié a buscar a la hija de Rando. Debía presentarse en mi despacho, pero me llamaron de manera inesperada y me olvidé de ella. Por la tarde estaba sentado en mi alojamiento, escribiendo una carta, cuando llamaron a mi puerta.

—Adelante —dije.

Ella entró, empujada por el centinela. Estaba muy pálida y tenía las manos atadas a la espalda.

—Siéntate —dije. Se sentó y miró fijamente al suelo—. Si me das tu palabra de que no intentarás escapar ni dañarte a ti misma, te daré más libertad para que puedas moverte sin un guardia. —Señalé sus manos—. Todo esto es innecesario, ¿sabes?

—Nunca te daré mi palabra —dijo en voz baja.

—Levántate y date la vuelta —dije con un suspiro. Ella lo hizo, y con un cuchillo pequeño corté la cuerda que le ataba las muñecas—. En ese caso, tendré que confiar en que mis hombres no te dejen escapar. ¿Quieres un poco de vino?

Negó con la cabeza.

—Tengo malas noticias para ti —dije en voz baja y mirándola fijamente.

Ella levantó la vista.

—Me temo que tu padre ha muerto. Lo mataron en el combate cuando atacamos el campamento. Era un hombre valiente.

—Es mentira.

—No. No es mentira. He hablado con... con un hombre que lo vio morir.

No lloró. Dijo:

—Entonces, mi hermano es ahora el rey.

—¿Será un buen rey?

—¿Qué te importa a ti?

—Me importa mucho. Preferiría no tener que luchar contra él, si puedo evitarlo.

—No debiste haberlo matado —dijo en tono inexpresivo—. Mi hermano querrá vengarse.

—¿Podrías convencerlo de que no vale la pena?

Negó con la cabeza.

—Me tiene afecto, pero no tanto. Y yo no deseo convencerlo.

—Crees que te hemos tratado mal —dije—. Si te hubiera dejado con Marcomir, probablemente te habría casado con uno de sus jefes, en caso de que hubieras tenido suerte. Lo más probable es que hubieras acabado como esclava en la cabaña de algún anciano.

—Pero tú hiciste que me azotaran —dijo, furiosa—. Si pudiera, te mataría yo misma.

—Ya lo intentaste una vez y fallaste. No vuelvas a ser tan estúpida. —Me incliné hacia delante—. Tengo más tropas en camino. Dos legiones de Britania y dos de Hispania, además de soldados de la Galia. Cuando lleguen, seré más fuerte que nunca. En la orilla este, a tu pueblo le falta la comida; pronto empezarán a morir de hambre. Hay muchos que ya están regresando a sus antiguas tierras. Cuando lleguen mis tropas, cruzaré el río. Y cuando lo haga, destruiré a todos esos reyezuelos y sus principitos. Puedes escribir a tu hermano y decírselo, si lo deseas. Sería mejor que se llevara a su pueblo antes de que sea destruido por completo.

Se mordió el labio inferior.

—¿Por qué iba a escribir esa carta? No lo entiendo.

—Si amas a tu hermano y a tu pueblo, tal vez desees salvarlos de una guerra innecesaria —dije pacientemente—. En tu lugar, yo lo haría.

Entonces sonrió, y en su sonrisa vi que había fracasado. Dijo:

—Cuando Marcomir me hizo prisionera, dijo a uno de sus hombres que yo valdría por todas las legiones que tú no tenías. No habría dicho eso de haber sabido lo que me estás contando. —Volvió a sonreír—. Y no creo que estuviera mintiendo. Eres tú quien trata de engañarme. He visto tu campamento y he oído hablar a tus soldados. Sé que te faltan hombres. Y los que tienes te sirven por obligación. —Se echó a reír con desprecio—. A los jóvenes de mi pueblo no hay que marcarlos como animales para que tomen una lanza. —Hizo una pausa—. No haré nada para traicionar a mi pueblo. Nada.

—Eres una chica lista, pero no tan lista como crees —dije.

Paseó la mirada con curiosidad por la habitación. Era grande y muy desangelada. Las paredes enyesadas eran blancas, y sin decoración de ningún tipo. El suelo era de madera sin pulir; el único mobiliario consistía en una cama baja en un rincón, la mesa a la que estaba sentado, dos taburetes y un gran baúl donde guardaba mi escaso vestuario. Junto a la cama había una alfombra de fabricación local que había comprado en Treverorum, y sobre la mesa una pequeña lámpara de aceite. Eso era todo.

—¿Esto es todo lo que tienes? —preguntó con expresión desconcertada.

—Sí.

—Pero eres general. No lo entiendo. Entre mi gente, incluso el jefe de una banda pequeña tiene una cabaña más rica.

—Así es como vivo —dije—. Contiene todo lo que necesito.

—Debes de sentirte solo. —Me miró fijamente—. No tienes familia.

—Sí la tengo. Son seis mil hombres.

—No me refería a eso.

—Pero me basta.

Se apartó el cabello de la cara y dijo:

—¿Puedo irme ya?

—Por supuesto.

—Por favor, libérame.

—¿Por qué? En este campamento hay un hombre que fue esclavo de tu pueblo durante treinta años. Me ha contado cómo le fue. No tuvieron piedad. ¿Por qué iba a tenerla yo? Habla con él. Trabaja con el herrero. Entonces te alegrarás de ser al menos la criada de hombres que no son bárbaros. —Me contuve y la miré—. Pero mandaré un mensaje a tu gente para decirles que estás... bien.

—Sería mejor que me dejaras marchar —insistió—. Si no lo haces, lo lamentarás. Ya está, te he avisado. No volveré a hacerlo.

Mientras se volvía para salir de la habitación, la oí decir en voz baja:

—Y Marcomir lamentará lo que me hizo.

Me sobresalté. Atravesé la habitación y la obligué a girarse.

—¿Qué es lo que estás diciendo? ¿Es eso cierto? ¿Te tocó antes de que yo te trajera aquí?

—Sí —gritó—. Lo hizo. Y aunque lo odio por ello, al menos él es un hombre. No es como tú. Tú sólo eres un romano. —Se desasió y huyó de la habitación. No la comprendía. Regresé a la mesa y me senté. Cogí un mapa de la zona y lo estudié. Los mapas eran fáciles de interpretar.

El tiempo cambió por fin. El sol y el cielo azul desaparecieron y tuvimos unos días de lluvia fina e insistente que dejaba los campos empapados, y que trajo consigo un viento frío que nos obligaba a coger las capas cada vez que dejábamos las cabañas para salir al aire libre. Durante uno de aquellos días, llegó un mensajero de Bingium. Había cabalgado toda la noche, y se presentó ante mí, llenándome el despacho de agua mientras se disculpaba por el retraso, debido, según dijo, a una herradura suelta. La carta de Fabiano explicaba su prisa. «Ven rápido al campamento de Marcomir», decía. «Sólo tú puedes evitar un gran desastre».

Dejé a Quinto al mando, me llevé a diez hombres al mando de Barbatio como escolta, y llegué a Bingium en poco más de dos horas. Allí me esperaba un bote y, en la orilla este, escoltados por un grupo de hombres de Fabiano, caballos frescos para recorrer el resto del trayecto.

Aún llovía cuando llegué al poblado de Marcomir; la empalizada estaba llena de hombres armados, y reconocí los indicios de alarma y rabia en todos los rostros que encontré. Fabiano, con la capa chorreando, me esperaba frente a la cabaña del príncipe. También había más de dos docenas de caballos, completamente ensillados, y muchos de los hombres de guardia eran alanos además de francos.

—Bien —dije—. Dime qué es lo que debo arreglar.

Dijo, con voz inexpresiva:

—Un grupo de vándalos atacó el poblado hace tres noches. Vinieron en secreto y se marcharon en secreto.

—Si no era un ataque, ¿qué querían? ¿Espiar?

—Cortaron el cuello a unos cuantos guardias, pero eso fue todo. Fueron a la zona de las mujeres y se llevaron a la esposa de Marcomir de su cabaña.

Parpadeé.

—Continúa.

—Nos llevaban una ventaja de dos horas cuando lo descubrimos. Marcomir estaba fuera en aquel momento, visitando un puesto que había sido atacado el día anterior.

—Muy astuto por su parte.

—Sí. Yo estaba en el campamento. Los seguí con dos secciones y algunos hombres de la banda de guerra del príncipe. Pero no los atrapamos. El rastro era claro, a través de un reguero de centinelas asesinados y patrullas aniquiladas.

Fabiano se secó la lluvia del rostro. Dijo:

—Ella era muy popular. Fue un buen matrimonio, y hacían buena pareja. Es un insulto que sólo se puede lavar con sangre. Toda la tribu se está armando.

—No podemos permitir que vaya a la guerra —dije—. Eso es lo que quieren. Lo destruirán, y luego a nosotros. Y nada de eso ayudará a su esposa.

—Ya le dije todo eso. No quiso escucharme.

—¿Y me escuchará a mí?

—Por eso te he enviado a buscar, señor.

—¿Dónde está ahora?

Movió la cabeza hacia un lado.

—En su salón, celebrando consejo.

—No iré a verlo allí. ¿Va armado?

—Todavía no.

—Hablaré con él en su cabaña mientras se arma. Será mejor que lo vea a solas. Ahora consígueme una capa seca y algo de vino. Estoy muy cansado.

Esperé cobijado junto a los establos mientras junto a mí corrían hombres equipados para la guerra, y cada vez más clanes entraban en la empalizada desde los distritos cercanos. Hacía frío y yo estaba empapado, pero era preferible que nadie me viera, de modo que me cubrí con la capucha y ordené a mis hombres que hicieran lo propio.

Fabiano llegó chapoteando entre el barro.

—Rápido. Se ha ido. Ahora es el momento.

Asentí y fui con él. Frente a la cabaña, con la lluvia cayendo sobre el porche, se encendió de pronto una luz y una gran figura se movió y se plantó delante de mí. Me llevé la mano a la espada y entonces vi quién era.

—Fredegar.

Asintió, con la cara empapada.

—Has venido —gruñó—. Eso es bueno.

—¿Has hablado con él? —pregunté.

—Sí. He estado en la reunión del consejo. Todo está decidido.

—¿Y bien?

—Se ha derramado sangre. Tienen que pagarlo.

—He venido a detenerlo.

—Tendrás suerte si lo consigues. No quiere escucharme.

—Está loco.

—Por supuesto. —Me miró irónicamente—. Los hombres siempre se vuelven locos cuando se trata de mujeres. Piensan con el bajo vientre.

—¿Pero irás con él?

—Sí. Lo que yo piense no importa. Es mi señor y mi príncipe. Tus oficiales harían lo mismo por ti. —Sonrió, enseñando los dientes.

—¿No tienes ninguna influencia? ¿Sabes lo que ocurrirá?

Escupió hacia un lado y sacudió la cabeza, de modo que las gotas de lluvia salieron volando de su barba.

—Claro. Pero he cabalgado a su lado durante demasiados años para ignorar que no puedo cambiar el camino que toma su caballo. Él va adonde quiere, y yo lo sigo.

—¿Y el padre de ella? ¿Lo sabe? ¿Ayudará?

Se encogió de hombros y dijo:

—Ahora ella es de los nuestros. Nos corresponde a nosotros solucionar el problema. Además, tú estás aquí y nos ayudarás.

Miré a Fabiano y vi que me miraba con expectación. Dije:

—Soy un soldado, no un esposo.

—Bien. —Se hizo a un lado—. Entra, y que cada uno haga lo que deba.

Asentí y entré. Aparté las pieles que cubrían la entrada de la estancia interior. Él estaba en el centro, junto a la gran cama cubierta de pieles, con los brazos extendidos, mientras dos jóvenes lo vestían con el armamento adecuado a un jefe de los francos. Su expresión era fría, remota, vacía, como el rostro de piedra de un dios sobre un altar. Sólo las marcas negras en torno a sus ojos revelaban la realidad de su dolor.

—He oído la noticia —dije—. Compartiría tu dolor si eso te ayudara, hermano.

—Has venido a ayudarnos —dijo—. Me alegro. Fabiano te lo habrá contado.

—¿Vas a ir a la guerra?

—Sí. Voy a ir a la guerra.

—Es mejor luchar con la cabeza fría —dije—. Los hombres furiosos cometen errores.

—No estoy de humor para hacer nada que no sea luchar.

Me senté en la cama y dije lentamente:

—Hiciste un pacto en el que te comprometías a servir a nuestro emperador, y soy su general. Entre nosotros se acordó que no lanzarías ningún ataque sin mi permiso. ¿Quieres traicionar la confianza que deposité en ti?

—No es tu esposa la que está en sus manos —dijo.

—Lo comprendo. —Observé su rostro, vi cómo se ajustaba la espada con deliberación, y comprendí que era presa de una ira fría que nada podría penetrar.

—¿Te das cuenta de lo que haces? —dije.

—Sí. Mi pueblo y yo lo sabemos.

—¿Cuál es tu plan?

—Primero trataremos de rescatarla en secreto. Si eso falla, atacaremos el campamento.

—La hija de Rando es nuestra prisionera. Me alegrará poder usarla para negociar. Es lo que yo haría en tu lugar.

—Pero no estás en mi lugar. Ella es alamana, y Douna, mi esposa, está en manos de Godigisel. Los alamanes y los vándalos no colaborarán en este asunto.

—Si luchas, te destruirás a ti mismo y a tu pueblo.

—Tus hombres capturaron a un prisionero de su grupo. Se había torcido un tobillo, y lo dejaron atrás en su prisa por escapar. Encontrarás lo que queda de él en dos postes detrás de esta cabaña. Cuando tenga al rey vándalo en mis manos, le haré sentir que está muriendo.

—Soy tu amigo en este asunto, como en todos los demás —dije—. Pero debo advertirte algo. No me pidas que te ayude. Si luchas con los alamanes y los vándalos, no podré apoyarte con un solo hombre de mi legión.

—No te lo he pedido —dijo amargamente—. Pero si fueras mi amigo, no me haría falta pedírtelo.

—Si lo haces, ¿te ayudarán Goar y su banda?

Vaciló.

—Goar me ha dicho que me ayudaría como un amigo, pero que obedecería tus órdenes.

—¿En este asunto?

—Sí, en este asunto y en todos los asuntos. —Se apretó el cinturón, deslizó la espada en la vaina y se dirigió a la habitación exterior. Lo seguí y me detuve frente a él.

—Yo tenía una esposa, como la tuya. Una vez, hace mucho tiempo, tuve que dejarla en una ciudad abandonada al enemigo mientras me retiraba con mis soldados. No me resultó fácil.

Se esforzó por sonreír.

—Por eso os convertisteis en los dueños del mundo. Admiro vuestro valor y vuestro sentido del deber, pero detesto vuestro orgullo. Yo no soy romano, como tú.

—Aceptaste el dinero de mi emperador. Prometiste obedecerme. Si marchas ahora con tus hombres, no sólo os condenáis vosotros, sino también a mí.

—Lo siento —dijo—. Todavía puedes marchar conmigo.

—Marcomir.

—No —dijo—. Se han llevado a mi esposa. Durante dos noches he soñado con lo que le habrá hecho Godigisel. Ahora voy a matarlo.

Recordé al vándalo, su cuerpo férreo y cuadrado, su rostro brutal, sus labios gruesos y el vello de sus dedos rechonchos. Sabía lo que estaba pensando. Me hice a un lado.

—Vete —dije—. Y en nombre de Mitras, haz lo que debes hacer. —Lo saludé y lo vi alejarse bajo la lluvia al frente de sus hombres. Era un hombre valiente. Como soldado no podía perdonarlo, pero en sus circunstancias es posible que hubiera hecho lo mismo que él.

Vi un destello de bronce y crucé el barro hasta el establo.

—Fabiano —dije—. He fracasado. Ve al poblado de Goar y cuéntale lo ocurrido. Pídele que apoye a Marcomir según crea conveniente. Quédate con él y haz lo que puedas.

Saludó y dijo:

—¿Y no lo ayudaremos?

—Soy general —dije—, no el capitán de una banda de forajidos.

A mi regreso, dije a Quinto:

—Nada de lo que hubiera podido decirle lo habría detenido. Tenía esa expresión en la cara. Lo intenté, pero sólo porque era mi obligación.

Enarcó una ceja.

—Es una lástima que no podamos ayudarlo.

—¿Cómo? Ya hemos hablado de las dificultades y el peligro de trasladar a la legión al otro lado del río. Construir un buen puente llevaría demasiado tiempo, y un buen puente es difícil de destruir si las cosas van mal. Ni siquiera puedo usar la flota. Han puesto una cadena a través de la boca del Moenus. Tardaríamos demasiado en romperla. En cualquier caso, han reforzado sus defensas en los puntos que atacamos. Y en la orilla este, han trasladado el campamento a quinientas yardas más atrás, y están fuera del alcance de nuestras catapultas.

El ataque nocturno debió de ser un fracaso, porque Marcomir se vio obligado a presentar batalla, como había predicho. Desafió a Godigisel a combatir, y el rey vándalo, presionado por sus aliados que no querían ser atacados en su zona del campamento, se vio obligado a aceptar. Durante un largo día, ambas huestes estuvieron frente a frente, y Marcomir, aconsejado por Fabiano, esperó hasta una hora antes de la puesta de sol para hacer avanzar a sus hombres. Había sido un día caluroso, los vándalos estaban hambrientos, y fue una buena táctica tenerlos esperando. Marcomir atacó con todas sus fuerzas y, ayudado por tres mil alanos de Goar, rompió la línea central del enemigo e hizo pedazos a los vándalos.

Godigisel fue capturado vivo y sus hombres se retiraron a su campamento. Entonces Marcomir cometió un error. Acampó donde había luchado, a ochocientas yardas del enemigo y, durante toda la noche, desde la orilla oeste pudimos ver el resplandor de sus hogueras y oír los sonidos de la muerte de Godigisel. Pocos de nosotros pudimos dormir, y por la mañana, cuando encontré a Quinto sobre la muralla, su rostro expresaba tanta repugnancia como el mío. Tres horas más tarde, Respendial llevó a sus hombres a la llanura y atacó a Marcomir cuando estaba levantando el campamento. Superados en número, los francos se retiraron en desorden hacia las colinas, mientras las bandas pequeñas, que se encontraron aisladas, eran perseguidas hacia las orillas del Rhenus y sus hombres perecían ahogados en las aguas poco profundas. Goar observó el combate desde el bosque, pero no permitió que sus hombres intervinieran. No deseaba que una mitad de su tribu se enfrentara contra la otra. Los francos fueron derrotados por completo.

Poco después, aquella misma tarde, una embajada cruzó el río y pidió verme. Adiviné el motivo de su visita, de modo que ordené que me trajeran a la hija de Rando, y los recibí en el patio frente a mi alojamiento, rodeado por una guardia de honor. Su líder era un hombre delgado en la cincuentena, de ojos castaños y modales arrogantes.

—Traigo un regalo de Respendial, rey de los alanos, para el general romano —dijo. Levantó un paquete, lo sacudió levemente, y la cabeza de Marcomir cayó al suelo, donde me sonrió con una mirada ciega. La chica se llevó la mano a la boca, pero no dijo nada. Quinto hizo ademán de sacar la espada, y Áquila gruñó de rabia.

—Me alegro de que os matéis unos a otros —dije fríamente—. Me ahorra trabajo.

Enseñó los dientes y dijo suavemente:

—Cuando crucemos el río, te haremos lo mismo. —Sus ojos pasaron de un rostro a otro—. A todos vosotros.

La chica dijo, en un susurro:

—Me alegro de que haya muerto. Me alegro, me alegro, me alegro.

La oí y dije:

—El día que crucéis el río crucificaré a la hija de Rando, una princesa de la casa real, sobre un poste junto a la orilla para que pueda veros venir. Decídselo a los alamanes, cuyo pan coméis como los mendigos que sois.

—No te atreverías. —Estaba pálido de furia—. Va contra toda costumbre. Incluso contra vuestras propias leyes. —Su sensación de ira e indignación era genuina. Su pueblo tenía a las mujeres en gran consideración. Las raptaban, las convertían en esclavas, las violaban y las obligaban a casarse, pero no las torturaban. Hubiera sido estúpido. Era desperdiciar una vida que podía reproducirse y crear nuevos guerreros para la tribu.

—No hay nada que no me atrevería a hacer para proteger las tierras de mi emperador —dije.

Me miró sin parpadear.

—Te creo —dijo. Hizo un gesto con la cabeza a los hombres que lo acompañaban y se marcharon bruscamente.

Regresé a mi despacho, y el patio quedó desierto a excepción de la chica. Estaba pálida y llorosa.

Quinto entró cojeando detrás de mí. Dijo fríamente:

—Debimos ayudarles. Los hombres luchan mejor cuando hay algún motivo. Si Marcomir pudo destruir a los vándalos de Siling, nosotros podríamos haber derrotado a los alanos. Tuvimos la oportunidad de acabar con ellos en una sola batalla.

—No teníamos puente —dije.

—Sólo porque tú no quisiste construirlo.

—Dije a Marcomir que no podríamos ayudarlo.

—Sí —dijo—. Es propio de ti, por supuesto. Puedo oírte mientras se lo decías.

—Era mi deber.

—Siempre es tu deber —dijo amargamente—. Marcomir ha muerto. ¿Alguna vez piensas en las personas y no en las cosas?

Me había irritado. Dije:

—¿Acaso cuestionas mis órdenes?

Vaciló y dijo:

—Cuestiono tus decisiones. Siempre hay riesgo en una batalla. Ésta era nuestra oportunidad, y tú la has dejado escapar. —Siguió hablando en voz más baja—: Ni siquiera me pediste mi opinión.

—No había tiempo. Yo estaba en una orilla del río y tú en la otra.

—Lo hubiera habido de haber tenido un puente.

—Pero no teníamos puente.

—No —dijo con un suspiro—. Construir puentes no se te da bien.

—Por lo menos no los destruyo.

Se sonrojó y me dio la espalda.

Al otro lado del río, las tribus enterraron a sus muertos, repararon el campamento y curaron a los heridos. Les quedaba poco que hacer excepto esperar, y el tiempo estaba de mi lado y no del suyo.

Fabiano regresó con los francos y trató de animarlos, pero muchos desertaron, algunos para unirse a los alanos y otros para buscar refugio a la sombra de Guntiaros y los burgundios. Por lo menos, Goar no perdió el coraje. Se anexionó rápidamente la tierra de los francos de la orilla derecha y se preparó para defenderla, pero no sabíamos si contra nosotros o contra su propio pueblo. No confiaba en él como había confiado en Marcomir.

Llegaron más noticias de que se habían visto movimientos de carretas y que, aunque de modo imperceptible, el campamento iba vaciándose lentamente, mientras las familias y los clanes regresaban al este en busca de lugares mejores donde pasar el invierno. Como una plaga de langosta, habían arrasado la tierra en la que habían pasado el verano, y el hambre era por fin una amenaza seria.

Siguiendo mis instrucciones, una cohorte de Bingium cruzó el río y, con tropas trabajando duro en ambas orillas, el comandante del fuerte empezó a construir un puente de madera. En aquel punto, el río medía cuatrocientas yardas de anchura, el peso del agua en movimiento y la velocidad de la corriente eran tremendos, y clavar los pilones con precisión resultaba muy dificultoso. El agua arrastraba una gran masa de piedras y guijarros desde más arriba, de modo que los bancos de arena cambiaban constantemente de forma y posición. Sin embargo, el puente estuvo terminado y listo para el uso ocho días después de haber talado el primer árbol.

Tenía la intención de arriesgarlo todo a una sola tirada, llevar la legión al otro lado del río a finales de octubre y entablar batalla contra el resto de los enemigos, confiando en que para entonces su ánimo estaría en el punto más bajo. Quinto insistía en hacerlo cada vez que nos encontrábamos. Discutíamos con fría hostilidad. Él creía que el riesgo era aceptable, y que el golpe de otra derrota extinguiría por completo sus esperanzas de conseguir cruzar. Yo no estaba tan seguro. La responsabilidad final era mía, no suya.

Durante aquellos días vi pocas veces a nuestra prisionera. Se había recuperado de la paliza y no daba más problemas. De vez en cuando la distinguía a distancia, cruzando el campamento con un guardia detrás, pero si me veía giraba la cabeza y miraba en dirección opuesta. A veces había un tribuno con ella. Podía ser el joven Mario, que venía de Arelate, o Severo, que se nos había unido después de Pollentia. A veces era Didio, uno de los comandantes de escuadrón más prometedores de Quinto, a quien habían trasladado a nuestra legión nueve meses atrás y que había dejado su unidad de caballería en Hispania. Pero normalmente se trataba de Fabiano, y yo no le hice preguntas. Trabajaba duro, al igual que todos, y si encontraba agradable pasar su tiempo libre en compañía de la chica era asunto suyo, no mío.

La segunda semana de septiembre recibí una serie de tensos mensajes del comandante del fuerte de Bingium; Guntiaros estaba en la orilla opuesta, pidiendo permiso para cruzar. Deseaba verme por un asunto de gran urgencia. Le envié un mensaje diciéndole que permaneciera en la orilla este y que yo iría a visitarlo en su poblado en cuanto me lo permitieran mis obligaciones.

Cuando se enteró, Quinto dijo en tono desolado:

—Quiere más tributo. Puedo oler sus peticiones a una milla. Es un hombre avaricioso. No ofreció ayuda a Marcomir. Sólo piensa en sí mismo.

—No es el único —dije. Señalé a mi escritorio—. Acabo de recibir las respuestas a mis otras cartas.

—¿Qué dicen?

—El prefecto pretor es cauteloso y diplomático. Puedo llamar al ejército de campo si lo necesito, pero ese ejército no debe entrar en Bélgica a menos que los bárbaros crucen el Rhenus. Verás, tiene miedo de que mi verdadera intención sea la de ocupar su lugar. Las noticias de Britania no habrán ayudado.

—Está loco.

—Oh, sí, pero hay algo de lógica en su limitada mente. Germania siempre ha sido un criadero de usurpadores.

—Continúa.

—El Dux Belgicae, pobre hombre, tiene sus propios problemas en la costa y no puede prescindir de un solo soldado. A él lo creo.

—¿Y nuestro amigo Chariobaudes?

—Trasladará a sus tropas como máximo hasta Cabillonum y nos ayudará, siempre bajo las órdenes del prefecto.

—¿Cuántos hombres tiene?

Me eché a reír.

—Eso es lo divertido. Oh, ha sido muy honesto. Tiene diez regimientos de quinientos hombres cada uno. Todos son veteranos, de edades entre los cuarenta y cinco y los cincuenta años. Con eso puede crear una fuerza de combate efectiva de unos tres mil hombres.

—No servirán de mucho —dijo Quinto—. Tendremos que confiar sólo en nosotros mismos.

—Sí —dije—. Pero puede llegar el día en que nos sintamos agradecidos incluso por esos tres mil hombres.

—¿Qué distancia hay de Treverorum a Cabillonum? —Apoyó el dedo en el mapa y resiguió la ruta—. Más de cien millas.

—Sí.

—Será un gran consuelo, cuando tengamos problemas, saber que estamos apoyados tan de cerca por el glorioso ejército de la Galia.

Levanté la vista para mirarlo y dije:

—Siempre he sabido que en este asunto estaríamos completamente solos. No hay nada nuevo en eso.

—Sólo me asusto cuando lo pienso —dijo con voz firme—. Me despierto por la noche, me quedo sentado al borde de la cama y sudo de miedo.

Le tendí la mano sin pensar, pero él retrocedió y dijo:

—Durante el día puedo fingir. Entonces resulta fácil. Pero por la noche sé la verdad, y, a veces, no puedo enfrentarme a ella.

—Gracias por venir —dijo Guntiaros—. Mi pueblo es pobre, como sabes, y la cosecha no ha sido buena.

—El siguiente pago del tributo no os corresponde hasta dentro de seis meses —dije brutalmente.

—Por supuesto. Claro que siempre puedo vender alimentos a los vándalos. Sus embajadores están aquí ahora mismo. Creo que su gente está muriendo de hambre, y pagarían un buen precio, en plata. Pero tú eres mi amigo, y no me gustaría ayudar a tus enemigos, a no ser que no tenga más remedio.

—Has cobrado todo el tributo que he podido reunir —dije—. Si vuestra cosecha ha sido mala, será porque sois un pueblo perezoso y de malos granjeros. No puedo ayudarte.

—Mis hombres son guerreros —dijo suavemente.

—Si prefieres tratar con los hombres que capturaron a tu hija y mataron a tu yerno, es asunto tuyo —dije con desprecio—. Hazte amigo de sus asesinos, pero no vuelvas a pedirme que te dé plata.

—Los vándalos son muy fuertes —dijo ansiosamente—. Sólo soy un hombre de paz. Mi pueblo no desea la guerra.

—No —dijo Quinto—. Sólo desea la oportunidad de compartir el botín de la orilla oeste a cambio de ayudar a esos vándalos.

—Me obligáis a que mi pueblo les venda comida —gimió.

—Son tus palabras, no las mías. ¿Pero estás seguro de que tus hombres son lo bastante fuertes para proteger vuestras carretas contra mi caballería?

—Somos amigos —dijo ansiosamente—. Habíamos hecho un pacto. Estoy al servicio del emperador. Tú mismo me nombraste Praeses de Germania Inferior. —Pronunció las palabras latinas con torpeza, pero en su voz había un orgullo absurdo ante el recuerdo de aquel título sin significado. Era un nombramiento casi tan vacío como el mío—. No matarías a un aliado.

—No —dije—. Sólo mato a los que se me oponen.

Regresamos donde estaban los caballos. Su hijo pequeño, un niño de cabello claro y once años, estaba junto a mi montura, examinando el arnés. Monté, me incliné y levanté al niño para sentarlo en la silla delante de mí. Sus esfuerzos cesaron en cuanto mi cuchillo le pinchó la suave piel de la garganta. Los bárbaros que nos rodeaban rugieron. Los cinco hombres de mi escolta me rodearon. El rey se adelantó y vaciló. Se había puesto pálido. Me tenía miedo, y me alegré. ¿Qué significaba un burgundio rubio para mí? ¿Para mí, que era Máximo?

—Tu hijo necesita un cambio de aires —dije—. Le enseñaré mi campamento y mis soldados, y le gustará. Será un invitado de honor y protegeré su salud con tanto cuidado como la mía propia. Recuérdalo, Guntiaros, cuando pienses en vender comida a los enemigos de Roma.

—Mi hijo —gritó—. Devuélveme a mi hijo.

—Cuando hayas vengado a tu hija, sabré que te importa tu hijo. —Levanté la mano y cruzamos el campamento al trote, seguidos por un gran grupo de hombres que me hubieran matado de haberse atrevido. Fuera de la empalizada, clavamos los talones en los caballos y galopamos hasta el río. Cuando llegamos a la orilla frente a Bingium supe que estábamos a salvo. En Moguntiacum envié a buscar a la hija de Rando. Cuando se presentó, Fabiano estaba con ella.

—Cuida del niño —dije—. Si se pone enfermo o escapa, estarás abrazando el árbol junto al río antes de lo que crees.

Entonces me gritó, me llamó carnicero romano y asesino hasta quedarse sin respiración. Me eché a reír y ella se alejó en silencio, pero supe que el niño estaría seguro.

La última noche de aquel mes, me despertó la llamada a mi puerta del centurión de guardia, poco después del amanecer.

—¿Qué ocurre? —pregunté irritado.

—La chica ha escapado. Encontramos al centinela frente a su cabaña hace media hora. Estaba sin sentido.

—Media hora.

—He registrado el campamento al instante —dijo con firmeza—. No está dentro. He encontrado una escalera apoyada en la muralla sur junto a los establos. Y esto, señor. —Levantó una sandalia de mujer.

—Sí, es suya.

—Teníamos que asegurarnos antes de decírtelo, señor.

—Hay que encontrarla. Enviad una patrulla al pueblo. Registrad casa por casa, si es necesario. —Me eché la capa por encima y cogí la espada—. ¿Estaba encerrada?

—Sí, señor.

—Entonces la han ayudado. —Lo miré fijamente y fruncí el ceño—. ¿Uno de nuestros hombres? ¿Es eso lo que piensas?

—Es lo que parece, señor.

Nos apresuramos a salir. El campamento resplandecía a la luz de las antorchas, y los hombres estaban formados frente a las cabañas bajo la supervisión de los comandantes de sección. Se nos acercó Áquila, sin afeitar y frotándose los ojos.

—Pasa lista —dije—. Hay que saber quién falta.

Me saludó y pocos minutos después oí sonar las trompetas. Entonces me llegó un grito desde la puerta de la torre sudeste. Corrí hacia allí, seguido por Fabiano y otro tribuno.

—Aquí arriba —gritó una voz. Ascendí hasta la plataforma de disparo. El centinela señaló y vi un bote que se alejaba corriente abajo, un bote pequeño como los que empleaban los pescadores. Parecía estar vacío. Atrapado en una corriente y luego en otra, su proa apuntaba en distintas direcciones. Pasó cerca del puente derruido, donde el centinela gritó y disparó tres jabalinas en rápida sucesión. Dos entraron en el bote. La tercera se estrelló en el agua, detrás de la embarcación. Entonces el bote se movió de repente hacia el centro del río, atrapado por una corriente transversal, y pasó lentamente junto a la orilla oeste de la isla más meridional. El centinela echó a correr y se acercó a la muralla jadeando.

—Hay hombres a bordo —gritó—. Están tumbados en el fondo.

—Usad las catapultas —dije—. Daré una semana de paga extra a todos los que hayan colaborado a hundirlo.

—¿Hago sonar la alarma?

—No, estúpido. No quiero que parezca que el bote tiene demasiada importancia. Conocen el significado de nuestras señales. La llamada a formar es una cosa, la alarma otra.

—Números cuatro y cinco preparadas, señor.

—Fuego.

Dispararon. El bote, torpemente dirigido por un hombre tumbado en el fondo que sostenía un remo por encima de la popa, se movía más rápidamente. Había pasado junto a la isla y avanzaba hacia la otra orilla. Proyectil tras proyectil se elevaron siseando en el cielo del amanecer. Cayeron en el agua, con tremendos chapoteos y grandes siseos de vapor, en torno al bote, que ya apuntaba a la orilla y se había convertido en un blanco muy difícil. El séptimo disparo alcanzó al bote; por encima del agua nos llegó un grito áspero, y luego silencio.

—Bueno, eso es todo —dijo el optio de servicio con voz satisfecha.

—¿Crees que ella iba en el bote? —dijo Fabiano, muy pálido.

—No lo sé —dije, furioso—. Si iba dentro, ha tenido suerte. —Me miró fijamente.

—¿Cuánta gente había en el bote? —pregunté al centinela.

—Tres personas, señor.

—¿Estás seguro?

—Estoy seguro, señor.

—Esperemos que tengas razón. —Sonreí al centurión—. Buen trabajo. El centinela y tú quedáis incluidos. Envíame los nombres y los haré llegar a la oficina de cuentas.

—Espero que se hayan ahogado todos, señor —dijo el centurión ansiosamente.

—Sí, yo también lo espero. Supongo que sí.

Dos horas después llegó un informe del centurión de servicio en la isla del sur. Un hombre, que parecía muy malherido, había sido visto saliendo del agua y trepando por la orilla este. Había desaparecido entre los bosques. Era imposible decir si moriría o no. El centurión no lo creía, y yo confiaba en su opinión. Era un soldado experimentado. Había visto a muchos heridos. Conocía la manera de moverse de un hombre que estaba muriendo.

Ya era de día, y demasiado tarde para volver a dormir. Me dirigí al cuartel general y desayuné una galleta empapada en vino. Entró Áquila, que parecía muy cansado.

—Todo el mundo está presente, señor, excepto la prisionera y... —Vaciló.

—Dímelo.

—El tribuno Severo, señor.

—¿Estaba ayer de servicio?

—Sí, señor. —Siguió hablando torpemente—: No tenía permiso para ausentarse del campamento. Lo he comprobado con el prefecto.

—Comprendo. —Miré por la ventana—. Envíame al tribuno Fabiano.

Se presentó. Parecía enfermo, y, al cuadrarse delante de mí, vi que le temblaban las manos.

—¿Quién más, además de ti, tenía la costumbre de hablar con la prisionera? —dije.

—Éramos varios —dijo con voz desolada.

—¿Alguno en particular? ¿El tribuno Severo, por ejemplo?

Hubo un largo silencio y entonces me contestó, en voz baja:

—Sí, señor.

Me levanté de mi taburete y avancé hacia él.

—¿Sabías algo de esto?

No dijo nada. Dejó caer la vista al suelo.

—Respóndeme —dije.

—No, señor, no sabía nada. Pero...

—Continúa.

Se lamió los labios.

—Hace un mes, ella me preguntó si... si la ayudaría a escapar. Me negué, por supuesto. Nunca pensé que trataría de convencer a algún otro.

—¿Por qué no informaste?

—No pensé...

—No, no pensaste. Me ocuparé de ti más tarde. ¿Te das cuenta de que esto es un crimen castigado con la muerte?

Se tambaleó sobre sus pies.

—Tú no, joven idiota; el hombre que la ayudó.

—Pero están muertos —murmuró.

—Hemos encontrado las marcas en el lugar donde el bote fue arrastrado hasta el barro; había tres grupos de pisadas a su alrededor, pero ningún rastro que fuera desde el fuerte hasta el río. Debía haberlo. Ayer por la noche llovió, y el suelo estaba blando. Creo que se perdieron; los que les habían traído el bote se asustaron a causa de las trompetas en el campamento y no los esperaron. Trataron de escapar por el río y los alcanzamos.

Me miró horrorizado.

—Sí —dije—. Creo que la chica y el tribuno están ocultos en el pueblo.

—¿Qué vas a hacer, señor?

—Más les hubiera valido morir en el bote —dije.

Los encontramos cuatro días más tarde, ocultos en una bodega, a sólo cincuenta yardas de la puerta este. Habían estado muy cerca de la libertad (o algo parecido), pero no podían pasar entre mis centinelas sin ser descubiertos. Los trajeron bajo custodia; Severo, sin afeitar, con los ojos hundidos, desesperado y sucio; la chica, igualmente desaliñada, pero todavía desafiante. Los encerramos en celdas separadas de la sala de guardia, y llamé a Quinto.

Me saludó formalmente y le pedí que se sentara. La cordialidad de nuestra antigua relación nunca había regresado. Ya no compartíamos bromas ni chismes. No hablábamos; sólo nos comunicábamos. Nuestra relación estaba tan retorcida que no sabía como enderezarla. Ni siquiera sabía si quería hacerlo.

—Debe haber un juicio —dije.

—Sí.

—Sólo será una formalidad. Las pruebas están bastante claras. Quiero que te encargues. Descubre quiénes eran los tres hombres del bote. Debo saberlo a toda costa.

—A toda costa, no —dijo, enarcando las cejas—. Pero haré lo que pueda.

El juicio duró una hora, y cuando terminó, Quinto se me acercó, con una sonrisa amarga en el rostro.

—Ha hablado —dijo—. Sobornó a unos francos que vivían a las afueras para que lo ayudaran. Compraron el bote a un pescador.

—¿Estás seguro de eso?

—Oh, muy seguro. Me lo ha contado todo en cuanto le he explicado qué ocurriría si no lo hacía.

—¿Por qué lo hizo?

Quinto me miró.

—¿De verdad quieres saberlo?

—Por eso lo he preguntado.

—Sabe, igual que todos, a qué nos enfrentamos. Es muy joven, tal vez un poco estúpido y demasiado sensible para ser un buen soldado romano. —Me miró irónicamente—. La chica se lo ganó. Es... muy hermosa. Además, es cristiano arriano. Yo no lo sabía. ¿Y tú? Sus lealtades están un poco mezcladas. También pensó que tu forma de tratar a la chica era bárbara. Como te he dicho, es cristiano. —Hizo una pausa y siguió con el ceño fruncido—. Cree que deberíamos permitirles cruzar el río, y que los bárbaros somos nosotros por impedírselo. Es como nuestro buen obispo.

—De modo que nos traicionó.

—Sí. Pero no creo que se diera cuenta de que era eso lo que hacía.

—¿Qué iba a hacer después de cruzar el río?

—Creo que tenía alguna idea alocada de casarse con la chica, conseguir la buena voluntad de los alamanes y actuar como una especie de mediador entre los dos bandos —dijo tristemente—. Sería muy divertido si no fuera tan trágico.

—Para él, sí.

—Y para todos nosotros.

—Se nos unió durante el segundo año de Italia —dije—. ¿Recuerdas a su padre? Le prometí que cuidaría del muchacho.

—Sí, lo recuerdo. ¿Quieres verlo?

Sacudí la cabeza.

—No. No serviría de nada. Si me ofreciera a visitarlo ahora, creería que iba a indultarlo. Sería una crueldad innecesaria para ambos.

—Podrías desterrarlo —dijo, con voz desprovista de esperanza.

—No.

—No imaginaba que accedieras. —Suspiró—. ¿Mañana por la mañana, entonces?

—Sí. Al amanecer. Pero sí veré a la chica. Haz que me la traigan, por favor. Ocúpate de todo lo demás.

—Por supuesto.

Me trajeron encadenada a la hija de Rando, todavía con el hedor de la bodega y de los otros lugares donde había permanecido oculta durante los últimos días. En aquella ocasión, el centinela se quedó en la estancia, sosteniendo la cuerda atada al collar que la chica llevaba al cuello. Era como un animal salvaje, atrapado pero desafiante.

—¿Por qué no llegasteis al bote? Tuvisteis tiempo.

—Encontramos a un guardia nocturno en la calle —dijo con voz ronca—. Nos llamó, huimos y nos perdimos entre los callejones. Estábamos asustados.

—Creí que eras más valiente. Podíais haberlo sobornado con una moneda. Es lo que hace todo el mundo. Siempre funciona.

—Se nos ocurrió más tarde.

—Cometiste un error —dije—. Debiste haber sido fiel a Fabiano. Él no me hubiera traicionado, pero tampoco te hubiera fallado.

—Fabiano. —Su voz era despectiva—. Tenía demasiado miedo para ayudarme.

—Pero te quiere —dije—. Más que Severo.

—¿Qué vas a hacer con él? ¿Y conmigo? —añadió en un susurro.

—Lo verás mañana por la mañana. Ése será tu castigo. Es culpa tuya, ¿sabes? Espero que lo recuerdes cuando lo veas por la mañana.

—Uno de ellos escapó —dijo con voz temblorosa—. Me alegro. Ahora sabrán cuántos hombres tienes realmente.

—No te alegres demasiado, muchacha. Cuanto antes lleguen, antes morirás.

Treinta minutos después del alba, dos cohortes habían formado un cuadrado en la zona de revista. Todos los centuriones y oficiales estaban presentes, y los centinelas de las murallas miraban hacia dentro. Trajeron a la chica, escoltada, y la ataron a una estaca clavada en el suelo. La estaca estaba frente a una plataforma baja, sobre la que se encontraban el herrero de la legión y unos cuantos policías militares. Los oficiales llevaban plumas en el yelmo, y el aquilifer lucía la piel de una pantera negra y sostenía el Águila, que iba encapuchada para disimular la vergüenza que sentíamos. Cuando salí, vistiendo el uniforme completo, que sólo utilizaba en ocasiones especiales, el frío era intenso, y vi que las lanzas erguidas temblaban como si tuvieran miedo. Hacía mucho frío, el silencio era completo y se oyó el tintineo de la brida cuando el caballo de Quinto sacudió la cabeza.

Entonces oímos pasos de sandalias claveteadas, y trajeron a Severo, andando rápidamente como si llegaran tarde a una cita. No llevaba nada más que una túnica. Su uniforme estaba amontonado sobre la plataforma, junto a su espada y su yelmo. La costumbre era romper la espada, pero teníamos muy pocas, de modo que, a petición del intendente, la habíamos cambiado por un arma vieja con la hoja defectuosa de la que había que deshacerse. Subió a la plataforma, y parecía un fantasma. No dejaba de mojarse los labios con la lengua, o de intentarlo, y los ojos parecían salírsele de las órbitas por el miedo. Todos pudimos ver que estaba aterrado de morir, y empezó a emitir sonidos quejumbrosos, aunque no trató de hablar. El prefecto del campamento leyó el castigo y la sentencia con una voz aguda que se rompía por el nerviosismo. Luego, solemnemente, el centurión de servicio partió la espada defectuosa sobre su rodilla.

El prefecto del campamento se volvió hacia mí y yo le indiqué con un movimiento de cabeza que siguiera adelante con aquel ritual siniestro, estúpido y fútil. Ni siquiera Quinto podía imaginar hasta qué punto detestaba todo aquello. Preguntaron al prisionero si tenía algo que decir, y él sacudió la cabeza con desesperación. Oímos cómo le castañeteaban los dientes, pero pudo deberse al frío tanto como al miedo. En un momento así, es mejor conceder a un hombre el beneficio de la duda. Sonó una trompeta, el herrero se adelantó, y el muchacho fue obligado a arrodillarse. Volvió a sonar la trompeta, y la sentencia de muerte por decapitación se ejecutó en la persona de Marco Severo, antiguo tribuno de la legión, por deserción, traición y cobardía. La chica, empapada con su sangre, continuó atada al poste, sola con el cadáver del hombre cuya muerte había causado. Al cabo de una hora, la desataron y la condujeron de nuevo a su cabaña. El cadáver fue enterrado en la calzada, fuera del pueblo; desmantelaron la plataforma y la vida en el campamento volvió a la normalidad. Aquella noche, Quinto salió a pescar con algunos tribunos, y luego se emborrachó por completo en su cabaña. Yo fui al pueblo y asistí a una pelea de gallos. Gané mucho dinero. Estuve de suerte, y el día terminó mejor que como había empezado.

Capítulo XIV

Como castigo, volví a enviar a Fabiano al otro lado del río. Lo detestaba; era un hombre aficionado a la vida confortable. Una semana después me envió una señal diciendo que el movimiento de carretas que abandonaban el campamento enemigo había cesado. En lugar de eso, estaban llegando más carretas y familias, y parecía que los que se habían marchado estuvieran regresando. Sin embargo, no había rastro de los convoyes de alimentos de los burgundios.

—Eso significa que aquel hombre no murió —dije a Quinto—. Saben cuántos somos; se quedarán y esperarán.

—¿Pero no pasarán hambre si esperan a la primavera?

—Tal vez. Esa gente puede oler el tiempo como los animales. Esperarán hasta mediados de invierno. Si el invierno es malo, el Rhenus se helará y les dará su oportunidad. Si no, levantarán el campamento y regresarán a sus tierras.

—¿Y qué hay del puente? —Me preguntó con vehemencia—. ¿Harás cruzar a la legión ahora?

Negué con la cabeza.

—Ahora no. Conocen nuestra fuerza. Además, Marcomir ha muerto y sus hombres se han desperdigado. El riesgo es demasiado grande.

Suspiró profundamente y dijo:

—Debimos haber construido el puente cuando estaba vivo, cuando te lo sugerí la primera vez.

Levanté las manos, con las palmas hacia fuera en un gesto de rendición.

—Sí —dije—. Desperdicié la oportunidad.

—No pongas esa cara, Máximo.

—Es cierto, Quinto.

—Bien. ¿Qué hacemos, pues?

Lo miré y, por primera vez en muchas semanas, sonreí al hacerlo.

—Tú y yo iremos a Treverorum. Nos iría bien cambiar de aires, y necesito un descanso tanto como tú. Será la última oportunidad que tengamos este año. Áquila puede tomar el mando.

Un frío día de octubre, cuando sobre el río se levantaba una neblina blanca como la leche, salimos de Moguntiacum y emprendimos el largo viaje hasta la ciudad. Era una calzada que había llegado a conocer muy bien. Mientras las millas pasaban bajo los cascos de los caballos, nuestro humor mejoró. El tiempo se mantuvo despejado y agradable. Hablamos de los viejos tiempos en el Muro del norte, de los lobos que habíamos cazado, de los ciervos que habíamos matado, y de un jabalí al que habíamos perseguido sin éxito durante todo un día de lluvia. Hablamos de Saturnino y de los amigos que habían compartido nuestro misterio y que ya habían muerto. Pero no hablamos de mi esposa.

Los pocos arbustos que vimos tenían un tono dorado y pardo, y las hojas se habían secado en los árboles mientras pasaban del verde a un oscuro color miel. Una mañana vimos una bandada de cisnes, que volaban bajo en formación de flecha por encima de los árboles hacia el Mosella. A veces cabalgábamos en silencio, y yo pensaba en Juliano, viviendo en aquel campamento que era un mosaico de lenguas extrañas. ¿Qué haría tras la muerte de Rando? ¿Esperaría a cruzar con los demás o daría media vuelta y buscaría otro lugar donde establecerse? Ya no lo odiaba, y los recuerdos del pasado se habían desdibujado un poco. Había pasado mucho tiempo. Después de todo, todavía era Juliano, a quien había amado como a un amigo. Era parte de mi vida, parte de mí, y darme cuenta de eso me hizo tirar bruscamente de mi caballo, haciéndolo sacudir la cabeza. Quinto me miró sin hablar.

—Una mitad de mi vida ha destruido a la otra mitad —dije en voz alta. Quinto se sonrojó y se mordió el labio. Era demasiado orgulloso para buscar excusas, demasiado honesto para disculparse por cosas que había hecho y que no podía lamentar.

En Treverorum ocupamos nuestros antiguos alojamientos en Rómulo, y pude relajarme en el interior de aquellos muros enormes de piedra, observar cómo el sol del atardecer trazaba dibujos cambiantes en el mosaico, escuchar los sonidos y gritos de la ciudad, ocupada en sus asuntos, y hacer planes para divertirme a la noche siguiente. Por supuesto, había ciertos asuntos que no podía dejar sin atender. Inspeccioné a la cohorte de servicio, comí con Flavio, observé el adiestramiento de los auxiliares de la ciudad y di órdenes para mejorar las defensas. Encima del puente sobre el Mosella apilamos montones de leña seca junto a las barandillas y los atamos a los travesaños. En caso de necesidad, podríamos empaparlos con alquitrán e incendiarlos en pocos minutos. No esperaba sufrir ningún ataque hacia el interior por la calzada del norte, pero era mejor estar preparados. Aunque, cuando le dije lo que había hecho, Quinto contestó con ironía:

—Si las cosas llegan a ponerse tan mal, ¿quién quedará vivo para ocuparse de esos asuntos?

Entonces convoqué una reunión de los senadores y funcionarios principales, les expliqué las precauciones que había tomado, y les advertí que los meses siguientes serían cruciales. Había escogido deliberadamente la gran nave de la basílica para aquella ocasión; aunque había treinta personas presentes, quedábamos disminuidos por el tamaño del lugar, y nuestras voces resonaban extrañamente en la gran estancia.

—Voy a tomar el control de la ciudad —dije. Nadie se movió, pero oí que Artorio decía «ah» en voz muy baja, y no apartó la mirada de mi rostro en ningún momento mientras hablaba—. He informado al prefecto pretor. El Magister Equitum per Gallias no puede enviarme tropas, porque no las tiene. El Dux Belgicae tampoco puede ayudarme. Los sajones están atacando sus costas y necesita a los escasos hombres que posee. El tribuno Flavio, como comandante de la guarnición, será mi delegado, con plenos poderes. Voy a promulgar un edicto para reclutar a todos los hombres de edad militar, al margen de si están exentos por las leyes normales o no. No haría esto si la situación no fuera tan grave. Pero lo es.

Ante mi alivio, lo aceptaron sin protestar. Uno o dos de ellos ya habían visitado Moguntiacum y habían visto el campamento del otro lado del río. Pero, aunque lo aceptaron, no acabaron de captar la magnitud del problema.

—¿Quieres que dimita? —dijo el curator.

—No.

—¿He de obedecer las órdenes de Flavio?

—Sólo en lo relativo a la situación militar. En todo lo demás, las cosas seguirán igual. Espero que podáis trabajar juntos sin problemas.

—Haré lo que pueda —dijo fríamente.

—Si cruzan el río, ¿puedes derrotarlos en una batalla? —preguntó el sumo magistrado, como si estuviera interrogando a un testigo en uno de sus tribunales.

—Sí —dije—. Puedo hacerlo. Pero debo advertiros que para ganar una batalla hace falta suerte además de buen juicio.

—Entonces no hay nada que temer. —No comprendía mi cautela. Era abogado; lo sabía todo sobre las leyes, y nada sobre lo demás.

—Pero si hay problemas, recibiréis un aviso. Y gracias a vuestra ayuda durante el año pasado —mentí—, tengo la esperanza de que todo vaya bien.

Gruñeron de satisfacción, y me hicieron pensar en los cerdos que había visto en el bosque durante el viaje hasta la ciudad, buscando bellotas entre los árboles.

Quinto y yo fuimos a los baños y escuchamos los chismorreos mientras los asistentes nos frotaban con aceite. El precio del vino había subido, el trigo prometido no había llegado de Britania. Los mercaderes que poseían graneros y los senadores terratenientes cobraban precios astronómicos por unas cosechas muy pobres. Se echaba la culpa a Honorio por su edicto que permitía a los esclavos alistarse en el ejército; el prefecto pretor había dictado una ley que prohibía la entrada en la Galia a cualquier ciudadano que no llevara un permiso; cierta actriz había escandalizado a los sectores respetables de la ciudad por el número y duración de sus amantes; los sacerdotes llevaban un mes criticándola desde los púlpitos de sus iglesias. Los chismosos también hablaron del obispo. Se había vuelto impopular al conceder asilo a un esclavo huido que había matado a su dueño, y negarse a entregarlo pese a la insistencia de las autoridades civiles responsables de mantener el orden. Pero las conversaciones siempre acababan volviendo a un tema: los juegos que Juliano Séptimo pagaría en el anfiteatro y el circo al cabo de diez días, para celebrar la próxima boda de la hija de su hijo primogénito con un joven de una familia acaudalada de Remi. El obispo podía no aprobarlo (¿acaso aprobaba algo?), pero su influencia no era lo bastante fuerte para contrariar los deseos del hombre que, recientemente y con mucho tacto, había contribuido con mucho dinero a la gran catedral. Habría combates entre gladiadores venidos de Arelate, animales salvajes de Mauritania, y carreras de carros entre conductores que habían competido en Roma. Los juegos durarían cinco días, y, para mi sorpresa, recibí una invitación del curator para presidirlos. Se lo agradecí y le dije que habría un impuesto sobre todas las entradas vendidas, cuyos ingresos irían a la partida de guerra de la legión. Fue una buena idea. Si Séptimo estaba dispuesto a gastar tanto dinero (y sólo los leones costaban ciento cincuenta mil denarios cada uno), nosotros teníamos derecho a nuestra parte de los beneficios.

Quinto pasaba mucho tiempo en los muelles con Gallo y Flavio. Al principio pensé que estaba interesado en un nuevo barco, pero cuando bajé una mañana los encontré muy ocupados con el herrero y el modelo de un remo, cuya pala estaba cubierta de hierro en los extremos.

—Si el agua empieza a helarse, tal vez sería posible romper el hielo con los remos, pero habría que reforzarlos.

—¿Qué hay del bote? También necesitaría protección.

—Ya hemos pensado en eso. Necesitamos un escudo de metal en la proa. —Fabio sonrió—. El general y yo tenemos las ideas. Gallo decide si pueden ponerse en práctica.

Una noche en un banquete, Quinto entabló amistad con un hombre gordo que criaba caballos. Después de aquello, cuando Quinto desaparecía, yo sabía que estaba en las tierras de aquel hombre, ayudándolo en la doma de los caballos.

Quinto seguía insistiendo en utilizar el puente.

—Yo puedo reunir quince barcos —dijo—. Y podemos conseguir más de Confluentes y Borbetomagus.

—Se necesitan sesenta para llevar a una legión.

—Muy bien, sesenta entonces. No habrá que temer quedarse atrapados en la orilla este, mientras haya botes que nos puedan llevar si hay que quemar el puente. —Conocía mi miedo obsesivo a quedarnos sin una línea segura de retirada.

—Saben lo débiles que somos —volví a decir.

—Sólo pueden suponerlo, y tú sólo puedes suponer lo que suponen. No puedes estar seguro.

—¿Quieres que pierda toda la Galia en una tarde?

—En el Muro solías pasar las noches estudiando las campañas de los grandes generales —dijo, cogiéndome del brazo.

—Sí —dije—. Sertorio, Lúculo y Pompeyo, aunque el último acabó mal.

—César también. —Sonrió—. Siempre me decías que sus éxitos se debieron a la velocidad y la sorpresa. Explotaba las debilidades de sus enemigos.

—Yo no soy César —dije en tono agotado.

—Él luchó en unas condiciones igual de adversas.

—La gente contra la que luchaba no estaba tan bien armada, ni tan bien equipada, ni tan bien dirigida como nuestros bárbaros. Y nunca se vio reducido a una sola legión.

—Tenemos mi caballería, que vale por dos, si es que entiendo algo de soldados.

Vacilé.

—Si Marcomir hubiera tenido suficiente apoyo de la caballería, habría podido destruir a Respendial aquel día. —Era cierto.

—Muy bien —dije—. Lo intentaré si lo deseas. Pero lo haremos a mi modo y no al tuyo. Necesito más caballería. Consígueme a otros mil y lucharé.

—Tendré que recurrir a las alae auxiliares, pues —dijo con cautela—. No están tan bien adiestradas como me gustaría.

Me eché a reír.

—Cuando estén preparadas, Quinto, házmelo saber.

—Te tomo la palabra —dijo, enarcando una ceja.

Asistimos a los juegos y compartí los asientos de honor con Séptimo y su familia. No hablamos de nuestro anterior encuentro; sólo la urbanidad hizo soportable la cercanía. Durante todo el tiempo se comportó conmigo con toda la dignidad y buenas maneras de un senador cuyo emperador le ha aconsejado abrirse las venas en agua caliente. Y, sin embargo, por curioso que nos pareciera después, durante las carreras de carros entre los Rojos y los Blancos, nuestro entusiasmo común por el deporte construyó un puente entre nosotros y, durante un breve tiempo, fuimos casi amigos. A su modo, aquello fue muy notable, puesto que amigos y familias vivían divididos por su afición a los equipos, con la misma pasión que despertaban los Azules y los Verdes en Constantinopla. Los juegos fueron un gran éxito y pusieron de buen humor al populacho. Se vendieron todas las entradas; Artorio tuvo suerte en las apuestas y ganó mucho dinero; Quinto disfrutó con los combates de animales y los consideró superiores a los que había visto en Hispania, mientras las luchas de gladiadores fueron a muerte, como mandaba la tradición. Sin embargo, tuve la rara experiencia de conceder la hoja de madera a un gladiador que se había ganado la aprobación del público, y la expresión de su cara al recibirla me persiguió después durante varios días.

Sólo el obispo no tomó parte en la festividad general. Cuando lo encontré un día después, su rostro estaba más sonrosado de lo habitual. Tenía el aspecto de no estar disfrutando del martirio de su impopularidad.

Durante el último día, fui a los baños e hice que me tiñeran el cabello. Estaba ya cubierto de gris por completo, y creo que las tropas lo sabían, a juzgar por el apodo que me habían puesto. Pero no me importaba. ¿Qué significaban para mí sus opiniones? Por la tarde, Quinto fue al desierto templo de Epona, mientras yo me quedaba en la trastienda de un mercader, regateando por el precio de un frasco de perfume para la hija de Rando. Después fui a buscar a mi amigo. Até a mi caballo junto al suyo y me senté sobre un bloque de piedra. El sol brillaba con fuerza sobre el rojo y el gris de los edificios, y la entrada del templo estaba en penumbra. Ya nadie lo visitaba, y tenía toda la plaza para mí solo. Recuerdo que el cielo era muy azul, y los árboles silenciosos; sus hojas, antaño oscuras, se había vuelto de un rico color pardo. Habían parecido capaces de vivir para siempre, pero estaban muriendo tras una vida muy breve, y pronto se convertirían en polvo. Un lagarto corrió por el pavimento y se ocultó entre los brotes de hierba que se alzaban entre las grietas; su pequeño cuerpo jadeaba, como si el calor le resultara excesivo para aquella época del año. Me desabroché la capa, cerré los ojos y sentí el sol sobre la cara. Por un momento, pensé en el trajín de los despachos de la basílica, en la legión en sus fuertes de tierra y madera, y en todo el trabajo que me esperaba al regresar. De repente, me sentí muy viejo y cansado. Pensé en mi villa de Arelate y en la piscina en la que había nadado de niño. Pensé en los planes que había hecho con mi esposa. Recordé aquel invierno en que el frío había sido tan intenso que nos habíamos pasado las tardes pensando en una casa nueva y confortable en los bosques de Anderida. Ella se había sentado junto al fuego, tejiendo, mientras yo trazaba los planos de la nueva casa con un trozo de carbón en el dorso de una lista de tareas. Habíamos discutido sobre el tamaño de las habitaciones, y sobre cuántas necesitaríamos. Quinto se nos había unido una noche, y habíamos reído y bromeado mientras bebíamos vino. Aquella noche ella se había lavado el cabello, y se había sentado junto al fuego, secándoselo mientras escuchaba nuestra conversación. Yo insistí en construir a Quinto una habitación especial, para que nos visitara a menudo. Quinto había accedido; los dos se habían mirado y habían sonreído.

Abrí los ojos y contemplé el cielo. Había tantas preguntas que deseaba hacer, tantas que nunca me había atrevido a plantear. Ya nunca las haría. Las aparté de mi mente. Eran cosas malas, respecto a las que no podía hacer nada. Pensé que era mejor recordar los momentos felices. Tal vez, cuando todo aquello terminara, todavía podríamos comprar una villa; Quinto criaría caballos, y yo escribiría la historia militar que me había rondado por la mente durante tantos años. Y por las noches nos sentaríamos junto al fuego a beber vino y recordar los viejos tiempos. De modo que permanecí allí sentado, parpadeando bajo el sol; no era más que un anciano que se entretenía con sueños absurdos.

Cuando volví a levantar la vista, Quinto estaba junto a mí. Vio el frasco a mi lado y se echó a reír.

—Espero que no sea para ti. Recuerdo los comentarios que hiciste una vez sobre los tribunos perfumados. Echaste al pobre tipo de un puntapié.

—Es cierto —dije cordialmente. Caminamos bajo el sol hasta donde esperaban los caballos; me volví para preguntarle algo y me detuve. Él me miró en silencio, con el rostro tranquilo y maravillosamente relajado a excepción de los ojos. Tenía aquella mirada que recordaba haberle visto una vez, cuando le habían regalado un hermoso potro. Tal vez Aelia había conocido también aquella expresión. Pero había estado en el templo.

—Sí —dijo—. Me ha ido bien. Oh, Máximo, espero que cuando muera la diosa me conceda mi deseo, especialmente si muero en la guerra, en una buena carga de la caballería.

—¿Cuál es tu deseo? —pregunté.

—Hay otro. —Me miró con firmeza—. Pero éste es más simple: que me permita conducir los caballos dorados del sol. —Y después de aquello, permaneció en silencio.

De regreso a Rómulo, realizamos una ofrenda frente al pequeño altar que habíamos construido para honrar a nuestro dios; hicimos el sacrificio ritual, recitamos las plegarias de costumbre, y sentí sobre mí todo el peso de mi paternidad. Durante todo aquel rato, un centinela montó guardia en el exterior para asegurarse de que no nos molestaban. Cuando terminamos, nos sentamos en silencio y observamos cómo el sol se hundía detrás de las colinas.

Estaba oscureciendo, y las sombras avanzaban por la habitación. Saqué el pedernal y encendí la pequeña lámpara que estaba sobre la mesa. Nos miramos por encima de la llama amarilla y vacilante. Dije:

—Todavía hay esperanza, ¿sabes?

—Sí —dijo—. Lo sé. —Pero tenía el aspecto de un hombre al que ya no le importaba.

Oí que el centinela golpeaba con los pies frente a la puerta. Hubo un murmullo de voces; se abrió la puerta y entró el obispo.

—Os vais mañana —dijo—. He venido a despedirme. —Charlamos durante un rato de modo cortés y tenso, y no dejó de mirar la marca de mi frente, que siempre se veía cuando llevaba el cabello recién cortado—. No tenéis sacerdotes —dijo de repente.

—No —dije, levantando la cabeza—. No en el sentido que le dais vosotros. Pero algunos de nosotros tenemos el privilegio de actuar como guías a lo largo del camino. Intercedemos por nuestros hermanos.

Su curiosidad intelectual venció a la repugnancia natural que le provocaba hablar de un tema que desaprobaba.

—Dime, ¿cuál es el motivo de que construyáis vuestros templos bajo tierra y de que mantengáis tan en secreto vuestras creencias?

Miré a Quinto y luego al obispo. Dije:

—Creemos que el poder se pierde en la charla ociosa. Sacamos fuerzas del hecho de practicar nuestra religión en comunidad, como vosotros, y sin embargo... —Vacilé—. Las mejores plegarias se dicen en silencio.

—Lo comprendo —asintió. Dejó la copa sobre la mesa y cambió de tema.

—Ha sido un año duro —dijo Quinto, en respuesta a algún comentario.

—Todavía lo será más —dijo el obispo con calma, con su mano grande apoyada en el regazo, mientras la cruz que llevaba al cuello centelleaba a la luz de la lámpara.

—¿A qué te refieres?

—Las bayas de los arbustos ya han desaparecido, y cada noche, al oscurecer, se ven los gansos que vuelan hacia el interior desde el norte. —Sonrió—. Hay una colonia de ratones de campo que viven junto a la pared trasera de mi casa, en el lado norte. Pueden verse las madrigueras, algunas muy claramente. Ahora están bloqueadas y han construido agujeros nuevos al otro lado de la pared. Ellos también lo saben. Todos los granjeros dicen lo mismo. Va a ser un invierno duro y hará mucho frío.

—¿Cuánto frío? —dije bruscamente.

—No lo sé, hijo mío, pero habrá nieve y hielo. —Dejó de mirarnos para fijar la vista en el altar, alojado en un nicho en la pared—. ¿Tenéis miedo a la muerte? —preguntó suavemente—. Si fuerais seguidores de mi fe, no sería necesario.

—Soy soldado —dije—. La muerte es algo que he dado a otros y que debo recibir. Sólo me da miedo morir, no estar muerto.

Permaneció en silencio un rato. Luego se puso en pie. En la puerta hizo una pausa y dijo con firmeza:

—Es más fácil ser cegado por el sol que por la oscuridad de la noche.

—El sol muere, pero se renueva cada mañana —dije.

—Estás muy seguro.

—Sí. —Sonreí—. Por eso los tres tenemos algo en común.

No aceptó el desafío. En lugar de eso, preguntó:

—¿Es cierto que tienes intención de luchar contra los vándalos?

Asentí, sorprendido.

—¿Cómo lo sabes? No se lo he dicho a nadie. A menos que Quinto... —Me volví a mirarlo, pero él negó con la cabeza.

—Lo llevabas escrito en la cara cuando viniste a la basílica ayer por la mañana —dijo el obispo—. Antes tenías la expresión de un hombre que trata de tomar una decisión. Ayer parecías tranquilo. La decisión había sido tomada. Sólo hay una cosa que preocupa a un general: la decisión de enfrentarse al enemigo, el cuándo, el cómo y el dónde.

—Sabes mucho sobre soldados —dije.

—¿Por qué no? —Sonrió—. ¿Sabías que uno de mis predecesores en el cargo fue centurión de una legión en Moguntiacum? Vivimos en el mundo, más de lo que crees.

Permanecí en silencio. Quinto dijo con aspereza:

—Sí, vamos a luchar. Ya hemos esperado bastante tiempo una ayuda que no ha llegado.

Lo miré bruscamente. El obispo dijo:

—Es una buena cosa que seáis tan buenos amigos. —Nos observó intensamente—. Me alegro de que esta ciudad cuente con dos hombres como vosotros para protegerla. No siempre he pensado así. Esta ciudad y esta provincia tienen gran necesidad de hombres como vosotros, hombres seguros, con autoridad y buen juicio, hombres con confianza en el futuro, hombres que se conocen a sí mismos.

Cerré los ojos de pronto.

—Eres muy amable —dije. Pensé en Juliano, y en mi esposa. Pensé en la chica del campamento de Moguntiacum y en todas las veces que había limpiado la sangre de mi espada tras una batalla o combate—. Pero estás muy equivocado. No confíes demasiado en nosotros, mi señor obispo.

—No me malinterpretes —contestó—. Como te he dicho, he vivido en el mundo. Puedo distinguir una espada buena de una mala. Y sé cómo se hace una espada. Si alguna vez me necesitáis, allí estaré. No tenéis que sentiros solos.

Miré por la ventana y vi los yelmos de mis soldados en el patio, sentí el olor de la comida preparándose en las cocinas y oí la risa de una chica que paseaba por la arcada detrás de mí, sin duda de la mano de algún joven. En la distancia, una bandada de gansos pasó en silencio a través del rostro de la luna naciente.

Con los auxiliares al control de todos los fuertes desde Confluentes a Borbetomagus, las cohortes marcharon por la noche, llevando todo el equipo, raciones para veinte días y las esperanzas y miedos de sus comandantes. Para ahogar los ruidos innecesarios, las cacerolas, palas y herramientas de cavar habían sido envueltas en trapos, y el único sonido era el tintineo apagado de la brida de algún caballo y el pisar firme de las sandalias claveteadas. Habíamos prohibido a los hombres que cantaran, como hacían habitualmente, pero marchaban alegremente y de buen humor ante la idea de la batalla que se avecinaba. Al cabo de una hora, cabalgando a la retaguardia de la columna, pude volver a sentir el olor familiar a caballos, sudor y cuero, y empecé a sentirme más animado.

Ocho días después la legión cruzó el río, de nuevo por la noche, y antes del alba ya había avanzado diez millas por el corazón del territorio que había pertenecido a Marcomir y a la sazón estaba ocupado por

Goar. Acampamos cerca de su poblado mientras los hombres descansaban durante el día y las tropas de caballería se adelantaban para entrar en contacto con los exploradores de Goar, que vigilaban las colinas al norte de la llanura donde se encontraba el enemigo. Aquella noche volvimos a marchar, y el segundo amanecer nos encontró preparados para la batalla, a seiscientas yardas del campamento enemigo. El centro, comandado por Fabiano, consistía en tres cohortes pesadas, con sus ballistae y carroballistae, agrupadas en los espacios entre las unidades concentradas. Protegiendo sus flancos, había dos cohortes ligeras, abiertas en un ángulo suave para dar a entender que eran las alas de mi formación. Un poco por detrás de aquellas alas, pero superándolas por los flancos, y ocultas a un lado por un bosquecillo y al otro por espesos arbustos, había dos alae de caballería, con los hombres en el suelo para mayor protección. Como reserva, y bajo mi propio mando, había una tercera ala, la tercera cohorte de infantería ligera, y mi guardia personal. A la izquierda y a la derecha de la legión estaban los alanos de Goar, mezclados con un grupo de auxiliares. Detrás de nosotros, y como reserva adicional, estaban los francos de Marcomir, o lo que quedaba de ellos. Cada cohorte estaba dividida en diez grupos de sesenta hombres, y los soldados se sentaron en el suelo y descansaron mientras los exploradores recorrían las líneas arriba y abajo, comprobando que todo estuviera en orden.

Durante una hora no ocurrió nada. El enemigo se agrupó en la empalizada y nos observó, pero sin moverse. Para hacerlos entrar en acción, hice avanzar a la artillería, protegida por una pantalla de tropas ligeras, y empecé a bombardear el campamento. Aquello tuvo el efecto deseado, y al cabo de media hora, un gran grupo de hombres, los alanos de Respendial, avanzaron en grupos tras sus líderes y se dirigieron hacia nosotros. Di orden de que la artillería se retirara, y así lo hizo. Los hombres jadeaban y sudaban mientras hacían esfuerzos para arrastrar las ballistae hasta la seguridad de sus propias filas. Al verlo, el enemigo, que estaba avanzando lentamente, echó a correr. Cuando estuvieron a doscientas yardas, la primera fila de las cohortes se movió a paso ligero y lanzó las jabalinas a una distancia de veinte yardas. Una oleada de jabalinas fue seguida por otra mientras cada fila empleaba sus armas por turnos. La lluvia de jabalinas abrió grandes boquetes en la vanguardia enemiga y la obligó a detener su avance por un instante. Entonces se oyó un tremendo impacto de acero contra acero, hierro contra hierro, mezclado con los gritos de los hombres, cuando los dos bandos entablaron la lucha cuerpo a cuerpo. Los bárbaros golpeaban y blandían sus espadas largas, sus hachas y sus lanzas, pero los legionarios, con los escudos pegados al cuerpo, se conformaban con estocadas bajas y rápidas de sus espadas cortas, siempre apuntando al estómago o al pecho, nunca a la cabeza o a los hombros.

—Dos pulgadas en el lugar correcto —solía decirles—, y es hombre muerto. Pero cuatro pulgadas en el lugar equivocado, y os matará antes de que tengáis tiempo de darle el segundo golpe.

El combate cuerpo a cuerpo duró diez o doce minutos, y luego avanzó una segunda oleada de las cohortes para ocupar el lugar de sus camaradas, que se agotaban rápidamente. Nuestra línea aguantó; los alanos no pudieron romperla y retrocedieron un poco para recobrar el aliento mientras, a su vez, otros ocupaban su lugar. Lo intentaron dos veces más, pero siguieron sin lograr romper el centro. El enemigo era tan numeroso que les resultaba imposible combatir todos al mismo tiempo, de modo que los de la retaguardia se desplegaron y empezaron a atacar a mis dos alas, cuyos arqueros les infligieron daños terribles. Cuando toda la línea estuvo combatiendo, y pude ver que ya no me quedaban auténticas reservas, ordené que sonaran las trompetas, y los auxiliares y los alanos de Goar aparecieron y atacaron al enemigo por los dos flancos. La sorpresa fue demasiado para ellos. El enemigo flaqueó, trató de aguantar la línea, volvió a flaquear y emprendió la huida hacia el campamento. La trompeta volvió a sonar y el ala auxiliar salió de los arbustos donde la había ocultado Quinto y golpeó en diagonal al enemigo en retirada. En cuatro minutos, todo hubo terminado. Menos de un tercio de los alanos logró alcanzar la seguridad de la empalizada.

En la calma que siguió, celebré una reunión de mis oficiales. Trasladamos a los heridos a la retaguardia, donde esperaban las carretas, y las filas volvieron a formar. Mandé a grupos de soldados a recuperar todas las armas que encontraran hasta trescientas yardas de distancia de nuestra posición, y a matar a los heridos enemigos que yacieran en el suelo. Sección por sección, permitimos que los hombres se apartaran para comer y beber; las diversas unidades se reagruparon y se cerraron los agujeros en las filas. Los arqueros corrieron a ocupar sus puestos con nuevas remesas de flechas, mientras los centuriones gritaban pidiendo más lanzas y jabalinas.

Poco antes de mediodía, el enemigo empezó a concentrarse de nuevo a lo largo del borde de la maltrecha empalizada, pero, al igual que anteriormente, no hicieron ademán de salir. Para provocarles, hice sonar la señal de avanzar y adelanté trescientas yardas toda la línea de batalla. Entonces situé delante a una línea de arqueros, y cuando estuvieron lo bastante cerca les ordené abrir fuego.

—Cuidado con el viento —grité, porque me di cuenta de que las flechas se desviaban a la izquierda al descender hacia la empalizada. Las ballistae empezaron a disparar y el cielo se llenó de bolas de fuego. Pronto toda la longitud de la empalizada, a lo largo de media milla, estuvo salpicada de puntos en llamas, y un palio de humo cubrió el campamento cuando los arbustos se incendiaron. Si el viento hubiera soplado en la dirección correcta, podríamos haber usado el humo para hacerlos salir, pero era una brisa gentil que nos llegaba del suroeste. Al cabo de media hora no pudieron soportarlo más, y vi brillar el sol en las puntas de espadas y lanzas cuando, de repente, una gran masa de hombres salió de entre el humo para avanzar rápidamente hacia nosotros. Su línea se extendía desde el río hasta mucho más allá de nuestro flanco izquierdo, y debía tener como mínimo veinte hombres de profundidad. Al frente, con sus estandartes junto a ellos, estaban los caudillos de las tribus, y cuando se acercaron pude reconocer a Respendial, Hermerico, Gunderico y Sunno, que había sucedido a Rando como rey de los alamanes. Debía de haber veinticinco mil hombres en movimiento, y yo sabía que no podríamos contenerlos en cuanto entraran en combate; nos aplastarían por el simple peso de los números. Dije rápidamente a Fabiano:

—Cuando la artillería deje de disparar, han de retirarse inmediatamente al último campamento. Llama ahora a las mulas.

Los barcos de nuestra pequeña flota disparaban regularmente en sus esfuerzos por romper el avance, pero aunque causaron grandes daños, el enemigo siguió avanzando al mismo paso implacable. Los arqueros empezaban a retroceder, cada hombre protegido por el siguiente hasta que, fuera del alcance del fuego enemigo, podían dar la vuelta y correr hacia nuestros flancos derecho e izquierdo. El izquierdo giró un poco para enfrentarse al ataque de la derecha enemiga, y entonces, a cincuenta yardas de nuestra primera línea inmóvil, los bárbaros se nos echaron encima. Di la orden de disparar y las filas lanzaron sus jabalinas mientras los arqueros lanzaban flecha tras flecha a la masa que tenían delante. La primera línea enemiga se convirtió de repente en una hilera de cadáveres amontonados que empezaba a formar un muro creciente de muertos. Cuando las dos líneas chocaron, la trompeta sonó dos veces y Quinto, a la cabeza de su caballería, cayó sobre su flanco derecho con dos mil jinetes. De haber tenido más hombres, podríamos haber vivido otro Adrianópolis. Atrapados entre la caballería y el río, habrían quedado aplastados, obligados a luchar y morir de pie hasta que la caída del hombre de al lado permitiera a cada hombre derrumbarse en el suelo. Pero no teníamos suficientes hombres, y nuestro éxito sólo podía ser limitado. La sorpresa de la carga de la caballería rompió el ímpetu de su ataque. Retrocedieron y, al hacerlo, se vieron obligados a volverse para enfrentarse al nuevo enemigo. Rodeados por nuestros jinetes, se agruparon y lucharon con obstinación. Quinto mantuvo a su caballería bajo un control férreo, y la disciplina que había inculcado en sus comandantes demostró su utilidad. Los escuadrones atacaban, se retiraban, volvían a formar y volvían a atacar en formaciones tan prietas que era difícil que el enemigo consiguiera rodear y derribar a un jinete individual. Durante noventa minutos los contuvimos, y fueron ellos quienes pelearon a la defensiva, retirándose lentamente en una curva gigantesca hacia el río, empujados siempre por nuestra caballería, a la que no podían contener.

Desde donde estaba sentado sobre mi caballo podía ver muy claramente toda la terrible escena. Ordené que los francos de Marcomir apoyaran al centro, envié a la cohorte ligera a la izquierda para reforzar aquel presionado flanco, y cabalgué a lo largo de la línea dando gritos de ánimo. Durante unos momentos, pensé que podríamos conseguirlo, que podríamos ganar. Lancé a mi guardia personal en un esfuerzo desesperado para abrir una cuña en su centro; la carga se estrelló contra el objetivo y se detuvo, frenada por la superioridad numérica del enemigo. El aire estaba lleno de polvo, de los gritos de los heridos y los aullidos de los guerreros; dar órdenes resultaba casi imposible. Lentamente, el enemigo empezó a ceder terreno, pero no se rompió, y su retirada resultó increíblemente ordenada mientras marchaban derrotados hacia su campamento.

Di la señal de avanzar, pero mis hombres estaban demasiado exhaustos para obedecerme. Se quedaron exactamente donde estaban cuando el enemigo empezó a retirarse, en grupos y líneas, apoyados en sus espadas, los heridos cayendo lentamente al suelo, todos demasiado cansados para sacar partido de su éxito parcial. Los caballos estaban agotados, y tenían las cabezas bajas mientras sudaban copiosamente; sus jinetes estaban doblados en las sillas, o inclinándose hacia los lados mientras sus músculos se relajaban y el dolor de las heridas se volvía excesivo. No estaban en condiciones de volver a cargar. Un puñado de soldados persiguió al enemigo en retirada con arcos y jabalinas, pero eso fue todo. Un trompeta tocó retirada y, con mi guardia personal defendiendo el campo, las cohortes retrocedieron lentamente hacia la escarpadura y la seguridad del campamento. La batalla había acabado en un empate.

Aquel día, más tarde, los bárbaros salieron del campamento en grupos pequeños para recoger a sus muertos y heridos, y por la noche oímos crepitar las llamas y nos llegó el olor del humo de las piras funerarias cuando quemaron a los muertos.

A la mañana siguiente envié a los heridos delante, en carretas, hacia la seguridad del puente de Bingium. Mientras los hombres descansaban, contamos las pérdidas, enviamos patrullas al campo de batalla para recuperar todas las armas y protecciones posibles, y reformamos las unidades.

—Las bajas son cuantiosas, señor —dijo Áquila.

—¿Cuántos? —pregunté.

—Cuatrocientos muertos y ochocientos heridos, diría yo.

—¿Cuántos de caballería?

—Cien muertos, doscientos sesenta heridos, y cuatrocientos treinta caballos.

Quinto lo escuchó en silencio. Parecía furioso, cansado y derrotado.

—Tendremos que recuperar la fuerza de la legión reclutando entre los auxiliares —dije muy serio—. Bueno, hicimos lo que pudimos. Ahora no tratarán de cruzar el río, que es lo que temíamos.

—No, señor. Esperarán al invierno —dijo, como si se le hubiera ocurrido entonces.

—¿Estás furioso conmigo porque te convencí de hacerlo? —dijo Quinto.

—Sólo un poco. —Sacudí la cabeza—. A los hombres les habrá sentado bien. Empezaban a hartarse de esperar. Por lo menos, ahora saben a qué se enfrentan.

—Hemos estado a punto de conseguirlo, señor —dijo Áquila—. Con unos cuantos hombres más podríamos haberlos derrotado.

—Y ahora tenemos menos que antes —dije suavemente.

Quinto no me miró. Dijo en tono sombrío:

—Ya ninguno de nosotros tiene ninguna ilusión.

A la mañana siguiente levantamos el campamento y yo permanecí sobre una colina con Goar mientras observaba a la legión avanzar a trancas y barrancas por la calzada que llevaba a Bingium.

—Fue una gran batalla —dijo Goar alegremente—. Tus hombres lucharon como lobos.

—Y los tuyos también.

—Oh, nosotros... siempre luchamos bien. Nos gusta. Pero no somos soldados. Ahora comprendo por qué conquistasteis el mundo. Es debido a la disciplina. Yo... me hubiera gustado ser un soldado romano. No te rías de mí. Era el deseo de mi padre. Y también el mío.

—No me río —dije—. Llegarás a general cuando yo esté muerto.

La hija de Rando había observado la batalla desde la colina sobre Moguntiacum y su rostro, cuando llegamos, era despectivo.

—Recé para que perdierais —dijo—. Y mis plegarias obtuvieron respuesta.

—No esperaba ganar, sólo debilitarlos un poco a base de pérdidas. Eso lo conseguí.

—Se te da bien retorcer las palabras —dijo, rechinando los dientes—. Te odio.

—Claro —sonreí—. ¿Por qué no? Tú también eres nuestra enemiga.

Compensamos las bajas reclutando hombres entre los auxiliares. Escribí apresuradamente a Flavio y le ordené que me enviara a los reclutas que hubiera reunido y todos los caballos que pudiera conseguir. Di pequeñas recompensas en plata a los que se habían distinguido en el combate, ejecuté a dos hombres culpables de cobardía, y ascendí a tres centuriones, que ocuparon el puesto de los tribunos que habían muerto. Envié a Treverorum a los heridos graves, y tuvimos mucho trabajo, reparando ballistae y corazas, afilando las espadas que se habían abollado o estropeado, y volviendo a hacer acopio de proyectiles.

Llegó noviembre, y los vientos soplaban del norte; llovía con mucha frecuencia y, a veces, en el río, por la mañana y por la noche, se levantaba una neblina gris que nos impedía ver de una orilla a otra. Grandes bandadas de gaviotas volaron tierra adentro desde el mar y se instalaron sobre las murallas del campamento, chillando por encima de nuestras cabezas como hombres moribundos. Al amanecer, la tierra estaba cubierta de escarcha blanca y, cuando cabalgaba por los campos, veía las huellas del ganado cubiertas por una película de hielo quebradizo.

Una tarde llegó un bote de la orilla opuesta, portando una rama verde, y me dirigí al río para ver qué querían en aquella ocasión. El joven que bajó a tierra era el hijo mayor de Rando, Sunno. Se lo veía flaco y fatigado, y tenía marcas purpúreas e hinchadas en el cuello y los brazos que revelaban que había participado en la batalla reciente.

—Así que ahora eres rey —le dije.

—Sí, soy rey en lugar de mi padre.

—¿Qué puedo hacer por ti que no hiciera por tu padre?

—He venido a pedirte que me entregues a mi hermana.

—No está en venta.

Se estremeció al ver que hablaba de ella como de una esclava.

—Entonces, ¿qué pedirías por dejarla regresar?

—La dispersión de todos los hombres de tu campamento.

—Sólo se dispersarán en esta orilla del río.

—El día que desembarquéis en esta orilla, verás morir a tu hermana —dije.

—Me lo dijeron. ¿Era cierto, pues?

—¿Qué me importa a mí la hija de Rando? Soy Máximo.

Enseñó los dientes.

—Por esto algunos hombres te llamarían carnicero. —Hizo un esfuerzo por sonreír—. Pero he venido en son de paz. ¿Puedo ver a mi hermana?

—No. Pero tienes mi palabra de que está viva y se encuentra bien.

—Eres un hombre al que no le importan los sentimientos de los demás —dijo con pasión.

—Eso me han dicho. Sí me importan. Pero mi pueblo no es como tu pueblo.

—¿Le dirás a mi hermana que he venido? —Vaciló—. ¿Le darás esto? —Me tendió un pequeño broche de plata, como los que suelen llevar las chicas. A juzgar por el trabajo, la pieza procedía del este.

—Lo haré —dije.

—Gracias —dijo, asintiendo con la cabeza. Se volvió para regresar al bote. Yo di un paso adelante, sin pensar. Se giró de repente hacia mí; su mano voló hacia el cinturón con la velocidad de un felino al atacar. Con el cuchillo preparado para arrojarlo, se detuvo y permaneció inmóvil cuando le pinché en la garganta con la punta de mi espada.

—Me preguntaba por qué habrías venido —dije—. Un hombre que amara a su hermana hubiera venido semanas atrás. También me he preguntado por qué me has puesto el broche en la mano de la espada. ¿Tratabas de sorprenderme con un truco tan viejo? Lo aprendí de los pictos del Muro del norte cuando tú no eras... nada. —Le pinché; arqueó la espalda y alzó la barbilla mientras trataba de evitar la punta. Apareció sangre en la hoja.

Se lamió los labios y no dijo nada.

—Podría matarte por esto. Estaría en mi derecho. Pero... pese a ser un carnicero, no lo haré —dije—. Tu padre no hubiera sido tan estúpido. Vuelve con tu gente, chico, y llévate tu vergüenza y tu traición. Mientras continúes como rey, no tendré nada que temer. ¿Quién se preocuparía por un pueblo como el tuyo, dirigido por un rey como tú? —Empujé un poco la espada y él perdió el equilibrio y cayó al agua. Me incliné y recogí el broche, que yacía en el suelo entre mis pies. Sunno nadó frenéticamente hacia el bote, y sus hombres lo ayudaron a subir, chorreando agua. Hacían esfuerzos por no reírse.

—Has debido matarlo —dijo Áquila.

—Tal vez. Esta historia habrá corrido por todo su campamento cuando anochezca. Puede que lo hagan ellos por mí. Nos ahorraría mucho trabajo.

Escribí de nuevo a Estilicón, una larga carta donde le contaba todo lo ocurrido, y la mandé con el correo gubernamental, pero no sé si llegó a recibirla, porque no obtuve respuesta.

Los colores del otoño habían desaparecido; los árboles estaban desnudos y de color negro, privados de sus hojas que, al principio, crujían bajo nuestros pies y que acabaron pudriéndose en el terreno húmedo. Los campos arados habían quedado vacíos, preparados para la siembra invernal, y las tiras de cultivo en torno a las aldeas no eran más que montones parduzcos de tierra húmeda, esperando en silencio la renovación de la vida en la lejana primavera. Las ovejas y el ganado habían abandonado las colinas; los animales más viejos fueron sacrificados, y su carne secada, salada y almacenada en barriles que tenían que durar todo el invierno. En las granjas y junto a las aldeas los campesinos quemaban los matojos y arrancaban las raíces y los troncos de los árboles que quedaban, en un esfuerzo por limpiar más tierra cultivable para el próximo año. Pronto se segaría el trigo de invierno, y las palomas que anidaban en los álamos detrás del pueblo, y que habían engordado a principios de otoño, serían cazadas y convertidas en carne fresca para los guisos.

Julio Optato y su gente habían estado muy ocupados comprando pieles de oveja a los granjeros para fabricar abrigos para los oficiales, y de Treverorum había llegado un cargamento de nuevas capas y pantalones. Tendimos planchas de madera sobre los caminos del campamento para conseguir un terreno firme sobre el que andar; enviábamos partidas cada amanecer en busca de madera, que traían al crepúsculo, cargada sobre una recua de pacientes ponis. Sellamos las grietas en las cabañas, donde la madera se había deformado bajo el sol estival, e instalamos cortinas de pieles secas en el interior de las puertas de los dormitorios para aumentar el calor. Para ahorrar trabajo innecesario, ordené que cada vez se repartieran raciones de aceite y trigo para dos días; mientras que el vino o el vinagre, el cerdo o la ternera se repartirían alternativamente para garantizar un cambio en la dieta. Además, hicimos acopio de carne salada y galletas duras en almacenes que construimos en el campamento junto a la calzada y también en Bingium. Si ocurría lo peor y nos veíamos obligados a retirarnos, quería estar seguro de que las tropas encontrarían provisiones suficientes a lo largo de la línea de retirada que planeaba. Quinto trasladó los caballos a los establos del antiguo campamento y, como el intendente con la comida, instaló establos con caballos de repuesto en Bingium y en los puestos de señales a lo largo de la calzada.

—Ya no podemos hacer nada más por aumentar nuestras posibilidades —dije bruscamente—. Pero podemos asegurarnos de que a nadie le falte un caballo o una lanza en el momento adecuado.

—Nosotros hemos tomado todas las medidas que se me han ocurrido. Hasta hemos almacenado bridas y riendas de repuesto. Oh, Máximo, ojalá hubiéramos tenido más caballería. —Todavía pensaba en la batalla de la orilla este.

—Ya lo hemos hablado cien veces —dije con calma—. Mira lo que nos costó reunir la caballería al principio. Y también piensa en las dificultades que tuviste en Italia para mantener montados a todos tus hombres. Siempre pasa lo mismo. Nunca hay suficientes caballos. Además, aquí se ha tratado sobre todo de defender la guarnición. Durante este último año hemos tenido más de dos mil caballos muertos de aburrimiento.

—Ya lo sé —dijo—. Siempre es lo mismo; ni caballos suficientes, ni hombres suficientes, ni dinero suficiente para comprarlos o pagarles. —Hizo una pausa, y en el silencio pude oír el aullido del viento en el valle, como todos los días de aquella semana.

—Esperemos que no sople del este —dije.

Por consejo de Gallo, dispersé a la flota. Mantuvimos cuatro galeras algo más arriba de Moguntiacum, y una en Bingium y Confluentes. Por desesperados que estuvieran, no creía que las tribus trataran de cruzar el río en botes o balsas, pero no quería dejar nada al azar, aparte de la climatología. Era lo único que no podía controlar.

A mediados de mes recibí la visita de Goar. Entró, con la capa rezumando agua de lluvia, y su barba roja goteando sobre mi mesa de madera pulida. Le di vino caliente y le pedí las noticias. Bebió antes de responder, se secó la mano con el borde de la capa y dijo amargamente:

—El rey Guntiaros te ha traicionado. Les está enviando comida. Le han dicho, o cree, que su hijo ha muerto. Tal vez no lo crea, no lo sé, pero les está enviando comida.

—¿Cuánto hace de eso?

—No lo sé; diez o quince días. Puede que más. —Hizo una pausa y me miró—. ¿Ha muerto el chico?

—No. Puedes verlo si lo deseas.

—Lo hemos tratado bien —dijo Quinto—. Ya habla latín mejor que su padre. Máximo, quiere ver qué haces.

—No hago amenazas que no esté dispuesto a cumplir.

—Ya no tendría sentido que mataras al chico. Entrégamelo a mí.

—¿Por qué?

—Guntiaros no odia a los romanos tanto como a los alanos. Si sabe que yo tengo al chico, puede que deje de enviar comida. Desde luego, dejará de atacar a mis hombres.

—¿Ah, sí? —Levanté la cabeza.

—Sí. Llevamos toda la semana peleando en escaramuzas.

—Déjame llevar a una fuerza de caballería al otro lado a destruir sus manantiales. Eso no le gustará —dijo Quinto.

—Hazlo —dije—. Y si encuentras a Guntiaros por el camino, tráeme su cabeza.

—Hay otra cosa. —Goar me miró intensamente—. ¿Puedes confiar en tu comandante de Bingium?

—Pues sí. —Estaba sorprendido—. ¿Por qué no? Claro que es auxiliar, no regular. Pero es eficiente y leal. Ha prestado un servicio excelente durante este último año. —Miré a Quinto—. Sí, confiaría en él. ¿Por qué no?

—¿Qué sabes de él? —dijo Goar.

Pensé: Scudilio, un hombre de cabello oscuro, rostro estrecho y constitución ligera, que tendría unos treinta y cinco años. Resultaba atractivo a las mujeres, y reía mucho. Sus modales eran a veces algo nerviosos, pero vehementes y enérgicos. Era un buen jinete. Su familia, según me había contado, había vivido en la orilla este durante cuarenta años. Era de sangre mestiza, en parte galo y en parte franco, pero de aquello hacía mucho tiempo. Se nos había unido unos seis meses después de nuestra llegada, y había ascendido rápidamente. Era un líder nato, y yo confiaba en él.

Se lo conté a Goar, que asintió y dijo en voz baja:

—¿Te sorprendería saber que es alamán?

—¿Es eso cierto?

—Oh, sí.

—¿Quién hay en esta parte del mundo que no proceda de varias razas? Mira la gente del pueblo.

—Estaba en el campamento de Rando hace dos años —dijo Goar, implacable—. ¿Por qué te mintió si no tiene nada que ocultar?

—No lo sé —dije—. Tal vez pensó que no le dejaría alistarse, y probablemente hubiera tenido razón.

—Si fuera desleal, habría tenido su oportunidad cuando cruzamos el río con la legión. Se quedó al mando en Bingium. Podría haber destruido el puente. ¿No es así?

—Es cierto —dijo Goar de mala gana.

—¿Qué te preocupa? —pregunté.

—Si tenéis que retiraros, tendréis que pasar por Bingium. Es un lugar que debe estar al mando de alguien de confianza.

Contesté exasperado:

—Cualquier hombre podría desertar o traicionarme si lo decide. Esto no es la antigua Roma, donde todos los soldados eran ciudadanos conocidos. Se nos unen por muchas razones: dinero, seguridad, o simplemente porque les gusta luchar y disfrutan con esta vida.

—Pensé que debías saberlo —dijo.

—Te doy las gracias, por supuesto. Es cierto que debía saberlo. Quinto, cruzarás el puente en Bingium. Habla con Scudilio. Si tienes la más mínima duda, reemplázalo.

—Es justo —asintió Goar. Parecía desconcertado y me pregunté si le habría molestado que no me tomara más en serio su advertencia.

Por la mañana el ala partió poco después de amanecer, y Goar volvió a cruzar el río, llevándose consigo a un niño pequeño que lloraba amargamente. Antes de que se marchara, le hice una pregunta.

—Ya que hablábamos de confianza —dije—, y respecto a nuestra conversación de ayer. Si el río se hiela y tratan de cruzar, ¿puedo estar seguro de contar con tu ayuda?

Me miró con firmeza y sin sonreír.

—¿Podéis ganar? —preguntó.

—Sí. —Lo miré fijamente—. No tengas ninguna duda. Con o sin tu ayuda, los derrotaré. Pero no has respondido a mi pregunta.

Sonrió levemente.

—El rey, Respendial, es mi primo, y su pueblo es mi pueblo. Pero no me parece bien secuestrar a las esposas de los demás reyes. Marcomir y yo nos juramos ser hermanos de sangre, antes de su muerte. —Levantó la muñeca y vi las pálidas cicatrices que la cruzaban—. ¿Es ésta la respuesta que deseabas?

Le apreté el brazo con la mano.

—Sí. Es la respuesta que deseaba.

Capítulo XV

Hacía cada vez más frío. Todos los días me encaminaba a la orilla del río y contemplaba los remolinos, los troncos flotantes, las manchas de colores que cambiaban con la luz sobre la gran masa de agua que se movía sin cesar junto a nosotros. En algún lugar de las montañas altas y cubiertas de nieve que se alzaban a mi derecha, tan lejos que no podía verlas, aquel río cruzaba un gran lago al inicio de su largo viaje hacia el mar sajón. En nuestra zona, medía poco más de quinientas cincuenta yardas de orilla a orilla, pero en la desembocadura llegaba a las novecientas yardas, de modo que en ciertos momentos y lugares parecía un mar interior.

En realidad, no me gustaba el agua. No era un marinero como Gallo, cuyo padre había sido piloto fluvial en el Danubius, pero el Rhenus era mi amigo, y yo lo amaba en todos sus estados, como había amado las piedras grises y desgastadas de aquel Muro del norte donde había pasado mi juventud. Aquel río era una defensa contra lo desconocido, y marcaba el límite de mi mundo romano. Más allá, sólo existía el caos.

El agua estaba muy fría, y su nivel había descendido considerablemente. Un gran tronco de árbol que había sido arrancado de una de las orillas, tal vez en Borbetomagus, llegó flotando mientras estaba allí. Sobre él, gimiendo y empapado pero todavía vivo, había un animal encogido que parecía un gato. Recordé que los gatos eran sagrados para los pueblos de Egipto, y tuve el deseo absurdo y repentino de salvarlo. Tal vez si propiciaba a los dioses suficientes, ellos también me ayudarían cuando lo necesitara. Envié a un jinete río abajo, y más tarde supe que un bote, enviado desde Bingium, había rescatado al gato, que vivía en el despacho del comandante. Se recuperaba a base de leche caliente, y Scudilio había comentado, con una sonrisa, que creía que me estaba volviendo senil. Pero los soldados del fuerte llamaron Máximo al gato, y me sentí complacido.

Entonces llegó el obispo, una figura negra sobre un caballo negro, escoltado por mi caballería y un séquito de eclesiásticos que estaban azules por el frío. Si la santidad tenía algo que ver con el frío, aquellos hombres se encontraban muy cerca del cielo en aquel momento. Para mi sorpresa, el curator iba con él, y cuando bajó del caballo, avanzó muy tieso, como un hombre poco habituado al ejercicio.

Les ofrecí toda la hospitalidad que pude y le pregunté sin tapujos al obispo por qué había venido. Sonrió por un instante.

—Os he traído unas ostras, como regalo para ti y tu amigo. Recuerdo que dijiste que la comida del ejército era muy poco variada.

—No has recorrido toda esa distancia sólo por eso.

Sonrió.

—Será un invierno duro, tal como te dije. Muchos de tus hombres son cristianos, y me pareció que tenía que venir para bendecirlos y rezar con ellos. Confío en que no tengas objeciones.

—Barbatio, ordena que un grupo les prepare las cabañas. No, no tengo objeciones.

Me miró fijamente y dijo:

—Tienes que sentirte muy solo estando al mando, con todo el mundo recurriendo a ti en busca de ayuda, consejo e instrucciones. No puedes confiar en nadie. Es mucha tensión. —Hizo una pausa, esperando a que yo hablara.

—Estoy esperando a que cambie el viento —dije—. Si lo hace, si empieza a soplar del este, nevará, y si nieva, el río se helará y cruzarán el río sobre un puente de hielo. Cuando eso ocurra, mis hombres y yo moriremos.

Pareció sorprendido.

—Hablabas con más confianza ante las autoridades de la ciudad en tu última visita a Treverorum.

—Sí. No quería alarmarlos.

—¿Y por qué me lo dices ahora?

—Tú ya lo sabías. Además, yo no miento, al menos no a los sacerdotes de cualquier fe. Lo sé... aquí dentro. —Me toqué el pecho.

Cogió la cruz que llevaba colgada.

—No es demasiado tarde, hijo mío...

—No —dije—. No traicionaré a mi emperador, ni a mi general, ni a mis hombres. No traicionaré a la gente de Augusta Treverorum. ¿Por qué entonces iba a abandonar a mi dios?

Permaneció en silencio. Era demasiado inteligente y prudente para contestarme que no era lo mismo. Para él no lo era; para mí, sí. Finalmente dijo:

—Haznos saber lo que ocurre si puedes. Esperaremos tus noticias con ansia.

—Haré lo que pueda.

—Tienes aquí a una chica, una especie de rehén. ¿Puedo verla?

—Sí, si es tu deseo. Uno de mis hombres te mostrará dónde está su cabaña.

Se quedó dos días, y luego otro más, y durante aquel tiempo Artorio recorrió el campamento, observándolo todo con ojos curiosos y charlando agradablemente con los oficiales más jóvenes.

Una tarde lo encontré en la orilla, mirando al otro lado del agua oscura, mientras un cisne pataleaba esperanzado a pocas yardas, por si alguien le echaba algo de comer. Me acerqué a él y dije:

—Espero que apruebes cómo he gastado el dinero de los impuestos.

—Tengo mi deber, igual que tú —dijo, muy tieso—. Pero por lo menos, yo intento no ser desagradable al llevarlo a cabo.

Me molestó el comentario.

—Ser soldado no es un oficio cómodo —dije—. Puedes perdonarnos si los que lo practicamos somos algo brutales de vez en cuando. Tú puedes permitirte ser amable precisamente porque nosotros somos brutales.

—¿Acaso crees que se consiguen cobrar impuestos siendo amable con la gente? —dijo con calma.

—¿Qué quieres decir?

—Quiero decir esto. —Se dio la vuelta y me apoyó un dedo en el pecho—. Te crees muy importante porque llevas espada y tienes soldados que obedecen todas tus órdenes. Para ti es sencillo. Para nosotros, no tanto. Tenemos que persuadir.

—Te has tomado tu tiempo para persuadirlos, entonces.

—Te hemos dado todo lo que pediste.

—De mala gana —dije.

—Has empobrecido a toda la ciudad.

—Oh, vamos, no será para tanto.

—Treverorum era próspera hasta que llegaste tú con tus demandas insaciables —dijo con voz amarga—. Me sentía orgulloso de ser su curator. Ahora todo está arruinado. Son los impuestos, siempre los impuestos. Y ahora ya no me quieren. Mira Moguntiacum, un puñado de cabañas llenas de pulgas. Antes era un pueblo hermoso. Ya nadie trabaja para vivir; todo el mundo suplica ayuda. Son escoria.

—¿No se deberá parte del problema al hecho de que hoy en día la gente no puede cambiar de oficio sin ser penalizada?

—Eso no es problema mío. La mitad de los impuestos que cobro van al gobierno central. Pero deberían ser empleados aquí, no para alimentar las bocas ociosas de Roma.

—¿Por qué lo haces, pues?

—Como tus oficiales, obedezco órdenes.

—Y sacas beneficios de tus propiedades, sin duda.

—¿Por qué no? Las compré yo. Por lo menos mantengo a mis esclavos. Están bien alimentados y cuidados. No los azoto hasta que no tienen más remedio que huir.

—Tienes suerte de poder elegir —dije fríamente—. Yo nunca he tenido más de dos criados en toda mi vida.

Ignoró mi comentario. De repente dijo:

—Tus defensas parecen muy fuertes. ¿Podrás sostenerlas si te atacan?

—No soy profeta, sólo soldado —dije—. Pero si tengo dudas, te pediré ayuda. Estoy seguro de que eso marcará la diferencia.

Al cuarto día, el obispo se marchó, y yo lo acompañé a las puertas del campamento para despedirlo. Hacía mucho frío y el cielo estaba negro y púrpura de horizonte a horizonte. Envueltos en nuestras capas y encapuchados hasta los ojos, todavía teníamos frío, pero yo temblaba más de miedo que de otra cosa.

—El viento ha cambiado —dijo—. ¿Lo has notado?

—Sí, sopla del este.

—Trae un mensaje helado para todos nosotros, hijo mío.

El curator dijo, educadamente:

—Pídenos toda la ayuda que necesites.

—Eres muy amable —dije—. Debiste hacerme ese ofrecimiento meses atrás.

En aquel momento me cayó un copo de nieve sobre la manga de la capa. Lo miré con fijeza y suspiré profundamente.

—Es la muerte —dije despacio. Había llegado por fin, y no había escapatoria.

El obispo sonrió y levantó la mano.

—Adiós —dijo—. Que Dios esté contigo.

—Adiós. Que Mitras nos proteja a todos.

Observé cómo el séquito avanzaba por la calzada hasta quedar oculto por la empalizada. Luego me volví y monté en mi caballo, sostenido por un asistente, y regresé a mi alojamiento. Nevaba con fuerza. Siguió nevando todo el día y toda la noche.

Nevó durante tres días, y mis hombres estaban muy ocupados limpiando la nieve seca de los caminos y las rondas de los centinelas, y barriendo las avalanchas que caían de los tejados de las cabañas y bloqueaban las puertas cada mañana.

Al cuarto día el viento se detuvo, el cielo se aclaró y un sol pálido brilló débilmente entre las nubes de algodón. Me puse la capa y me dirigí al río con Quinto. La orilla estaba llena de soldados que observaban el agua. Estaba gélida al tacto, pero parecía clara y no había ningún indicio de que pudiera helarse. Había bárbaros en la otra orilla que habían salido del campamento y que observaban el agua en grupos, como nosotros. Nos saludaron amistosamente, y nuestros hombres les devolvieron el saludo.

—Tendremos aviso si empieza a helarse —dijo Quinto—. El comandante de Borbetomagus enviará un mensaje. Serán los primeros en notarlo.

—Lo sé —dije—. Lo que me preocupa es que continúe nevando y los caminos se bloqueen.

Aquella noche, el viento volvió a soplar. Había cambiado al nordeste, y por la noche desperté al oírlo aullar a través del campamento, como los espíritus de los muertos inquietos. Justo antes del amanecer empezó a nevar, y aquella vez la nieve cayó con fuerza, cubriendo el campamento y obstruyendo la visión del río. Ordené que se doblara la guardia, envié patrullas de caballería a romper la nieve suelta de las calzadas, y puse a todos los hombres a trabajar con palas reforzadas con hierro, limpiando caminos y trincheras. Llegaron mensajes de todos los fuertes, diciendo que la nieve era abundante en las calzadas, que algunos caminos estaban impracticables, pero que el río seguía intacto.

—¿Qué pasa con la flota? —preguntó Quinto.

—Bien, ¿qué pasa con ella? No nos servirá de nada si este tiempo continúa.

—¿Quieres que los barcos regresen a Treverorum o que se queden en Confluentes?

—¿Importa dónde se queden?

—Podemos necesitarlos en primavera —me explicó pacientemente.

Lo miré y al cabo de un minuto bajó los ojos hacia el mapa de encima de la mesa.

—En realidad, se trata de dónde podremos emplear mejor a los hombres. Nos irían bien sus catapultas.

—¿Nos servirán de mucho para romper el hielo si se da el caso? —dije.

—¿Recuerdas los experimentos que hicimos a principios de otoño? —dijo con una leve sonrisa.

—Sí.

—Si el río no está demasiado helado, serán de gran ayuda para romper el hielo, pero ese tipo de hielo tampoco sería lo bastante fuerte para aguantar mucho peso, de todas formas. Si se hiela por completo, sin embargo, probablemente perderemos los barcos. Quedarán rodeados de hielo.

—Valdría la pena.

—¿Quieres que dé las órdenes, pues?

—Sí. Conoces mi opinión en estos asuntos tan bien como la tuya.

Hice una ronda de inspección, primero a Bingium, donde tuve una larga conversación con el comandante legionario y otra con Scudilio, que lo sustituiría cuando retirara a la cohorte.

—¿Por qué mentiste? —dije.

—Tu general ya me hizo esa pregunta.

—Soy yo quien te la hace ahora.

—No creí que me dejaras alistarme si sabías que descendía de alamanes —dijo—. Eso es todo.

Lo miré fijamente.

—He tratado de ser un buen soldado —dijo con nerviosismo—. Pero si lo prefieres, cogeré el dinero que se me debe y me iré. Sería mejor marcharme que permanecer aquí sin contar con tu confianza.

—Sigue en tu puesto —dije—. Cuando llegue el día en que no confíe en ti, te lo haré saber yo mismo.

De Bingium fui a Boudobrigo, Salisio y Confluentes. La nieve aún estaba seca, en polvo en la superficie pero blanda por debajo, de modo que la marcha era difícil y avanzábamos lentamente, pero con el doble de esfuerzo. Estaba muy preocupado porque las zanjas defensivas en torno a los fuertes estaban medio llenas de nieve que el viento había transportado hasta allí. Si teníamos cellisca y la nieve se mojaba, se solidificaría y proporcionaría una base firme sobre la que cruzar. Las trincheras se volverían inútiles.

Desde Confluentes volví a tomar el camino de Treverorum, y pasé una noche en una torre de señales junto al cruce donde se dividían las calzadas. Allí los auxiliares excavaban las trincheras que cruzaban la carretera, construyendo barreras de nieve para mayor protección. Sería allí donde, si era necesario, daría mi última batalla, y me pasé medio día estudiando el terreno con cuidado. Todo tenía un aspecto distinto. Las ramas de los árboles estaban cargadas de nieve; los montículos, el terreno pedregoso y los caminos habían quedado desdibujados, borrados por un blanco uniforme y cegador que se extendía en todas direcciones, hasta donde alcanzaba la vista. Sólo en la calzada y alrededor de la torre, el terreno se había endurecido, volviéndose resbaladizo y peligroso. Bajo la superficie de la nieve, la tierra parecía una roca. Me impresionó la seriedad con que la unidad se tomaba sus responsabilidades. Agilio, el comandante del puesto, no era más que un muchacho, rubio, algo lento pero digno de confianza. Su puesto estaba absolutamente limpio y ordenado, las armas de los hombres estaban en condiciones excelentes y sabían usarlas con eficacia. Obedecían las órdenes con prontitud, y cada hombre tenía un buen conocimiento de sus deberes. Por la tarde se encendieron las hogueras de señales y el humo se elevó en el cielo claro. Observé cómo las bolas oscuras ascendían a intervalos irregulares, y entonces se me acercó Agilio.

—Se te requiere inmediatamente en Moguntiacum, señor.

—Gracias. —Me incliné en mi caballo y contemplé su rostro ansioso—. Mantén limpias las zanjas y reza para que, cuando me veas de nuevo, no vaya al frente de un ejército.

Me sonrió y saludó. Regresé apresuradamente, seguido por mi escolta; pasé la noche en Bingium, y llegué a mi alojamiento poco antes del alba. Había pasado demasiado tiempo en la silla, y estaba exhausto.

Quinto suspiró de alivio al verme.

—No vuelvas a irte —dije—. La próxima vez, puede que no puedas regresar.

—¿Qué pasa?

—Quiero que eches un vistazo al río. Sabes más que yo de esas cosas.

De nuevo nos dirigimos a la orilla con nuestras capas escarlata, rodeados de legionarios y con los bárbaros en la orilla opuesta. Cada grupo miraba al otro con curiosidad.

—Lo verás mejor desde el puente en ruinas —dijo Quinto—. Ven.

Nos paramos en el puente y observé el agua, que se agitaba gélida bajo mis pies. Todavía parecía limpia, pero de vez en cuando alguna zona parecía adquirir un aspecto oscuro y grasiento, como si sobre la superficie flotaran manchas de aceite. Quinto empezó a tiritar.

—Hace frío —dijo. Me miró a la cara y siguió hablando con rapidez—. ¿Qué ocurre, Máximo?

—No lo sé —dije—. Me quedaré aquí a observar. Envía a un hombre con algo de comer y vino caliente. Yo también tengo frío.

Un soldado trajo un brasero de carbón. Me calenté las manos, bebí vino y observé el agua. Los bárbaros también la estaban observando con atención, y era evidente que estaban excitados y complacidos. Las manchas de sustancia grasienta aumentaron tanto que el río parecía oscurecerse lentamente a ojos vista. Se me acercó un mensajero para decirme que Goar había cruzado el río y me esperaba en el campamento; otro mensajero informó de que el centurión de la isla había reconocido a los jefes enemigos en la otra orilla. Hermerico, Gunderico, Respendial y Sunno estaban allí, igual que yo, y también esperaban. Finalmente regresó Quinto, que no podía soportar el frío.

—¿Y bien? —preguntó. Sonaba como un gladiador al preguntar el orden de los combates en los que ha de participar.

—Esto, Quinto —dije con cuidado—, es el aspecto que tiene un río cuando empieza a helarse.

Regresamos al campamento y allí, con su vestido rojo y su capa negra forrada de piel, esperándonos junto a la puerta, estaba la hija de Rando, con una sonrisa en la cara. Junto a ella estaba Fabiano.

—¿Estás contento? —se burló—. Yo sí. Esto es lo que mi pueblo ha esperado todo este tiempo: hielo y nieve.

—Nos odias de verdad, ¿no es así? —dije—. ¿Qué daño te hemos hecho, a ti o a tu pueblo?

—Me habéis convertido en una prisionera —dijo amargamente—. Una prisionera y una esclava. ¿Acaso no basta con eso?

Miré a Fabiano, y la expresión de su cara me sobresaltó.

—Ya basta —dije, y seguí adelante, dejándola de pie en la nieve, mirando al otro lado del río donde estaba su gente.

En el campamento convoqué a un consejo de mis oficiales y los observé desde el otro lado de la mesa. Quinto estaba a mi derecha y Goar a mi izquierda.

—Escuchadme con atención —dije—. No sé cuánto tardará el río en helarse. Pero se helará a menos que cambie el tiempo. Cuando llegue el momento, llamaré a todas las cohortes regulares de los fuertes adyacentes, dejándolos en manos de los auxiliares. Si esos fuertes son atacados, sus comandantes los defenderán durante tanto tiempo como les sea posible; luego incendiarán los campamentos y se retirarán lo mejor que puedan hacia la trigésima piedra miliar. La legión se concentrará aquí, y luchará aquí. He ordenado a las galeras que patrullen por el río tratando de mantener despejado el canal principal, y los comandantes de las islas han de usar las ballistae para romper el hielo durante tanto tiempo como puedan.

—¿Qué hay del puente de Bingium, señor?

—Scudilio lo quemará en cuanto caiga su puesto de avanzada en la orilla opuesta. Las secciones de las torres han de dirigirse a sus fuertes más cercanos en el momento en que en su zona se produzca un ataque masivo. El general Veronio tiene los detalles preparados. Sin embargo, hay que mantener la calzada de Bingium protegida y despejada. ¿Está claro?

Goar se clavó las uñas en las palmas de las manos y las relajó lentamente. Me fijé en el movimiento, pero no dije nada. Había algo que le preocupaba, pero me lo diría en su momento.

—¿Qué quieres que haga yo? —dijo.

—Atacarlos por los flancos en cuanto empiecen a cruzar. Concéntrate en los bagajes y provisiones. Sin comida ni combustible, morirán de frío. Si no podemos detenerlos, cruza también el río, estés donde estés, y reúnete conmigo entre Bingium y Moguntiacum.

Vaciló.

—Es mejor que lo sepas todo —dijo.

—¿Y bien?

—Los burgundios también quieren cruzar a la orilla oeste, y la principal fuerza de los alamanes pretende cruzar por Borbetomagus.

—¿Cómo lo sabes?

—Aún tengo amigos en todos los campamentos. Además, Sunno tiene miedo por su hermana.

—¿Se moverán con los vándalos?

—Tal vez. Probablemente más tarde. Los vándalos son los más inquietos. Hablan de buscar una tierra cálida donde siempre brille el sol. Los alamanes sólo desean controlar la orilla oeste.

—Desde luego, las perspectivas son malas —dijo Quinto.

—He escrito al prefecto pretor en Arelate —dije—. Me ha prometido enviar tropas.

Quinto enarcó las cejas al oírlo, pero yo lo miré fijamente.

—¿Cuántas? —preguntó entusiasmado Fabiano.

—¿Llegarán a tiempo, señor? —dijo Áquila bruscamente.

—Entonces Estilicón ha cumplido su promesa —dijo Goar bajando la mirada.

—Roma no olvida a sus generales —dije suavemente. Miré a Quinto, que estaba observando a Goar, que contemplaba la pared sin expresión—. ¿Te preocupa algo? ¿Qué es?

—A causa de los alamanes y los burgundios, no puedo cruzar el río —dijo Goar—. No puedo abandonar a mi gente. Pero lucharé en la orilla este durante todo el tiempo que pueda. Eso te lo prometo.

Fabiano dijo nerviosamente:

—Señor, dijiste que matarías a la hija de Rando si los alamanes cruzaban. ¿Lo vas a hacer?

Lo miré fijamente y dije:

—Yo doy las órdenes, tú las obedeces. —Me volví y llamé a Áquila. Él asintió, se dirigió a la puerta y gritó. Hubo una pausa y entro el aquilifer, portando el Águila. Era de bronce cuidado y brillante, y estaba algo desgastada de tanto pulirla; acababa de ser limpiada y resplandecía a la luz de la lámpara—. Un soldado sólo puede cometer dos pecados: deserción y cobardía. Nunca los he tolerado, ni lo haré ahora. Cualquiera que desee ser liberado de su juramento, debe pedirlo ahora, o callarse por completo. —Sonreí al ver que nadie se movía—. No soy emperador, ni lo seré nunca. Me conformo con estar al mando de la Vigésima. No hago promesas, ni digo mentiras. —Levanté una mano—. Pero ante el Águila, sólo existen la muerte o la victoria. En este asunto somos como los gladiadores en la arena, y me alegro de que sea así.

Saludaron al Águila y me saludaron a mí. Y luego salieron. Me serví una copa de vino y la deposité con cuidado en la mesa. Entonces me senté pesadamente en un taburete y me apoyé la cabeza en las manos. Me sentía muy viejo y muy cansado.

Aquella noche volvió a nevar.

Ya era diciembre, y cada mañana los pájaros se reunían en torno a las cocinas, buscando migajas de comida. Los lobos aullaban en el bosque por la noche, y los zorros, muertos de hambre, se colaban por las empalizadas de la aldea en busca de presas. El humo azul del campamento enemigo flotaba denso y pesado en el aire frío; y la sustancia negra sobre las aguas oscuras se convirtió en círculos de hielo finos y delicados. Las galeras se movían lentamente arriba y abajo por el canal principal. Los centinelas tiritaban en las torres de vigilancia y limpiaban la nieve de las ballistae cada mañana. Muchos hombres enfermaron; algunos de llagas, otros de fiebre, y los que seguían de servicio parecían delgados y fatigados por el esfuerzo de luchar contra el frío intenso. Otros trataban de pescar, con la esperanza de mejorar su dieta con comida fresca, pero pocos conseguían algo. Fabiano, que entendía de aquellos temas, les dijo que era una pérdida de tiempo.

—Es inútil —dijo—. Con este tiempo, los peces se entierran en el barro.

Los círculos de hielo empezaron a unirse y formaron lo que llamábamos hielo negro. Los témpanos descendían flotando, algunos para romper el hielo negro y avanzar hasta Bingium, y otros para quedarse encallados contra las orillas o atrapados y retenidos por el fino hielo. Cada día a ciertas horas disparábamos proyectiles contra el agua con las ballistae. Al principio tuvimos éxito. Las bolas de sesenta libras de hierro rompían el hielo con facilidad, de modo que era arrastrado por la corriente, pero cada día parecía haber más hielo en movimiento que el anterior, y la tarea se fue haciendo cada vez más difícil. Las galeras golpeaban el hielo con los remos, y el nivel del agua, que debía haber descendido, permaneció constante. Cada día salía el sol, un disco pálido en un cielo gris, y los grajos, negros y de ojos duros, se posaban en las murallas, graznando con melancolía, para vernos trabajar. Por las noches se podían ver lobos. Se movían en torno a los bordes de los claros, a veces gruñendo y luchando entre ellos, pero era más habitual que se limitaran a quedarse esperando, como si supieran que tendríamos que acabar siendo sus presas. Eran como los vándalos, que nos crispaban los nervios con aquella paciencia terrible y controlada. Y por la noche se elevaba la luna para brillar sobre una tierra blanca, muerta y silenciosa, a excepción del ulular de los búhos que vivían en las islas y que eran mejores centinelas que los legionarios de yelmo dorado que montaban guardia, aturdidos e inmóviles, mirando a la otra orilla con ojos fatigados y tambaleándose suavemente por el frío. Los témpanos cambiaban de color bajo la luz variable; a veces eran azules, a veces verdes y a veces negros. Sólo al final adquirieron un tono blanco. Cada mañana las galeras encontraban más difícil levar anclas y abrirse camino hacia la corriente. Las proas presionaban el hielo y una línea delgada y negra, o tal vez una serie de líneas, aparecían de repente, como cuerdas tendidas a través del agua congelada, y se oía una gran explosión cuando el hielo se rompía, y luego un áspero rechinar que duraba y duraba cuando los témpanos rotos se frotaban unos con otros y las galeras los obligaban a separarse.

—Ya no falta mucho —dijo Quinto.

—No, no mucho. Hemos esperado mucho tiempo.

El hielo empezó a endurecerse junto a las orillas, y la superficie helada se extendió hacia fuera hasta que sólo quedó una estrecha corriente, de cien yardas de anchura, en el centro del río, a través de la cual el agua giraba y se retorcía como una serpiente gigantesca. El hielo seguía siendo delgado y, como dijo Gallo, se rompía bajo la presión, pero cada noche volvía a helar y el trabajo de todo el día quedaba arruinado en pocas horas.

Una tarde cinco hombres trataron de cruzar el río desde la orilla este. Nunca supimos por qué lo intentaron. Tal vez les ordenaron poner a prueba el hielo; tal vez estaban desesperados o fuera de sí por la fatiga y el hambre. Esto último es lo más probable. Los observamos, cinco puntos diminutos en la distancia que, al acercarse más, se convirtieron lentamente en hombres avanzando con dificultades entre los montículos y resbalando en la nieve acumulada. Cuando llegaron al canal central se detuvieron y buscaron el modo de cruzar. Uno trató de saltar a un témpano, pero éste se volcó. El hombre perdió el equilibrio y cayó al agua. Incluso a aquella distancia pudimos oír su débil grito de desesperación. Luego abrieron fuego dos ballistae del campamento. Las bolas de hierro se estrellaron con una precisión repugnante a derecha e izquierda de los hombres restantes. El hielo crujió y se rompió, y los hombres desaparecieron en el agua. Un momento después vimos su cabeza en la superficie, mientras arañaban frenéticamente los costados rugosos de los témpanos. Luego los témpanos giraron lentamente en la corriente, frotándose unos con otros como si fueran amigos, y al cabo de un rato no quedó otra cosa que ver que el agua negra y el hielo en movimiento.

Entonces se encendieron las torres de señales y se elevaron varias columnas de humo. Los encargados empezaron a recibir mensajes de los fuertes adyacentes, y un anciano jinete con el rostro ennegrecido por el sol me trajo un mensaje de Goar, que decía que Gunderico deseaba hablar conmigo.

—¿Por qué vas a ir? —dijo Quinto—. Hablar es una pérdida de tiempo.

—Esto también —dije, señalando el tablero de damas donde Quinto tenía a mis piezas completamente acorraladas, como ovejas al cuidado de un perro demasiado celoso—. ¿Por qué no? Por lo menos, yo sí tengo tiempo que perder.

Me miró con media sonrisa.

—Lo que valoro es tu compañía. El tiempo se nos acaba.

—Muy bien. Acabemos la partida, de todos modos.

Fui acompañado de Fabiano. Cruzamos el puente en Bingium y ascendimos lentamente por la orilla hasta encontrar a Goar, que estaba solo. Nos guió colina arriba, al otro lado de nuestro campamento, y luego a través de los bosques nevados hacia la pendiente que dominaba la posición enemiga. Era un mundo blanco, un mundo misterioso de nieve resplandeciente y árboles desnudos. No había viento, y el sol brillaba como una moneda de oro en el cielo gris. Un halcón de alas blancas con el cuerpo pardo permanecía erguido sobre los restos de una cabra muerta, y picoteaba la carne congelada con furiosa energía. Tenía tanta hambre que apenas levantó la vista cuando pasamos junto a él. El frío era terrible, y me estremecía contemplando el vapor de mi respiración, que se mezclaba con la de mi caballo en el aire helado. Por encima de nosotros pasó una bandada de cisnes volando hacia el sur, y supe que huían de la amenaza de una ventisca que esperaba en el cielo oscurecido del nordeste.

Dos jinetes nos esperaban en la distancia, junto a un árbol deforme y solitario. Eran dos figuras negras sobre una infinitud de blanco. Al acercarnos, vi que el rey vándalo estaba acompañado por Juliano. Nos miramos un instante, pero no desmontamos. Se estaba más caliente sentado sobre el caballo. No temía una emboscada. ¿Qué sentido hubiera tenido? No me tenían ningún miedo. ¿Por qué iba yo a matar a traición al rey vándalo? ¿Qué me importaba Gunderico? Era a su pueblo a quien temía, no a él.

Apoyó las manos en la silla y yo hice lo mismo. En sus espesas cejas y su enmarañada barba se veían copos de nieve. Tenía las mejillas hundidas y el rostro estrecho, como un zorro hambriento. Si su pueblo había pasado hambre, por lo menos él había compartido su sufrimiento.

—Eres un hombre astuto —me dijo—. Nos engañaste respecto a tu número de hombres.

—Vosotros lo hicisteis necesario —dije—. Pero así y todo, os dimos una buena batalla en la orilla este.

—Durante un año nos has retenido con trucos, mentiras y engaños. —Miró a Goar y frunció el ceño—. Creaste tanta disensión que discutimos entre nosotros. Lo hiciste bien. Y sin embargo... —Hizo una pausa—. Todavía estamos en la orilla este, y el río se hiela rápidamente. Pronto será el momento de cruzar.

—Ya lo sé. ¿Cuál es el problema?

—Pese a todo lo ocurrido, todavía preferiríamos cruzar en paz. Eres un soldado, y te respetamos como a un buen guerrero.

—Antes de que esto acabe, me considerarás un gran guerrero.

—Puede ser. —Frunció el ceño y se frotó la nariz.

—Bien. ¿Hablas en nombre de los demás reyes?

—Sí.

—¿Y bien?

—Estamos dispuestos a servir a Roma y a prestar juramento a tu emperador. Pero necesitamos tierras —dijo ásperamente. Extendió las manos mientras hablaba. Eran unas manos muy grandes.

—Yo no puedo dártelas.

—Ya lo sabemos. Pero te haré una nueva oferta.

—Sí.

—Todos seremos iguales, cada rey gobernando a su propio pueblo. Ninguno de nosotros puede ser rey por encima de los demás, o habría celos, desconfianza, odio y guerra. Pero podríamos confiar en ti, pues te respetamos. Permítenos cruzar en paz y tomar la Galia, y te levantaremos sobre un escudo, como es nuestra costumbre, te coronaremos con un aro de oro y te proclamaremos emperador. Y juraremos servirte si tú, por tu parte, juras servirnos a nosotros.

—¿En qué lado del río celebraréis esa ceremonia?

—Te coronaremos en nuestro campamento, para demostrarte hasta dónde llega nuestra confianza.

—¿Crees que aceptaré?

—Te hacemos esta oferta porque eres lo que eres —dijo lentamente—. Si no me crees, habla con este hombre. Ocupa una posición importante entre el pueblo alamán, y creo que te conoció en otra vida. Te esperaré. —Dio la vuelta a su caballo entre un remolino de nieve, y se alejó unos cuantos pasos, hacia el árbol que tenía detrás. Con un gesto, indiqué a Fabiano y Goar que se reunieran con él. Juliano se apartó la capa y sonrió con ironía.

—¿Qué te parece? —dijo—. Es un gran honor.

—¿Crees que aceptaré?

Ignoró mi pregunta y dijo:

—Una vez me ofreciste tu villa de Arelate. ¿Lo recuerdas? ¿Lo mantienes? ¿Regresaste allí alguna vez?

—Lo mantengo —asentí—. Nunca regresé.

—Lástima. Hubiera sido mejor morir allí, bajo el sol, que en este lugar desolado y terrible. —Un lobo aulló en la distancia, y el viento nos azotó la cara.

—¿Qué te hace pensar que moriré? —dije.

—Si mueres será porque eres... Máximo. Por ninguna otra razón —dijo con tristeza.

—Eso se puede decir de cualquier hombre.

—Tal vez. —Se inclinó hacia delante y palmeó el cuello de su caballo—. Es una buena oferta. Sólo tienes una legión. Me pregunto cuál.

—La Vigésima.

Se estremeció.

—Los dioses siguen bromeando con nuestras insignificantes vidas.

—No queda nadie más que yo de los que servían con la Vigésima en nuestra época.

—Amas a esa legión, ¿no es cierto?

—Sí.

—Si rechazas la oferta, más te valdría enviarlos a las minas como a criminales convictos. Por lo menos, seguirían vivos.

—Lo sé.

Nos miramos fijamente. En su rostro había una expresión curiosa que no pude descifrar.

—Seguro que ya sabías cuál era mi legión —dije.

—No. —Su respuesta fue enfática.

Me estremecí. Hacía mucho frío.

—¿Por qué no aceptas? —me preguntó con calma.

—Mi Imperio ha tenido más emperadores usurpadores de los que puedo contar. La mayoría fueron asesinados; todos ellos debilitaron al Imperio que pretendían reforzar. No quiero ser uno más, no así.

—El Imperio está muriendo, Máximo. Es más débil que cuando eras un niño que jugaba en las playas arenosas del sur de la Galia.

Me mordí los labios al recordarlo.

—Se ha recuperado otras veces —dije—. ¿En cuántas ocasiones han roto los bárbaros la frontera? ¿Cuántas veces se ha dicho que Roma estaba acabada? Pero siempre los rechazamos, y Roma sigue en pie. Roma existe. Nada puede alterar eso. Es su destino.

—Tal vez —dijo—. Pero tal vez no del modo que tú crees.

—¿A qué te refieres?

—No lo sé —dijo, encogiéndose de hombros—. Pero vivimos en una época de grandes cambios. Pocas cosas duran para siempre. Yo lo sé muy bien.

El viento soplaba con más fuerza y la nieve de la superficie empezó a formar remolinos, como de polvo, entre las patas de nuestros caballos. Lo miré y dije:

—Estás muy delgado, Juliano.

—Sólo es por el frío y la falta de alimento. —Hablaba como alguien habituado a esas cosas.

—Ahora yo voy a ofrecerte algo —dije—. Una amnistía para ti y tu familia. Tráelos a Bingium, y os daré dinero para que vayáis donde queráis, para que os instaléis donde os apetezca. Acéptalo, por los viejos tiempos.

—¿Puedes golpear una roca y hacer brotar agua? —respondió—. No quiero nada tuyo. Ya me has dado suficiente: los años en la arena, el estigma y la vergüenza. Por eso todavía llevo la marca en el tobillo, en señal de que una vez fui esclavo. —Levantó la cabeza—. Bien, lo acepto. Era el precio que tenía que pagar por lo que había hecho. Ahora lo comprendo. —Miró fijamente la nieve y siguió hablando en voz baja—. Mataste a la hija del sumo sacerdote y no puedes devolvérmela. No quiero nada tuyo. No puedes lanzarme una moneda y arreglar lo que estaba mal. Me irá muy bien sin tu ayuda.

—Lo comprendo —dije ásperamente—. Yo tampoco puedo aceptar tu oferta. Di a Gunderico que, si lo hiciera, no sería el hombre que desea como emperador.

—Si fueras esa clase de hombre, no habrías recibido la oferta —dijo.

—¿Llegaste a encontrar lo que buscabas? —dije—. ¿Un propósito que no se te rompiera entre las manos?

Me miró y me sorprendió el dolor que reflejaban sus ojos.

—No quiero nada más que vivir en paz —dijo—. Cuando mis hijos y mis nietos me sonríen, siento calor en mi interior. Pero parece que eso también tiene un precio que hay que pagar. —Hizo una pausa y cuando volvió a hablar apenas pude oírlo—: Antes de salir a la arena, solíamos ofrecer nuestras plegarias ante la imagen de la Venganza, que estaba entre el vestuario y el túnel de salida. En aquel túnel podías ver la luz blanca que era la arena, y oír las voces de los centinelas y el horrible rugido de la multitud. Pero el túnel estaba oscuro y tranquilo. La piedra áspera de las paredes y el mármol fresco del altar resultaban deliciosos al tacto cuando estabas allí, temblando de miedo y nerviosismo. Solía pedir muchas cosas, pero nunca creí que mis plegarias fueran a obtener respuesta. —Levantó la cabeza un instante—. Oh, dioses, ¿por qué me respondéis ahora, después de tantos años, y de este modo? —Estaba encogido en la silla, con la mirada lejana y los hombros temblorosos.

—Sé feliz si puedes —dije—. Vive el presente, Juliano. Es más fácil que el pasado. —Le tendí la mano—. No volveré a encontrarte. Pero recordaré los tiempos felices, te lo prometo, con placer y sin dolor.

Se volvió hacia mí y me dedicó la parodia de una sonrisa. Dijo:

—Adiós, Máximo, amigo mío. Es gracias a personas como tú que Roma ha durado tanto tiempo. Ganaremos la batalla, pero tú no serás derrotado.

Esperé a que Fabiano se reuniera conmigo. Al borde de la pendiente, los dos caballos lejanos se detuvieron por un instante, y uno de los jinetes levantó la mano en señal de saludo. Respondí levantando la mía. Empezó a nevar de nuevo, y el viento nos empujaba por la espalda mientras nos dirigíamos al río. Hacía tanto frío que no podía evitar tiritar, pero sentía calor por dentro. En cierto modo, era casi feliz.

La fuerza del viento aumentó aquella noche, y las puertas repicaban y las persianas golpeaban mientras el frío azotaba sin piedad todo el campamento. El canal se estrechaba pulgada a pulgada, y la nieve se amontonaba sobre el hielo y formaba grandes montículos irregulares. Ordené que los barcos avanzaran corriente abajo antes de que quedaran atrapados; moverse les resultó muy difícil, de modo que me vi obligado a usar cuerdas de remolque, y los hombres se esforzaron y tiraron en la orilla para sacar de allí a las galeras y conducirlas a la seguridad de la isla del sur. Una galera se quedó, pues tenía el casco dañado bajo la línea de flotación, y la tripulación trabajó toda la noche para arreglarlo. Sin embargo, el retraso resultó fatal, y aunque conseguimos poner el barco en la corriente y moverlo treinta yardas en dos horas, volvió a encallarse. La nieve caía con fuerza y tuvimos que abandonarlo. Ordené que, en cuanto el tiempo mejorara, la tripulación llevara a tierra el cargamento y las provisiones útiles. Querían permanecer a bordo, perro no se lo permití. Estaban más seguros en la orilla.

Aquella noche el frío empeoró y pudimos oír el hielo gimiendo en el río, mientras el viento azotaba su superficie y los témpanos sueltos que quedaban chocaban unos con otros. Algunos, empujados por la presión del hielo de más arriba, eran expulsados fuera del agua, para congelarse encima del hielo. La ventisca duró tres días; el cielo estaba cubierto de nubes negras de norte a sur, y la nieve caía y lo cubría todo. Era imposible salir, la visibilidad era inferior a un tiro de lanza dentro del campamento, y por la noche no se veía nada más que una masa arremolinada de blanco y negro. Los centinelas se apiñaban en torno a los braseros en sus torres y volvían la espalda al viento. Un ejército podría haberse acercado al campamento y los centinelas no lo hubieran visto ni oído. A través de los gemidos del viento, los hombres de oído agudo podían oír débilmente el incesante crujir y golpear del hielo. Toda la noche oí los témpanos rugir y estremecerse mientras el viento los lanzaba unos contra otros, y se iban quedando inmóviles en una serie de barreras altas, como un campo arado en todas direcciones al mismo tiempo. Dos centinelas murieron en sus puestos durante aquellos días, y más tarde, en la calzada frente al campamento, encontramos a un caballo y su jinete, ambos aún erguidos, que habían quedado atrapados por la tormenta y se habían asfixiado en una avalancha de nieve. El jinete había venido desde Borbetomagus, pero nunca supe qué mensaje me traía. Al quinto día, la ventisca cesó, y el viento volvió a soplar del nordeste. El cielo estaba despejado, a excepción de unas cuantas nubes rotas, y de una masa oscura en el este que no nos alcanzaría a menos que el viento volviera a cambiar.

El río había quedado en silencio, y la repentina calma resultaba aterradora. Me dirigí a lo que imaginaba que sería la orilla del Rhenus. Había desaparecido por completo bajo una inmensidad desolada de fragmentos rugosos e irregulares de hielo y nieve, deformados por la corriente, azotados por el viento hasta adquirir formas fantásticas de silencio esculpido. El agua no se veía en absoluto. A la derecha, el casco roto de la galera abandonada se elevaba en un ángulo empinado. Recorrí la superficie irregular y fui incapaz de distinguir si me encontraba sobre tierra o sobre hielo. Nada crujía bajo mi peso. La capa debía de medir varias pulgadas. Me protegí los ojos del duro resplandor y pude ver hombres en la distancia, figuras negras y diminutas contra un brillo de luz cegadora. No sabía si estaban en la orilla o sobre el hielo. Nada nos separaba ya, salvo un breve paseo que cualquier hombre podría recorrer en un día de invierno. Me volví y regresé adonde me esperaban mis oficiales, en un grupo silencioso en el terreno alto frente al campamento. Fue entonces cuando las manos me empezaron a temblar de miedo.

—Fabiano, envía la señal a los comandantes de los fuertes para que se trasladen aquí con sus hombres. Que los auxiliares tomen el mando. Avisa al consejo del pueblo que hay que evacuarlo; todo el mundo tiene que marcharse mañana al mediodía.

»Quinto, que tu caballería rompa la nieve de la calzada y de los caminos principales que llegan al campamento.

»Áquila, que limpien de nieve las plataformas de disparo. Envía relevos a las islas y aprovisiónalos con raciones para cinco días.

»Barbatio, todas las casas que se encuentren a menos de trescientas yardas del campamento han de ser evacuadas y destruidas. Encárgate ahora.

»Otra cosa, Fabiano. Di al comandante de Bingium que queme el puente antes de marcharse. Envía ese mensaje de inmediato. Scudilio es un buen hombre, pero ya tendrá bastantes preocupaciones sin añadirle ésta.

»Intendente, distribuye todas las jabalinas y flechas de reserva. Ya no nos servirán de nada en los almacenes. Reparte raciones para tres días y di a los comandantes de sección que muelan el grano ahora.

Sonaron las trompetas, se gritaron órdenes, y las tropas empezaron a moverse para hacer sus tareas. Se me acercó un centurión.

—Señor, hay un hombre cruzando el río. Está solo. ¿Qué hago?

—Déjame ver —dije. Me dirigí a la muralla del río y Quinto me acompañó. Los bárbaros seguían en la orilla, una débil mancha negra contra la nieve, como un rastro de suciedad sobre una toga. A través del hielo roto avanzaba un hombre. Cuando se acercó más, pudimos ver que avanzaba en una carrera lenta, con la espada en la mano derecha y una lanza en la izquierda.

—¿Está loco? —dijo Quinto, desconcertado.

—Puede que sea un espía, señor —dijo un legionario, que permanecía junto a nosotros sosteniendo un arco.

—Mis espías no regresan de ese modo —dije, meneando la cabeza—. Y tampoco es un embajador, con las armas a la vista.

—Tal vez esté loco —dijo el centurión de servicio en voz baja.

Se acercó cada vez más. Pudimos ver que era un hombre de mediana edad, con la barba salpicada de gris y la expresión torturada, pero no sabíamos si por el odio o por el esfuerzo de la carrera. Había algo extraño y terrible en la llegada de aquel hombre. Se acercaba inexorablemente, como si nada pudiera detenerlo. Nos gritaba con fuerza, pero al principio no pudimos oír lo que decía.

—Está loco —dijo Quinto.

—¿Disparo, señor?

—No. Espera a mis órdenes.

El hombre llevaba el atuendo de los vándalos de Siling, e iba descalzo. Cuando estuvo a doscientas yardas me puse las manos en torno a la boca y le grité:

—Párate donde estás o dispararemos. Deja las armas y declara quién eres.

No hizo ningún caso. Gritaba con voz fuerte y aguda:

—Carniceros... asesinos... mi esposa... mi esposa... niños... carniceros... muertos de hambre... carniceros... bárbaros. —A cincuenta yardas de distancia se detuvo jadeando—. Asesinos —gritó.

Se irguió y arrojó la lanza con una fuerza tremenda. Pasó entre dos legionarios y se clavó en la zona de formación a los pies de un sobresaltado soldado que llevaba un saco de grano. Entonces echó a correr de nuevo, con la espada desenvainada en la mano. Hice una señal con la cabeza al centurión, que gritó:

—Preparados... listos... disparad.

Tres flechas le acertaron en el pecho mientras corría a toda velocidad hacia la puerta. Se detuvo en seco. Su cuerpo retrocedió dos yardas por la fuerza de las flechas, girando mientras lo hacía, y entonces, arqueándose ligeramente, quedó tendido de costado sobre la nieve.

Los soldados bajaron sus arcos y nos miramos unos a otros en silencio. Nadie sabía qué decir. Había sido algo extraño y horrible, incluso para nosotros, soldados profesionales. Aquel hombre había perdido el juicio, como había dicho Quinto.

—Recoged sus armas —dije—. Dejad el cuerpo donde está. Los lobos se encargarán. —Me volví y me dirigí a la escalera. Fue entonces cuando tomé mi decisión.

Quinto, que me seguía, dijo con voz tensa:

—¿La hija de Rando?

—¿Y bien?

—No lo hagas. Ya no tiene sentido.

No le respondí, y lo dejé en pie frente a la armería número cuatro, mirándome con perplejidad.

Mientras recorría el campamento vi encenderse las hogueras de señales cuando prendieron el carbón y el alquitrán, y un perro vagabundo ladró de repente mientras se apretaba contra una pared y un grupo de caballos pasaba junto a él. En el despacho del escribiente, sus ayudantes quemaban todos los documentos innecesarios, mientras los pergaminos que había que guardar eran cargados en una carreta bajo la dirección de un auxiliar. Había grupos de soldados que iban de cabaña en cabaña con sustancias inflamables, para que todos los edificios pudieran ser incendiados sin dificultad cuando llegara el momento, mientras otros preparaban secciones de empalizadas en cruces estratégicos del campamento, de modo que, si la muralla exterior caía, los bárbaros tendrían que seguir luchando para abrirse paso, edificio a edificio. Aquí había un arquero, ocupado con sus flechas; allí, un legionario colocaba las jabalinas en hileras a lo largo de la plataforma de disparo; y las puertas norte y sur fueron reforzadas con grandes vigas de madera. Resistirían incluso un ariete cuando llegara el momento. Me pasé la mañana en el despacho, respondiendo preguntas y dando órdenes, mientras los mensajeros iban y venían con torrentes de información. Poco antes de mediodía apareció Quinto, con el rostro empapado de sudor.

—La chica —dijo—. No has contestado a mi pregunta.

Tenía dolor de cabeza y estaba atrozmente preocupado. Lo miré. Él también parecía fatigado, y un músculo se movía en espasmos junto a su boca. Siempre estaba en aquel estado antes de entrar en combate, demasiado tenso, malhumorado y con tendencia a la irritabilidad.

—¿A qué viene tanto interés? —dije—. ¿Acaso la quieres para ti?

Empezó a parecer furioso, enrojeció, pareció decidirse a hablar, se contuvo, se volvió y salió dando un portazo. Sonreí y seguí con mi trabajo. Llegó otro mensajero con noticias de Goar. Guntiaros había descubierto que su hijo estaba en manos del alano y había interrumpido inmediatamente los suministros al campamento enemigo. «Pero no confío en él», escribía Goar. «De momento, está asustado. No durará. Si hace cualquier movimiento en contra nuestra, le enviaré a su hijo cortado en pedazos. Tengo hombres vigilando constantemente, y te lo haré saber en cuanto el enemigo empiece a levantar el campamento. Podrás...» Leí la carta hasta el final. Comí un plato de cerdo con alubias, regado con un vino que ni siquiera un intendente hubiera soportado.

Por la tarde tomé mi bastón y salí al campamento. Llamé a la puerta de su cabaña y me respondió una voz débil. Entré. Estaba junto a la mesa, con las manos apoyadas en el borde, y tenía el rostro muy pálido. Tembló violentamente al verme; me hizo pensar en un cachorro enfermo. Las contraventanas seguían cerradas, y en la habitación había un olor extraño. Las abrí y dije ásperamente:

—El río se ha helado.

Ella asintió, levantó la cabeza y me miró con las pupilas dilatadas.

—Es lo que he pensado cuando... he oído las trompetas.

Eché un vistazo a la habitación; vi la cama arrugada, el vómito seco en el suelo y la jarra de agua vacía sobre la manchada mesa. No había rastro de comida.

—¿Siempre tienes esto tan sucio? —dije.

Se apretó las manos y no me respondió. Me miraba fijamente. Estaba demasiado asustada para hablar.

Me acerqué a ella y retrocedió con un sollozo.

—¿Has estado aquí sola desde que empezó la ventisca?

Volvió a asentir.

—Sí.

—¿A oscuras?

—Al principio tenía luz. Luego se me acabó el aceite. La puerta estaba cerrada, como siempre. Nadie vino. Hacía... mucho frío.

Me volví a la puerta.

—Centinela. Busca al centurión de servicio. Ahora. —Se había situado detrás de la mesa, como si la necesitara para sostenerse. Me acerqué a ella. Volvió a estremecerse.

—¿Es el momento? —susurró.

—Sí —dije—. Es el momento de que desaparezcas.

—Estoy lista —dijo con una voz que apenas pude oír—. No tengo miedo. No... eso es mentira. Sí lo tengo. ¿Dolerá mucho? Traté de no pensar en eso. Se lo pregunté al herrero. Se lo pregunté después de que... nos cogieran. Pensé que sería más fácil si lo sabía... exactamente. Me dio unos cuantos. Éstos son los que emplearéis, ¿verdad? —Abrió las manos y vi tres grandes clavos triangulares en su palma. Ciertamente, eran los que empleábamos.

—Mi pobre niña —dije. La abracé y se echó a llorar. Cinco días en la oscuridad, en aquella cabaña, pensando en mis amenazas, tratando de reunir el coraje para enfrentarse al horror, al dolor, a lo insoportable—. Te voy a enviar con el obispo de Treverorum. Él cuidará de ti. Si te quedaras aquí no estarías a salvo, ni siquiera entre tu propia gente. He visto cómo se comportan los hombres después de una batalla. Después, ocurra lo que ocurra, podrás regresar si lo deseas.

—Fabiano —susurró.

—Tienes que ser valiente —dije—. Hay jóvenes en tu tribu. Tal vez ya habías estado con alguno. No lo sé.

Trató de sonreír.

—No me lo preguntaste.

No, no se lo había preguntado. Recordé lo que me había dicho Juliano. Nunca preguntaba por la gente. Nunca me había interesado.

—Fabiano debe quedarse conmigo. Es un soldado.

—Le quiero. —Empezó a llorar—. Intenté odiarlo... es el enemigo... pero no puedo. Le quiero.

—Tienes que decírselo. Le ayudará. Nosotros... los soldados siempre luchamos mejor cuando sabemos que alguien nos ama —dije con voz ronca. Le palmeé el hombro—. Te lo enviaré.

Levantó la cabeza.

—Pensé que...

—Sé lo que pensaste. —Hice una pausa—. Una vez maté a una mujer. Es algo que nunca he podido olvidar.

—¿Por qué?

—Eres como la hija que siempre deseé pero nunca tuve.

Encontré a Fabiano en mi despacho y le dije lo que tenía que hacer.

—Puedes acompañarla hasta Bingium, eso es todo. No tenemos mucho tiempo.

—¿Cuánto tiempo queda, señor?

—No lo sé. Ellos tardarán tanto tiempo como nosotros en prepararse. Hoy es la fiesta cristiana. Puede que tres días. Goar encenderá una hoguera en cuanto se muevan. Ha preparado tres fuegos en las pendientes de la escarpadura, en forma de triángulo. Cuando estén encendidos, sabremos que ha llegado el momento. Ahora muévete. Tengo cosas que hacer.

Más tarde vino Gallo, ya sin sonreír, pero tan tranquilo y sensato como siempre.

—Soy un marinero sin flota —dijo—. ¿Cuáles son las órdenes para mis marineros, señor?

—Pueden volver a Treverorum si lo desean.

—Creo que preferirían quedarse y luchar —dijo fríamente.

—Muy bien, quien quiera quedarse puede hacerlo. Hazlos formar en una unidad bajo tu mando. Habla con Julio Optato, y que les den armas y equipamiento. Luego llévalos al antiguo campamento. Los mantendré como reservas. A partir de ahora, cobrarán sueldo de legionario.

Recorriendo el campamento, vi al ex esclavo, Fredbal, apilando espadas frente a la armería. Había ganado peso en los meses que había pasado con nosotros. Parecía sano y en forma, pero un centurión me había dicho que vivía encerrado en sí mismo, era poco sociable y hablaba raras veces, aunque era hábil con las manos. Lo llamé, se me acercó y se puso firme. Nunca olvidaba que había sido soldado.

—Pronto estaremos en peligro —dije—. Si lo deseas... y te lo aconsejo... puedes evitarlo. Me ocuparé de que te den el dinero que te debemos, y puedes viajar con los demás a Treverorum. Los alamanes están demasiado cerca.

Me respondió con su voz rota:

—Si el general lo desea, me iré. Pero preferiría quedarme. No soy demasiado viejo para usar una espada, y tengo cuentas que ajustar con los del otro lado del río. —Escupió mientras hablaba.

—Como prefieras. —Sonreí—. Te ayudaré a ajustar tus cuentas, si puedo.

Aquella noche convoqué una reunión de mis oficiales superiores y hablamos de la estrategia y la táctica para la batalla que se avecinaba. Quería asegurarme de que cada hombre supiera exactamente lo que se esperaba de él. Al final, Áquila dijo con una sonrisa:

—¿Qué hacemos con el cofre de la paga, señor, y con los demás fondos?

Hubo una carcajada general.

—No voy a pagar a los hombres ahora, centurión en jefe, si es a eso a lo que te refieres. Ya tendrán suficientes cosas que llevar sin la carga de la plata. No te preocupes. Lo voy a enviar todo a Treverorum. Tenemos unos cuantos hombres enfermos o heridos, que aquí no serían de ninguna utilidad. Servirán de escolta. Lo pondré bajo la custodia del obispo. Creo que puedo confiar en él. ¿Satisfecho?

—Sí, señor —asintió.

Aquel año no hubo fiestas, ni celebraciones, ni alegría, ni plegarias de agradecimiento; sólo una larga hilera de carretas y gente avanzando entre la nieve en una fila aparentemente interminable, de camino hacia Bélgica y la seguridad. Aquella noche, Quinto, yo y otros cuatro salimos de la aldea, pasamos junto al antiguo campamento y ascendimos la colina hasta el templo de madera; allí celebramos nuestro misterio. Me reconfortó pensar que la larga noche de nuestras vidas terminaría pronto y que todos nosotros teníamos el coraje y la fuerza para enfrentarnos al desafío. Pasaríamos de un círculo al siguiente, y el cambio no sería a peor. Me lo habían dicho; lo sabía. De modo que adoré al dios que me consumía con el corazón tranquilo. Después, mientras salíamos a la oscuridad, y las luces del campamento brillaban debajo de nosotros, Quinto me puso la mano en el hombro. Era un gesto raro. En todos los años que habíamos pasado juntos, nunca nos habíamos tocado, salvo en los encuentros o despedidas.

—Tú me perdonaste, Máximo, pero yo no puedo perdonarme a mí mismo —dijo—. Por eso te hubiera hecho emperador de haber podido.

—Lo comprendo —dije con una sonrisa—. Me pregunto si Estilicón se acordará de nosotros. Escribí a Saturnino anoche. Le envié recuerdos tuyos.

Regresamos al campamento y esperamos, pero la espera no duró mucho. El día treinta y uno de diciembre del año cuatrocientos seis del dios del calendario cristiano, los pueblos de Germania, alanos, cuados, marcomanos y vándalos de Siling y Asding, dirigidos por sus cinco reyes, levantaron el campamento y cruzaron el hielo frente a Moguntiacum.

Capítulo XVI

Aquella noche hubo luna llena, y el cielo estaba claro, de modo que los centinelas podían ver la nieve del otro lado del río. Poco antes de las cuatro se encendieron tres puntos de luz sobre las colinas detrás de Aquae Mattiacae. Una trompeta sonó en el aire helado y la legión despertó instantáneamente a la llamada a las armas. No hubo alboroto, ni ruidos innecesarios, ni desorden. Se vistieron y se armaron en silencio. Por secciones, la guarnición ocupó sus puestos sobre las murallas. Esperaron con las lanzas en la mano, esforzándose en la penumbra por distinguir movimientos en el terreno que se abría ante ellos. Algunos exploradores se trasladaron en silencio hacia el pueblo abandonado, mientras la caballería se dirigía a ocupar su posición a lo largo de la calzada. A las cinco se encendió una luz a nuestra izquierda, y luego otra y otra. A la derecha ardían hogueras de señales, y los mensajeros empezaron a llegar a la carrera a través de la nieve endurecida para darnos sus noticias.

Confluentes había sufrido un ataque a gran escala, Borbetomagus había sido atacada, había movimientos en el hielo frente a Boudobrigo y Salisio, y el puesto abandonado en la cabeza de puente de Bingium había sido ocupado por hombres armados. Las guarniciones de las islas informaban de grupos de bárbaros concentrados en la orilla opuesta y moviéndose en los bosques de detrás, desde donde se podían oír sonidos de combate.

Miré a mi alrededor. Las murallas estaban ocupadas por hombres que conocía, con los rostros tensos, algo sudorosos bajo el peso de las armas; los grupos de las ballistae estaban preparados, en la torre de la puerta humeaban los cubos de aceite caliente, y los arqueros estaban sacando las cuerdas de sus túnicas y tensando los arcos. Frente a nosotros podíamos ver el hielo y la nieve sobre el río congelado, pero poco más. Una niebla blanca cubría la llanura donde estaba acampado el enemigo, impidiéndonos ver nada.

Llegaron más mensajes. Confluentes había sido rodeada por un destacamento de caballería, pero había podido rechazar el ataque principal, aunque no sin dificultades. Los enemigos muertos habían sido identificados como burgundios. Boudobrigo estaba sufriendo un ataque a gran escala, y Salisio estaba rodeada. También allí, los enemigos eran burgundios. Bingium estaba bajo el fuego, pero el ala auxiliar había hecho pedazos al enemigo en las llanuras al otro lado del Nava. Borbetomagus tenía serios problemas. Los alamanes habían cruzado el hielo y estaban rodeando lentamente la ciudad. Se habían rechazado tres intentos de entrar, y las ballistae estaban reprimiendo todos los ataques frontales. Al sur de Moguntiacum, el enemigo había rodeado dos torres de señales, pero no había logrado cruzar las trincheras y se había retirado para probar suerte en otra parte.

—Esto son maniobras de distracción —dije—. Intentos torpes de hacer salir a nuestras tropas. El grueso de sus hombres cruzará por aquí.

—Me gustaría atravesar con mi acero a Guntiaros, ese cerdo traidor —dijo Quinto salvajemente.

—¿Cuáles son las órdenes, señor?

—Defended este fuerte hasta que yo dé la señal de retirada. Entonces abríos paso y dirigíos al campamento de la calzada. Si no podéis defender las murallas de la aldea, que tus hombres vuelvan al fuerte e incendiad el pueblo. No les dejéis nada que puedan aprovechar, ni comida, ni combustible, ni refugio.

—Entendido, señor.

—¿Has instalado una guarnición en el puente roto?

—Sí, señor. Allí está Barbatio, con cincuenta hombres y dos ballistae. Les costará llegar hasta él, a no ser que traten de quemar el puente por debajo.

—Bien. Quinto, es hora de que te vayas. Yo me uniré a ti en breve. Si no vuelvo, estás al mando.

Me saludó, se marchó y observé cómo su escolta lo seguía al cruzar las puertas.

—¿Cómo han podido llegar tan lejos con los hombres de Goar vigilando?

—No lo sé —dije—. Puede que Goar nos haya traicionado. O que sólo haya burgundios frente a Bingium. O que no haya podido evitarlo. Simplemente, no lo sé.

Una hora más tarde, el cielo palideció un poco, y la blancura de la nieve se mezcló con el gris del horizonte. Gradualmente pudimos distinguir árboles y bosques, y las colinas del norte parecieron erguirse de repente, como fantasmas recién levantados de entre los muertos. Detrás de mí, en el fuerte, las últimas carretas estaban atravesando las puertas, cargadas con equipo y provisiones que Fabiano no necesitaría, y avanzando junto a las mulas reconocí a Fredbal, que llevaba una coraza y un sable corto al costado. En el antiguo campamento detrás del pueblo, al mando de Mario, se encendió una señal que indicaba que todo estaba en orden, mientras las patrullas recorrían el pueblo vacío, haciendo una última comprobación para asegurarse de que se había marchado todo el mundo.

Un centurión me tocó el brazo.

—Ahí vienen —dijo en voz baja. La niebla se había levantado por fin, el sol se alzaba por el este, y se podía ver.

Miré. La llanura, la extensión desolada de terreno muerto que separaba su campamento de las colinas, estaba llena de hombres que rebullían como hormigas en su hormiguero. Nunca había visto una hueste semejante. Había tantos que oscurecían el suelo y tapaban la nieve por completo. Una columna avanzaba con firmeza a través de la llanura en diagonal, de modo que llegaría al río frente a la isla más baja. Dos columnas más se dirigían directamente a la isla superior, y una cuarta iba en línea recta hacia el puente roto. Cada columna ocupaba unas cuatrocientas yardas de anchura, mientras detrás, en la distancia, se veían carretas, mulas, ponis y todavía más gente. No era un ejército en movimiento; era una nación entera.

—Nunca los detendremos —dijo Fabiano.

—No seas tonto —dije—. Están débiles por el hambre, y además desesperados. Podemos detenerlos si luchamos bien. Nunca se han enfrentado a una legión.

Era un espectáculo increíble. Comprendí entonces por qué los hunos, según se decía, inspiraban tal terror en el corazón en sus enemigos. Era por el simple y enorme peso de los números, la aterradora visión de aquel avance implacable, como si todo el mundo se hubiera reunido en un solo lugar y amenazara con avasallarlo todo por el simple acto de caminar hacia delante. Parecía que nada iba a poder detenerlos. Al otro lado del río se detuvieron por unos instantes, y luego avanzaron sobre el hielo, sobre la superficie de aquel río infernal que había sido nuestro amigo durante tanto tiempo y que finalmente nos había traicionado. La marcha les resultaba difícil; los hombres resbalaban, tropezaban y caían, avanzando torpemente de un montículo helado al siguiente y, forzando la vista, podía ver los estandartes que llevaban, largos palos a los que habían fijado las calaveras blancas y sonrientes de sus enemigos; sin duda, nuestros propios hombres, muertos en la batalla de la orilla este.

Ya habían recorrido una tercera parte del camino, y las columnas que estaban frente a las islas se estaban abriendo, como el paraguas de una seta, muy cerca de las orillas donde mis legionarios esperaban agazapados.

Levanté la espada por encima de la cabeza y la bajé bruscamente. Una ballista disparó, y la bola en llamas fue la señal que mis hombres esperaban.

Las guarniciones de las islas abrieron fuego. Bolas de llamas relucientes se elevaron por el aire para estrellarse, una tras otra, en las hileras masificadas del enemigo. Volaban las flechas, y los hombres se derrumbaban entre gruñidos ahogados, o se protegían, gritando, con las manos sobre la cabeza bajo el azote de aquel fuego inextinguible. Los disparos de las carroballistae abrían agujeros en las líneas y los hombres morían al ritmo de uno cada tres segundos. Nuestros hombres habían calculado el alcance hasta la última yarda, y disparaban no sólo a los que avanzaban directamente, sino a los que venían detrás y a los que se encontraban en la retaguardia, todavía en la orilla. Era imposible fallar. Pero también parecía imposible detener su avance. Por cada hombre que moría, otro ocupaba su lugar, y si las primeras líneas flaqueaban o trataban de protegerse, recibían la presión de los hombres que venían detrás.

Durante más de quinientos días habíamos contenido su avance, frenando sus ambiciones, condenándolos al hambre y a ver sufrir a sus esposas y morir a sus hijos. Nos culpaban de todas las muertes de aquel campamento, ya fueran de hombres, mujeres o niños, al margen de cuál hubiera sido la causa. Éramos el enemigo y nos destruirían, por miedo, odio y afán de venganza. Eran un pueblo cristiano y así debía ser, aunque tal vez sólo un pagano podría comprenderlo.

La isla del sur, más cerca que las demás de la orilla este, fue rodeada rápidamente y la peor parte de la lucha inicial tuvo lugar allí. Estaba completamente protegida por una alta empalizada y torres de madera, desde las que nuestros arqueros disparaban mientras ellos atacaban las defensas con sus hachas. Trataban de ganar la empalizada por encima de los cadáveres amontonados de sus hombres, y supe que no pasaría mucho tiempo antes de que nos arrollaran. Tenían sus propias escalas, postes y ballistae, artefactos toscos pero efectivos, y vi que ya habían entrado en acción, a juzgar por las bolas de fuego procedentes de la orilla este. La isla septentrional estaba bajo el fuego, y la columna que avanzaba sobre el puente había sido detenida por Barbatio y sus ballistae. Trataron de desplegarse y rodearlo, pero la capacidad de fuego de los defensores resultó demasiado grande, y los bárbaros vacilaron y acabaron por regresar a la protección de su propia orilla.

A mediodía, la guarnición de la isla sur se encontraba en serias dificultades. Estaban completamente rodeados; nuestros proyectiles quedaban neutralizados por la nieve y el hielo, y todos nuestros esfuerzos para desalojarlos resultaron infructuosos. Hice una señal a un hombre preparado; sonó una trompeta, y la guarnición, que no había perdido un solo hombre, incendió las posiciones que tan bien había defendido y se volvió para abrirse paso y retirarse, en formación de testudo, a través del hielo hasta la zona del puerto. De haber estado en verano, o incluso en un invierno normal, la isla se habría convertido en un horno, en un muro de fuego impenetrable, pero de nuevo la nieve neutralizó los efectos del fuego, y aunque les causamos algún daño, no fue demasiado grande. Cuando las llamas murieron, los bárbaros se arremolinaron en la isla y utilizaron nuestras arruinadas defensas como protección mientras las ballistae del campamento les disparaban sin pausa.

—Disminuid el alcance —dije—. El hielo está muy amontonado en este lado. Los frenará considerablemente.

—Nunca los detendremos —dijo un soldado, con la voz llena de pánico.

—Contrólate —dije—. Sólo son hombres, no dioses.

La isla inferior también se encontraba en dificultades, y las bajas del enemigo eran enormes.

—Fuego —gritó Fabiano, y la lluvia de flechas voló desde las murallas hacia la columna que trepaba de nuevo por las escarpaduras de hielo en dirección al puente roto. Cuando llegaran a la orilla se encontrarían con una empalizada exterior y una triple hilera de estacas con puntas de hierro entre ellos y las zanjas. Tendrían que trepar por encima de sus propios muertos para llegar al fuerte. No creía que la ración de coraje fuera a durarles tanto tiempo.

La lucha se prolongó durante toda la tarde. El enemigo fracasó en sus esfuerzos por apoderarse del puerto y las islas inferiores. No habían conseguido arrollar nuestras posiciones; permanecieron agazapados tras sus propios muertos, disparando flechas contra nuestros hombres cada vez que se dejaban ver, y esperando a que sus jefes tomaran una decisión. Sus carretas se extendían por la orilla este, y grupos de jinetes descendían por la pendiente hacia el hielo, mientras había un movimiento constante de hombres transportando armas y haces de flechas. Sin embargo, Barbatio se encontraba en dificultades. Estaba medio rodeado por el enemigo, y los vándalos se movían por el río a su derecha, manteniéndose fuera de su alcance y tanteando el poder defensivo de las murallas del pueblo. No pasaría mucho tiempo antes de que consiguieran rodear la aldea por completo.

Por el rabillo del ojo capté movimientos de caballería encima del hielo. Toqué a Fabiano en el brazo.

—Buena suerte. Que la fortuna nos sonría a todos. Te veré más tarde.

Corrí escaleras abajo, monté en mi caballo y galopé fuera del campamento y por la suave pendiente que llevaba a la carretera y las trincheras donde esperaba mi legión. Me vitorearon al verme llegar, y me uní a Quinto en la pendiente donde la caballería permanecía en formación. Desmonté y me estremecí de frío.

—No podrán mantener este ritmo —dije—. Oh, si tuviéramos seis legiones, Quinto. Dame seis legiones y salvaré la Galia en una tarde.

Empezaba a oscurecer; así y todo, podía ver que las guarniciones de las dos islas restantes estaban en serias dificultades. Los fuegos ardían en varios puntos del interior de las defensas, y el enemigo, ayudado por improvisados escudos de madera, se había congregado junto a las empalizadas del este y lanzaba rocas y proyectiles, mientras otros golpeaban la madera con un ariete manual.

Una hora más tarde reinó la oscuridad, y durante toda la noche pudimos ver una procesión de antorchas que cruzaba el río mientras los bárbaros se movían de un lado a otro transportando comida, combustible y armas. Los ataques prosiguieron toda la noche, y podíamos ver las bolas de fuego que se precipitaban hacia el puente defendido por Barbatio, y oír los gritos de los legionarios del fuerte debajo de mí, que montaban guardia, hora tras hora, en el frío intenso. Al amanecer recibí un mensaje que decía que los bárbaros habían atacado el pueblo por el lado sur, y, aunque habían sido rechazados en el antiguo campamento, presionaban fuertemente sobre las murallas de Moguntiacum. Un mensaje de Fabiano me informó de que un grupo de hombres se había arrastrado bajo el puente durante la noche y trataba de provocar un incendio. Barbatio había efectuado una salida para desalojarlos, pero sin éxito. No tardaría mucho en tener que retirarse.

Lucharon durante todo el día. El fuerte de Fabiano resultó demasiado duro para ellos, de modo que concentraron los ataques en las islas y en el pueblo. Por la tarde resultó evidente que las islas no podrían resistir por más tiempo. Un mensaje de Didio, al mando de la zona del puerto, me pedía instrucciones y permiso para retirarse. Accedí. Una trompeta tocó retirada y las guarniciones se abrieron paso y retrocedieron a través del hielo hasta el puerto, donde un ala de caballería auxiliar esperaba para cubrirlos. Los bárbaros se concentraron al borde del río, esperando la señal de avanzar, mientras la horda que había capturado la isla sur el día anterior avanzaba contra la muralla sur del pueblo y el fuerte. Tras fracasar en sus esfuerzos por abrirse paso a través de la empalizada y las estacas, recorrieron las murallas y se instalaron en el arruinado teatro, en busca de un punto débil donde atacar, mientras otros entraban en la zona del puerto y entablaban combates cuerpo a cuerpo con la retaguardia de Didio.

A continuación una gran masa de jinetes abandonó la isla del puerto y avanzó hacia la orilla. Quedaron atrapados en el fuego cruzado de mis propias ballistae y las de Fabiano y, antes de haber podido recorrer cien yardas, habían perdido a un tercio de sus hombres. Los que aún seguían montados llegaron a la orilla y viraron a la derecha, sin duda con la intención de avanzar río abajo. Se detuvieron al ver el campamento de los auxiliares y luego avanzaron hacia allí al trote.

—Creen que todavía es un señuelo, igual que antes —dije a Quinto—. Ahora, observa.

—Alguien va a recibir una gran sorpresa —dijo Quinto con calma.

Un ala de caballería salió rápidamente del campamento, en tres escuadrones. Los escuadrones se alinearon con elegancia y avanzaron hacia el enemigo. En el último momento, y sin esfuerzo aparente, empezaron a avanzar a paso de carga, y pudimos oír el choque de las armas cuando ambos grupos se encontraron. Nuestros hombres pasaron a través de ellos, dieron la vuelta y volvieron a atravesarlos. Los vándalos rompieron la formación y huyeron, y los que consiguieron llegar al hielo fueron aniquilados por los arqueros del fuerte de Moguntiacum.

—Bien —dijo Quinto—. ¿Qué te parece?

Miré hacia el este. Toda la anchura del río estaba cubierta de muertos y moribundos enemigos. Los cuervos giraban sin cesar por encima de ellos, esperando para hacerles compañía.

—Me sentiría mejor si las islas hubieran aguantado. Pero todavía los tenemos controlados entre nosotros, los auxiliares y Fabiano. No podrán entrar en ninguno de los dos campamentos, y para llegar hasta nosotros tendrán que subir por esta pendiente.

En la distancia, al otro lado del río, pudimos oír gritos y vimos grandes columnas de fuego y humo elevándose en el cielo tras las masas que esperaban pacientemente en la orilla.

—Debe de ser Goar —dije—. ¿Por qué no ha atacado antes?

—Va a por las carretas de provisiones —dijo Quinto.

Siguieron llegando mensajes. El comandante de Borbetomagus había realizado un contraataque con su caballería y había destruido la retaguardia de los alamanes; el enemigo frente a Salisio y Boudobrigo había tenido que retirarse a través del hielo, pero seguía concentrado en la orilla opuesta; Bingium seguía bajo ataque y el pueblo de nativos cercano había sido quemado hasta los cimientos.

Seguimos esperando, y por fin el enemigo se movió. La masa de hombres que había arrollado las islas inferiores se dividió en dos. Un grupo giró a la derecha y avanzó hacia el campamento de los auxiliares; el otro grupo, más numeroso, se volvió hacia la pendiente donde nos encontrábamos.

—Ahora —dije, y la artillería abrió fuego—. Quinto, coge a los caballos de detrás del campamento y envía dos alae en ayuda de esos pobres auxiliares. Espera con el resto de tus hombres hasta que dé la señal. Entonces atácalos por la derecha. Mantén un control férreo y no dejes que nadie se separe.

—Confía en Maharbal —dijo con una sonrisa salvaje.

Ascendieron por la nieve hacia nosotros en forma de grandes cuñas al mando de sus jefes, y se hicieron pedazos contra nuestras lanzas, jabalinas y flechas. Siguieron intentándolo, pero no pudieron acercarse a causa de las trincheras. Obligados a permanecer allí, impotentes, nos gritaron obscenidades hasta que los derribamos, mientras los que intentaban forzar las barreras quedaban destrozados sobre la nieve, en un horrible montón de harapos y huesos. Quinto esperó pacientemente. Las alae, enviadas a ayudar a los auxiliares, se encontraron envueltas en un montón de nieve y el avance les resultó dificultoso. Cuando consiguieron salir y reagruparse, era demasiado tarde para alcanzar la cabeza de la columna, que ya se había desplegado y trataba de rodear el fuerte por tres lados. Atacaron la cola de la columna, sin embargo, y la cortaron en dos, avanzando hacia fuera para que las dos secciones no pudieran reunirse. Hice una señal a Quinto y él salió al frente de mil hombres para atacar el flanco enemigo, justo cuando éste empezaba a fatigarse. La nieve era blanda en la parte superior pero firme por debajo, y el enemigo se derrumbó bajo el peso del ataque. Di la orden de avanzar y mis cohortes se pusieron en marcha y descendieron por la pendiente, hombro con hombro, con las espadas bajas y los escudos altos. Teníamos ventaja: mis hombres estaban frescos comparados con los suyos, y el terreno jugaba a nuestro favor. Los bárbaros retrocedieron, luchando con desesperación; luego se volvieron, rompieron la formación y echaron a correr hacia el río. Se reagruparon junto al agua, ayudados por más hombres que habían cruzado el hielo, pero aunque Quinto cargó contra ellos dos veces más, sus caballos estaban exhaustos, y el enemigo se aferró con testarudez a la zona habitada junto al puerto. Nos retiramos lentamente a nuestras posiciones y ordené a las tropas que se dispersaran, por secciones, para descansar y comer.

Cuando cayó la noche una hora más tarde debía de haber treinta mil hombres en la zona nevada que se extendía entre mis cuatro fuertes. Los vándalos montaron un tosco muro de escudos para protegerse y construyeron refugios con planchas de madera y capas sobrantes. Había carretas sobre el hielo, y por todas partes aparecían hogueras de campamento; en las islas donde, según creía, habían acampado los jefes, a la orilla del río y sobre el propio hielo. Al salir la luna, celebré una reunión en mi tienda de cuero.

—Si podemos mantenerlos entre los fuertes, ganaremos. Todas sus provisiones están en la orilla este, y morirán de frío sin un campamento apropiado.

—¿Podemos fiarnos de los auxiliares, señor? Sólo son dos mil. —Mario parecía preocupado.

—Fabiano está defendiendo Moguntiacum con quinientos —dije—. De todos modos, podemos reforzarlos con un par de centurias, si quieres. Saca a Gallo del viejo fuerte, y que tome el mando. Eso los frenará. Ocúpate de ello, Áquila. Que se muevan mientras todavía está oscuro. Bien, ¿qué noticias hay de los otros fuertes?

Un comandante de cohorte dijo con voz cansada:

—Todo va bien, señor. Todos los ataques han acabado fracasando. Incluso los alamanes han tenido que retroceder hasta el otro lado del río en Borbetomagus.

Entró un mensajero.

—Aquí fuera hay un hombre, señor, que dice que viene de la orilla este.

—Que entre. ¿Qué más noticias hay?

—En Bingium, Scudilio ha dirigido un contraataque a través del río y ha reforzado la cabeza de puente —dijo Áquila—. Barbatio sigue al mando del puente, pero ha perdido a la mitad de sus hombres y le quedan pocos proyectiles. Mario ha enviado a la mitad de los suyos en apoyo de los auxiliares del pueblo y ha limpiado el terreno frente a la muralla norte. Creo que...

En aquel momento entró un hombre. Lo reconocí: era uno de los guardias personales de Goar. Sonrió y dijo alegremente:

—Una buena pelea.

—Sí —dije—. Muy buena. ¿Por qué no impedisteis los ataques contra Bingium y Confluentes?

—Nos atacaron los francos. Por eso acudimos tarde en vuestra ayuda. Pero han perdido muchas provisiones de sus carretas y no se atreven a enviar a más hombres al otro lado del río por miedo a nosotros.

—¿Está bien Goar?

—Está bien. Tengo que deciros que envió al rey, Guntiaros, un regalo especial.

—¿Qué?

—La cabeza de su hijo. —Volvió a sonreír—. Ahora sabrá seguro que el niño ha muerto. —Mostró los dientes en una sonrisa—. Debería alegrarse de haber resultado tan buen profeta.

Quinto frunció el ceño, y uno de los oficiales, que estaba casado, se cubrió los ojos con la mano.

—Su traición ha sido bien recompensada, entonces —dije.

—¿Quién encendió las hogueras la primera mañana? —dijo Quinto.

El hombre vaciló.

—Fuimos nosotros —dijo—. Era lo que deseabais.

Quinto lo miró fijamente.

—Hubo combates en el lado este cuando todavía estaba oscuro. ¿Fueron los tuyos?

El hombre dijo de mala gana:

—No sé nada de eso. Tal vez los vándalos se pelearon entre ellos.

—Tal vez.

Entró un decurión, sacudiéndose la nieve del casco.

—La patrulla que enviaste, señor, ha entrado en contacto con los auxiliares. Informan de que todo está bien en el campamento, pero hay mucho movimiento en la orilla este.

Contemplé el mapa.

—Si se mueven río abajo, significa que deben de tener intención de cruzar frente a la isla grande, justo encima de Bingium. Desde allí pueden atacar la propia Bingium y cortar la calzada detrás de nosotros.

—Podríamos llevar allí a los auxiliares para que impidan el cruce —dijo Quinto.

—No. Los necesito a todos para defender el campamento. —Me volví hacia el alano—. Aquí hay trabajo para tu gente.

—Pero seguro que... —dijo Quinto.

—Espera un momento. ¿Dónde están ahora los hombres de Goar? ¿Hay alguno bloqueando el camino de la orilla este?

—Seguro que sí —asintió el alano—. Tiene hombres por todas partes.

—No del todo —dijo secamente Quinto.

—Entonces, ¿cómo se las arregla el enemigo para avanzar?

El hombre pareció desconcertado.

—No lo sé —dijo—. Tal vez han conseguido abrirse paso.

—Tal vez. Áquila, que se prepare una cohorte, con carretas para formar un círculo, y envíala a la isla inferior, a cubrir un posible cruce.

Y que dos centurias vayan a estos dos puntos de la calzada de Bingium, aquí y aquí, para apoyarlos. Tienen que salir en quince minutos.

—Los hombres están cansados, señor —dijo Áquila.

—Mejor cansados que muertos. Quinto, que la infantería montada cruce el río para unirse a Goar y defender el camino entre el río y las colinas.

—¿Cuántos hombres?

—Con doscientos debería bastar. Si tienen problemas, que vuelvan a cruzar y se reúnan con nosotros. No quiero que los eliminen sin ningún propósito.

—Enviaré a Didio. Tiene una buena cabeza.

Volví a mirar el mapa y señalé la ruta de la orilla este por la que había guiado a mi legión sólo dos meses atrás.

—Goar debería haber defendido este camino. —Me volví hacia el bárbaro—. Di a tu príncipe que aquí es donde quiero a sus hombres, no en las colinas.

Una trompeta dio la señal de alarma, y un optio asomó la cabeza por la abertura de la tienda.

—Vuelven a subir por la pendiente, señor.

—¿Muchos?

—Parece que vienen todos —dijo con voz asustada.

—¿Por qué no pueden ser civilizados? —gruñó Quinto—. Todos los soldados decentes luchamos a la luz del día.

Observé mientras los hombres formaban en líneas de batalla, y se me acercó un mensajero a toda prisa, respirando con fuerza.

—También avanzan hacia el fuerte de los auxiliares, señor.

El combate nocturno siempre había sido su especialidad, y ello se hizo patente durante las largas horas que siguieron. Atacaron también Moguntiacum, y durante toda la noche pudimos ver las bolas de fuego de las ballistae arqueándose sobre la nieve, de modo que el campamento parecía una hoguera gigante que chisporroteaba con furia y se negaba a ser apagada. Cuando hubo fracasado el cuarto ataque, monté en mi caballo y troté por el camino hacia el antiguo campamento desde el que Mario estaba a punto de lanzar un contraataque. Allí estaban tratando de rodear el pueblo, pero las pendientes estaban llenas de nieve; había muchos socavones y la propia colina formaba una barrera natural que no hubiéramos podido mejorar. La mayor parte de la guarnición estaba en el pueblo, y sólo quedaban unos cuantos hombres para proteger el campamento y el acueducto. Tras una rápida deliberación con el segundo de Mario, quien me dijo que el tribuno tenía la situación bajo control, regresé a mi puesto de mando. La batalla continuó hasta bien entrado el día, y al amanecer las zanjas estaban llenas de vándalos muertos, hasta tal punto que empecé a desear haberles dado más profundidad. Los hombres bajaron de las murallas, trasladamos a los heridos a la retaguardia, y los cocineros prepararon algo de comer en las vacilantes hogueras. Se trajeron nuevos haces de jabalinas de las carretas, y los armeros estaban muy ocupados, afilando espadas y lanzas y reparando armaduras estropeadas. Me dirigí a mi tienda y me tumbé sobre una manta, envuelto en mi capa.

Una hora más tarde volvieron a atacar.

Por la tarde llegó un mensajero de Goar. Se había arrastrado por el hielo, haciéndose pasar por muerto, de un montón de cadáveres al siguiente. Me dijo que los alanos habían sufrido unas pérdidas terribles, pero que habían detenido por el momento el avance de la columna en la orilla este. Me agradeció la ayuda que les había enviado.

—Los estamos conteniendo, pero eso es todo —dijo Quinto, agotado—. Son demasiados para nosotros. No podremos derrotarlos sin tropas de refresco.

—Estoy de acuerdo —dije—. Si nos hubieran dejado descansar anoche, les habría atacado al amanecer, y creo que podríamos haberlos hecho retroceder hasta la otra orilla. Pero nuestros hombres no pueden luchar más sin descansar; en cambio ellos pueden mantener la presión enviando hombres nuevos en cada ataque.

—¿Por qué no trasladamos las ballistae para apuntarlos? —dijo.

—Sí —dije, soplándome las manos heladas—. He observado que no les gusta que les disparemos a los flancos. Lo intentaremos, a ver si funciona.

Aquella noche alteré mis órdenes, trasladé al grueso de mis hombres hacia los flancos y dejé una guarnición ligera en el centro. Estaba decidido a intentar un contraataque si podía. Nos atacaron por centésima vez, y murieron horriblemente entre las estacas y las zanjas. Esperé hasta juzgar que la masa principal ya estaba presionando el centro, donde el fuego de las flechas desde la empalizada era más débil que anteriormente, y entonces ataqué. Las cohortes laterales, apoyadas por toda la caballería que pude reunir, salieron y los rodearon para atacarlos por los flancos. Avanzamos en la formación tradicional, hombro a hombro, oleadas de hombres que lanzaban jabalinas y se abrían paso después con las espadas, reemplazadas por nuevas oleadas, a medida que cada fila se agotaba y retrocedía para descansar. La nieve se había endurecido para entonces, y estaba algo helada en la parte superior, de modo que resultaba resbaladiza en los lugares donde los muertos habían dejado huella. Todo jugaba a nuestro favor, si conseguíamos mantener la presión el tiempo suficiente. Su vanguardia empezó a doblarse y retorcerse mientras trataban de contenernos, y luego flaqueó cuando les lancé a mis últimas reservas. El ruido era ensordecedor, y los gritos se convirtieron en chillidos de alarma y rabia cuando rompieron la formación y huyeron. Sonaron nuestras trompetas, y la caballería, desde los dos campamentos, salió de repente por las puertas abiertas y avanzó por el campamento vándalo, derribando tiendas y hogueras y arrojando antorchas encendidas a los carromatos que habían llegado durante el día. Fue una repetición más fructífera de la batalla de la orilla este y, al igual que anteriormente, estuvimos a un dedo de la victoria. Estaban desconcertados, confusos y asustados, y el pánico se extendía rápidamente, como sucedía siempre. Los hicimos retroceder hasta el hielo, y se retiraron para formar una línea maltrecha entre las islas. De haber tenido más hombres, habríamos podido seguirlos por más tiempo y empujarlos hasta la orilla este, y una vez allí no creo que hubieran tratado de volver a cruzar. Pero nuestros hombres estaban exhaustos, y cuando llegaron a la orilla habían perdido todo su ímpetu. Habían ahuyentado al enemigo, pero ya no podían hacer más, de modo que la batalla terminó sin que alcanzáramos el éxito con el que había soñado. Envié a más hombres a Moguntiacum, asigné más auxiliares al campamento junto al río, ordené a Mario que volviera a fortificar la zona del puerto y expulsé al enemigo de sus posiciones en torno al puente roto, donde Barbatio, sin afeitar y mortalmente cansado, todavía aguantaba. Luego hice que la caballería regresara a la calzada.

Por lo menos nuestro éxito nos proporcionó el tan necesitado descanso. No volvieron a atacarnos hasta siete horas más tarde, y durante aquel tiempo mis hombres durmieron por primera vez desde el final del año anterior.

—¿Durante cuánto tiempo más van a poder mantener este ritmo? —dijo Quinto—. Sus bajas son enormes. ¿Cuánto tiempo aguantaremos nosotros? Apenas los estamos conteniendo.

—Debemos contenerlos —dije. No había nada más que pudiera decir.

Justo antes del mediodía salieron del hielo, arrollaron a mis patrullas de la orilla y asaltaron el puerto, avanzando rápidamente por tres lados en grandes formaciones de cuña, como aves migratorias empujadas por una galerna. Mario se negó a rendirse o retirarse. El poblado se convirtió en fuego y humo, y los legionarios murieron en las murallas y en las zanjas. Lucharon en las calles llenas de humo y en las puertas de casas en llamas. Lucharon con espadas rotas y lanzas melladas, con piedras, ladrillos y con las manos desnudas, hasta que todos fueron arrollados. Por la tarde los bárbaros habían recuperado todo el terreno del que los habíamos expulsado con tantas dificultades; y entonces, una vez más, empezaron a subir por la pendiente.

Durante los tres días y noches siguientes mantuvieron los ataques, uno tras otro, empleando hombres frescos cada vez, y sin darnos tiempo para descansar o recuperarnos. Nos faltaban horas de sueño, el frío era intenso, y el viento sopló del este durante todo el tiempo. Yo dormitaba envuelto en una manta, tiritando dentro de mi tienda hasta que las trompetas volvían a dar la señal de alarma, y entonces salía tambaleándome, cansado, dolorido y mareado, para ocupar mi puesto junto al Águila y dirigir la lucha una vez más. Después del segundo día, Quinto hizo que la caballería desmontara, y sus hombres se unieron a las cohortes. Había usado demasiados caballos de reserva, y todos los animales estaban exhaustos y necesitaban descansar. La nieve suelta de las pendientes entorpecía las cargas y fatigaba a hombres y bestias, de modo que conseguía muy poco cada vez que tomaba la ofensiva. A la cuarta noche empezó a nevar y la ventisca nos cegó hasta tal punto que apenas podíamos ver. Las cuerdas de los arcos se mojaron y dos ballistae se rompieron porque la humedad había roto los cordajes. Los soldados que se descuidaban, y les ocurrió a muchos debido a la fatiga, olvidaban secar las espadas y despertaban para encontrarlas cubiertas de óxido. Pero muchos morían durante el sueño de frío o agotamiento, y creo que ésos fueron los afortunados. Aquel último día nevó sin cesar durante ocho horas; luego el viento arreció y una galerna azotó toda la llanura. Entonces nos atacaron con la ferocidad que da la desesperación. No podían alcanzarnos a través de las zanjas, pero sus hachas sí, y los hombres eran ya incapaces de seguir sosteniendo sus escudos. Durante aquel tiempo ocurrieron muchas cosas que no puedo recordar. No había día ni noche, sólo una penumbra larga y gris en la que el sueño y la vigilia eran una sola cosa. Recuerdo una figura montada a caballo, trotando a través de la nieve desde el río y entrando en nuestro campamento; sin sorpresa, descubrí que era Mario, que había sido herido y dado por muerto, y que había escapado tras robar un caballo. Y recuerdo a Quinto, sosteniendo al muchacho herido en sus brazos y diciendo, con la voz llena de orgullo: «Ya te dije que mi caballería era difícil de matar». Recuerdo que los comandantes de los fuertes enviaban mensajes, y siempre eran mensajes llenos de esperanza y valor, nunca de desesperación. Scudilio había dirigido un contraataque al otro lado del río, y había hecho huir al enemigo, pero sin conseguir reunirse con los alanos de Goar; Borbetomagus seguía resistiendo, y pese a que Sunno había tratado de parlamentar con el comandante, éste se había negado a rendirse; Boudobrigo y Salisio habían enviado patrullas a los alrededores y, aunque todo estaba tranquilo, mantenían a sus hombres armados, pues las montañas del otro lado del río estaban ocupadas por los burgundios de Guntiaros. Sólo detecté una nota de tensión en el mensaje de Gallo, desde el campamento de los auxiliares. Me envió una breve nota cuando la ventisca estaba en pleno apogeo, garabateada laboriosamente en una tablilla de cera: «Los estamos conteniendo, pero los ataques proceden ahora de la retaguardia, además del otro lado del río. Los auxiliares se portan espléndidamente, y los marineros luchan bien. Me resulta extraño volver a combatir en tierra. Todos estamos muy cansados».

Por la mañana del séptimo día, cuando el viento había amainado un poco, se me acercó el centurión en jefe, mientras yo hablaba con un grupo de heridos. Estaba sin afeitar y tenía círculos negros en torno a los ojos. Me dijo en voz baja:

—Hemos intentado establecer contacto con el campamento de los auxiliares, señor, pero no hay respuesta.

—Seguid intentándolo —dije.

—Los han arrasado, señor —dijo, meneando la cabeza.

Lo acompañé hasta la esquina nordeste del campamento y me protegí los ojos. Por lo que podía ver, el campamento seguía en pie, pero estaba medio oculto por un denso palio de humo negro. Todo el terreno de alrededor estaba lleno de hombres, vivos y muertos, pero no eran los nuestros. Regresamos a mi alojamiento por entre un amasijo de tiendas, caballos, provisiones y hombres. No sabía qué decir.

—También han rodeado Moguntiacum, señor —dijo Áquila—. Tienen un gran campamento al sur de la aldea. Deben de haber cruzado más arriba durante la noche.

Miré el mapa mientras Quinto jugueteaba con el cinto de su espada y Áquila mordisqueaba una galleta seca.

—Mi primera comida de hoy —dijo, en tono de disculpa.

Mi asistente estaba agazapado en un rincón, frotando las correas de mi coraza con un trapo engrasado, y la lámpara de aceite temblaba en el aire frío. Volví a mirar el mapa. La noticia de que el campamento había caído debió de haberse extendido, porque los comandantes de las cohortes, entre ellos Mario, entraron en mi tienda sin esperar a ser convocados.

Permanecieron en silencio, aguardando pacientemente a que les dijera qué debían hacer, a que profiriera una serie de órdenes milagrosas que lo arreglarían todo. Tenían una gran confianza.

Estudié el mapa. El enemigo estaba al sur de Moguntiacum, y tenía abierta la ruta de Divodurum y Treverorum. No era una buena calzada.

Sería mala para las carretas, los ancianos y los niños pequeños, pero serviría para las bandas guerreras a caballo, y sabía que tenían caballos, pues los habían usado contra nosotros. También estaban al norte de nuestra posición, y aunque la orilla estaba cubierta de bosques espesos y tardarían algún tiempo, conseguirían pasar y cortar la calzada de Bingium detrás de nosotros. Tal vez ya lo habían hecho. No habíamos recibido noticias de Didio ni de la orilla este. Tampoco sabíamos nada de Goar desde hacía cinco días, pese a que sus hombres eran expertos en cruzar a través de las líneas enemigas.

La puerta de la tienda se abrió y uno de los soldados de Quinto se cuadró ante mí.

—Las centurias que posicionaste en la calzada de Bingium están siendo atacadas, señor. Los marcomanos cruzaron el río anoche.

—¿Cuántos?

—Unos cinco mil, señor.

Parpadeé.

—¿Alguna noticia de Goar y sus alanos? ¿Qué hay de la caballería que envié a la otra orilla?

—No sé nada de los alanos, señor, pero lo último que supimos de la caballería al mando de Didio era que estaban defendiendo sus posiciones.

—¿Cuándo fue eso?

—Hace dos días, señor.

—Cuando partiste, ¿había algún movimiento en el camino del noroeste?

—No, señor, pero la última patrulla que mandamos ha regresado hace tres horas.

—¿Y cuándo saliste tú?

—Hace una hora, señor. Hubiera llegado antes, pero mi caballo quedó cojo en el hielo.

Quinto levantó la cabeza.

—Mejor que te ocupes de eso, entonces.

—Sí, señor. —Saludó y salió.

Volví a mirar el mapa. Goar no había podido contenerlos. No me sorprendía. A nosotros nos había resultado muy difícil. Probablemente las unidades de caballería de la otra orilla ya habrían sido aniquiladas, y las centurias también lo serían si no les enviaba ayuda. Los otros se mantuvieron en silencio, con rostros inexpresivos, esperando a que yo hablara. Los miré y traté de sonreír. Esperaban pacientemente a que hiciera un milagro, y yo no podía hacerlo. Si retiraba a la mitad de la legión para controlar la calzada, tal vez los contendría allí durante un tiempo, pero mis líneas quedarían demasiado extendidas y acabarían por romperse. El enemigo tenía muchos más hombres, y podía montar un ataque en cualquier punto de su elección. La respuesta era así de simple: no habíamos logrado contenerlos.

Entonces supe que estábamos derrotados. Ya nunca visitaría Roma; nunca vería el famoso teatro de Pompeyo, ni la gran estatua de Trajano, ni el arco de Constantino en el que mi padre había grabado su nombre cuando era un niño. Nunca vería la ciudad que había amado durante toda mi vida. Tal vez, como todas mis esperanzas, tampoco era más que un sueño.

—Ordenad a Fabiano que abandone Moguntiacum tal como planeamos —dije—, pero decidle que primero establezca contacto con Borbetomagus y se lo haga saber. Cuando el mensaje haya pasado, las guarniciones de las torres de señales han de retirarse al punto seguro más cercano. Preparaos para levantar este campamento y moveros en cuanto recibáis mis órdenes. Quinto, envía un ala a ayudar a esas desgraciadas centurias. Cuando marchemos, las carretas deben ir en medio, con las provisiones y los heridos. Nos retiraremos a Bingium y defenderemos allí la línea del Nava. Informad a Bingium de esto, y ordenad a Confluentes, Salisio y Boudobrigo que se retiren hasta la trigésima piedra miliar. Que la guarnición de Treverorum se reúna allí con ellos y espere nuevas instrucciones; y decid también a Flavio que avise al obispo y al consejo.

—Eso provocará el pánico en la ciudad —dijo Quinto.

—Naturalmente. Se trata de una retirada, no de un repliegue estratégico. Pero no os preocupéis. —Traté de sonreír y parecer animado—. Todo se arreglará si mantenemos la sangre fría. Tú y yo, Quinto, hemos luchado otras veces a la defensiva.

Indiqué a Áquila que se quedara mientras los demás salían. Quinto me miró largamente antes de salir. Sabía qué estaba pensando.

—Cuando nos vayamos dejaré aquí a una pequeña fuerza para defender las empalizadas, hombres con caballos. No quiero que el enemigo sepa que nos hemos retirado hasta el último momento posible. ¿Comprendes?

Asintió y dijo:

—Lo adivinarán al ver los pocos que somos.

—No si usamos la cabeza. Hay un viejo truco, empleado una vez por Espartaco, que podría ayudarnos.

Al principio pareció escandalizado y trató de protestar. Dije:

—Áquila, yo no soy cristiano. Pero estas cosas no deberían importarte, aunque son fundamentales para los de mi fe. ¿Acaso no crees que el alma es más importante que el cuerpo?

Se mordió el labio con fuerza y me saludó.

—Me ocuparé de que tus órdenes se cumplan —dijo con cautela.

Uno minutos más tarde regresó Quinto.

—Máximo, estoy preocupado por el agua, especialmente para los caballos. Si el hielo es tan grueso en el Nava como aquí...

—No podemos llevar agua con nosotros, o sólo muy poca. —Me froté los ojos—. Utiliza tu ingenio, Quinto. Haz lo que te parezca mejor.

—Por supuesto —asintió—. Pero he pensado que debías saberlo.

—Sí —dije—. La caballería es tan móvil que todo el mundo olvida que los malditos caballos necesitan diez galones de agua en un día de trabajo, además de treinta libras de comida.

—¿Qué pasará con el acueducto?

—Fabiano tiene instrucciones de envenenar los depósitos de agua de la aldea. Rompedlo, no en un solo lugar, sino en tantos como sea posible.

—Anoche soñé con la hija de Rando —dijo—. Curioso, ¿verdad? Y cuando desperté no podía dejar de pensar en los niños del otro lado del río. Me hubiera gustado tener mis propios hijos... una vez. Pero ahora no.

—Gallo ha muerto —dije ásperamente.

—Era un soldado; eso es distinto.

—No les dejaré nada más que la tierra desnuda. ¿Entendido?

—Entendido.

Las hogueras de señales brillaron con un resplandor rojo, y el humo negro se elevó como plumas arrastradas por el viento. Desde Moguntiacum nos respondió una delgada columna de humo, y esperé con mis oficiales en el flanco derecho de nuestra posición. Frente a mí veía las estacas y las zanjas, y los cadáveres esparcidos bajo una delgada capa de nieve, mientras los cuervos volaban en círculos por encima de nosotros, graznando sin piedad. Debajo de nosotros, las tribus se preparaban para un nuevo ataque a la ciudad. Estaban agazapados tras los montones de nieve, tras las carretas quemadas, tras las vallas levantadas a toda prisa, y tras los cuerpos cuidadosamente amontonados de sus propios hombres. Detrás de mí, la legión empezó a prepararse; los hombres engancharon las carretas y cargaron en ellas las provisiones y los heridos; ataron las carroballistae a las recuas de mulas, y desmontaron las tiendas antes de formar por secciones. Sólo quedaron dos escuadrones de caballería, dispuestos en una fina línea a lo largo de la empalizada, y entre ellos, apoyados en la madera, mirando fijamente con ojos ciegos por las aberturas de disparo, con cascos en la cabeza y jabalinas en las manos inertes, se erguían los cuerpos congelados de nuestros muertos, montando la última guardia ante el enemigo que se aproximaba.

El comandante de una cohorte se me acercó corriendo, con la larga espada golpeándole el costado.

—Todo está listo, señor. El general Veronio se ha adelantado. Esperamos tus órdenes.

—Ordena a la vanguardia de la columna que se ponga en marcha. Cuando alcancen a la avanzadilla, que obedezcan las órdenes del general. Yo me reuniré con la retaguardia lo antes posible. Sólo estoy esperando al tribuno, Fabiano.

Me saludó y regresó con sus hombres. Al poco rato oí el rumor de las ruedas de las carretas y el paso regular de las cohortes, cada vez más lejano.

Esperé. El agua goteaba en la clepsidra de mi ordenanza hasta que la parte superior quedó vacía. Entonces le dio la vuelta, y empezó a gotear otra vez... Debí de dormirme un rato, porque de repente me encontré bostezando y tiritando de frío. Me volví para hablar con él, y entonces vi el fuego, grandes llamaradas procedentes del campamento, que surgían de los lados y del centro. Las bolas de fuego salieron disparadas hacia la aldea, y las hileras de cabañas de madera se incendiaron una tras otra, mientras las columnas de humo negro, denso y aceitoso, se extendían hacia el exterior y nos tapaban la vista del fuego. Nos llegaban los gritos y chillidos de los bárbaros, incluso a aquella distancia; y entonces vi aparecer por entre el humo lo que parecía ser una tortuga gigantesca, abriéndose paso poderosamente entre la masa de hombres que se arremolinaba junto a las puertas. La tortuga parecía resplandecer con puntos de luz, y supe que eran Fabiano y sus hombres, empleando la formación de testudo, y que las luces eran causadas por el reflejo del sol en las tiras metálicas de los escudos. Al mismo tiempo se incendió el antiguo campamento a nuestra derecha con un gran resoplido, y notamos un viento repentino en la cara al llegarnos la onda expansiva de la explosión. La tortuga había conseguido pasar; entonces se desintegró, probablemente al recibir una orden, y los hombres que la habían formado echaron a correr hacia nosotros sobre la nieve húmeda. Del antiguo campamento también estaban saliendo hombres, legionarios, auxiliares y marineros, con la retirada cubierta por un puñado de jinetes. Envié una tropa de caballería pendiente abajo para cubrir la huida de Fabiano y sus hombres, y entre tanto Moguntiacum rugía bajo las llamas hasta que el fuerte y la aldea quedaron consumidos. Los bárbaros no consiguieron nada más que unos cuantos acres de madera chamuscada y piedra ennegrecida como botín de su conquista.

Unas cuantas bandas de vándalos y cuados subieron por la pendiente tras los legionarios, pero las dos ballistae que quedaban en nuestras líneas abrieron fuego y los dispersaron en pocos momentos.

Fabiano se me acercó, con el sudor corriéndole por la cara ennegrecida. Tenía el cabello chamuscado, había perdido el casco y se le habían quemado las cejas.

—Hemos escapado —dijo, y sonrió.

Le devolví la sonrisa.

—Habéis escapado.

—Todo se ha encendido como una hoguera gigantesca, señor. Pero con suficientes hombres, habría podido defender aquel fuerte eternamente.

—¿Cuántas bajas has tenido?

—He dejado a doscientos muertos en el campamento. Todos con heridas en la cara o en el pecho.

—Habéis luchado bien —dije—, pero han conseguido pasar río abajo. Nos retiramos a Bingium. Aquí tengo vuestros caballos. Que tus hombres monten, y adelantaos. Yo me quedaré con la retaguardia.

—He recibido un mensaje de Borbetomagus —dijo—. Nos agradecían la información sobre nuestra retirada. Sunno ha muerto, y los alamanes están desorganizados. Creen que podrán resistir tres días más. Entonces, si el comandante no consigue que acepten la rendición, se retirarán a Vindonissa. Nos deseaban suerte.

—Son ellos quienes van a necesitarla —dije.

Vaciló. Dio media vuelta y dijo por encima del hombro:

—Barbatio ha muerto. Lo ha matado una flecha esta mañana.

Se alejó hacia los caballos, y me di cuenta de que cojeaba ligeramente.

Las carretas estaban cruzando el río en gran número, y los bárbaros volvían a concentrarse al borde de la ruina humeante que era Moguntiacum. Monté en mi caballo y ordené a mi guardia personal que recorriera el campamento en parejas, con antorchas encendidas en las manos, prendiendo fuego a todas las construcciones. Los bárbaros, al ver las hogueras, empezaron a subir la pendiente a toda prisa. Abandonando el campamento y las defensas de campo a un enemigo que, durante siete días de lucha incesante, había sido incapaz de capturarlos con un asalto directo, salimos cuando la primera banda llegaba a la cima. El fuego y el humo ocultaron nuestra retirada de modo muy efectivo, y pensé que, con un poco de suerte, cuando se hubieran reorganizado para perseguirnos les llevaríamos una ventaja de entre tres y cinco horas.

Había diecisiete millas hasta Bingium, pero el camino estaba helado, resbaladizo y lleno de surcos por el tráfico rodado de los refugiados que habían abandonado Moguntiacum la semana anterior. Muchos de nuestros hombres estaban heridos, todos estábamos hambrientos, y ninguno había probado nada caliente en veinticuatro horas. Pensé que la legión que iba por delante marcharía despacio, de modo que avancé a un paso suave, aunque dejé retenes cada media milla para que avisaran ante cualquier señal de persecución. Hacía mucho frío, y sólo la idea de la comida caliente y la cama que encontraría esperándome en Bingium me mantenía despierto sobre el caballo. Atrás dejaba a mis amigos muertos, insepultos en la nieve.

Capítulo XVII

Cuando llegamos a la piedra miliar donde había ordenado a las dos centurias que defendieran el camino procedente del río, estaba nevando de nuevo. Allí, junto a un montón de cabañas quemadas que una vez había sido un pueblo, encontré a Quinto, apoyado en la espada desnuda y con los pies separados. Contemplé la empalizada destrozada, la torre de señales quemada, los cadáveres armados y los cuerpos inertes, colgados de árboles a los que habían sido clavados mientras aún vivían. Un hombre a quien no pude reconocer estaba sentado sobre un tronco caído, vestido con una capa y una capucha. Por su actitud parecía tener la cabeza apoyada en las manos. A mi alrededor podía oír movimientos, como si hubiera hombres en la oscuridad del bosque, esperando en silencio, pero moviéndose ligeramente para evitar el frío intenso que nos azotaba a todos.

Quinto levantó la cabeza, pero no sonrió. Dijo al tribuno que lo acompañaba:

—Di a los hombres que continúen. No deben hablar ni hacer ningún ruido. Ya les diremos adónde deben ir.

Bajé del caballo y miré a mi alrededor; vi a pequeños grupos de legionarios, con las espadas desnudas en la mano, vigilantes y algo amenazadores, situados en un amplio círculo en torno a nosotros. Sentí que el vello se me erizaba en la nuca.

—¿Qué sucede, Quinto? —dije.

No se movió. Dijo, con voz fatigada:

—Eso debes juzgarlo tú. Cuando he llegado aquí con la vanguardia, puede decirse que las dos centurias todavía luchaban. La mitad de nuestros hombres había sido aniquilada, y la otra mitad empujada al otro lado del camino. La calzada estaba barrada por unos dos mil marcomanos. También había otros. Francos y alanos. —Hizo una pausa y siguió hablando con cautela—. Debes entender que era difícil ver quién luchaba contra quién. El resto de los marcomanos todavía estaba junto al río, saqueando el pueblo nativo que hay allí. Lo incendiaron al amanecer, según me ha dicho un soldado herido. Los marcomanos llevan todo el día cruzando el río. Su número ya debe de estar más cerca de los diez mil que de los cinco mil. Los bosques están llenos de bárbaros. He cargado con mis hombres y los hemos dispersado, pero creo que volverán. —Se detuvo y luego volvió a hablar, con una voz completamente inexpresiva—. Entonces me he encontrado con Goar y un puñado de hombres suyos. Él me ha contado el resto.

—¡Goar!

—Sí, ahora está aquí con nosotros.

El hombre que estaba sentado en el tronco se levantó y se apartó la capucha. Entonces pude reconocerlo: era Goar, con una espada en la mano y un corte en la cara, y una expresión en el rostro que nunca le había visto antes.

—Así que cruzaste el río después de todo —dije—. ¿Qué ocurrió, amigo? Cuéntame.

—No conseguimos contenerlos en la orilla este. Nos obligaron a retroceder de nuevo a las colinas. Di un rodeo y traté de cruzar por Bingium y venir en tu ayuda en la orilla oeste. Hace dos días, frente a Bingium, capturamos a un hombre. Era un franco, auxiliar del fuerte. Llevaba mensajes del comandante para Guntiaros. —Hizo una pausa y vi que estaba sudando—. Lo torturamos hasta que habló. Entonces crucé de noche y me escondí en los bosques, esperando a que llegaras. Sólo tengo conmigo a unos cuantos hombres. —Vaciló y siguió hablando lentamente—. Hicimos lo que pudimos. Te había dado mi palabra.

—Parece que Scudilio ha entregado Bingium a los bárbaros —dijo Quinto—. Para ponerlos a prueba y... y demostrar que Goar tenía razón, he enviado a una patrulla a la ciudad con órdenes de regresar. De eso hace tres horas, y no han vuelto.

—Puede que hayan caído en una emboscada, o tal vez se han retrasado.

—No, Máximo.

Permanecí en silencio. Tenía razón. Sabía que no era eso lo que les había ocurrido a los hombres que habían emprendido el camino de Bingium. Habían sufrido una emboscada y habían muerto en el interior del campamento, no fuera de él.

—¿Dónde está ahora la legión?

Contestó en voz baja:

—En un valle, aproximadamente a una milla carretera abajo, junto a un caminito que se desvía a la izquierda. He dicho a Áquila que se quede allí y espere tus órdenes.

Los miré y dije:

—Tienen todas las provisiones que necesitamos: comida, armas, agua, todo.

—Lo sé —dijo Quinto—. Todo.

—¿Cuándo nos traicionaron?

—No lo sé. —Hablaba con voz extraña y supe, por su manera de mirarme, que aún había otro problema.

—¿Eso es todo?

—Parecería suficiente, pero de hecho no es todo.

—Continúa.

—Tenemos a un prisionero aquí, un franco. Cuenta una historia curiosa. ¡Centurión!

Me trajeron a rastras a un anciano, con las manos atadas a la espalda. Tenía el cabello y la barba grises, y lo reconocí. Era Fredegar, el hermano de armas de Marcomir, a quien no había visto desde la noche en que había emprendido aquel viaje precipitado y sin esperanza para evitar una catástrofe, y había fracasado.

—¿Qué haces aquí? —dije.

Me contestó con voz ronca:

—No te preocupaste por nosotros cuando nuestro príncipe murió y nos derrotaron. Nunca preguntaste qué había sido de nosotros y nuestras familias.

—¿Y qué ocurrió, anciano? Olvidas que Marcomir rompió la palabra que me había dado.

—Permitiste que ese hombre se apoderara de nuestras tierras. —Señaló con un gesto a Goar, que lo observaba con desprecio—. Entonces era tu aliado. Nosotros no importábamos.

—Ve al grano, anciano, o te obligaré yo mismo, y será peor de lo que crees.

—Los alanos se apoderaron de nuestra tierra, nuestros poblados y nuestras jóvenes. Pero, pese a que tú no pensaste en nosotros en ningún momento, nosotros permanecimos leales. Marcomir lo hubiera querido así. Cuando empezó la lucha, tratamos de ayudar. Los alanos no nos quisieron. Pero cuando las cosas empezaron a ir mal, cruzamos el río para reunirnos contigo y encontramos a los marcomanos atacando vuestro Limes. Hemos luchado contra ellos, y entonces han llegado tus hombres. Éste de aquí —señaló a Quinto con la barbilla— nos ha tomado por el enemigo y nos ha atacado. Cuando me han capturado le he dicho lo que sabía, pero no ha querido creerme porque este hombre había hablado antes con él.

—¿Qué podías decir que mi amigo no creyera?

—Que los vándalos trataron de sobornar al comandante de Bingium y fracasaron. Luego, cuando empezó la batalla, los alanos se mantuvieron al margen. Fuimos nosotros quienes atacamos a los vándalos al amanecer de aquel primer día, porque tú habías dicho a Marcomir que querías que destruyera las carretas. Los alanos no empezaron a luchar de vuestro lado hasta más tarde, cuando pareció que ibais a detenerlos. —Escupió—. Son un pueblo que sólo permanece leal al más fuerte. Después, cuando las cosas empezaron a iros mal, se retiraron a las colinas, dejaron que los marcomanos cruzaran el río, y aniquilaron a la caballería que enviasteis a la orilla este mientras fingían ser sus amigos. Yo mismo vi a su mensajero llevar la cabeza de Didio a los reyes vándalos. —Hizo una pausa y siguió hablando en voz aún más alta—. Han cruzado el río en Bingium y han avanzado hacia el campamento, fingiendo hacer una cosa pero haciendo otra, y cuando el comandante los ha dejado entrar han atacado el campamento y matado a tu guarnición. Todo eso ha ocurrido hoy. Y lo seguiría diciendo aunque me quemaras en una hoguera.

—Por supuesto, es mentira —dijo Goar tranquilamente—. Bingium ha sido traicionada por un hombre que tenía sangre alamana. —Se volvió hacia mí, exasperado—. ¿Acaso no te advertí del riesgo que corrías? No te culpo por ello. Sólo los traidores y los idiotas hacen quedar en ridículo a los hombres inteligentes. Pero eso no les sirve de consuelo.

—Gracias —dije.

Me dirigió una sonrisa tensa.

—Yo también he cometido errores —dijo—. Tu caballería fue de gran ayuda. Pero había demasiados vándalos. No pudimos contenerlos, como tampoco vosotros. Y sois soldados profesionales. Nosotros no.

Me volví a Fredegar.

—Goar de los alanos era hermano de sangre de tu príncipe muerto. Hizo un juramento muy poderoso. Es peligroso jugar con los dioses. ¿Crees que lo rompería? ¿Lo romperías tú?

—Es un mentiroso —dijo amargamente el franco.

—No puedo ocuparme de vuestras peleas —dije fríamente—. No son asunto mío.

—¿Y qué lo es, entonces? Pregúntale por qué ha cruzado el río después de decirte que no podría.

Goar dijo furioso:

—He cruzado para comunicar al general lo que había hecho. Mis hombres siguen en la orilla este. Pero hemos luchado juntos y le debo mucho. De modo que he venido a verle y desearle suerte.

—Miente —dijo una voz en la oscuridad.

Me volví. Forzando los ojos, pude ver una sombra recortarse contra un árbol, y luego la sombra se convirtió en un hombre, una silueta oscura en la blanca nieve. Avanzó lentamente hacia nosotros, como un anciano, encorvado y débil, hasta que pudimos verle la cara. Era Scudilio, el comandante de los auxiliares de Bingium. Llevaba su uniforme y su casco. Se cogía el hombro derecho con la mano izquierda, sobre la que pude ver sangre. Su rostro tenía un color enfermizo, y oí que su respiración era jadeante, como si sufriera un gran dolor. Nadie se movió ni habló. Avanzó hasta encontrarse casi cara a cara con Goar. El alano no se alteró.

—Traidor —escupió.

Scudilio continuó allí, tambaleándose sobre sus pies. Dijo en un susurro:

—Si lo soy, dime de quién es la flecha que llevo clavada a la espalda.

Se volvió y cayó al suelo de costado. De su hombro salía una gran flecha, que temblaba ligeramente cada vez que el herido luchaba por respirar. Quinto dio un paso al frente, se arrodilló y tocó la flecha. Entonces me miró y dijo suavemente:

—Es una flecha como la que fabrican los alanos. Mira las plumas, y esta pluma de gallo coloreada que usan como guía para apuntar.

—Después de traicionar a Bingium han debido de salir del campamento y encontrarse con algunos de mis hombres —dijo Goar.

Scudilio gimió. Me arrodillé a su lado y dijo en un susurro:

—Nos han rodeado los burgundios y nos hemos retirado. Más tarde, algunos han cruzado el río. Entonces han llegado los alanos, gritando que los marcomanos estaban cruzando el río más arriba y que nos reforzarían a cambio de comida y armas. He sido un estúpido. Los he dejado entrar. Pero Goar iba con ellos, y sabía que confiabas en él. Nos han atacado dentro del campamento. Eran demasiados. Hemos resistido y tratado de escapar. He incendiado el campamento. Algunos hemos logrado salir. Entonces nos hemos topado con los marcomanos. He dado a mis hombres un punto de encuentro y les he dicho que huyeran y se ocultaran, y que nos reuniríamos más tarde, en la oscuridad. Nos hemos separado. Me han herido y me he perdido. He tratado de llegar a la calzada. Es todo lo que sé.

—Éste dice la verdad —dijo Fredegar—. Los alanos llevaban lanzas con las cabezas de los hombres que habías mandado al otro lado. —Me miró y sonrió—. No conoces a tus amigos.

—¿Y qué romano los conoce? —dije amargamente—. ¿Cuántos hombres tienes?

—He cruzado el río con dos mil. Algunos han muerto. Algunos están prisioneros en tus carretas, más abajo. Los otros se han desperdigado. Pero regresarán.

—¿Cuántos, Scudilio?

Jadeó de dolor y susurró.

—No lo sé. Tal vez trescientos.

—Que se ocupen del herido —dije bruscamente.

Me volví hacia Goar, que estaba en pie, muy erguido y callado, con el rostro gris bajo la luz de la luna y la espada desnuda en la mano. Hacía mucho frío, pero vi cómo las gotas de sudor le resbalaban por la cara mientras esperaba.

—Esto fue planeado. ¿Quién lo planeó? —dije ásperamente.

—¿Acaso importa ahora? —dijo Quinto con impaciencia.

—Oh, sí —dije mirando fijamente a Goar—. Importa. Guntiaros no es tan listo. Respendial nunca pactaría con los que lo han traicionado, aunque fueran sus hermanos, y Gunderico tiene una lengua demasiado viperina. Talien era inteligente, pero ha muerto. —Hice una pausa—. Hace falta alguien más, alguien que me conociera bien y que supiera cómo podría pensar y planear mi campaña, alguien que hubiera hecho algo así antes...

Scudilio murmuró:

—Se me acercaron para tratar de sobornarme, pero no acepté.

—Debiste decírmelo.

—No me atrevía. Confiabas muy poco en mí. Lo supe cuando diste la orden de quemar el puente al tribuno y no a mí. Tenía miedo.

—Él vino a ti, ¿no es cierto? —dije a Goar—. A la muerte de Marcomir, empezó a trabajar contigo. Me fuiste leal sólo mientras creíste que podía acabar siendo el vencedor, pero tras la batalla de la orilla este, ya no te sentiste tan seguro. Pensaste que podía perder, y tuviste miedo. De modo que empezaste a cambiar de bando, y prometiste traicionarme cuando llegara el momento. Oh, lo escogiste muy bien. Fue brillante; cogiste al niño y se lo devolviste a su padre para asegurarte la retirada, y luchaste un poco para que quedara bien. Incluso podías haber permanecido de mi lado si hubiera impedido que cruzaran el río. Pero, ¿cómo iba a hacerlo, si dejaste pasar a los marcomanos y asesinaste a mis hombres? Fueron estúpidos sólo porque confiaron en ti por orden mía.

Le di la espalda y monté en mi caballo. Quinto me miró con aire interrogante. Dije:

—Montad. Tenemos que continuar. Ya hemos perdido demasiado tiempo en un asunto de tan poca importancia.

—¿Qué vas a hacer conmigo? —dijo Goar con voz ronca.

—Si fueras un hombre, daría a Scudilio el privilegio de matarte. Pero no eres un hombre; no eres nada. Deja esa espada antes de que te hagas daño con ella.

Vio que Quinto había montado a caballo y lo observaba atentamente. Dejó caer la espada sobre la nieve. Miré a mi alrededor y luego a los ojos de Quinto. Teníamos todo lo necesario. Pensábamos lo mismo.

—Eres cristiano, según creo.

Se esforzó por tragar saliva. Se lamió los labios y vi que la barba roja le temblaba, pero no de frío.

—Sí, lo soy —murmuró—. ¿Qué te importa eso?

—En tal caso, te daré un final digno de un buen cristiano. —Volví la cabeza—. Centurión, que crucifiquen a este hombre.

Estaba saliendo la luna y nos movíamos en silencio; nuestros caballos iban al paso, uno tras otro, con sus jinetes encorvados en las sillas. Cerré los ojos en un intento estúpido de ignorar el horror de lo que había descubierto. No sentía nada por el hombre que había dejado atrás, en la oscuridad. Sólo pensaba en la traición final, en la destrucción de Bingium y en Scudilio, en quien no había confiado lo suficiente.

—Pero nos separamos como amigos —dije—. ¿Por qué, Juliano? ¿Por qué?

Seguimos avanzando hasta el lugar donde la legión descansaba en la nieve. Ya se habían acostumbrado al frío. No tiritaban; dormían. Los comandantes de cohortes se pusieron en pie y se reunieron en torno a mi caballo. Les conté lo que había ocurrido.

—No podemos atacar Bingium, o lo que queda de ella, con los marcomanos en la retaguardia. Si esperamos hasta mañana, habrán cerrado la calzada y sus hombres habrán llegado al Nava. Nuestra única posibilidad es ganarles la delantera... ahora. Rodearemos las colinas de Bingium y avanzaremos junto al río. Hay un vado algo más arriba, y un caminito que nos llevará de nuevo a la calzada de Treverorum. Uno de los hombres de Scudilio nos guiará. —Carraspeé—. Quinto, quiero que un destacamento de cinco hombres de confianza se dirija a Treverorum y se encargue de que transporten sin demora todas las armas y provisiones disponibles a la trigésima piedra miliar. Además, quiero que los acompañen dos escuadrones para patrullar por la calzada de Bingium. Si entran en contacto con el enemigo, tienen que avisar al instante. Quiero saber qué torres de señales siguen siendo nuestras. Las del enemigo han de ser capturadas o quemadas, lo que resulte más fácil. Y que otros jinetes salgan a buscar comida. Los hombres tendrán que aguantar con medias raciones a partir de esta noche. —Áquila asintió—. Que alguien busque a Fredbal, el herrero. Quiero hablar con él. Ahora, en marcha.

Llegó a los pocos momentos y permaneció ante mí con la cabeza gacha y la espada apretada entre las manos. La marcha lo había fatigado, y parecía viejo y enfermo. Tal vez yo también se lo parecí a él.

—Ésta no es tu guerra —dije—. Pagaste tus deudas hace mucho tiempo. Quiero sacarte de aquí. Necesito a un hombre que acompañe a los mensajeros hasta Treverorum y lleve una carta que he escrito. —Mientras hablaba, escribía torpemente sobre una tablilla—. Dale esto al obispo. Son instrucciones sobre la seguridad del cofre del tesoro de la legión. Él sabrá qué hacer. Y esto —le entregué una segunda tablilla— es para el curator. Tiene que ordenar al ejército de la Galia que se dé prisa, o llegará demasiado tarde.

—¿Por qué confías en mí y no en tus hombres? —preguntó. Hablaba como con un igual.

—Hay treinta razones, y todas son años. Se te da bien odiar —dije con suavidad.

Asintió y dijo:

—Preferiría quedarme y matar a algún vándalo. —Hablaba con dolor y fiereza.

—Ya lo sé. Aún tendrás la oportunidad, créeme.

Se guardó las tablillas en la túnica.

—Iré —murmuró—. Puedes confiar en mí.

—Sólo confío en tu odio —dije, meneando la cabeza—. Ahora ve con los otros.

Me dedicó la parodia de un saludo y se perdió en la oscuridad.

Marchábamos en silencio, de modo que sólo se oía el tintineo de algún arnés y el golpear rítmico de las sandalias claveteadas sobre la dura nieve. La luna ya estaba muy alta, de modo que no era difícil ver el camino. Recé porque los alanos de dentro de Bingium y los marcomanos de fuera creyeran que habíamos acampado para pasar la noche, en algún lugar entre las dos huestes, y porque no tuvieran patrullas de guardia. Finalmente, llegamos al pie de las colinas en forma de cuña, en cuyas laderas yacía el campamento en ruinas en el que había cifrado todas nuestras esperanzas. Allí la calzada iba en línea recta hacia el Nava y el fuerte, y también allí estaba el caminito que debíamos seguir, curvándose a la izquierda hacia el vado que había mencionado Scudilio antes de que lo acostáramos en la carreta con los demás heridos. En aquel cruce la columna se detuvo, de forma lenta e insegura, y un jinete se acercó trotando para decir que la avanzadilla se había topado con una patrulla nocturna de marcomanos y que se había entablado un combate encarnizado, pero que el general tenía las cosas bajo control.

Los hombres se quedaron a un lado de la calzada, y yo permanecí relajado, montado en el caballo, esperando. Llamé en voz baja a un decurión de caballería.

—Entérate de cómo está el comandante Scudilio, y envíame al franco que hicimos prisionero. —Me saludó y se alejó columna abajo.

Al cabo de media hora la columna se puso en marcha de nuevo, y avanzamos por encima de la nieve teñida de sangre. Vimos cadáveres en una zanja y a dos de los nuestros con flechas en el pecho. Pocos minutos después se encendió una señal en las colinas a la derecha, y supe que los vigías de las montañas nos habían visto, y que pronto se daría la alarma. Aceleramos el paso y descendimos por una empinada pendiente entre pinos altos y doblados por la nieve, mientras oíamos el sonido de agua corriente en algún lugar de delante. Las carretas tuvieron dificultades y hubo que asignar hombres que las ayudaran a superar los peores trechos. Llevaban nuestras tiendas, los utensilios de cocina, las estacas para empalizadas, las herramientas de cavar, el forraje para los caballos, el equipamiento médico, los heridos y las armas de repuesto. Eran esenciales para la continuidad de nuestra vida como legión, y sin ellas estaríamos perdidos. Cada hombre llevaba sus armas y raciones para cinco días; ésa era toda la comida que teníamos, y habría que compartir una parte de ella con los hombres que habían escapado de Bingium y que no habían podido traer consigo nada más que sus armas. También había otros a los que alimentar: los francos leales a Fredegar, los restos de la guarnición de Moguntiacum y las secciones de las torres de señales, que se iban uniendo a nosotros a medida que pasábamos junto a ellas. No sabía cuántos hombres éramos. Dejaba aquellos asuntos a mi intendente. Pronto me informaría.

Habíamos aflojado el paso a causa del mal camino. Los hombres sudaban, a pesar del frío, y caminaban encorvados para protegerse de los copos de nieve. En algún momento antes de medianoche hicimos otra parada, y en el silencio pude oír relinchos de caballos, el golpear de espadas y gritos de hombres. En aquella ocasión la pausa fue mucho más larga, y un mensajero avanzó por la columna para decirme que la caballería había tenido que desmontar a causa de lo empinado de la otra orilla del Nava, y que una cohorte había entrado en acción contra un grupo de bárbaros.

—¿Son muchos?

—El general cree que unos ochocientos. Van armados con arcos y hachas, y están bien situados.

—¿Me necesitáis?

El soldado sonrió.

—No, señor. Me dijeron que no debía molestar al legado. El comandante del ala tiene las cosas bajo control.

—¿Qué ala?

—La Cuarta.

—¡Ah! Mario. Muy bien.

Sin embargo, pasaron dos horas antes de que la posición enemiga fuera capturada, y se necesitó la asistencia de una cohorte.

El Nava era ancho pero poco profundo, lo que resultó una suerte, porque el hielo no aguantó, y tuvimos que vadear torpemente a través del agua gélida que nos llegaba a la cintura y que nos aturdía de frío. Luego hubo que trepar durante dos millas y media por un caminito empinado y retorcido que apenas se veía entre la creciente cortina de nieve. Fue un trabajo duro, avanzar con las botas mojadas por una superficie que nos hacía resbalar hacia atrás a cada paso. Hubo que guiar a los caballos, y empujar y tirar de las carretas a mano, diez hombres por carreta. Y durante todo el tiempo sentíamos los estómagos vacíos y los ojos fatigados, y el viento nos atravesaba las capas, de modo que estábamos empapados de nieve por fuera y de sudor por dentro. Pero nadie se detuvo ni se quejó.

Una vez arriba, la marcha resultó más fácil, y avanzamos a través de un bosque de pinos que nos protegió un poco del eterno golpear del viento. Llevábamos veintidós horas sin dormir, y nuestro paso era mecánico. La agonía de la marcha era preferible a lo que nos ofrecería el enemigo si caíamos vivos en sus manos. Dos millas más adelante descendimos por una leve pendiente y recorrimos el borde de un acantilado que flanqueaba un riachuelo estrecho y serpenteante. No había ningún camino visible, y los hombres marchaban en parejas, de modo que pudieran ayudarse unos a otros mientras empujaban y tiraban de las carretas entre un árbol y el siguiente. Luego abandonamos el riachuelo y encontramos un camino que estaba lleno de agujeros bajo la nieve traicionera de la superficie. Estaba amaneciendo, y podíamos vernos los rostros: ojos oscuros, sin afeitar y mortalmente cansados. Dos horas después, caminando como sonámbulos, con los pies llagados, los músculos agarrotados y los hombros en carne viva por la fricción de la armadura, llegamos a la calzada que llevaba a Treverorum. Ante mí se elevaba un pilar liso y redondo, casi tan alto como yo, y con la parte superior cubierta de nieve. Era una de las piedras miliares instaladas por el emperador Adriano, y recuerdo que la inscripción grabada sobre ella estaba tan desgastada que era apenas legible. Después de verla por primera vez, me había quejado a las autoridades de Treverorum, pero se habían limitado a encogerse de hombros y no habían hecho nada. A la derecha de la piedra dormía un retén de caballería protegido por las cabezas de los caballos, que tenían los arneses puestos, y un fatigado centinela se tambaleaba sobre sus pies, apoyado en su lanza ante las ascuas de un fuego de leña.

Desperté al comandante del escuadrón de un puntapié, y él bostezó en mi cara, con aire de disculpa.

—Las torres de señales desde aquí a Bingium están en manos enemigas, señor. He quemado las primeras cuatro y hemos matado a sus hombres cuando trataban de buscar refugio. En la quinta torre, el enemigo vigilaba la calzada, de modo que nos hemos retirado. Sin embargo, las primeras tres torres de la calzada siguen siendo leales.

—¿Podremos defender la calzada aquí? —preguntó Quinto. Miró el alto margen del camino con los espesos bosques que se elevaban hasta el horizonte—. Es una posición fuerte y fácil de defender.

—Tal vez. Estoy demasiado cansado para pensar. Los hombres también están muertos de agotamiento. Lo mejor es acampar aquí, junto a la carretera. Instalad las carretas en el paso frente a la torre. Es una pena haber tenido que quemarla.

El comandante del escuadrón ahogó una carcajada.

—No hemos podido penetrar nuestras propias defensas, señor.

—Sí, estaban bien instaladas. Que monten guardia, de todos modos, y enviad un grupo a reparar la empalizada.

Dormimos durante cuatro horas, y nos despertó una nueva nevada que caía de un cielo negro. El enemigo más cercano había llegado a tres millas de nosotros mientras dormíamos, y la fuerza principal estaba a seis millas, en Bingium, donde sólo los alanos, si no se habían emborrachado demasiado con el vino de la guarnición, estarían en condiciones de marchar. De haberlo hecho, ya nos habrían atacado. Pero pensé que era más probable que se quedaran allí y dejaran las cosas a cargo de los marcomanos. Los alanos se habían quedado sin su líder, y tenían que preocuparse por sus propias tierras. Los marcomanos, al mando de Hermerico, eran el enemigo más cercano. Hasta el momento, habían resultado ser torpes, lentos y estúpidos. Estaba seguro de que Gunderico no me hubiera dejado llegar tan lejos. La hueste de los vándalos era otra historia. Necesitaban comida desesperadamente, y había muy poca en el campo que nos rodeaba, con su lastimoso puñado de aldeas y su tierra devastada. Se dirigirían a Bingium, donde sabían que había comida, pero no suficiente. Habría discusiones entre los jefes, y peleas entre los hombres. Todo ello nos daría un poco de tiempo.

—Tenemos unas tres horas, posiblemente cinco, Quinto. Durante ese tiempo hemos de talar árboles, construir empalizadas y cavar zanjas. No tenemos ballistae dignas de mención. —Miré la calzada. Se retorcía y giraba, como el Mosella, entre altas colinas cuyas empinadas pendientes estaban cubiertas de árboles—. Todo lo que tienen que hacer para rodearnos es trepar por los bosques. Esta calzada parece fácil de defender, pero no lo es. Y la caballería aquí no me sirve de nada.

Un hombre barbudo, que había estado dibujando líneas en la nieve con un palo, dijo en voz baja:

—¿Es prudente seguir luchando como un soldado?

Era Fredegar. Contesté, con la voz igual de baja:

—Es el único modo de luchar que conozco. Los contuvimos durante siete días en Moguntiacum porque luché como un soldado.

—Comprendo —dijo.

—¿Cuántos de los tuyos están ahora con nosotros?

—No he podido contarlos a todos —dijo con calma—. Todavía estoy esperando a que lleguen más. Unos tres mil.

El hombre con quien había hablado la noche anterior se acercó y saludó. Dijo:

—El comandante, Scudilio, se pondrá bien, según dice el médico. Le han quitado la flecha sin demasiada pérdida de sangre. Está tratando de levantarse y bajar de la carreta, pero los ordenanzas se lo impiden.

—Que siga allí. Ya se moverá cuando se encuentre bien, y no antes. Áquila, ¿cuántos de sus hombres están con nosotros?

—Doscientos cuarenta, señor.

—¿Incluyendo a los heridos?

—Son todos los que pueden luchar.

—Déjame defender el paso por ti —dijo Fredegar—. Dame a dos centurias de tus hombres. También a unos cuantos auxiliares. Sostendré esta posición durante dos días mientras vosotros os retiráis y preparáis nuevas emboscadas en cada poste de señales de la calzada. Déjame a una tropa de jinetes, para que actúen como mensajeros y luchen en la retaguardia. De este modo los frenaremos un poco y conseguiremos tiempo para que lleguen tus ballistae.

Vacilé. Él inclinó la cabeza y sonrió.

—Ya no soy joven, pero soy un buen guerrero.

—Bien. Haremos lo que sugieres.

En aquel momento un centinela gritó, y vimos que un caballo se acercaba al trote por la calzada de Treverorum. Quinto se cubrió los ojos y blasfemó en voz baja. Al principio creí que el caballo iba sin jinete, pero cuando se acercó vi que había un hombre tumbado sobre el cuello del animal. El caballo se me aproximó, respirando vapor, y se quedó quieto frente a nosotros, con los flancos hinchados y la cabeza baja. Su jinete resbaló de la silla y cayó al suelo de costado antes de que nadie pudiera sostenerlo. Era uno de los cinco hombres que había enviado a Treverorum la noche anterior.

Estaba vivo, pero tenía sangre en el cuello y en el muslo izquierdo. Parecían heridas de lanza. Sangraba profusamente y no tenía color en el rostro. Me arrodillé y lo cogí en brazos. Dijo en un susurro:

—Avanzamos seis millas por la calzada hasta la gran curva. Allí encontramos a los supervivientes de la guarnición de Boudobrigo. —Se atragantó—. Agua, por favor. —Un soldado corrió a buscarla. Tragó saliva—. El fuerte cayó hace dos días. Los persiguieron por las colinas. —Escupió sangre, volvió a atragantarse y quedó en silencio. Al poco rato abrió los ojos y siguió hablando—: Hay burgundios en el camino de Treverorum. Nos alcanzaron. Dos consiguieron escapar. Los cubrimos. Los demás murieron. Yo escapé. —Me miró fijamente, con los ojos asustados. No era más que un chiquillo—. Guntiaros ha desplegado a sus huestes. Son miles. —La sangre brotaba ya muy débilmente de la herida de su muslo, pese a los esfuerzos del auxiliar médico que se había arrodillado junto a mí. El herido pareció levemente desconcertado, y habló en un susurro—: No sabía que era tan fácil. —Miré al auxiliar, que negó con la cabeza. Finalmente la sangre dejó de fluir por completo, y lo recosté en la nieve.

—Yo no podría haber cabalgado ni doscientas yardas con una herida así —dijo Quinto en voz baja.

—Sigamos con mi plan —dijo Fredegar con calma—. Todavía es el único posible. Pero quédate con la caballería. Los necesitarás a todos. Déjame sólo unos cuantos caballos.

—Como desees.

—Bueno, mejor será que vaya a sacar a esos burgundios de la calzada —dijo Quinto.

—Sí.

Sonó la trompeta y dije a Fredegar:

—Reúnete con nosotros en cuanto puedas.

Se acarició la barba y respondió:

—Si no puedo reunirme con vosotros, estaré con Marcomir. En cualquier caso, me sentiré satisfecho.

Le apreté el brazo y luego subí al caballo. Él me miró y sonrió con fiereza.

—Tengo muchas cosas que vengar.

Los francos se estaban desplegando por las pendientes junto a la calzada; empezaron a talar árboles y a enderezar la empalizada que rodeaba la torre mientras yo partía al frente de mi legión. Delante de nosotros, Quinto y su caballería se perdieron de vista entre una nube de nieve. Me envolví en la capa y mordisqueé una galleta seca. Estaba mareado de fatiga y preocupación.

Avanzamos. Cada dos millas, una doble centuria se separaba para preparar defensas y tender una emboscada. Tres horas más tarde llegamos a la escena de la batalla. Los burgundios habían bloqueado la calzada con árboles caídos, habían quemado viva a la guarnición de la torre y se habían desplegado por las pendientes de cada lado de la calzada. Quinto no había conseguido pasar; había llevado a los caballos a la retaguardia y estaba tanteando la posición enemiga con sus exploradores. El grueso de sus tropas estaba fuera de la calzada y de la vista. Estábamos a media tarde y detrás de nosotros, en la distancia, podíamos oír un murmullo distante que era el sonido de Fredegar y sus hombres en la batalla ya entablada.

Al anochecer no habíamos conseguido desalojar a los burgundios, y fue entonces, cuando estábamos sentados, exhaustos, en torno a una pequeña hoguera, cuando llegó un mensajero para informar de que Fredegar estaba en dificultades.

—Nuestra gente no puede contenerlos —dijo, en su atroz latín—. Luchan contra las cinco tribus a la vez, y pronto estarán rodeados. Hemos gastado las últimas flechas. —Me puso la mano en el brazo—. Mi jefe no pide esto, pero yo sí. Es un anciano, y una vez fue un gran guerrero. ¿No puedes ayudarlo? Está dispuesto a morir, no por tu emperador, sino por ti y por mantenerse fiel a Marcomir.

—Quinto, hemos de rodear a esos burgundios —dije, frotándome los ojos—. Intenta flanquearlos por la izquierda con una cohorte, aunque tardes toda la noche. Envía a cincuenta jinetes campo a través para que lleguen a la calzada por su retaguardia. Que sean hombres de voces fuertes y capaces de tocar las trompetas. Han de fingir que son refuerzos. Si les atamos leña a las sillas, levantarán mucha nieve. Está lo bastante seca.

—Ese truco no funcionará dos veces —dijo.

—Sí funcionará. No lo hemos usado nunca con ellos. Que los hombres se muevan ahora. Y envía a otro destacamento en ayuda de Fredegar. Que también lleven trompetas. Que los vándalos piensen que los burgundios han sido derrotados y que les hemos enviado ayuda. —Me volví al franco—. Di a tu jefe que pida una tregua. Se la concederán. Ya han perdido a bastantes hombres. Fredegar puede decir lo que quiera, pero mientras lo dice, el grueso de sus hombres ha de retroceder por la calzada hasta aquí. De este modo podrá escapar.

—Pero no es honorable.

Tendí la mano y lo agarré del hombro.

—No estoy luchando por honor —dije—. Estoy luchando por la vida de esta provincia, y emplearé cualquier medio para protegerla. Ahora ve y haced lo que he dicho.

—¿Qué pensarán los vándalos? —murmuró entristecido.

—¿Qué me importa lo que piensen? ¿Qué significan para mí los marcomanos y los vándalos? Mi honor está en mis manos, no en las suyas.

El engaño funcionó. Era un viejo truco, aunque nunca lo había puesto en práctica. Gunderico y Hermerico se negaron a parlamentar al principio, pero Respendial, herido en su orgullo por el cambio de bando de su primo, insistió en una tregua. Si podía conseguir que otra tribu se pasara a su bando, recobraría su autoestima y su posición a ojos de los demás. El encuentro tuvo lugar al amanecer y, mientras Fredegar hablaba, sus hombres empezaron a abandonar en silencio sus posiciones, permaneciendo en el bosque y sin bajar a la calzada hasta encontrarse fuera de la vista del enemigo. Surgieron dificultades respecto a los términos, y Fredegar dijo (por supuesto, era mentira) que estábamos acampados muy cerca en la calzada, que era necesario que me asegurara que podía defender su posición, y que, para asegurar la victoria, los vándalos debían pasar a través de sus líneas aquella noche. Entonces podrían lanzar un ataque nocturno y cogernos desprevenidos. A cambio de ello, los francos, bajo su mando, podrían regresar al Rhenus y quedarse con las tierras de ambas orillas, entre Bingium y Moguntiacum. Era hora de desayunar, de modo que ambas partes se separaron para comer en sus propios campamentos y considerar los términos. Todo ello me lo contó Fredegar cuando se reunió con nosotros.

—¿Cuánto tiempo han tardado en descubrir el engaño?

—No lo sé —dijo alegremente—. Hemos vigilado muy bien, pero no hemos visto que nos siguieran. ¿Qué tal os va a vosotros?

—Nuestro truco también ha funcionado. Los burgundios se han retirado al norte por las colinas.

—Bien —dijo—. ¿Y qué hacemos ahora?

—Marchar —dije—. No hay nada que se interponga entre nosotros y Treverorum, salvo el cansancio. Ése es el peor enemigo de todos los que tenemos que vencer.

La retirada continuó. Habíamos pasado la peor parte de las colinas, pero avanzábamos todo el tiempo hacia una altiplanicie que nos exponía a las inclemencias del tiempo. Sin embargo, el viento había amainado y ya no nevaba; el brillo del sol nos elevó los ánimos. A intervalos iba dejando grupos mixtos de soldados y francos para que tendieran emboscadas y, en cada caso, mis órdenes eran las mismas.

—Mantened la posición hasta que parezcan a punto de arrollaros. Entonces incendiad la torre de señales, si la hay, retiraos hasta la siguiente emboscada y uníos a la retaguardia. Las bajas deben ser las mínimas posibles. No tratéis de ser valientes. Ya habrá tiempo para eso más tarde.

Avanzábamos lentamente y en silencio voluntario. Sólo se oía el eterno rumor de las ruedas de las carretas, el golpear monótono de los utensilios de cocina que llevaban, el fatigado movimiento de pies y el gemido ocasional de algún herido, obligado a soportar hasta más allá de la resistencia humana. Los soldados llevaban las lanzas invertidas sobre los hombros, con las hojas envueltas en tela para mantenerlas secas, y los centuriones avanzaban impasibles detrás de sus hombres, blasfemando en voz baja si un soldado daba signos de ir a caerse. En una ocasión, un hombre muerto de sed tomó un puñado de nieve y se lo llevó a la boca. Lo golpeé en la espalda con mi bastón.

—Si lames la nieve congelada, te llagarás la lengua, idiota. Ten paciencia. Espera a la próxima parada.

Los jinetes iban a pie, guiando a sus caballos. Cada hora nos deteníamos diez minutos, y los comandantes de sección hacían circular un frasco de vinagre, para que cada hombre pudiera tragar un sorbo, mientras descargábamos las mulas y les examinábamos los lomos en busca de llagas. A mediodía retrocedí hasta las carretas para hablar con Scudilio. Su rostro tenía mejor color, y me suplicó que le permitiera marchar con sus hombres.

—No —dije—. Necesitarás todas tus fuerzas en la trigésima piedra miliar.

—Te defraudé —dijo—. Todos tus planes de retirada dependían de la defensa de Bingium.

—No hubiéramos podido defenderla en ningún caso —dije, sacudiendo la cabeza—. No pienses en ello. Recuerda, yo también confié en él. Confié en él hasta el mismo final. Si hay culpa, nos corresponde a partes iguales. Pero eso ya no importa.

—Tendría que marchar con mis hombres —dijo—. Sé lo que piensas de los auxiliares. Deseaba demostrarte que te equivocabas.

—No hay nada que demostrar.

Aquella tarde, debido al estado de la calzada, recorrimos sólo seis millas, aunque tomé la precaución de seguir marchando hasta una hora después de oscurecer para mantener nuestra ventaja sobre el enemigo. Al día siguiente nos pusimos en marcha poco después del alba, como era nuestra costumbre, y envié a patrullas de caballería a recorrer el campo, en busca de granjas, cabañas o aldeas donde pudieran conseguir algo de comida, pues los hombres sufrían atrozmente con medias raciones bajo el intenso frío. Sin embargo, estaban algo más animados, y empezaron a cantar esas canciones de marcha sin melodía que cantan todos los soldados. Siempre eran las mismas, normalmente obscenas, sobre chicas o una chica, tenían muchísimos versos y parecían no terminar nunca. Pero no los había oído cantar desde la última vez que habíamos marchado al salir de Treverorum, en lo que parecía otra vida. Entonces habíamos sido una legión. Y seguíamos siéndolo; la idea me animó considerablemente.

Dos horas después se nos acercó un mensajero desde la retaguardia.

—Se oyen ruidos de combate detrás de nosotros. Nos faltan dos grupos de emboscada, señor.

—Deben de habernos alcanzado por fin. Di a tu comandante que mantenga su posición hasta haber recuperado a los dos grupos. No quiero dejar a nadie atrás. ¿Entendido?

Regresó una hora más tarde.

—Sus jinetes ya están a la vista —dijo sin aliento—. Hemos recuperado a una patrulla, pero creemos que la otra ha sido aniquilada.

Asentí.

—Tu comandante sabe qué hacer.

A media tarde vimos a sus jinetes, avanzando por la calzada. Estaban a una gran distancia, pero se recortaban con claridad contra el resplandor blanco de la nieve. Se acercaron lentamente, pues no eran muchos, y atacaron nuestra retaguardia. Sus cargas eran salvajes y carentes de disciplina, y fueron rechazadas sin dificultad. Más tarde se les fueron uniendo cada vez más hombres, y se volvieron más osados, siguiéndonos de cerca y lanzando ataques rápidos y furibundos cuando se presentaba la ocasión. Quinto mantenía una pantalla de caballería a cada lado de la columna, porque había mucha nieve en la calzada, y la marcha era lenta y dolorosa. Pronto los hombres se hubieron acostumbrado tanto a ver combates de caballería fuera del alcance de nuestras flechas que dejaron de prestarles atención. Ocasionalmente, algún jinete enemigo se abría paso galopando entre un remolino de nieve, y hacía un intento torpe de atacar a alguna figura cubierta con un casco que avanzaba junto a una carreta. A veces el legionario caía, sin protestar, demasiado fatigado para defenderse, y el vándalo se alejaba, blandiendo su espada en triunfo. Otras veces, sin embargo, un arquero tensaba apresuradamente su arco y soltaba una flecha, de modo que el jinete continuaba su viaje de regreso hacia sus camaradas muriendo sobre el cuello del caballo.

Tres días después de que nos alcanzaran recorrimos diez millas. Los jinetes ya nos habían rodeado por completo, en grupos que iban de una docena de hombres hasta veinte o treinta, pero no había rastro de sus columnas de infantería. Aquella noche su caballería acampó a dos millas de nosotros, y al salir la luna nos atacaron hombres a caballo y a pie. El enemigo era una mezcla de vándalos, cuados y marcomanos, y sus intentos fueron, tal como observó despectivamente Quinto, extremadamente tímidos. Un segundo ataque, justo después del amanecer, terminó entre un fuerte viento y una intensa nevada que creó una pequeña galerna; ambos bandos se vieron obligados a abandonar la lucha bajo tales condiciones. Aquella noche levanté el campamento en cuanto oscureció, pese a que los hombres habían marchado durante nueve horas. De nuevo fue una marcha forzada a través de la nieve reciente, con la caballería abriéndonos camino lenta y dolorosamente. Los retenes que habíamos dejado atrás para mantener las hogueras encendidas nos alcanzaron más tarde al día siguiente, e informaron de que el enemigo no había enviado patrullas al campamento hasta bien entrado el día, sin comprender que habían sido engañados hasta que se alejaron los retenes. Volvimos a marchar durante todo el día, y los hombres cantaron sus canciones sin melodía. Fredegar cojeaba junto al aquilifer, y Quinto marchaba detrás de la columna. Como siempre, parecía ser un todo con su caballo.

Por la tarde el cielo se aclaró y pude ver el sol, un círculo de oro fundido, justo encima de las copas de los árboles que se agrupaban en el horizonte frente a nosotros. Descendimos a una hondonada, pasamos junto a un grupo de cabañas abandonadas, y empezamos a ascender una larga pendiente. A cada lado de la calzada, la nieve yacía espesa y virgen hasta donde alcanzaba la vista de un hombre a caballo. Los legionarios empezaron a apretar el paso, y los jinetes, como si hubieran recibido una orden, montaron en los caballos. Un escalofrío de expectación recorrió la columna, y por las ranuras de las lonas de las carretas empezaron a asomar rostros. Allí, frente a nosotros, en una abertura entre los árboles, negra contra el cielo azul, se levantaba la estructura de una torre de señales, y el humo que surgía de ella se elevaba en el aire frío, como un mensaje de bienvenida para nuestra llegada. Entonces supimos que habíamos llegado a nuestro destino; la trigésima piedra miliar desde Augusta Treverorum.

Era el decimotercer día de enero. Durante siete días habíamos defendido Moguntiacum del odio, la envidia y la codicia de cinco tribus.

Después nos habíamos retirado durante seis días a través de las colinas en unas condiciones pésimas de hielo y nieve, luchando en combates de retaguardia y en escaramuzas salvajes a lo largo de una distancia de más de setenta millas. Pero no había perdido a ningún hombre que no hubiera sido previamente herido por las espadas o hachas de los bárbaros. Seguía al frente de una legión. Cuando avanzaba para saludar al comandante del puesto, mientras mis fatigados hombres se preparaban para vivaquear tras las trincheras que habíamos preparado meses atrás, un cuervo voló sobre mi cabeza y graznó melancólicamente. Me estremecí. En mi fuero interno, sabía que aquélla había sido la última marcha de la legión.

Capítulo XVIII

En el interior de la empalizada me encontré con Agilio, que ya no era el chico despreocupado que había visto poco tiempo atrás; tenía el rostro tenso y una expresión continuamente ansiosa.

—¿Está todo en orden? —pregunté.

Asintió sin expresión, con los ojos muy abiertos mientras observaba el desfile de mis fatigados hombres hacia la zona que tenían asignada para acampar detrás del fuerte. No me había creído cuando le advertí de lo que podía ocurrir; no había visualizado la posibilidad de una derrota.

—¿Está aquí Flavio?

—Sí, señor. Lleva aquí varios días.

—¿Habéis tenido alguna noticia de las guarniciones de los demás fuertes, Salisio, Boudobrigo, Confluentes?

Negó con la cabeza.

—Les mandé la señal de retirada hace días —dije—. Deben de haberlas aniquilado. No las vimos en la calzada.

Flavio estaba en el interior de la torre, y Quinto y Fredegar se reunieron allí conmigo. Nos sentamos en los estrechos bancos de los alojamientos y bebimos en silencio el vino que nos ofreció Agilio. Estábamos tan cansados y teníamos tanto frío que nada parecía importar, excepto el sueño. Incluso la muerte hubiera sido recibida como una amiga en aquel momento. Finalmente, hice un esfuerzo por despejarme.

—¿Cuántas provisiones tenéis?

—Todas las que pude reunir —dijo Flavio muy serio—. Mucha gente estaba evacuando la ciudad cuando nos marchamos. Tuve que matar para llevarme lo que quería. Tengo treinta carretas, cargadas de galletas, carne salada, trigo y vinagre, además de un poco de vino. También tengo puntas de flecha y astiles, proyectiles para las ballistae y lanzas. Eso significa comida suficiente para cinco mil hombres durante dos días a raciones completas.

—También hemos de alimentar a los francos de Fredegar, y a la gente de las torres de señales que hemos recogido por el camino. ¿Cuántos hombres trajiste?

—Las dos centurias que me dejaste y cuatrocientos hombres más.

—¿Algún caballo?

—Sesenta. Fueron todos los que pude reunir. Tuve que emplear mulas para las carretas.

—¿Artillería?

—Cuatro ballistae y seis carroballistae.

—Muy bien. —Le indiqué que podía retirarse. Flavio permaneció en su sitio.

—Hay una cosa, señor. Vi al obispo antes de salir de la ciudad. Me dijo que había escrito al prefecto, en Arelate, suplicando ayuda.

—Yo también lo hice, pero no tuve respuesta.

—Pero yo tengo una carta del Magister Equitum per Gallias.

—Dámela. —Leí con atención la carta de Chariobaudes mientras los demás esperaban.

«Te ayudaría si pudiera, tal como prometí. Pero me he enterado de que los alamanes han cruzado el Rhenus en gran número y han capturado otras dos ciudades, además de Borbetomagus. Eso significa que tienen abierto el camino de Divodurum. Por lo tanto, resulta obvio que mi primera obligación es proteger esa ciudad; de lo contrario el enemigo tendrá el paso franco hasta el corazón de la Galia. El prefecto pretor ha ratificado esta decisión. Te suplico que no pienses demasiado mal de mí. Tengo la certeza de que todo te irá bien. Treverorum es una ciudad con defensas muy fuertes, y estos pueblos bárbaros no están preparados para un asedio.»

La leí hasta el final y se la arrojé a Quinto.

—No tendremos la ayuda que nos prometió. El prefecto puede escapar en barco, por supuesto. No arriesga nada ni olvida nada, salvo su deber.

—Desde el punto de vista de Chariobaudes, tiene razón —dijo Quinto con cautela.

—Por supuesto. Sólo que no se da cuenta de que los alamanes no tienen ninguna intención de avanzar tierra adentro. Se quedará allí con sus hombres, y no ocurrirá nada.

Quinto miró a los demás, uno por uno.

—No revelaréis a nadie el contenido de este mensaje. ¿Entendido? —Asintieron, y Quinto se volvió hacia mí tras una pausa—. Pero la carta contiene un buen consejo. Si llevamos la legión hasta Treverorum, podremos resistir fácilmente. Si nos quedamos aquí, corremos el riesgo de que nos aniquilen.

—Llamad a Áquila.

Éste se presentó, sacudiéndose la nieve de los hombros al entrar.

—Está nevando otra vez —dijo.

—Áquila, ¿podrían marchar los hombres otras treinta millas hasta la ciudad?

Vaciló.

—¿Si saliéramos al amanecer? ¿Podrían?

Negó con la cabeza.

—No lo creo —dijo lentamente.

—Hay mucha nieve entre este punto y la ciudad —dijo Flavio—. Me costó mucho pasar con las carretas.

—Los hombres necesitan descansar un poco, señor —dijo Áquila.

—Sólo son treinta millas —dijo Quinto. Hizo una pausa, mientras entraba un ordenanza a encender la lámpara. Se recostó en la silla y se desperezó—. Tampoco podrán descansar mucho tiempo si nos quedamos aquí.

—Están cansados, como nosotros, e igual de hambrientos. Pero detrás de estas zanjas estaremos a salvo hasta que nos ataquen —dijo Fredegar, mirándome con ironía.

—Mantuve las zanjas limpias de nieve como ordenaste, señor, aunque no fue fácil —dijo ansiosamente el comandante del puesto.

Le sonreí.

—Nada ha sido fácil para ninguno de nosotros.

—Los bárbaros querrán apoderarse de Treverorum. Si la defendemos, no podrán tomarla. Sin comida, morirán —dijo Quinto.

—Lo comprendo, señor —dio Áquila. Me miró—. Los hombres saben que tenías intención de luchar aquí. Están llenos de confianza. La perderán si les pedimos que vuelvan a marchar. Por lo que a mí respecta... —Vaciló.

—¿Sí?

—Avanzan más rápido que nosotros. Pese a nuestra ventaja, su caballería ya nos ha alcanzado.

La puerta se abrió de golpe y entró Mario.

—Una de mis patrullas acaba de llegar —dijo—. La columna principal de los vándalos acaba de llegar a aquella aldea del valle.

—¿Van a acampar?

—Sí, señor, pero hemos visto a algunas patrullas de caballería en el exterior, a unas cuatrocientas yardas de la empalizada.

Miré a Quinto, que sonrió y se encogió de hombros.

—Está decidido, pues —dije—. Poned una guardia doble; ahuyentad a las patrullas enemigas y estableced retenes, a quinientas yardas del campamento. Que tengan hogueras preparadas, para poder enviar señales con rapidez. Ahora, durmamos un poco.

Pero tuvimos muy poco descanso. Había que reorganizar las unidades para compensar las bajas, distribuir alimento y dar tiempo para reparar el equipamiento dañado y las botas rotas. Los armeros tenían que encender sus fuegos; había que encajar las puntas de lanza en los nuevos astiles, renovar las cuerdas de los arcos y preparar las flechas. Tuvimos que limpiar las zanjas, parcialmente cubiertas por la nevada de la noche a pesar de los esfuerzos de Agilio, e instalar la artillería en plataformas construidas a toda prisa. Vaciamos las carretas de provisiones y las instalamos en posiciones estratégicas de los flancos, para crear una barricada contra un ataque por infiltración; también reforzamos la empalizada con troncos y leña.

El campamento era el cuadrado habitual, de doscientas yardas de lado, rodeado por una empalizada de madera y una fortificación de tierra construida el año anterior. Las dos esquinas que miraban al enemigo fueron reforzadas con más carretas, además de plataformas en las que instalamos dos carroballistae. A cincuenta yardas de la puerta estaba la torre de señales, rodeada por un triple círculo de zanjas y una empalizada. Frente a ella, extendiéndose a derecha e izquierda, se elevaba otra barrera de poco más de una yarda de altura, hecha de tierra y bien cimentada, tras la que la legión lucharía a la defensiva. Para protegerla teníamos la triple línea de zanjas de costumbre, con los fondos llenos de ramas afiladas. Además, había hecho que cavaran una zanja amplia y zigzagueante. Medía cinco yardas de anchura y casi tres de profundidad, con aberturas estrechas en los extremos más cercanos a nuestra posición. Cualquier enemigo que se aproximara se vería obligado a concentrar los ataques en puntos muy concretos frente a las aberturas. Sin embargo, nosotros podríamos concentrar el fuego en esas aberturas y destruirlo cuando intentara atravesar la zanja. De esa manera esperaba reducir el efecto de la enorme superioridad numérica del enemigo. Nuestros flancos quedarían protegidos por escuadrones de caballería y arqueros, y no tenía ninguna duda de que podríamos defender nuestra posición mientras nos quedaran soldados suficientes y proyectiles que lanzar.

Los hombres trabajaron durante toda la mañana, mientras Quinto y yo explorábamos cuidadosamente el terreno sobre el que lucharíamos. Mirando al este, desde la torre de señales, vi que el terreno era plano durante doscientas yardas. Luego se inclinaba suavemente hacia los árboles en la distancia. Junto a la calzada, el suelo bajaba hacia un gran bosque de abetos que protegía nuestro flanco. A la izquierda, el terreno descendía durante aproximadamente media milla, para luego ascender en una suave pendiente hasta el horizonte. En la llanura se veían grupos de arbustos esparcidos aquí y allá. Un poco a la derecha de la calzada de Bingium había un bosquecillo en el que tenía intención de ocultar a una centuria para que preparara una emboscada. La nieve era dura bajo la superficie, y no parecía haber peligro de socavones. Quinto pareció satisfecho, y finalmente regresamos al campamento.

A mediodía, mientras comía un cuenco de gachas calientes, vimos a sus jinetes en la distancia. Llegaron hasta cien yardas de nuestros retenes más lejanos. Rodearon el terreno lentamente pero sin atacarnos. Finalmente se alejaron, y por la tarde los hombres que no estaban de servicio se lavaron y se sentaron frente a las tiendas. El viento había amainado, el sol brillaba débilmente, y los soldados reían mientras tiraban los dados y se apostaban la paga que tantos de ellos no recibirían nunca. Parecían menos cansados después del largo sueño; sonreían, bromeaban, se contaban historias picantes y algunos cantaban.

Justo antes de anochecer un centinela informó de que había hombres en el camino de Confluentes. Subí a la torre y pude verlos, una columna oscura y dispersa que avanzaba lentamente hacia nosotros. Los vándalos también la vieron, y sus hombres se desplegaron y cabalgaron en su dirección. Quinto formó apresuradamente a tres escuadrones y los dirigió en una salida para interceptar a los vándalos. Una hora después, mientras a su espalda tenían lugar sangrientas escaramuzas de caballería, la columna alcanzó la seguridad de la empalizada. Consistía en trescientos hombres, heridos, hambrientos y exhaustos, todo lo que quedaba de la guarnición de Confluentes y las dotaciones de las torres instaladas a lo largo de su línea de marcha. No había noticias de los soldados de Boudobrigo y Salisio, y entonces tuve la certeza de que nunca llegarían. Habrían sido aniquilados en las colinas por los burgundios, al mando de su rey, Guntiaros, cuyo orgullo le había impedido llamarse aliado de Roma.

Me dirigí a la torre de señales. Allí me lavé y me vestí cuidadosamente. Tenía la barba casi totalmente blanca, y me alegré de verla desaparecer. Me estaba secando con una toalla cuando entró Quinto.

—¿Qué vas a hacer, Máximo? —preguntó—. Si quieres mi consejo, lo mejor sería defender aquí nuestra posición. Que se estrellen contra la empalizada, como hicieron en Moguntiacum. A la defensiva, perderemos menos hombres, y ellos pasarán hambre y se debilitarán cada vez más sobre la nieve.

—Tenemos provisiones para muy pocos días —dije—. Ya no llegará más ayuda de Treverorum. ¿Qué haremos cuando se nos acaben la comida y los proyectiles? ¿Pedir clemencia?

Permaneció en silencio.

—Ahora tendríamos que estar en los cuarteles de invierno, con las campañas ya terminadas para esta temporada. —Sonreí con amargura—. Pero ésta no es una guerra civilizada; es una lucha a muerte.

—Todavía tienes una legión —dijo en voz baja—. ¿Vamos a apostarlo todo a una sola tirada, entonces?

Arrojé la toalla sobre la cama.

—Oh, Quinto, esto siempre ha sido un juego. Lo que Estilicón propuso aquella noche era un juego. Lo he sabido desde siempre.

—¿Y entonces?

—Podríamos contenerlos, como tú dices, en la empalizada. Si los hombres estuvieran frescos, me sentiría seguro de ello. Pero, en cualquier caso, las batallas no se ganan luchando a la defensiva.

Me miró fijamente y dijo:

—Lucharás contra ellos en la llanura, en una batalla campal. —Era una afirmación, no una pregunta.

—Sí. Dudo mucho de que podamos derrotarlos. Pero hagamos lo que hagamos, se trata de un juego de azar. Ya no sobreviviríamos a una retirada a Treverorum. Todos los generales, en última instancia, son jugadores en el fondo de su corazón. Lo apostaré todo a una última tirada.

—En cierto modo, me alegro —dijo, con un largo suspiro—. Es mejor intentarlo y fracasar que no intentarlo en absoluto.

—Oh, te aseguro que lo voy a intentar.

Al anochecer recorrimos el campamento, charlando con los hombres e inspeccionando cuidadosamente las defensas.

—¿Bien? —dijo Quinto cuando hube terminado—. ¿Qué opinas?

—Incluso si nos derrotan, les habrá costado mucho más de lo que piensan —dije—. No habremos fracasado del todo.

En la oscuridad, permanecimos sobre la plataforma de la torre de señales y observamos las luces de sus hogueras; chispas pequeñas que parpadeaban sobre la nieve. Más tarde hubo un breve choque de armas cuando una de sus patrullas se encontró por error con una de las nuestras. Ambas se retiraron de inmediato y no hubo bajas. Aquella noche me acosté temprano; dormí bien y sin pesadillas.

Al amanecer, la legión abandonó el campamento, dejando atrás solamente a los heridos. Los hombres marcharon en fila, centuria por centuria, cohorte por cohorte, dando la espalda a la empalizada mientras yo los inspeccionaba. La luz brillaba sobre los estandartes escarlata, sobre la armadura pulida de los oficiales y sobre las capas blancas de la caballería. Entonces uno de los jinetes, que afirmaba haber sido sacerdote, los bendijo. Permanecí sobre el caballo, con Quinto a la derecha y Fabiano a la izquierda, y les hablé. Sería la última vez, lo sabía. No me hacía ilusiones.

—Os alegrará saber que hemos dejado de huir. Lo que los generales llamamos una retirada estratégica y vosotros una marcha endiablada ha terminado por fin. —Se oyó un murmullo y algunas risas. Continué—: El tribuno Flavio me ha dicho que recibiremos ayuda dentro de pocos días. El ejército de la Galia viene en nuestro auxilio. Como vosotros, creo que han salido demasiado tarde, pero mejor tarde que nunca. Vuestro antiguo general, Estilicón, ha cumplido su promesa. Sabía que no nos fallaría. —Hubo un vítor entusiasta y prolongado—. Ya los habéis contenido durante catorce días, y podéis contenerlos cuatro o cinco días más. Ellos también tienen hambre y frío, y están agotados. Además, no tienen provisiones, como las que nosotros hemos recibido de nuestros valientes amigos civiles de Treverorum. —Se echaron a reír. Hice una pausa—. Ahora vamos a librar nuestra batalla. Esta vez no lucharé desde detrás de las zanjas. Vamos a derrotarlos, como derrotamos una vez al enemigo en Pollentia. Sólo os pido que luchéis duro una sola vez, y todo habrá terminado. —Volví a hacer una pausa y seguí hablando en voz muy alta—: Una vez quisisteis nombrarme emperador y me negué. Ganad ahora esta batalla para mí y no me negaré si me lo volvéis a pedir. Os prometí oro cuando acabara esta campaña, y cumpliré mi promesa, si vosotros cumplís la que me hicisteis a mí. —Me volví y señalé al Águila, portada por el aquilifer a mi espalda. El bronce desgastado de aquella cabeza feroz y aquellas alas extendidas ya había sido antes testigo silencioso de discursos como aquél. Bajo la estatua, en la placa, estaban grabadas las letras que habían llegado a todos los rincones del Imperio: S.P.Q.R.—. Hay muchas personas débiles que piensan que el Imperio está muriendo. Eso es lo que opinan los alamanes de Sunno, los cuados, los marcomanos de Hermerico, los alanos de Respendial y los vándalos de Gunderico. —A mi señal, el aquilifer levantó el Águila, de modo que el sol de la mañana refulgió sobre el metal bruñido—. Demostradme ahora, en nombre del Senado y el pueblo de Roma, y del Águila de la Vigésima, que se equivocan.

Normalmente, me vitoreaban al final de un discurso, pero en aquella ocasión permanecieron en silencio, y me sentí sorprendido y preocupado. Tosí para aclararme la garganta. Por un momento, casi me había creído lo que les decía. Su silencio empezaba a asustarme. Para mi sorpresa, Quinto adelantó a su caballo, y se situó de costado frente a la primera fila. Desenvainó la espada, aquella espada hermosa y curvada que le había regalado Estilicón, y la levantó en el aire.

—¡Os presento a un nuevo emperador! —gritó—. Os presento al emperador de la Galia, y también de Britania, si los dioses son propicios. Os presento al nuevo emperador de Occidente. ¡Os presento... a Máximo!

Entonces gritaron mi nombre, tres veces, y empezaron a golpear los escudos con las lanzas. Y cuando el rugido de «¡Máximo!» llegó a mis oídos, levanté mi mano en señal de saludo, y se me nubló la vista.

La legión se desplegó rápidamente en el terreno helado frente a las zanjas. Mi centro estaba formado por una mezcla de cohortes pesadas y ligeras, de tres hombres de profundidad, para proporcionar la mayor amplitud posible a nuestra línea frontal. Había una carroballista para cada centuria, algo adelantada para tener un mejor alcance de fuego. En cada flanco había un ala de arqueros, con las líneas inclinadas en ángulo. Detrás del centro, en dos hileras de profundidad, estaban los auxiliares, al mando de Scudilio, y mezclados con ellos, para dar una apariencia de más solidez a la línea, estaban los auxiliares de caballería, en hileras de tres hombres, alineados por tropas y no por escuadrones. En el ala izquierda, más allá de los arqueros y un poco por detrás de ellos, estaban los francos de Fredegar, que tenían órdenes estrictas de impedir que el enemigo los rodeara. Tras el ala derecha de arqueros, y bien desplegados, estaban los marineros y los auxiliares de los postes de señales, un grupo débil pero reforzado por un puñado de legionarios y comandado por Mario. Tenían que rodear el flanco enemigo cuando se presentara la oportunidad. Lejos de la línea de batalla, a derecha e izquierda, estaba la caballería regular, desplegada en forma de media luna. La banda izquierda estaba dirigida por Quinto y la derecha por Fabiano. En el bosquecillo que se extendía entre Mario y Fabiano había ocultado a un pequeño grupo liderado por Flavio. Estaba compuesto por todos los hombres que había traído desde Treverorum. Estaban descansados y decididos, y Flavio era un buen soldado. Había depositado mucha confianza en su capacidad de actuar en el momento apropiado. Instalé el puesto de mando tras el centro de la tercera hilera de la línea de combate. Agilio y Áquila estaban conmigo, y mi guardia personal, a pie, se desplegó detrás de mí a la espera de mis órdenes. Julio Optato estaba a cargo del campamento y las escasas reservas que había dejado allí para defenderlo. Era el responsable de enviarnos caballos de repuesto y proyectiles en cuanto los necesitáramos, y del traslado y cuidado de los heridos.

Los bárbaros, al ver que teníamos intención de luchar a campo abierto, avanzaron en sus enormes columnas, formadas como de costumbre por grupos en forma de cuña, cada uno al mando de un jefe local. Los marcomanos estaban a nuestra izquierda, los cuados y alanos a nuestra derecha, y la gran hueste formada por las dos tribus de vándalos se encontraba en el centro. Su caballería avanzaba por delante de la infantería, una serie de líneas desiguales que se separaron y se abrieron a derecha e izquierda en cuanto vieron el emplazamiento de nuestros jinetes. Una hueste de infantería las seguía a la carrera. Quinto, que defendía la izquierda, entró el primero en combate y se encontró tratando de luchar contra una mezcla de soldados a caballo y a pie, todos armados con arcos. Cruzó sin dificultades la línea de caballería enemiga y cargó contra la infantería. En los treinta segundos que tardó en cruzar las doscientas yardas que los separaban, el enemigo disparó cuatro oleadas de flechas que derribaron a la mitad de su primera línea. Incapaz de pasar a través de las lanzas enemigas, retrocedió y retiró a sus escuadrones en buen orden. El resto de los marcomanos sufrió unas pérdidas terribles intentado llegar hasta los arqueros del ala, mientras un grupo trataba de rodearlos a la desesperada. Fredegar, chillando, cayó sobre ellos con sus hombres, y se entabló una terrible lucha cuerpo a cuerpo.

A la derecha, Fabiano había atacado el flanco enemigo, pero los cuados, en lugar de quedarse quietos y esperar a ser masacrados, abrieron sus filas, se hicieron a un lado y arrojaron lanzas y hachas a nuestros hombres cuando pasaban junto a ellos. Sin embargo, aquello resultó un error, porque los auxiliares de Scudilio, que ya habían frenado con sus flechas a la caballería enemiga, los atacaron a pie antes de que hubieran podido reagruparse, y los empujaron de nuevo hacia la caballería de Fabiano, que los arrolló sin dificultad. Los cuados retrocedieron en desorden, y Scudilio empezó a rodearlos lentamente.

En el centro, los vándalos se acercaron corriendo en una densa masa. Los proyectiles de las carroballistae abrieron grandes agujeros en sus filas, pero no los detuvieron. Las líneas de combate se adelantaron y lanzaron sus jabalinas, una tras otra; nueve oleadas de flechas dieron en el blanco, pero siguieron avanzando por encima de sus propios muertos, y hubo un tremendo choque de armas cuando se encontraron las dos vanguardias de infantería. Nuestra línea se dobló por un momento y aguantó. Durante media hora se libró un combate encarnizado, sin que ningún bando cediera terreno, y entonces Quinto cayó sobre su flanco derecho con setecientos jinetes. Un minuto después, Fabiano atacó la izquierda, justo cuando los hombres de Scudilio empezaban a cansarse, y las alas de los vándalos se derrumbaron cuando los hombres empezaron a soltar las armas y huir. Di la señal a mi guardia personal para que montara, y los dirigí a la derecha, con la intención de reforzar a Fabiano. En aquel momento, los francos de Fredegar se hundieron bajo el peso de los marcomanos, que habían recibido los refuerzos de grupos de hombres de reserva llegados de su campamento. Los marcomanos empezaron a rodear la retaguardia del ala de Quinto, que en aquel momento estaba casi quieta, en medio de una enorme masa de hombres que se debatían y chillaban. El estruendo era increíble. Grité; mi trompetero vio que mi boca se movía y tocó las dos notas que significaban «cambio de dirección». Di la vuelta y crucé la retaguardia de nuestro centro justo cuando los marcomanos, mezclados con los vándalos, empezaban a caer sobre él. Mis hombres nos oyeron llegar y retrocedieron rápidamente mientras nosotros nos infiltrábamos por la abertura de nuestra línea y atacábamos. Fue una carga prieta, controlada y compacta, y el enemigo retrocedió frente a nosotros. A una orden mía, la trompeta volvió a sonar, y la línea frontal se retiró, volviendo a formar mientras lo hacía. El enemigo, agradecido por el respiro, hizo lo propio. Por el momento, también habían tenido suficiente.

—No cargues contra una masa de ese tamaño —dije a Quinto—. Es como intentar atravesar con el puño un barril de cola. Rodéalos y atácalos por el perímetro.

—Lo siento. Me ha parecido que valía la pena intentarlo. —Se secó el sudor de los ojos y golpeó con rabia la empuñadura de su espada—. Con sólo dos alas más los hubiera hecho pedazos.

—Si pensamos así, seremos nosotros los que nos haremos pedazos —dije con paciencia.

Hubo una larga pausa en la batalla, mientras los heridos se dirigían a la retaguardia y sus lesiones se endurecían por el frío. Repartí una ración de galletas y vinagre a todos los hombres, y dos horas más tarde volvimos a intentarlo. Situé a los francos de Fredegar con el ala izquierda de los arqueros, dividí a mis reservas en dos mitades y las envié a los flancos, y luego ordené a toda la línea que avanzara hasta establecer contacto con la caballería. De ese modo ganamos unas cuatrocientas yardas de terreno, mientras el enemigo nos observaba inmóvil desde la distancia. Entonces hice que avanzaran las carroballistae, que abrieron fuego a doscientas yardas, apoyadas por una pantalla de arqueros que tenían órdenes de disparar al aire, para que sus flechas cayeran en el centro enemigo. Cuando los proyectiles de ocho pulgadas empezaron a atravesar estómagos y destrozar costillas y espinas dorsales de un solo golpe, los vándalos retrocedieron de mala gana. Ordené el avance, y las primeras líneas de las cohortes se movieron al trote. Las dos hileras se encontraron, vacilaron y resistieron. La caballería enemiga esperaba en los flancos, observando a nuestros jinetes, mientras la alejábamos de nuestras alas con fuego de flechas. Hice que sonara la trompeta, y Fredegar y Scudilio avanzaron para atacar al enemigo por los flancos. Del campamento enemigo empezaron a salir más hombres, que formaron a la retaguardia de su centro. Las carroballistae de mis alas abrieron fuego, derribando a un jinete enemigo con cada disparo. Furiosos, los bárbaros avanzaron hacia donde mi caballería esperaba pacientemente mis órdenes. Esperé hasta que se hubieron alejado del grueso de su ejército, y ordené que sonara la trompeta. Nuestra caballería cargó, y todo acabó en tres minutos. La mitad de los vándalos fue aniquilada, y la otra mitad huyó en dirección al campamento. Sin caballería que se les opusiera, las dos alae, dirigidas por Quinto y Fabiano, cayeron sobre los flancos enemigos y empezaron a rodear a los vándalos, abriéndose paso hacia el interior, cada vez más cerca del centro. Lentamente mi línea frontal avanzó de nuevo. Pero se acercaban más y más hombres corriendo por la llanura para ayudar a las huestes enemigas. Eran sobre todo arqueros y, desde su posición en la retaguardia, empezaron a disparar, sin mirar si alcanzaban a nuestra caballería o a sus propios hombres. Nuestros soldados, que habían luchado todo el día en furioso silencio, empezaron a gritar, como si percibieran que la victoria estaba a su alcance.

—Ahora —dije a Áquila, y las dos reservas de los flancos entraron en acción. Al mismo tiempo, Flavio salió del bosquecillo y sus hombres pasaron a través de los de Scudilio para dirigirse al debilitado flanco izquierdo de los cuados, que empezaron a ceder terreno rápidamente. Di la señal de avanzar y ordené montar a mi guardia.

—Van a huir —grité a Agilio con emoción—. Van a huir en cualquier momento.

En aquel momento nos llegó un lamento repentino, que incluso yo pude oír por encima de los gritos y del estrépito terrible y familiar del hierro sobre hierro. Nuestra caballería se detuvo (y fue un espectáculo increíble) y empezó a retroceder, como vencida por el terror y el pánico. El sentimiento se contagió a la infantería, que vaciló y empezó a ceder terreno. Por una abertura entre un grupo de jinetes, distinguí una figura con capa roja, tumbada sobre el cuello de su caballo, que era escoltada al trote hacia la retaguardia. Traté desesperadamente de reunir a la infantería, pero ésta retrocedía de modo imparable, cada hilera retirándose a través de la siguiente.

—¡Vamos! —grité a Agilio. Galopamos a través de nuestros propios hombres (oí cómo nuestra infantería gritaba «atención al caballo») y pude ver sus expresiones sobresaltadas mientras quedaban atrás. Nos encontramos avanzando al galope en mitad de una horda de ruidosos vándalos. La fuerza y lo inesperado de nuestra carga nos permitieron llegar al otro lado de sus líneas, dejando una estela de cuerpos moribundos y destrozados a nuestro paso. Dimos la vuelta rápidamente, por entre los sobresaltados arqueros de su retaguardia, derribando a todo el que podíamos alcanzar, volvimos a formar y cargamos de nuevo. No hay nada que desmoralice tanto como un ataque por la retaguardia. Los vándalos y sus aliados no fueron una excepción a esa regla. Se apartaron de nosotros, y su avance se convirtió en fragmentos aislados de hombres solos, exhaustos y desafiantes. Cuando nos hubimos alejado y las cohortes hubieron formado de nuevo, el enemigo se volvió y se retiró lentamente a su campamento, recogiendo a los heridos que encontraba a su paso. Pocos minutos después di la señal de retirada, y las fatigadas centurias retrocedieron por la nieve ensangrentada hasta la seguridad de las zanjas, la empalizada y el campamento.

Entregué el caballo a mi ordenanza y me dirigí a la torre de señales. Todos los hombres con quienes me cruzaba me dedicaban un saludo, una sonrisa o algún tipo de señal, y casi todo el mundo parecía estar herido. Me sentía agotado y mareado. Habíamos estado a punto de triunfar; habíamos estado a punto de fracasar.

Una voz gritó mi nombre, y Fabiano se me acercó montado en su caballo, abriéndose paso cuidadosamente entre los grupos de hombres que se dirigían a sus tiendas.

—Ya vienen —dijo—. Los refuerzos están en camino.

—Debes de estar loco —dije, meneando la cabeza.

—No —dijo muy excitado—. Hay una columna de infantería a media milla por la calzada de Treverorum.

Salí con él y vi que la excitación se extendía a mi alrededor a medida que la noticia pasaba de un herido a otro. Mario se unió a mí, limpiando su espada con un trozo de trapo. Llegó Áquila, cojeando a causa de una herida en el muslo. También estaba allí Scudilio, y Fredegar con él, con su terrible hacha de guerra sobre los hombros.

La oscura columna, con la cabeza inclinada para protegerse del azote del viento, avanzaba a paso lento. Al frente iba un hombre a caballo. Dos comandantes de cohorte se acercaron lentamente para unirse a nosotros, uno de ellos llevando al otro prácticamente a cuestas. El hombre herido era Flavio, con el brazo izquierdo envuelto en sucios vendajes. Permanecimos allí, sonriendo estúpidamente, y esperando. Podíamos estar seguros de la victoria. El alivio fue tan grande que me sentí casi feliz.

—Mitras —dije en voz alta—. Mis plegarias han sido escuchadas.

Volví la cabeza y vi que Flavio me observaba, con una expresión incrédula y sobresaltada en su cara pálida.

—Es... No puede ser la... Veo la retaguardia de la columna desde aquí.

—Será la avanzadilla, entonces —dije alegremente—. A mí me basta. Vamos a recibirlos. Han llegado a tiempo.

Nos encontramos con el líder en el camino de detrás del campamento. Desmontó antes de tiempo cuando vio que nos acercábamos.

—Artorio —dije.

El curator de Treverorum se sonrojó al oír mi tono. Luego se irguió y saludó torpemente. Llevaba túnica, calzón y yelmo de cuero. Atada a su cintura vi una larga espada. Sus ojos pasaron de rostro a rostro, y luego me miró con firmeza.

—He venido a poner mi espada a tu servicio —dijo. Hablaba precipitadamente, como un hombre que ha ensayado lo que tiene que decir. También tenía un aire desafiante, como si pensara que podía burlarme de él. Sus hombres se habían detenido. Iban equipados de modo similar; ninguno llevaba armadura, pero todos tenían lanzas o espadas.

—¿Qué pasa con el ejército de la Galia? —pregunté ásperamente.

—Está... está en camino.

—No lo creo. Chariobaudes me escribió...

—Cambió sus órdenes —dijo rápidamente Artorio. Sus ojos se movieron y, por un momento, se fijaron en el herido Flavio—. El ejército se dirige a Treverorum, en nuestra... en tu ayuda.

—¿Y tú te has adelantado? —Estaba demasiado exhausto para pensar en el problema de Chariobaudes y sus cambios de opinión.

—Sí. —Miró a su alrededor con miedo y curiosidad. Estaba acostumbrado al bullicio del foro, no a la escasez y suciedad de un campo de batalla—. Sé que estoy quebrantando la ley. No tengo permiso para llevar armas, puesto que sólo soy un civil. No sé qué dirá el prefecto pretor. —Hizo una pausa, y yo permanecí en silencio—. Quiero ayudar —añadió en voz baja.

—¿Cuántos hombres tienes?

—Sólo dos mil. Algunos son gladiadores y esclavos, a quienes he concedido la libertad. Supongo que tampoco tenía autoridad para hacer eso.

La decepción me hizo permanecer callado. Se quitó el yelmo y lo sostuvo, torpemente, en el hueco de su brazo, como había visto hacer a mis oficiales.

—Hablé con el obispo. Creí... que debía hacer algo.

—Por supuesto. —Me volví. Dos mil hombres de una ciudad de ochenta mil... Me sentía demasiado asqueado para hablar. Él me siguió, perdiendo el equilibrio en el suelo resbaladizo.

—No has aceptado mi... —Se le cortó la voz y se aclaró la garganta con nerviosismo—. Queremos ayudar. Yo... —Se interrumpió mientras trataba de esquivar a un herido—. No nos hagas regresar. Seguro que podemos ser de alguna utilidad. Además, los hombres no podrían volver ahora. Están demasiado cansados.

—Sí, mis hombres también están cansados —dije—. Somos soldados.

Se estremeció al oír mi voz. Dijo con desesperación:

—Ya sé que sólo soy el curator, pero creí que...

Le di la espalda. Me dirigí a la torre de señales, dejando a la columna todavía de pie en la calzada y a mis oficiales en silencio detrás de mí. Si hubiera vuelto a hablar, lo habría golpeado.

Crucé la puerta con dificultad. Me senté sobre mi manta y me apoyé la cabeza en las manos. Habíamos estado tan cerca de la victoria. Aunque Chariobaudes llegara a tiempo, tenía demasiados pocos hombres para servirnos de verdadera ayuda. Nos derrotarían igualmente. El viento agitó la puerta. Hacía mucho frío, y empecé a tiritar. Supe lo que se sentía al ser un general derrotado. Entró Fabiano.

—Me gustaría hablar contigo, señor.

—Sí —dije.

—Has sido poco generoso —dijo.

—¡Poco generoso! ¿Yo? —Me levanté y él retrocedió—. Ha tenido dos años, y en dos años ha hecho muy poca cosa, excepto a punta de espada. Ahora viene lloriqueando y ofreciendo ayuda. ¿De qué servirá esa maltrecha tropa de payasos? ¿Lo imaginas? Ayuda. Cuando es demasiado tarde. Demasiado tarde, ¿me oyes?

—Has sido poco generoso —repitió Fabiano—. Ha venido a ayudar y tú, señor, le has dado la espalda.

—Es lo que merece.

—No estoy de acuerdo, señor —dijo con obstinación.

—¿Por qué?

Al principio no me respondió. Permaneció de pie, con los puños apretados a los lados, simplemente mirándome, fatigado y resentido. Aquélla había sido la expresión de su padre cuando le dije que el centinela que se había dormido en su puesto debía ser ejecutado.

—Porque... porque ha venido aquí para morir con nosotros, y eso lo convierte en mi amigo, si no en el tuyo.

Me puse en pie y me dirigí hacia él. No se movió.

—¿Cómo te atreves a hablarme así? No creas que mi amistad con tu padre te da derecho a...

Fue entonces cuando perdió el control, y dijo furioso:

—Si me atrevo, es porque tú me enseñaste cómo hablar con un emperador cuando se equivoca.

Se volvió y salió. Lo llamé, pero no regresó.

Una hora más tarde, trasladaron a Quinto a la torre de señales. Había sufrido una herida de flecha en el cuello, y había perdido mucha sangre. Yacía en su cama, con el rostro gris y las manos, enrojecidas por el frío, inertes sobre las mantas que lo cubrían. Abrió los ojos y dijo:

—Lo siento. He arruinado el día. Mis hombres se han desanimado, los muy idiotas. —Golpeó débilmente las mantas.

—No —dije—. Hubiera ocurrido de todos modos. Son demasiado fuertes para nosotros, y estamos demasiado cansados. Unos soldados frescos podrían haberlo conseguido, estoy de acuerdo. Pero nuestros hombres... —Me interrumpí y me senté en un taburete junto a él. ¿Qué otra cosa podía decirle?

—¿Lo volverás a intentar mañana?

—El número de bajas ha sido tremendo —dije, meneando la cabeza—. El de las suyas también, pero ellos se lo pueden permitir. No podemos arriesgarnos a perder un solo hombre más. Flavio ha luchado muy bien. Ha calculado magistralmente el momento de la carga.

—Lo sé. —Gimió—. ¿A cuántos hemos perdido?

—Áquila está haciendo el recuento.

—Bueno, si aguantamos, ese ejército de reserva puede llegar a tiempo.

—Sí, claro. —Corté el pabilo de la lámpara de aceite, vertí agua en un cuenco y empecé a lavarme.

—Fabiano también lo ha hecho muy bien —dijo. Hizo una pausa para mirar al techo—. Agilio me ha dicho que Artorio ha traído hombres de la ciudad.

—Sí.

—Me ha contado lo que les has dicho.

Me sequé la cara con una toalla y miré mi cama, en busca de una túnica limpia. Sólo me quedaba una. Me la puse. Luego serví dos copas de vino. Él continuó sin mirarme y dijo suavemente:

—No es buena política para un emperador volver la espalda a los que le ofrecen apoyo.

—Mi caballo es más digno de confianza —dije amargamente—. Y también más valiente.

—¿De verdad lo crees? El curator podría estar ahora mismo de camino a Arelate y la seguridad, igual que los demás. El pasado no importa. Se necesita valor, Máximo, para sentarse a solas en una ciudad presa del pánico y decidir que lo correcto es coger a unos cuantos hombres con espadas oxidadas e ir a ayudar a un hombre que te desprecia. —En aquel momento me miró—. Yo lo sé perfectamente. Y todavía se necesita más valor para admitir un error.

No le respondí y volvió el rostro hacia la pared. Finalmente dijo con voz fatigada:

—¿Cuál es el plan para mañana?

—Defender las zanjas y la empalizada. Usaré la caballería para los contraataques y para aliviar la presión, si las cosas se ponen difíciles.

—¿Máximo?

—¿Sí?

—¿Desearías ahora haber rehusado la petición de Estilicón?

Permanecí en silencio.

—¿Lo desearías?

—No tengo miedo, Quinto, si eso es lo que quieres decir. —Levanté la vista y vi que me observaba con ojos tristes. Sonreí—. ¿Sabes? Fui feliz en el Muro. Sí, lo digo en serio. Aquí en Germania nunca me he sentido en casa.

—Si no hubiera ido a Eboracum aquel día... Sólo Saturnino sabía por qué fui. Le debía demasiado.

—Lo comprendo.

—Me gustaría poder creerlo —dije.

—Duerme un poco. Necesitaremos todas las horas de sueño a partir de ahora.

Más tarde hice una ronda por el campamento. Inspeccioné a los centinelas, animé a los heridos con bromas estúpidas y charlé con los comandantes de mis cohortes. A mi regreso, vi que un hombre vomitaba en la nieve. Me acerqué a él, creyendo que se trataba de un herido que había tomado demasiado caldo. Él se irguió al oír que me aproximaba y se volvió torpemente. Entonces vi que era Artorio. Llevaba la cabeza descubierta, y se tapaba la boca con las manos. Reconocí demasiado bien la expresión de su rostro, de modo que lo llamé.

—No —dije—. Espera un momento.

Se detuvo y se volvió, impotente. Trató de ponerse firme, y supe cómo debía sentirse la bestia salvaje en la arena al acorralar a su víctima humana. Su aspecto sería el de Artorio en aquel momento.

—Algo me ha sentado mal —murmuró, añadiendo apresuradamente «señor» como si yo fuera a golpearlo por omitirlo.

—¿Estás muy asustado? —dije.

Asintió, con los nudillos en la boca. Vi que le temblaba el rostro.

—Yo también —dije—. Estoy demasiado asustado para vomitar.

Me miró con incredulidad, como si me burlara de él.

—Pero tú eres soldado —dijo.

—Oh, sí, pero eso no te impide tener miedo. Todos lo tenemos; es por la espera. No es tan malo cuando la línea de batalla ya está definida, y esperas la señal de avanzar. Hueles tu propio sudor y el de los hombres a tu lado. Te aferras a la idea de que están allí, protegiendo tu derecha y tu izquierda. Te animas con pequeñas bromas, aunque tienes la boca seca, y ellos te responden, y finges que se trata de un juego, como las maniobras que has hecho tantas veces. Finges que lo peor que puede ocurrirte es recibir una bronca del legado y una guardia extra de algún centurión furioso. Entonces dan la señal, y la línea se mueve. Inevitablemente, os separáis para evitar socavones o arbustos, y tus compañeros ya no están al alcance de tu brazo. Ves que el enemigo lanza sus jabalinas, y que hay hombres que gritan y caen. No te preocupa ser herido; eso es lo más curioso. Tienes la ilusión de invulnerabilidad de todos los soldados. Siempre es el otro hombres quien acabará herido o muerto, nunca tú. Y cuantas más veces ocurre eso, aunque se trate de tus amigos, más fuerte es la sensación. Si no la tuvieras, no podrías avanzar en absoluto.

Hice una pausa. Por el momento, su rostro había perdido aquel aspecto aterrado. Estaba absorto en lo que le decía.

—Pero entonces, cuando te acercas al enemigo, te asalta un terrible sentimiento de soledad. El hombre de tu izquierda, a cinco yardas de distancia, podría estar a cinco mil. La sensación de aislamiento crece y crece, hasta que te sientes seguro de que debes de ser el único hombre que avanza en todo tu ejército. Entonces tienes miedo, y quieres volverte y huir. Sólo una especie de orgullo curioso te obliga a avanzar. Y entonces el enemigo te golpea con su lanza o su espada, y la disciplina y el adiestramiento toman el control; a partir de ese momento ya no tienes tiempo de preocuparte por el miedo o la soledad. Simplemente luchas, y sigues luchando hasta que todo termina.

—Haces que parezca muy fácil —dijo.

—A la hora de la verdad, lo es.

—Creí que tendría el valor. —Bajó la cabeza—. Me pareció tan fácil, en mi despacho de la basílica. Todo el mundo se iba, y me sentí avergonzado. Entonces comprendí que te habíamos dejado en la estacada, y que en algún lugar vosotros estabais arriesgando vuestras vidas, sólo por nosotros. Pensé... pensé que debía hacer algo, aunque fuera tan tarde. No sabía que fuera tan cobarde. —Se esforzó por sonreír—. Es humillante. Debes de despreciar a la gente como yo.

—Antes no he sido generoso —dije—. Lo lamento. ¿Podrás perdonarme? —Extendí la mano y le cogí el brazo—. Sé que no eres un guerrero. Eso no es tan importante. Pero has venido a ayudarnos. Eso sí es importante.

—¿Durará mucho? —dijo, secándose la boca—. Lo más difícil es la espera.

—Dos horas como mucho, Artorio. Si puedes resistir esas dos horas, nunca volverás a tener miedo.

Capítulo XIX

Atacaron al amanecer, y sólo los graznidos sobresaltados de los cuervos, perturbados en su horrible festín, nos advirtieron de su llegada. En aquella ocasión fueron más cautelosos, decididos a fatigarnos, como una manada de lobos que acosara a un ciervo. Oleadas de flechas, una carga rápida, lanzamientos de hachas, una retirada, silencio y otra vez una oleada de flechas. Rodearon nuestras defensas, buscando los puntos débiles. Un ataque repentino a los flancos que sólo pudo ser detenido por una carga de la caballería, un golpe contra el centro que las carroballistae contuvieron con dificultades. Hora tras hora mantuvieron aquel ritmo, y hora tras hora mis hombres permanecieron en la empalizada hasta caer o ser relevados. Al mediodía, Mario había muerto mientras dirigía un contraataque desesperado contra las barricadas enemigas, y Agilio había sido gravemente herido en el pecho. Por la tarde empezó a nevar y volvieron a atacar, figuras grises y espectrales surgiendo de la tormenta, para arrojarnos con ambas manos una lluvia de muerte, o para recibirla... todo era lo mismo. Las zanjas se llenaron con sus muertos y heridos, y seguían atacando, una corriente constante de hombres que respiraban odio y envidia hacia todo lo que representábamos. Del cielo en penumbra surgieron flechas incendiarias, para provocar charcos de llamas que se extendían por la empalizada y se convertían en rugidos de fuego blanco si aterrizaban sobre una carreta, o hacían chillar de agonía a un caballo si le acertaban. No hubo respiro, ni ninguna clase de descanso. Mantuvieron aquella presión implacable durante todo el día y toda la noche, de modo que los hombres que trataban de dormir no lo consiguieron a causa de los sonidos de los moribundos, los gritos exultantes del enemigo y el hedor del fuego sobre la nieve.

A medianoche celebré una reunión en la torre de señales.

—Nos hemos quedado casi sin flechas —dije.

Julio Optato asintió, muy serio.

—Se ha hecho el último reparto: treinta para cada hombre. También hemos entregado las últimas jabalinas, quince por cabeza. Quedan pocos proyectiles para las ballistae, y sólo hay treinta para cada carroballista. Cuando se terminen, no tendremos nada más que nuestras manos.

Nadie habló. Me rodeaban en semicírculo, demacrados y sin sonreír, pero estaban conmigo, y ello me alegraba.

—Fabiano, engancha las carretas y pon a los heridos a bordo. Los que puedan andar han de conducir las carretas o avanzar al lado. Que se dirijan a Treverorum y busquen refugio donde puedan encontrarlo. Sugiero que se dirijan al distrito de los templos. Allí estarán más seguros que en casas donde haya hombres y mujeres, comida y objetos de valor. Sácalos de aquí antes de que amanezca.

—¿Qué quieres que hagamos, Máximo? —dijo Quinto, con el brazo en cabestrillo—. Haremos lo que nos pidas.

—Un momento —dije. Me volví a Fredegar, que llevaba un vendaje ensangrentado en la cabeza. Ataviado con sus gruesas pieles y con su barba gris, parecía un oso fiero e indomable—. Ésta no es tu guerra. Ya no. Te sugiero que te retires con tus hombres. Pacta con el enemigo, si lo deseas, o huye a las colinas.

—¿Me estás pidiendo que me vaya? —dijo—. ¿O es una orden?

—No es una petición ni una orden —dije, poniéndole una mano en el hombro—. Sólo es una sugerencia.

—Serví con el padre de Marcomir y, desde el día en que el chico arrojó su primera lanza, estuve siempre a su izquierda. Debí haber estado allí el día que murió, pero el destino lo quiso de otro modo. —Cogió la jarra de vino y tomó un gran trago. La barba le quedó manchada de gotas de vino que parecían de sangre—. Transmitiré a mis hombres lo que has dicho, pero no creo que me escuchen. Por lo que a mí respecta... —Se encogió de hombros—. Me quedo.

Miré a Quinto, que hizo un gesto de impotencia. Me volví a Áquila.

—¿Lamentas ahora no haberme matado aquel día en Treverorum para elegir a otro emperador?

Sonrió por un momento y dijo:

—Después me sentí avergonzado.

—Sólo puedo repetir lo que ya dije en Moguntiacum. Si algún hombre desea irse, que lo haga ahora... deprisa.

Áquila tocó el estandarte con sus grandes manos.

—He llevado esto muchas veces y durante muchos años. En muchas ocasiones hubiera tenido derecho a avergonzarme de los soldados que lo consideraban su estandarte. Ahora no me avergüenzo. No tengo ningún deseo de convertirme en esclavo de los vándalos.

La puerta se agitó con el viento, y me acordé de la noche en que Estilicón había venido a mi tienda con un oficial, o un ordenanza, no recordaba quién. Estaba demasiado cansado. De todos modos, no importaba. Nos había llevado a aquel... aquel estrecho círculo de la existencia; una docena de hombres exhaustos, reunidos en una cabaña de madera durante una noche de invierno, y planeando tranquilamente la mejor forma de poner fin a sus vidas.

—Tenemos mil hombres armados a pie —dijo Áquila.

—Ochocientos jinetes —dijo Quinto.

—Cuatrocientos francos —dijo Fredegar con orgullo.

—Y yo he traído a mil quinientos hombres de la ciudad —dijo Artorio.

Scudilio tosió sobre el dorso de su mano, y vi que tenía sangre en la boca.

—Quinientos auxiliares, en total —tartamudeó.

—Tus hombres han luchado bien hoy —dije, volviéndome hacia Artorio—. Tienes derecho a estar orgulloso de ellos.

Se palpó un corte que tenía sobre el ojo derecho y sonrió. Su aspecto era el de un hombre en paz consigo mismo. Dijo:

—Hay algo que se me había olvidado. El obispo te envía un mensaje. Puso a la chica a salvo.

—¿Alguna otra cosa?

—Sí —dijo—. «Di a Máximo que volveré a verlo». Ése era el mensaje.

—En el cielo, sin duda. ¿Te dio la chica algún mensaje para nosotros?

—Se lo di a él —dijo Artorio, secamente. Miré a Fabiano, que sonreía. No pregunté qué decía el mensaje.

—Todavía somos casi una legión —dije. Quinto me dedicó una mirada larga y firme. Creo que recordaba, igual que yo, el día que desembarqué en la Galia y me recibió en el campamento, cuando nos habíamos sentido tan absurdamente orgullosos y felices por la grandeza de nuestro destino.

—¿Qué hay del Águila? —preguntó Fabiano.

—No caerá en sus manos —dije—. Eso os lo prometo.

—¿Estás seguro? —dijo Áquila ansiosamente.

—Lo juro sobre la espada de Agrícola.

Se marcharon y me quedé a solas con Quinto.

—Los dos estábamos equivocados —dije—. Nunca hubiera creído que nuestras bajas resultaran tan cuantiosas, o que nuestras provisiones se habrían acabado tan rápidamente. Nunca hubiera imaginado que los bárbaros fueran capaces de luchar del modo que han luchado estos dos últimos días.

—Ni yo —dijo—. Pero, ¿sabes, Máximo? Tienen a sus mujeres y a sus hijos en el campamento, detrás de ellos. Eso marca una gran diferencia. Y tampoco les importa morir; a nuestros hombres sí. Eso también constituye una diferencia.

El viento había cesado y en la luz fantasmal y gris del alba situamos a nuestros últimos hombres en la empalizada. Arrastramos a los caballos muertos hasta las aberturas donde las vallas habían sido destrozadas o quemadas, y los cadáveres de nuestros hombres fueron retirados y tendidos en hileras en las tiendas que habían ocupado cuando aún vivían. Habíamos reunido todas las armas de reserva que pudimos encontrar y las habíamos apilado en el suelo, a nuestros pies, para mayor comodidad. Bajo el mando de Áquila, varios grupos pequeños cruzaron apresuradamente la zanja hasta el campo de batalla para recoger todas las armas y proyectiles posibles; en los flancos, la caballería ensillaba las monturas, mientras Quinto recorría la línea, comprobando las cinchas; y detrás de nosotros, en el campamento, los cocineros encendían hogueras y preparaban la comida de la mañana. Encogido contra una carroballista vi a un hombre al que reconocí.

—Fredbal —dije—. ¿Qué demonios estás haciendo aquí?

Me miró con aire desafiante.

—Regresé —dije—. Me ocupé de que tu mensaje fuera entregado. Hice lo que me ordenaste.

—Pero...

—Mataron a mi mujer y a mis hijos. De eso hace treinta años. De modo que regresé.

No había nada que decir. Le puse una mano en el hombro, sonreí y me alejé. Agilio, que estaba a mi lado, dijo de repente:

—No sabía que creyeras en demonios, mi emperador.

Me eché a reír.

—Supongo que es por haber vivido tanto tiempo con cristianos. He acabado hablando como ellos.

—Mi señor obispo conseguirá otro converso.

—Lo dudo mucho.

Nos dirigimos a la torre de señales. Me froté las manos heladas, y sentí el deseo absurdo y repentino de que mi capa pudiera estar limpia en lugar de sucia. Una voz gritó de repente en la semioscuridad; se acercó una figura, y oí las palabras:

—Tregua... tregua... queremos una tregua... queremos hablar con vosotros.

—Alto el fuego —grité.

—Cuidado, puede ser una trampa —dijo Quinto, acercándose al trote.

El hombre llegó hasta la zanja exterior.

—El rey Gunderico desea hablar con vuestro general. Que venga solo hasta la zanja. Yo, su hermano, actuaré como rehén en prueba de nuestra buena fe.

—No vayas, señor —dijo Agilio—. Es un truco.

—¿Tiene algún hermano?

—Tres —dijo Fredegar—. El más joven es un cachorro llamado Gaiserico. Pero por la voz, éste es el mayor.

—No vayas, mi señor.

—¿Por qué no? —dije—. Nos dará un respiro de cinco minutos.

Se hizo una abertura en la empalizada y colocamos una plancha sobre la primera zanja. Los hombres de Gunderico se acercaron, instalaron una tabla sobre la zanja exterior y luego se apartaron.

Quinto dijo, exasperado:

—Si vas a ir, al menos coge mi escudo. Pero ten cuidado.

—Vigilad los flancos —dije a Áquila—. Matad al primer hombre que se mueva.

Me puse el escudo en el costado derecho, bajo mi capa roja, y me adelanté, con la espada en la mano izquierda. Delante de mí, Gunderico avanzó hacia el puente, y nos encontramos a solas en la superficie dura y congelada que se extendía entre las zanjas exteriores, en las trece yardas que llamábamos zona de masacre, y sobre las que habían luchado y muerto tantos vándalos. Tres cuartas partes de las zanjas estaban llenas de cadáveres, y también los había en aquella superficie, sobre la que teníamos que avanzar con cuidado para no tropezar. Gunderico y yo nos encontramos en el centro. Estaba más demacrado que nunca. Llevaba un trapo atado al brazo derecho y tenía un largo corte sobre los ojos, que parecía hinchado y lleno de sangre. Tenía el aspecto furioso y famélico de un depredador que ha perdido a su presa, y de repente tuve miedo. Podía oler el peligro de aquel encuentro por encima del sudor de mi propio pánico.

—Rechazaste nuestra oferta —dijo—. No te la volveré a hacer.

—Tampoco lo esperaba. —Era un hombre alto, pero tenía que levantar la vista hacia mí mientras hablábamos, y aquello no le gustaba—. Pero yo te haré otra oferta. —Hablé entre dientes—: Devuélveme viva a la esposa de Marcomir, y os dejaré regresar ilesos al otro lado del Rhenus.

—Está muerta.

—¿Al modo romano?

—Sí. —Hablaba con frialdad.

—¡Ah!

—¿Ilesos, dices? —Me miró furioso, y siguió hablando en un arranque de odio—. Ilesos. Envenenaste los pozos. Carnicero. Mi esposa y mis hijos murieron, y yo lo vi sin poder hacer nada.

—Os advertí de lo que sucedería —dijo.

—Eres un gran guerrero —dijo en voz baja, y mirándome fríamente—. Cuando sea viejo, presumiré de cómo destruí a Máximo, un general romano, que me cerraba el paso a las nuevas tierras.

—¿También contarás cuán pocos hombres te impidieron el paso, y durante cuánto tiempo?

—Por supuesto. Eso es lo que formará la historia que cantará mi pueblo. —Seguía hablando con frialdad, pero también con respeto, y aquello me sorprendió. En realidad, sabía muy poco sobre aquella gente.

—¿También contarás que te ayudaron los marcomanos, los cuados y los alanos?

Rechinó los dientes.

—La parte dura de la lucha ha sido nuestra. Su contribución ha sido muy pequeña. —Levantó la cabeza y miró al cielo—. La luna se está ocultando. Dentro de poco, serás aniquilado con todos tus hombres, y vuestros huesos blanqueados yacerán sobre la nieve. Un buen final para los guerreros, pero también un desperdicio de vidas. Déjanos pasar, y podrás llevarte a tus hombres adonde quieras. Ya hay demasiadas esposas llorando en mi campamento. No quiero más.

—Una tarde de verano me reuní con seis reyes. ¿Siguen todos vivos, Gunderico de los vándalos? En nuestro último encuentro te dije que tu camino hasta Treverorum estaría cubierto de sangre. Tendrás que pasar también por encima de la mía antes de llegar allí.

—¿Por qué?

Sonreí.

—Si todos los hombres os impiden el paso, como hacemos nosotros, ¿qué fuerza tendréis cuando lleguéis a las tierras con las que soñáis? Creo que estaréis tan débiles que, al final, también seréis aniquilados. Sólo se os recordará como a un pueblo capaz de matar. No construiréis nada duradero, ni para vosotros ni para otros pueblos.

Gruñó suavemente, como un perro, y dijo:

—Te equivocas. Me cierras el paso como a un enemigo, pero llegará el día, cuando hayas muerto, en que mis hombres y yo seremos siervos de Roma, y nos llamaremos ciudadanos suyos. ¿No te parece extraño?

—Tal vez. No lo sé. Entonces no me importará. Pero, ¿por qué necesitáis a Roma, si tanto la odiáis?

Dijo, como si hablara con un niño:

—Roma siempre ha existido. Es un gran imperio, es necesario, pero también nos necesita.

Se acarició la barba y apartó los ojos. Dijo:
—Vosotros no sois dignos de Roma. No quisiera...
—No creo, rey Gunderico...
En aquel momento el arquero disparó. Sentí un dolor horrible cuando la flecha me atravesó la capa y el escudo para clavarse en mi hombro. Caí de lado por el golpe, y sentí que otras dos flechas se clavaban en el escudo mientras me tambaleaba y trataba desesperadamente de recobrar el equilibrio.
—¡Quinto!
Gunderico retrocedió y se movió hacia la izquierda. Con la rapidez de un gato, su mano cayó sobre la espada, que emergió con un terrible chirrido, un borrón de luz y acero. La vi centellear en el aire cuando la levantó para rematarme.
Di un paso adelante, con la espada de Agrícola apuntándole al costado derecho, y el brazo ligeramente doblado. Su espada bajó mientras yo enderezaba mi codo, y cayó de su mano por encima del borde de mi escudo. Por un momento permanecimos allí, quietos, uno frente al otro.
—Merecerías haber sido un vándalo —dijo con voz fatigada.
—Con dos pulgadas basta, incluso para un rey —dije.
Sus rodillas se doblaron y lo cogí cuando caía.
El arquero, que había permanecido emboscado junto al borde de la zanja, estaba muerto, con seis flechas incendiarias clavadas. Retrocedí por la tabla, sosteniendo ante mí al rey muerto, mientras los vándalos rugían, las flechas volaban y en ambos lados se elevaba un gran clamor de armas. Una vez hube cruzado la zanja interior me retiré tras los escudos de una docena de hombres que habían salido a ayudarme, y llegué a un lugar seguro mientras un arquero disparaba contra la tabla de la zanja exterior, que estalló en llamas.
—¿Estás bien, señor?
—Sí —murmuré.
—Era un truco. Te he avisado.
—Sí. —Me mordí el labio—. Pero un truco bueno.
—¿Qué pasará con el rehén, su hermano?
Lo miré a través de mi dolor, de pie entre los guardias, con una espada en la garganta. Caí al suelo y, mientras un ordenanza se ocupaba de mi maltrecho hombro, que sangraba profusamente, dije con curiosidad:
—¿Cómo pensabas escapar?
—Has matado a mi hermano —dijo.
—Ha intentado saltar la empalizada —dijo Áquila.
—¿Y bien?

—He corrido el riesgo, y he perdido.

—Desde luego. Eres el primer vándalo que entra vivo en mi campamento.

—Mátalo —gruñó Fredegar.

—Enviadlo de vuelta junto con su hermano —dije.

—Mátalo —volvió a decir Fredegar.

—Crucifícalo —dijo Agilio, furioso.

—Callaos, amigos. Haz lo que te digo, Quinto.

Empezó a protestar, me miró a la cara y asintió.

—Por supuesto —dijo.

Apoyado en mi ordenanza, me dirigí a la empalizada.

—Pueblos del este, escuchadme. —Me puse las manos en torno a la boca—. Escuchadme, os digo. —Lentamente, el sonido se apagó y cesaron los disparos—. Pueblos del este: yo no rompo ninguna tregua, mantengo mi palabra con mi gente y con la vuestra. Regresad por donde habéis venido, o vuestras mujeres llorarán sangre por vuestros hijos no nacidos. No os entregaré la ciudad de Treverorum, ni una sola yarda más de terreno. Esta tierra es mía. —Hice una pausa y continué, en voz aún más alta—. Soy Máximo. No os daré nada más que muerte y el cadáver de vuestro rey. Os daré... a Gunderico.

—Fuego —dijo una voz. El largo brazo de la ballista se elevó y se oyó un chillido largo y agudo cuando los dos hermanos, uno vivo y el otro muerto, regresaron a la tierra y con los suyos.

Durante una hora hubo una pausa, mientras nos observaban desde detrás de las toscas defensas que habían construido al alcance de nuestras flechas. Habían empleado escudos móviles de madera áspera, montones de caballos muertos y sacos de paja, mezclada con tierra dura o nieve. Salió el sol, y los fríos vientos volvieron a volar. El enemigo apareció por entre la nieve como una manada de lobos rugientes, y nos atacó con el mismo valor despiadado, la misma desesperación ávida, el mismo odio frío que había mostrado anteriormente. Una y otra vez, Quinto y Fabiano dirigieron salidas de la caballería. Girando hacia la derecha o la izquierda, se acercaban, formaban la línea y pasaban suavemente al trote, mientras Quinto gritaba «despacio, despacio» con toda la fuerza de sus pulmones. Luego el galope de las últimas doscientas yardas, la carga llegaba a su destino, las espadas rojas de sangre y los hombres chillaban; la ruptura de la formación, donde cada hombre tenía que preocuparse de sí mismo, y había que estar alerta al hombre que atacaba el vientre de tu caballo con un cuchillo, o al hacha que trataba de cercenarte el muslo; la apresurada reunión, mientras hombres y caballos estaban aún calientes pero aún no exhaustos; y luego la carga de regreso, cuando cada yarda te acercaba cada vez más a la seguridad. La seguridad era el viento frío, y el sudor en la cara, y el caballo respirando hacia el suelo. La seguridad era el silencio de las voces bárbaras, el blandir de las espadas, el vuelo de las hachas y el olor a sangre que estaba por todas partes.

Luchamos durante todo el día. Los hombres se retiraban al campamento por pequeños grupos, para sentarse en el suelo exhaustos y comer, con dedos temblorosos, un potaje caliente de galleta desmenuzada, ternera cortada y judías, mientras tragaban vino con las bocas resecas de miedo.

En su segunda carga, Quinto perdió en dos minutos a tres tribunos, cuatro decuriones, cincuenta y siete hombres y treinta y nueve caballos. Y con cada carga subsiguiente, nuestras bajas crecían cada vez más. La caballería, apoyada por los francos de Fredegar, sostenía los flancos, y las cohortes y los auxiliares defendían el centro. Tratábamos de ahorrar tantas flechas y proyectiles como era posible, y en las pausas grupos de voluntarios salían precipitadamente a arrancar las flechas de los muertos, además de las lanzas que cubrían el terreno frente a la empalizada, como madera en el patio de un carpintero. Eran las únicas armas que detenían los terribles ataques de hombres furiosos y enloquecidos que arrasaban las zanjas, ya completamente llenas, trepando sobre los cuerpos de sus propios muertos, como habían hecho en Moguntiacum para alcanzarnos detrás de nuestra pobre valla. Y después de cada nuevo asalto, yo recorría la maltrecha hilera de hombres de rostros ennegrecidos por el polvo y el sudor, que se apoyaban jadeantes sobre sus espadas o sus lanzas, y hacía lo posible por animarlos con una sonrisa o una broma. Pero cada vez que lo hacía, las hileras de hombres con yelmo romano habían disminuido, hasta que quedaron muy pocos hombres de reserva, a excepción de los heridos.

Tenía el hombro derecho agarrotado y dolorido por la herida de flecha, y me costaba mucho levantar el brazo. También tenía herido el hombro izquierdo, pero sabía que cuando llegara el momento tendría que usar la espada con la mano zurda. En aquel instante, era de muy poca utilidad como luchador. Retrocedí hasta la empalizada, y tropecé con un bulto de piel encogido en la nieve. Le di la vuelta mecánicamente y miré aquel rostro ciego e inmóvil. Era Fredbal. Había conseguido su deseo, y era feliz. Ya no estaba solo.

Frente a la torre de señales encontré a Agilio, sentado exhausto sobre los escalones. Estaba tan cansado que ni levantó la vista cuando pasé junto a él. Subí por la escalera (aquel día era la novena vez) y salí a la plataforma. Me volví y miré al oeste, con la esperanza de ver alguna señal de que las fuerzas de relevo de la Galia estaban en camino. Pero nada se movía en aquella extensión vasta y desolada de nieve. Estaba vacía de seres humanos y de esperanza. Descendí por la escalera, me senté en un banco, con la espada desabrochada, y acepté el cuenco de comida que me ofreció mi ordenanza. Entonces entró Quinto, sacudiéndose la nieve de los hombros. Parecía exhausto, y su barba incipiente era tan blanca como la mía. No hablamos hasta haber acabado de comer y beber. Dijo, en tono cansado:

—Flavio ha muerto. Me ha acompañado en la última carga. Al regresar, seguía sobre el caballo, con cuatro flechas clavadas. Siempre fue un buen jinete.

Asentí. Me sentía exhausto. Dije:

—Deseaba tanto ver Roma... Mi padre una vez me contó que había estado en la Curia, la sede del Senado en el foro, observando a los senadores ofrecer incienso a la estatua de Victoria antes de acudir a su asamblea. Estaba en un pedestal al extremo de la cámara, frente a la entrada, pero ahora ha desaparecido, como las mejores cosas de nuestro mundo. También me hubiera gustado verlo.

—Oh, Máximo —dijo, y me tocó el brazo.

Regresaron, y la lucha siguió como hasta entonces. Durante una pausa en la batalla, mientras se preparaban para otro asalto con escalas y tablones, me dirigí al extremo sur de nuestras defensas, donde se encontraba Artorio, rodeado por su grupo de gladiadores maltrechos y esclavos liberados. Sostenía la espada como si le perteneciera, y sonrió y me saludó cuando me acerqué.

—Artorio.

—Señor.

Lo cogí del hombro y hablé en voz baja.

—¿Dónde están los refuerzos que nos prometiste? ¿Dónde está el ejército de la Galia? La avanzadilla ya debería estar aquí. Dímelo.

—No lo sé —respondió simplemente.

Me acerqué más a él.

—Era mentira, ¿verdad? ¿Una mentira para subir la moral? ¿Todo mentira?

—Sí —dijo. Clavó su espada en el suelo y se frotó las manos. Estaban cubiertas de sabañones y le resultaba difícil mover los dedos—. Pedimos ayuda, y cuando llegó el mensaje de que no la habría, pensamos que lo mejor era fingir que todo iría bien. Es un viejo truco de mercader, por supuesto. —Hablaba con voz tranquila y segura. Ocurriera lo que ocurriera, ya no estaba asustado.

—Hiciste bien —dije—. Deberías ser uno de mis oficiales.

Se acercó un soldado, arrastrando el pie derecho por el suelo. Dijo:

—Me envía el general Veronio. Si no necesitas el caballo, señor, ¿podría llevármelo? Vamos escasos de monturas.

—Cógelo —asentí—. Ya no me hace falta el caballo.

Me dedicó un saludo de agradecimiento, subió torpemente a la silla y desapareció entre un remolino de nieve. Entonces llamé a Áquila.

—Di a mi guardia personal que se una al general Veronio. Necesitará a todos los jinetes que pueda reunir.

Pareció escandalizado.

—Pero, señor...

Le palmeé la espalda.

—Tú y yo, Áquila, abandonaremos este mundo a pie. Es igual de fácil.

Y entonces, durante otra pausa, mientras el enemigo recibía en sus ojos la luz del sol, ya bajo detrás de nosotros, llegó el momento que había temido a lo largo de todo el día. Áquila se me acercó y dijo:

—Están a punto de terminarse los proyectiles. ¿Qué hacemos cuando vuelvan a atacarnos?

Fredegar, que estaba bebiendo vino, se enjuagó la boca y escupió.

—A ninguno de mis arqueros le quedan flechas. ¿Qué hago cuando vuelvan a rodear los flancos?

Recorrí la línea, deteniéndome para hacer una pregunta a cada hombre. Ya ninguno sonreía. Extendían las manos y me mostraban sus armas, y eso era todo.

—Las ballistae son ya inútiles, como mi caballo —dijo Fabiano. Empezó a hacer dibujos en la nieve con la punta de su espada. Sabía, igual que yo, que no volvería a ver a la hija de Rando, pero no habló de ello. Lo que le quedaba de vida tendría una duración tan corta como la longitud de su espada, pero me era de más valor a mí muerto que a ella vivo, aunque no se lo dije. Permanecí en silencio, pero cerré los ojos para evitar ver su joven rostro.

Quinto se me acercó, cojeando pesadamente, arrastrando a su caballo, que llevaba la cabeza baja. Había cambiado de caballo cuatro veces durante aquel día, y su montura actual era un bayo con una estrella blanca en la frente.

—Sólo puedo montar a cuatrocientos hombres —dijo en tono desolado—. Eso es todo. ¿Cuáles son las órdenes, mi general?

Abrí los ojos. El sol estaba justo sobre las colinas, y el breve día terminaría pronto.

—¿Dónde está Julio Optato? Daos prisa.

—Señor. —Se me acercó, todavía el mismo hombre bajo y alegre, lento de percepciones pero cuidadoso en sus cuentas, al que había conocido en Segontium tanto tiempo atrás. Le debía mucho por sus esfuerzos por mantenernos aprovisionados con todo lo que necesitábamos, pero no se lo dije. Sólo hubiera servido para avergonzarlo.

—¿Qué nos queda? —pregunté.

—Nada, señor —dijo, extendiendo las manos—. He repartido los últimos proyectiles y armas. —Su voz profunda se quebró por un momento—. Soy un intendente sin intendencia. Por lo menos al amigo Áquila le quedan algunos hombres. —Estaba casi llorando de rabia y frustración.

—No importa. Trae a todos los del campamento que puedan andar, y ponlos en la línea de fuego. Tú incluido.

—¿No podríamos defender el campamento, señor?

—No tenemos bastantes hombres —dije, meneando la cabeza—. ¿Has evacuado a todos los heridos capaces de andar?

—Sí, señor. Todos los que no podían luchar, pero sí andar, han estado saliendo durante todo el día. —Sonrió salvajemente—. Se pueden ver sus cadáveres, marcando el camino hasta Treverorum.

Me volví y miré la torre de señales. Ella, al menos, continuaba en pie; era una obra mía que aún aguantaba, aunque no por mucho tiempo. Todo lo que había construido se estaba cayendo a pedazos sobre la nieve húmeda.

Levanté el brazo. Agilio, Scudilio y los otros comandantes avanzaron hacia mí, expectantes. En la distancia pude ver que Artorio se acercaba corriendo lastimosamente, con el brazo derecho, envuelto en un harapo, pegado al costado. Me rodearon en semicírculo. Tal vez esperaban un milagro, no lo sé, pero sus rostros estaban tranquilos y relajados mientras les hablaba. Lo sabían y estaban preparados.

—Ya no hay órdenes —dije—. Aguantaremos hasta morir.

El viento levantó la nieve de la superficie; oí un leve sonido y vi una bandada de cisnes, pasando sobre los árboles de camino hacia el Mosella, que no volveríamos a ver.

—Llena un cuenco de vino y llévalo al flanco izquierdo. Aprisa —dijo Quinto a mi ordenanza. Cogió el yelmo que llevaba al brazo y se lo colocó cuidadosamente en la cabeza. Mientras se ataba las correas bajo la barbilla, me di cuenta de que no le temblaban las manos—. Dame a todos tus hombres, Fabiano. Se están concentrando otra vez. Cuando se acerquen, saldré a la cabeza de mi ala y trataré de detenerlos por un tiempo.

—No, no vale la pena —dijo Fabiano.

—Estás muy equivocado —sonrió Quinto—. Ha valido la pena. Que lo contrario no se te pase siquiera por la cabeza. —Nos miró a todos por turno, dedicando a cada hombre una sonrisa y una inclinación de cabeza. Cuando se volvió hacia mí, le dije:

—Iré contigo.

Fabiano se adelantó, pero Áquila lo cogió del brazo.

Me dirigí con Quinto al flanco izquierdo y lo observé mientras impartía sus órdenes. Sus hombres montaron y formaron. Parecían tranquilos y decididos. Eran muy jóvenes, la mayoría sólo muchachos.

—¿Y bien?

Se volvió y tratamos de sonreír.

—Hice lo que pude por ser Maharbal —dijo.

—Lo sé. Y yo por ser Aníbal.

Me apretó el brazo y yo el suyo, y luego montó en su caballo. Cogió el estandarte con el banderín rojo y el Águila de plata que le había regalado Estilicón, y lo colocó junto al escudo para mayor comodidad.

—Esta vez lo llevaré yo. Es mi derecho.

Asentí. Llegó el ordenanza y tomé las copas de vino. Entregué una a Quinto, nos miramos y bebimos.

—Ha sido mejor hacer esto que habernos vuelto gordos y viejos en el Muro.

—Siempre lo he creído.

—Máximo.

—Sí.

—Nunca me burlé.

—Lo sé —dije—. Ve ahora, querido amigo, en el nombre de Mitras, y que los hados te sean propicios.

—Y también a ti, mi general. En el nombre de Mitras. —Arrojó la copa de vino a la nieve, saludó y se alejó.

Regresé a mi puesto. La llanura estaba cubierta de grandes hordas de hombres en movimiento. Llegaban hasta los bosques de ambos lados, y supe que nada los detendría. El aquilifer cogió el Águila. Un hombre herido trajo un brasero al rojo para la hoguera y lo situó junto a la torre de señales.

—Cuando lleguen a la empalizada, desmonta el Águila de su estandarte y haz lo necesario —dije.

—Por mi vida —contestó.

Artorio se me acercó, con el rostro en movimiento. Temblaba como un perro. Dijo, con la voz curiosamente tranquila:

—Éste es el fin para todos nosotros.

Asentí.

—Quería tantas cosas para mi familia... Nada de todo esto —dijo, haciendo un gesto con su mano temblorosa.

—Eres un hombre valiente, Artorio —dije—. He conocido a hombres menos asustados que habrían huido hace rato.

—Haces que todo parezca fácil —dijo.

—Es muy fácil. Te lo prometo.

Asintió y regresó con los hombres que lo esperaban.

Se acercaron cada vez más. Sonó una trompeta, y Quinto Veronio, antiguo comandante del Ala Petriana y actual maestro de caballería de la provincia de Germania Superior, levantó su espada para que la hoja brillara a la luz del sol moribundo, y dirigió a su caballería en su última carga a través de la nieve.

La carga llegó a su destino; la masa se rompió, y los jinetes desaparecieron en un tumultuoso mar de hombres. Vi cómo los brillantes yelmos se desvanecían uno por uno; observé muy tieso cómo el estandarte se hundía de repente, como si el Águila hubiera descendido en picado en su vuelo; entreví una capa roja lanzada a lo alto por un enemigo triunfante; y entonces los vándalos cruzaron la zanja y empezaron a golpear la empalizada con sus hachas. Nos rodearon por los flancos, y entre ellos había caballos sin jinete con las sillas manchadas de sangre. Los francos de Fredegar retrocedieron, muriendo a cada paso. Un caballo bayo con una estrella blanca pasó a toda velocidad, resoplando de terror, mientras formábamos un círculo prieto en torno a la torre de señales, con Fabiano y Áquila a mi derecha e izquierda, y Artorio y Scudilio algo más apartados.

—Muero en buena compañía —grité entonces. Ellos se volvieron, sonrieron y levantaron las espadas en señal de saludo. Cuando el enemigo frenó un momento y retrocedió ante las estocadas de nuestras espadas, oí, por encima de los gritos de los heridos y los chillidos ásperos de los vándalos, una voz profunda que gritaba:

—Salve y adiós.

Me volví. Vi al Águila de la Vigésima, brillante, fiera y antaño inmortal, erguida entre las llamas. Mientras la miraba, se volvió roja y luego negra, y pronto dejó de ser nada más que un montón de bronce, fundido y goteante.

Tomaron las zanjas y la empalizada. Las flechas incendiarias prendieron fuego a la torre de madera por encima de nuestras cabezas, y pude oír que los heridos del campamento gritaban mientras los bárbaros incendiaban carretas y tiendas, y masacraban todo lo que se movía. Volvieron a acercarse a nosotros, como zorros gruñendo, una masa de escudos coloreados y espadas en movimiento. Ataqué, paré y volví a atacar, hasta encontrarme luchando tras un montón de cadáveres; pero seguían viniendo, y el círculo se hacía cada vez más pequeño. Artorio, sollozando de rabia y luchando como un loco, cayó con tres espadas en el pecho, mientras Áquila, agonizando, mató a cuatro hombres con rápidas estocadas antes de caer empalado por una lanza de matar jabalíes. Fredegar, decapitando a dos hombres con un golpe de su enorme hacha, recibió en la cara una flecha incendiaria. Retrocedió, levantó los brazos, grito «¡Marcomir!» y desapareció bajo los pies de un jinete enemigo.

Scudilio dijo, por encima del cadáver de mi centurión en jefe:

—Siempre quise ser un ciudadano romano. Ahora es demasiado tarde.

—Has sido un amigo, lo que es aún mejor —dije.

Sonreí con amargura, vi que Fabiano yacía encogido a mis pies y sentí un dolor lacerante en el brazo derecho. Ataqué desesperadamente y noté que la espada daba en el blanco mientras aquellos rostros barbudos gruñían en torno a mí. Oí que una voz decía:

—Da recuerdos míos a los dioses.

Cuando caí, fue Scudilio quien se derrumbó sobre mi espalda, con la sangre brotando de las jabalinas que tenía clavadas en el pecho y el cuello.

El día dieciséis de enero del año mil ciento sesenta tras la fundación de Roma, la Vigésima Legión, la última en llevar el Águila, fue aniquilada en la trigésima piedra miliar de la calzada de Augusta Treverorum.

Las últimas cohortes yacían en sus hileras triples tras la empalizada, y estaban tan quietas como en una parada militar. Pero ya no saludarían a ningún general como a su emperador, no recibirían su paga en oro, y no oirían más trompetas. Estaban más allá de toda esperanza y todo terror, y más fríos que la nieve.

Epílogo

Máximo removió con un palo las cenizas del fuego apagado. Ya era de día, y las sombras se retiraban de las empalizadas demolidas del maltrecho campamento donde sus oyentes permanecían agazapados en silencio.

—Hay poco más que contar —dijo—. Recuerdo una tienda, una carreta, y voces que hablaban en una lengua que no comprendía. Recuerdo una voz que gritó en latín: «Es mío. Entregádmelo a mí». Recuerdo la lona de una tienda agitándose en el viento, y un gran dolor en la muñeca y la mano. Recuerdo calor y bebidas calientes, y ratos de enfermedad y fiebre. Recuerdo poco más.

»Cuando empecé a recobrarme, estaba en una casa, y el obispo se encontraba en la habitación. Tenía una cicatriz pálida en la mejilla y el cabello completamente blanco. Me dijo que dos meses después del saqueo de la ciudad, un hombre vestido con el atuendo de los alamanes me había traído en un carro, en secreto y por la noche. Antes de marcharse, el hombre había hablado con el obispo. Le dijo: «Si vive, cosa que dudo, dile que lo he hecho por los tiempos felices». Eso fue todo.

»Permanecí allí mucho tiempo. Estaba muy enfermo, muy débil y muy cansado. Además, la mano que había perdido me causaba un gran dolor. La ciudad era como todas las ciudades saqueadas, un lugar sucio y lleno de horror. El obispo fue muy amable, y me quedé con él, pues no tenía otro lugar adonde ir. No tenía ningún propósito. No tenía nada. ¿Qué otra cosa podía hacer?

»Los bárbaros devastaron la Galia, y las provincias nunca se recuperaron. Quemaron y saquearon ciudad tras ciudad y se dirigieron al sur, hacia aquella tierra de sol que les estaba vedada por altas montañas que no podían cruzar.

»Aquel verano, cuando ya me sentía más fuerte, recibimos la noticia de que Constantino había desembarcado en la Galia. Vino a Treverorum y lo vi pasar por las calles con sus hombres, los restos de las antiguas Sexta y Segunda, de camino al sur. Su hijo, Constante, iba a su lado. No había cambiado. Tenía el mismo aire presumido y la barbilla levantada, y recordé que una vez había ofrecido su espada a otro hombre. Su padre, grueso y sonriente, hacía promesas, y la gente lo vitoreaba. Pero una voz gritó:

»—¡Tendrías que haber venido antes para ayudar a Máximo, que ha muerto!

»Me encogí contra la pared al oír aquel nombre, y me cubrí la cara con la capucha. Máximo había sido un general, el Dux Moguntiacensis, y el legado de la Vigésima. ¿Qué tenía que ver Máximo conmigo, que ni siquiera era dueño de la capa que me cubría la espalda?

»Vi al joven Constante partir en verano hacia su gran aventura. Y le deseé suerte. Necesitaría todos los favores que los dioses pudieran conceder, y así y todo, terminaría como había terminado Máximo.

»A finales de otoño pedí un caballo, salí por la gran puerta que los fantasmas habían llamado Rómulo, y avancé por el camino de Moguntiacum, un camino a ninguna parte. Me detuve en la trigésima piedra miliar, donde la calzada se bifurcaba a derecha e izquierda, y contemplé las ruinas de mi pasado. Los huesos blanquecinos de mis muertos yacían donde habían caído, pero no había ningún mensaje para mí en la alta hierba que asomaba por entre las lanzas rotas, las espadas oxidadas y los yelmos aplastados. Vi cuervos descansando sobre un fragmento de empalizada astillada, mientras un ratón de campo recorría el palo chamuscado de una carreta quemada. Empujé un brasero volcado, pero había sido usado como nido y estaba lleno de hierba seca. Ya no significaba nada para mí. Las zanjas habían sido rellenadas de cualquier manera, y la tierra desnuda estaba cubierta de matas verdes. Un viento ligero agitaba la hierba, pero eso era todo.

»Ninguna voz habló; nadie gritó ni me hizo reproches por lo que había hecho, ni por lo que no había conseguido hacer. Miré al sol, cálido y amable en el cielo azul, y recé porque el sueño de Quinto se hubiera hecho realidad, y estuviera conduciendo los caballos que había deseado durante tanto tiempo.

»Dicen que si escuchas el tiempo suficiente y tienes el don, puedes oír los sonidos del pasado, que nunca mueren. No sé si es cierto, pero al abandonar aquel lugar desolado y fantasmal, me pareció oír el débil sonido de voces que gritaban «Máximo, Máximo», como si me aclamaran. Pero cuando miré atrás, no pude ver nada más que la hierba inclinada, ni oír nada más que el grito lastimero de un cernícalo que planeaba en el viento.

»Regresé a la ciudad sintiéndome vacío y dolorido. Subí por las escaleras de Rómulo hasta la habitación donde una vez había hecho planes y acariciado los sueños de la púrpura. Recuerdo que me senté junto a la ventana, me apoyé la cabeza en las manos y me eché a llorar. Entonces entró el obispo y me tocó el hombro. No sabía qué decir.

»—¡No sé qué hacer! —grité entonces—. Debí haber muerto allí, con mis hombres. Oh, Mitras, dios del sol, ¿por qué no me dejaste morir?

»El obispo tendió la mano, y en ella había una espada que reconocí.

»—Es tuya —dijo—. La dejó para ti el hombre que te trajo a mi casa. Haz lo que desees, Máximo. Quédate aquí; no te haré preguntas. No te he dado las gracias ni te he maldecido por lo que hiciste. No me corresponde a mí juzgarte, y no lo haré.

»Lo miré desesperado, pero incluso yo me di cuenta de que parecía enfermo. También él había sufrido por culpa de mi fracaso.

»Me quedé. ¿Qué otra cosa podía hacer?

»Estaba más enfermo de lo que yo imaginaba. Antes de que llegara el invierno, Mauricio, obispo de Treverorum, había muerto, y yo estaba más solo que nunca.

»En primavera llegó un nuevo prefecto pretor, enviado por Honorio a investigar los daños sufridos. Era una época difícil. Había guerra en el sur, Constantino maniobraba contra las tropas imperiales, y la provincia seguía llena de bandas de bárbaros que habían desertado del grueso de su tribu.

Máximo hizo una pausa y dijo con desprecio:

—Pero lo primero que pidieron al consejo... fue carreras de cuadrigas para divertir al pueblo. Ya lo veis, nada había cambiado.

»Más tarde supe que Estilicón había caído. Las intrigas de un eunuco de la corte triunfaron donde habían fracasado los soldados bárbaros. Podía haber resistido, pero no deseaba una guerra civil. Condenado injustamente por el emperador al que tan fielmente había servido, fue a su ejecución con las manos libres.

»Entonces me sentí inquieto, y pensé: «¿Por qué no? No tengo nada que perder. Iré a Roma. Soy un anciano. Nadie me atacará. Por lo menos ésa es una ambición que puedo cumplir sin hacer daño a nadie». Cogí algo del dinero que me había dejado el obispo y me fui, pero era demasiado tarde. El campo estaba lleno de carretas y de gente que huía como si se acercara un ejército invasor. Conocía los signos demasiado bien.

Máximo se interrumpió y soltó una risita.

—Permanecí en la calzada, a una milla de distancia, pensadlo bien, a sólo una milla de la puerta de Aurelio, y vi arder Roma cuando Alarico y sus godos saquearon la ciudad a su manera. Vi a las hordas marcharse por la calzada con su botín, y vi a una mujer asustada sobre un caballo, con los tobillos atados por debajo del animal, que era su prisionera. Era Gala Placidia, pero no la ayudé. A Honorio no le hubiera importado, y no tenía ganas de acabar mis días siendo un esclavo.

»Di la vuelta. Regresé a la Galia, y por el camino me encontré con un correo del servicio imperial, que llevaba un escrito para el gobierno de mi antigua isla. Era un viaje largo y azaroso, y no tenía estómago para emprenderlo. Me ofreció oro a cambio de que lo llevara por él. Accedí. Metí la carta en el extremo de la manga, prendida a mi muñeca amputada, para mayor seguridad.

»De modo que regresé, y fui a Londinium, donde encontré a un hombre que se hacía llamar gobernador de la ciudad.

»—Bien —dije—. Ya podéis escoger a tantos emperadores como os plazca. Honorio os ha liberado por fin. Tendréis que cuidar de vosotros mismos... si podéis.

»Luego me dirigí al norte en busca de Saturnino y le rompí el corazón con la noticia de la muerte de su hijo. Me pidió que me quedara, y de haber vivido Fabiano, lo hubiera hecho. Pero estaba muerto, y no pude hacerlo. De modo que regresé aquí, a Segontium, donde empezó todo.

Máximo se puso en pie.

—Os he mantenido despiertos cuando debíais haber dormido. Estáis a salvo aquí, en vuestras frías montañas.

El jefe de los oyentes se levantó y lo miró. Era un hombre alto, de ojos fríos y nariz aguileña.

—No siempre dormimos —dijo—. En algún lugar encontraremos a otros como nosotros. Y en algún lugar habrá un hombre con una espada, que tendrá un propósito, igual que tú.

—Puede ser difícil de encontrar.

—Lo encontraremos.

—Estás muy seguro.

—Sí —dijo el hombre alto—. Muy seguro.

—No tienen lápidas —dijo Máximo—. Ningún hombre de Treverorum lloró por sus muertes. —Miró a su audiencia y sonrió—. En el nombre de Mitras, mi señor, que los dioses os sean propicios en vuestro viaje.

—¿Y tú? —preguntó el hombre alto.

—Yo también tengo un viaje que hacer.

—¿Adónde vas?

—Con los dioses de las sombras.

El hombre alto asintió. Dijo solemnemente:

—Vive en Dios, entonces.

Máximo se inclinó y volvió a enderezarse, con la espada descansando en el pliegue de su brazo. Levantó la cabeza y dirigió la vista al sol.

—¿Cuál es el final de todo? —dijo—. Humo y cenizas, un puñado de huesos y una leyenda. Tal vez ni siquiera una leyenda.

Lo vieron salir por la puerta rota y escucharon sus pesados pasos sobre el camino.

—Se dirige a su templo de los bosques —dijo el hombre alto—. Escuchad.

Hubo un largo silencio. Una voz profunda exclamó «¡Mitras!» y el grito reverberó por las colinas. Y después el silencio se prolongó eternamente.

DIS MANIBUS
P GAIO MAXIMO FILIO CLAUDII ARELATIS
PRAEFECTUS I COH TUNG LEG XX VAL VIC
DUX MOGUNTIACENSIS COMES GALLIARUM
ANN LVII CCCCX ET Q VERONIO PRAEFECTUS
ALAE PETRIAE PRAEFECTUS II COH ASTUR
MAGISTER EQUITUM GERMANIAE SUPER ANN
LVI CECIDIT BELLO RHENO CCCCVII
SATURNINUS AMICUS FECIT

Lista de los principales personajes

Los marcados con un asterisco son personajes históricos

Aelia	Esposa de P.G. Máximo
Agilio	Comandante del puesto de la Trigésima Piedra Miliar
*Alarico	Príncipe de los visigodos
Áquila	Centurión en jefe de la Vigésima Legión
Artorio	Curator de Augusta Treverorum
Barbatio	Prefecto de los auxiliares de Moguntiacum
*Chariobaudes	Comandante en jefe del ejército de la Galia
*Constante	Hijo de Constantino
*Constantino	Jefe de estado mayor en Eburacum, más tarde autoproclamado emperador
Didio	Comandante de escuadrón en la Vigésima Legión
*Estilicón	Jefe militar del Imperio de Occidente
Fabiano	Hijo de Saturnino
Flavio	Comandante de la guarnición de Augusta Treverorum
Fredbal	Prisionero de guerra
Fredegar	Hermano de armas de Marcomir
*Fullofaudes	Comandante en jefe del ejército de Britania
Gayo	Segundo oficial de la Cohorte Tungria
Gallo	Tribuno de la flota del Rhenus
*Goar	Príncipe de los alanos y primo de Respendial
*Godigisel	Rey de los vándalos de Siling
*Gunderico	Rey de los vándalos de Asding
*Guntiaros	Rey de los burgundios
Hermerico	Rey de los marcomanos

*Honorio	Emperador de Roma
Juliano	Primo de P.G. Máximo
Lucilio	Tribuno de la Vigésima Legión
Marcomir	Príncipe de los francos
Mario	Tribuno de la Vigésima Legión
*Mauricio	Obispo de Augusta Treverorum
*Máximo (Magno)	Jefe de estado mayor de Teodosio en Britania, más tarde autoproclamado emperador
Máximo (Paulino Gayo)	Soldado romano
Optato (Julio)	Intendente de la Vigésima Legión
*Placidia (Gala)	Hermana de Honorio
*Rando	Rey de los alamanes
*Respendial	Rey de los alanos
*Saturnino	Centurión en jefe de la Cohorte Tungria
Scudilio	Comandante de los auxiliares de Bingium
Séptimo (Juliano)	Curator retirado de Augusta Treverorum
Severo (Marco)	Tribuno de la Vigésima Legión
Sunno	Hijo de Rando, más tarde rey de los alamanes
Talien	Rey de los cuados
Veronio (Quinto)	Oficial de caballería
Vitalio	Adjunto de la Cohorte Tungria

Acontecimientos históricos

353 Martino, vicario de Britania, «asesinado» por Constantino II.
364 Valentiniano I, emperador de Occidente.
367 Una conspiración de pictos, escotos, atacotos y sajones atraviesan el Muro e invaden Britania.
368 El conde Teodosio, enviado por Valentiniano I, reconquista Britania y reconstruye el Muro.
375 Muerte de Valentiniano I.
Valentiniano II y Graciano, emperadores de Occidente.
378 Batalla de Adrianópolis.
379 Reinado de Teodosio I.
383 Magno Máximo, comandante militar proclamado emperador en Britania, conquista Hispania y la Galia a Graciano, que muere en la batalla.
388 Magno Máximo es derrotado y ejecutado por Teodosio I.
395 Muerte de Teodosio I.
Honorio, de once años, proclamado emperador de Occidente; el vándalo Estilicón es nombrado su tutor.
Estilicón mejora las defensas de Britania y retira parte de las tropas.
403 El godo Alarico invade Italia.
406 Estilicón derrota a Radagaisos, que invade Italia.
Constantino proclamado emperador en Britania.
Una coalición de marcomanos, cuados y vándalos de Asding y Siling cruzan el Rin en Mainz e invaden la Galia.
407 Los alamanes saquean Worms y se anexionan la orilla derecha del Rin.
Constantino, con su hijo Constante, se traslada a la Galia con las últimas tropas de Britania, y se instala en Arles.
408 Estilicón es asesinado por instigación de Honorio.
410 Saqueo de Roma por Alarico; Honorio deja solos a los britanos.
411 Constante y Constantino asesinados por las tropas de Honorio.

Principales topónimos

Adrianópolis	Edirne, Turquía
Aesica	Greatchesters, Inglaterra
Anderida	Prevensey, Inglaterra
Apulia	Región de Italia
Aquae Mattiacae	Wiesbaden, Alemania
Arelate	Arles, Francia
Augusta Treverorum	Trier, Alemania
Belgica	Bélgica, norte de Francia y oeste de Alemania
Bingium	Bingen, Alemania
Borbetomagus	Worms, Alemania
Borcovicum	Housesteads, Inglaterra
Boudobrigo	Boppard, Alemania
Bravoniacum	Kirky Thore, Inglaterra
Britania	Inglaterra
Cabillonum	Chalon-sur-Saône, Francia
Caledonia	Tierras altas de Escocia
Calleva	Silchester, Inglaterra
Colonia	Colonia, Alemania
Concordia	Concordia Sagittaria, Italia
Confluentes	Coblenza, Alemania
Constantinópolis	Estambul, Turquía
Corinium	Cirencester, Inglaterra
Corstopitum	Corbridge, Inglaterra
Costa sajona	Costa sureste de Inglaterra
Dacia	Rumanía
Danubius	Río Danubio
Deva	Chester, Inglaterra
Divodurum	Metz, Francia
Dubris	Dover, Inglaterra
Eburacum	York, Inglaterra

Escitia	Región que se extiende desde el este del río Danubio hasta China
Estepas	Región de Rusia central y Asia central
Florentia	Florencia, Italia
Galia	Francia
Germania	Alemania
Germania inferior	Alemania inferior
Germania superior	Alemania superior, al oeste del Rin
Gesoriacum	Boulogne-sur-mer, Francia
Hibernia	Irlanda
Hispania	España
Illyricum	Partes de Bosnia, Herzegovina, Serbia, Montenegro y Albania
Isca Silurium	Caerleon, Gales
Larissa	Larisa, Grecia
Lemanis	Lympne, Inglaterra
Macedonia	Actual Macedonia, partes de Grecia y Bulgaria
Maglona	Old Carlisle, Inglaterra
Mantua	Mantua, Italia
Mauritania	Marruecos y Argelia
Mediolanum	Milán, Italia
Moenus	Río Meno, Alemania
Moesia	Partes de Serbia y Bulgaria
Moguntiacum	Mainz, Alemania
Mona	Isla de Anglesey, Gales
Mosella	Río Mosela, Alemania
Nava	Río Nahe, Alemania
Novaesium	Neuss, Alemania
Oriens	Partes del norte de Egipto, Israel, Líbano, Siria, Turquía y Bulgaria
Padus	Río Po, Italia
Panonia	Hungría, norte de Croacia y nordeste de Eslovenia
Petriana	Stanwix, Inglaterra
Philippi	Filipos, Grecia
Pollentia	Alcudia, España
Ratae	Leicester, Inglaterra
Ravenna	Rávena, Italia
Remi	Reims, Francia
Rhenus	Río Rin, Alemania
Rutupiae	Richborough, Inglaterra

Salisio	Salzig, Alemania
Segontium	Caernarvon, Gales
Taunus	Extensión de colinas y bosques al este del Rin
Ticinium	Pavía, Italia
Vetera	Cerca de Xanten, Alemania
Vindolanda	Chesterholm, Inglaterra
Vindonissa	Windisch, Suiza
Viroconium	Wroxeter, Inglaterra

Glosario de pueblos tribales

Alanos	Tribu nómada que vivía en la zona que se extiende entre la actual Rusia y el Danubio.
Alamanes	Tribu germánica que se estableció finalmente en el actual suroeste de Alemania.
Atacotos	Tribu establecida en la actual Irlanda.
Brigantes	Tribu establecida en el actual norte de Inglaterra.
Burgundios	Tribu germánica establecida en el actual este de Alemania.
Cuados	Tribu germánica establecida en la región que hoy constituye la República Checa y Eslovaquia.
Francos	Tribu germánica que fue parcialmente integrada en el Imperio romano tardío.
Godos	Tribu germánica que luchó contra el emperador Marco Aurelio, según narra el historiador Eutropio.
Moros	Pueblo migratorio del norte de África, que más tarde invadió y gobernó la Península Ibérica.
Ostrogodos	Los godos del este que entraron en el Imperio romano en el siglo IV de nuestra era. El gobernante ostrogodo Teodorico el Grande derrotó a Odoacro, que depuso al último emperador romano de Occidente.
Partos	Pueblo que habitaba en la región que constituyen los actuales Irán e Irak.
Pictos	Pueblo que vivía en la actual Escocia, al norte del río Forth.
Sajones	Tribu germánica procedente del noroeste de Alemania y del este de Holanda que invadió Inglaterra en la Edad Media.
Sármatas	Tribu de la actual Rusia meridional.
Suevos	Tribu germánica procedente de los alrededores del mar Báltico, que cruzó el Rin con los vándalos, alanos

	y alamanes en el año 406 d.C., estableciéndose en Hispania.
Teutones	Tribu del nordeste de la Galia.
Treveri	Tribu celta establecida en las regiones que hoy constituyen el este de Bélgica, el norte de Francia y el suroeste de Alemania.
Tungrios	Tribu establecida en las Ardenas occidentales.
Vacomagos	Tribu céltica que vivía en Britania.
Vándalos	Tribu germánica que invadió el Imperio romano en el siglo III de nuestra era, y se estableció en el norte de África.
Vándalos de Asding	La tribu meridional de los vándalos, que vivía en el actual sur de Polonia y Hungría.
Vándalos de Siling	Tribu de vándalos del norte que se estableció en la actual Polonia.
Visigodos	Godos del oeste famosos por haber luchado y derrotado al Imperio romano en la batalla de Adrianópolis (378 d.C.). Finalmente, se establecieron en Hispania.

Glosario de términos

Adjunto	Oficial superior, tercero en la cadena de mando de una legión.
Ala(e)	Regimiento de caballería, originalmente compuesto de quinientos a mil hombres, divididos en dieciséis o veinticuatro escuadrones, respectivamente.
Aquilifer	Oficial portador del Águila, el estandarte sagrado de la legión.
Arcani	Servicio de reconocimiento romano.
Armero	Soldado responsable del mantenimiento de las armas en el campamento.
Arrianismo	Cisma del cristianismo; muchas tribus germánicas fueron convertidas al arrianismo por Ulifas en el siglo II de nuestra era.
Auxiliares	Originalmente, tropas provinciales que servían en regimientos de caballería (alae) o de infantería (cohortes), de quinientos a mil hombres; más tarde, tropas del ejército fronterizo.
Ballista(e)	Instrumento de artillería para lanzar proyectiles pesados, de distinto tamaño y efecto; a las más pequeñas se las denominaba a menudo «escorpiones» u «onagros».
Basílica	Edificio donde tenían lugar actividades judiciales, comerciales y gubernamentales.
Brasero	Sartén para quemar carbón.
Cardo Máximo	La avenida principal de una ciudad romana, que normalmente iba de norte a sur.
Carroballista(e)	Instrumento de artillería de campaña capaz de disparar flechas gruesas con cabeza de hierro de veinte a treinta centímetros de longitud.
Castillo miliar	Uno de los campamentos instalados a cada milla

	romana. Albergaban a una guarnición de hombres que protegían la frontera romana de los invasores.
Centurión	Normalmente, el oficial al mando de una centuria, rango para el que no existe un equivalente moderno.
Centuria	La unidad más pequeña (cien hombres) de la legión, que originalmente contenía sesenta centurias.
Circo	Espacio o edificio diseñado para la exhibición de carreras y competiciones atléticas celebradas en los festivales oficiales.
Cohorte	Originalmente, una unidad táctica de la legión formada por seis centurias; también un regimiento de auxiliares.
Columna	Cuerpo de tropas formado en hileras, una detrás de otra.
Comes	(p.ej. Comes Galliarum) Conde; título honorífico normalmente otorgado a oficiales superiores civiles o militares, en algunos casos con responsabilidades especiales.
Conde de la costa sajona	(Comes Litoris Saxonici) General al mando de las defensas de la costa sureste de Inglaterra.
Cuestor	Funcionario civil, normalmente a cargo de las finanzas.
Curator	Funcionario civil que hacía las funciones de alcalde.
Curia	Sede de las asambleas del Senado en Roma.
Curial, clase	Clase social de las provincias entre cuyos miembros se elegían los funcionarios locales.
Decurión	Suboficial al mando de una tropa en las unidades de caballería auxiliar.
Denario	Moneda romana de plata.
Dux	Comandante en jefe del ejército de una provincia.
Epona	Diosa céltica de los caballos.
Hipocausto	Espacio hueco que se abría bajo el suelo de una cámara, donde se acumulaba el calor de un horno para calentar las casas; una habitación calentada desde abajo.
Infantería	Soldados de a pie.
Intendente	Oficial responsable de la alimentación, vestido y equipamiento de las tropas.
Jefe militar	(Magister militum) General al mando de todas las

	tropas imperiales.
Legado	Comandante de una legión.
Legión	Originalmente, una brigada de tropas de seis mil hombres, comandada por un legado y reclutada exclusivamente entre ciudadanos romanos; en el Imperio tardío, las legiones eran más pequeñas, al mando de un prefecto, y formaban parte de un ejército fronterizo.
Legionario	Soldado de una legión.
Limes	Frontera militar.
Magister Equitum	General subordinado al mando de la caballería imperial; el Magister Equitum per Gallias era el general al mando del ejército de campo de la Galia.
Mitras	Dios oriental que tenía muchos seguidores entre los soldados romanos por la importancia otorgada a la disciplina, la sinceridad, el honor y el valor.
Optio	Suboficial de menor graduación que el centurión, normalmente, su segundo.
Piedra miliar	Pilar de piedra situado a cada milla de las calzadas romanas, que marcaba la distancia del pilar a la ciudad de Roma.
Prefecto	Término genérico para los funcionarios civiles o militares en puestos de responsabilidad variable.
Prefecto pretor	Funcionario civil responsable directamente ante el emperador de la administración de un grupo de provincias.
Praeses	Gobernador temporal.
Pretor	Puesto gubernamental sólo accesible a los senadores.
Sestercio	Moneda usada en la época de Constantino.
Sólido	(Solidius) Unidad monetaria de oro introducida por Constantino el Grande durante la primera mitad del siglo IV.
Testudo	«Tortuga» o «caparazón», grupo de escudos entrelazados sostenidos por encima de la cabeza de los soldados atacantes a una muralla; una formación que proporciona protección y permite el movimiento simultáneo de la unidad.
Torre de señales	Construcción utilizada para vigilar fronteras y enviar señales de advertencia a otras guarniciones.
Tribuno	Oficial superior en una legión; también funcionario de la administración civil.

Vallum	Zanja paralela a toda la longitud del Muro de Adriano en su lado sur, y que marcaba el límite de la zona bajo control militar.
Vicario	Gobernador subordinado al prefecto pretor, responsable de la administración de un grupo de provincias.
Victoria	Diosa romana que los griegos conocían como Niké.
Yarda	Medida de longitud equivalente a 0,914 metros.

Alamut Serie Fantástica

Títulos publicados

Andrzej Sapkowski
1. *El último deseo (Saga de Geralt de Rivia, Libro I)*
Traducción de José María Faraldo

Barry Hughart
2. *La leyenda de la piedra (Crónicas del maestro Li, Libro II)*
Traducción de Carlos Gardini

Andrzej Sapkowski
3. *La espada del destino (Saga de Geralt de Rivia, Libro II)*
Traducción de José María Faraldo

Rodolfo Martínez
4. *Sherlock Holmes y la sabiduría de los muertos*

Rodolfo Martínez
5. *Sherlock Holmes y el heredero de nadie*

Andrzej Sapkowski
6. *La sangre de los elfos (Saga de Geralt de Rivia, Libro III)*
Traducción de José María Faraldo

Andrzej Sapkowski
7. *Tiempo de odio (Saga de Geralt de Rivia, Libro IV)*
Traducción de José María Faraldo

Kiril Yeskov
8. *El último anillo*
Traducción de Fernando Otero Macías

Andrzej Sapkowski
9. *Bautismo de fuego (Saga de Geralt de Rivia, Libro V)*
Traducción de José María Faraldo

Isaac Asimov
10. *El robot completo (Robots, Libro I)*
Traducción de Manuel de los Reyes, Tina Parcero y Pilar Ramírez Tello

Andrzej Sapkowski
11. *La torre de la golondrina (Saga de Geralt de Rivia, Libro VI)*
Traducción de José María Faraldo

Rafael Marín
12. *Mundo de dioses*

Ellen Kushner
13. *A punta de espada*
Traducción de Manuel de los Reyes

Isaac Asimov
14. *Trilogía del Imperio*
Traducción de Carlos Gardini

Suzy McKee Charnas
15. *El tapiz del vampiro*
Traducción de Albert Solé

Andrzej Sapkowski
16. *Narrenturm (Trilogía de las Guerras Husitas, Libro I)*
Traducción de José María Faraldo

Juan Miguel Aguilera
17. *La red de Indra*

Eduardo Vaquerizo
18. *La última noche de Hipatia*

Chelsea Quinn Yarbro
19. *Hôtel Transylvania*
Traducción de Manuel de los Reyes

Isaac Asimov
20. *Relatos completos 1*
Traducción de Manuel de los Reyes

Orson Scott Card
21. *El cuerpo de la casa*
Traducción de Rafael Marín

Andrzej Sapkowski
22. *La dama del lago 1 (Saga de Geralt de Rivia, Libro VII)*
Traducción de José María Faraldo

Andrzej Sapkowski
23. *El último deseo (edición coleccionista)*
Traducción de José María Faraldo

Orson Scott Card y Kathryn H. Kidd
24. *Lovelock*
Traducción de Rafael Marín

Paul Kearney
25. *El viaje de Hawkwood (Las Monarquías de Dios, Libro I)*
Traducción de Núria Gres

Kim Newman
26. *La era de Drácula*
Traducción de Jaume de Marcos Andreu

Andrzej Sapkowski
27. *La espada del destino (edición coleccionista)*
Traducción de José María Faraldo

Andrzej Sapkowski
28. *La sangre de los elfos (edición coleccionista)*
Traducción de José María Faraldo

Arthur C. Clarke
29. *Las fuentes del paraíso*
Traducción de Carlos Gardini

Andrzej Sapkowski
30. *La dama del lago 2 (Saga de Geralt de Rivia, Libro VII)*
Traducción de Fernando Otero Macías y José María Faraldo

Paul Kearney
31. *Los reyes heréticos (Las Monarquías de Dios, Libro II)*
Traducción de Núria Gres

Isaac Asimov
32. *Relatos completos 2*
Traducción de Manuel de los Reyes

Andrzej Sapkowski
33. *Camino sin retorno*
Traducción de José María Faraldo

Andrzej Sapkowski
34. *Tiempo de odio (edición coleccionista)*
Traducción de José María Faraldo

Andrzej Sapkowski
35. *Bautismo de fuego (edición coleccionista)*
Traducción de José María Faraldo

Isaac Asimov
36. *Lucky Starr 1*
Traducción de Manuel de los Reyes

Andrzej Sapkowski
37. *La torre de la golondrina (edición coleccionista)*
Traducción de José María Faraldo

Arthur C. Clarke
38. *Cánticos de la lejana Tierra*
Traducción de Carlos Gardini

Andrzej Sapkowski
39. *El último deseo (edición especial The Witcher 2)*
Traducción de José María Faraldo

Andrzej Sapkowski
40. *La dama del lago (edición coleccionista)*
Traducción de José María Faraldo y Fernando Otero Macías

Paul Kearney
41. *Las guerras de hierro (Las Monarquías de Dios, Libro III)*
Traducción de Núria Gres

Paul Kearney
42. *El segundo imperio (Las Monarquías de Dios, Libro IV)*
Traducción de Núria Gres

Paul Kearney
43. *Naves del oeste (Las Monarquías de Dios, Libro V)*
Traducción de Núria Gres

Arthur C. Clarke
44. *El fantasma del* Titanic
Traducción de Carlos Gardini

Richard Morgan
45. *Sólo el acero (Tierra de Héroes, Libro I)*
Traducción de Manuel de los Reyes

Orson Scott Card
46. *Vigilantes del pasado*
Traducción de Rafael Marín

Tad Williams
47. *La frontera de las sombras (Shadowmarch, Libro I)*
Traducción de Carlos Gardini

Isaac Asimov
48. *Trilogía del Imperio (edición coleccionista)*
Traducción de Carlos Gardini

Isaac Asimov
49. *Trilogía de Fundación*
Traducción de Manuel de los Reyes

Andrzej Sapkowski
50. *Los guerreros de Dios (Trilogía de las Guerras Husitas, Libro II)*
Traducción de Fernando Otero Macías

Isaac Asimov
51. *Lucky Starr 2*
Traducción de Manuel de los Reyes

F. Paul Wilson
52. *La fortaleza*
Traducción de Núria Gres

Isaac Asimov
53. *Adiós a la Tierra*
Traducción de Manuel de los Reyes

Hannu Rajaniemi
54. *El ladrón cuántico*
Traducción de Manuel de los Reyes

Arthur C. Clarke
55. *La ciudad y las estrellas*
Traducción de Julián Díez

Isaac Asimov

56. *Bóvedas de acero* y *El sol desnudo (Robots, Libro II)*
Traducción de Luis G. Prado y Carlos Gardini

Paul Kearney

57. *Los diez mil (Trilogía de los Macht, Libro I)*
Traducción de Núria Gres

Orson Scott Card

58. *Cómo escribir ciencia-ficción y fantasía*
Traducción de Julián Díez

Tad Williams

59. *El juego de las sombras (Shadowmarch, Libro II)*
Traducción de Carlos Gardini

Paul Kearney

60. *Corvus (Trilogía de los Macht, Libro II)*
Traducción de Núria Gres

Tad Williams

61. *El ascenso de las sombras (Shadowmarch, Libro III)*
Traducción de Carlos Gardini

Andrzej Sapkowski

62. *Víbora* [en Artifex]
Traducción de José María Faraldo

F. Paul Wilson

63. *Rakoshi*
Traducción de Núria Gres

G. Egan, H. Rajaniemi, C. Stross, P. Watts y J. C. Wright

64. *Tiempo profundo* [en Artifex]
Traducción de Luis G. Prado, Carlos Gardini y Carlos Pavón

Paul Kearney

65. *Reyes del amanecer (Trilogía de los Macht, Libro III)*
Traducción de Núria Gres

Tad Williams

66. *El corazón de las sombras (Shadowmarch, Libro IV)*
Traducción de Carlos Gardini

Isaac Asimov
67. *Relatos completos 3*
Traducción de Julián Díez

Ward Moore
68. *Lo que el tiempo se llevó*
Traducción de Cristina Macía

Ted Chiang
69. *La historia de tu vida*
Traducción de Luis G. Prado

Andrzej Sapkowski
70. *Estación de tormentas (Saga de Geralt de Rivia, Precuela)*
[en Artifex]
Traducción de Fernando Otero Macías y José María Faraldo

Andrzej Sapkowski
71. *Estación de tormentas (edición coleccionista)*
Traducción de Fernando Otero Macías y José María Faraldo

Andrzej Sapkowski
72. *El último deseo (Saga de Geralt de Rivia, Libro I)*
[en Artifex]
Traducción de José María Faraldo

Andrzej Sapkowski
73. *La espada del destino (Saga de Geralt de Rivia, Libro II)*
[en Artifex]
Traducción de José María Faraldo

Andrzej Sapkowski
74. *La sangre de los elfos (Saga de Geralt de Rivia, Libro III)*
[en Artifex]
Traducción de José María Faraldo

Andrzej Sapkowski
75. *Tiempo de odio (Saga de Geralt de Rivia, Libro IV)*
[en Artifex]
Traducción de José María Faraldo

Andrzej Sapkowski
76. *Bautismo de fuego (Saga de Geralt de Rivia, Libro V)*
[en Artifex]
Traducción de José María Faraldo

Andrzej Sapkowski
77. *Lux perpetua (Trilogía de las Guerras Husitas, Libro III)*
Traducción de Fernando Otero Macías

Andrzej Sapkowski
78. *La torre de la golondrina (Saga de Geralt de Rivia, Libro VI)*
[en Artifex]
Traducción de José María Faraldo

Andrzej Sapkowski
79. *La dama del lago (Saga de Geralt de Rivia, Libro VII)*
[en Artifex]
Traducción de José María Faraldo y Fernando Otero Macías

Richard Morgan
80. *El gélido mando (Tierra de Héroes, Libro II)*
Traducción de Núria Gres

Richard Morgan
81. *La impía oscuridad (Tierra de Héroes, Libro III)*
Traducción de Núria Gres

Eduardo Vaquerizo
82. *Alba de tinieblas (Crónica de Tinieblas, Precuela)*

Andrzej Sapkowski
83. *Estación de tormentas (Saga de Geralt de Rivia, Precuela)*
[en Artifex]
Traducción de Fernando Otero Macías y José María Faraldo

Adrian Tchaikovsky
84. *Herederos del tiempo (Herederos, Libro I)*
Traducción de Luis G. Prado

Ted Chiang
85. *La historia de tu vida (edición coleccionista)*
Traducción de Luis G. Prado

Daniel Keyes
86. *Flores para Algernon*
Traducción de Domingo Santos

Peter Watts
87. *Visión ciega*
Traducción de Manuel de los Reyes

Kiril Yeskov
88. *El último anillo (edición coleccionista)*
Traducción de Fernando Otero Macías

Andreas Eschbach
89. *Los tejedores de cabellos*
Traducción de José María Faraldo

Eduardo Vaquerizo
90. *Danza de tinieblas (Crónica de Tinieblas, Libro I)*

Isaac Asimov
91. *El robot completo (edición coleccionista)*
Traducción de Manuel de los Reyes, Tina Parcero y Pilar Ramírez Tello

Andrzej Sapkowski
92. *Camino sin retorno (edición coleccionista)*
Traducción de José María Faraldo

Andrzej Sapkowski
93. *El último deseo (edición especial The Witcher Netflix)*
Traducción de José María Faraldo

Orson Scott Card
94. *Cómo escribir ciencia-ficción y fantasía (edición coleccionista)*
Traducción de Julián Díez

G. Egan, H. Rajaniemi, C. Stross, P. Watts y J. C. Wright
95. *Tiempo profundo (edición coleccionista)*
Traducción de Luis G. Prado, Carlos Gardini y Carlos Pavón

Isaac Asimov
96. *Bóvedas de acero* y *El sol desnudo (edición coleccionista)*
Traducción de Luis G. Prado y Carlos Gardini

Arthur C. Clarke
97. *Las fuentes del paraíso (edición coleccionista)*
Traducción de Carlos Gardini

Richard Morgan
98. *Sólo el acero (edición coleccionista)*
Traducción de Manuel de los Reyes

Isaac Asimov
99. *Adiós a la Tierra (edición coleccionista)*
Traducción de Manuel de los Reyes

Andrzej Sapkowski
100. *Víbora (edición coleccionista)*
Traducción de José María Faraldo

Andrzej Sapkowski
101. *Camino sin retorno* [en Artifex]
Traducción de José María Faraldo

Eduardo Vaquerizo
102. *Memoria de tinieblas (Crónica de Tinieblas, Libro II)*

Richard Morgan
103. *El gélido mando (edición coleccionista)*
Traducción de Núria Gres

Richard Morgan
104. *La impía oscuridad (edición coleccionista)*
Traducción de Núria Gres

Rafael Marín
105. *Elsinor*

Adrian Tchaikovsky
106. *Huérfanos de la Tierra (Arquitectos, Libro I)*
Traducción de Julián Díez

César Mallorquí
107. *El Círculo de Jericó*

Adrian Tchaikovsky
108. *Herederos del caos (Herederos, Libro II)*
Traducción de Carlos Pavón

Arthur C. Clarke
109. *Cánticos de la lejana Tierra (edición coleccionista)*
Traducción de Carlos Gardini

Adrian Tchaikovsky
110. *La mirada del vacío (Arquitectos, Libro II)*
Traducción de Julián Díez

Isaac Asimov
111. *Los robots del alba* y *Robots e Imperio (Robots, Libro III)*
Traducción de Carlos Gardini

Andrzej Sapkowski
112. *Narrenturm (edición coleccionista)*
Traducción de José María Faraldo

F. Paul Wilson
113. *La fortaleza (edición coleccionista)*
Traducción de Núria Gres

Adrian Tchaikovsky
114. *Amos del nospacio (Arquitectos, Libro III)*
Traducción de Julián Díez

Isaac Asimov
115. *Relatos completos 1 (edición coleccionista)*
Traducción de Manuel de los Reyes

Adrian Tchaikovsky
116. *Herederos del recuerdo (Herederos, Libro III)*
Traducción de Carlos Pavón

Lisa Goldstein
117. *Tocada por la magia*
Traducción de Luis G. Prado

Isaac Asimov
118. *Los propios dioses*
Traducción de Julián Díez

Alamut Serie Histórica

Títulos publicados

Nicholas Nicastro
1. *Hijos de Esparta*
Traducción de Carlos Gardini

Marek Krajewski
2. *Muerte en Breslau*
Traducción de Fernando Otero Macías

Dewey Lambdin
3. *Oficial del rey (Aventuras navales de Alan Lewrie, Libro III)*
Traducción de Núria Gres

Wallace Breem
4. *El águila en la nieve*
Traducción de Núria Gres

Marek Krajewski
5. *Fin del mundo en Breslau*
Traducción de Fernando Otero Macías

Nicholas Nicastro
6. *Alejandro Magno. Imperio de ceniza*
Traducción de Carlos Gardini

Sharon Kay Penman
7. *El sol en esplendor (La Guerra de las Rosas, Libro I)*
Traducción de Carlos Gardini

Wallace Breem
8. *El enviado de Roma*
Traducción de Carlos Gardini

Sharon Kay Penman
9. *Señor del norte (La Guerra de las Rosas, Libro II)*
Traducción de Carlos Gardini

Nicholas C. Prata
10. *Ángeles de acero*
Traducción de Carlos Gardini

David Wishart
11. *Las cenizas de Ovidio (Marco Corvino, Libro I)*
Traducción de Carlos Gardini

Sharon Kay Penman
12. *Por la gracia de Dios (La Guerra de las Rosas, Libro III)*
Traducción de Carlos Gardini

David Wishart
13. *La muerte de Germánico (Marco Corvino, Libro II)*
Traducción de Carlos Gardini

Wallace Breem
14. *El leopardo y la montaña*
Traducción de Carlos Gardini

Diego Crelgo Alonso
15. *Los nombres en silencio*

Marelle

Títulos publicados

Lord Byron
1. *Diarios*
Traducción y edición de Lorenzo Luengo

Félix J. Palma
2. *La hormiga que quiso ser astronauta*

Walter Tevis
3. *El buscavidas*
Traducción de Rafael Marín

Pablo Capanna
4. *J.G. Ballard. El tiempo desolado*

Simon Ings
5. *El color del azar*
Traducción de Carlos Gardini

Charles Williams
6. *Todos los santos*
Traducción de Carlos Gardini

Walter Tevis
7. *Gambito de reina*
Traducción de Rafael Marín

Ted Chiang
8. *La historia de tu vida*
Traducción de Luis G. Prado

Luis G. Prado
9. *Vida en un clima iliberal*

Luis G. Prado
10. *Budapest Twilight*

Calzadas
Ríos
Acueductos
Límes (antigua frontera)
Colinas y terreno muy elevado
Frontera provincial
Leyenda
La frontera del Rin
en el siglo V d.C.
Confluentes
Boudobrigo
Mosella
Trigésima piedra miliar
BELGICA
Augusta
Treverorum
0
5
Millas
10
15